dtv

Elvira war viel zu jung, als sie Mutter wurde. Ihre drei Söhne haben es nicht gerade leicht mit ihr. Und dann bringt ausgerechnet Kevin, der Älteste, das ohnehin fragile Familiensystem vollends ins Wanken. Durch einen dummen Zufall kommt heraus, dass er seine große Liebe Aicha geschwängert hat, noch bevor beide ihren Schulabschluss in der Tasche haben. Als Aichas Eltern davon erfahren, kommt es beinahe zur Katastrophe, denn sie wollen mit allen Mitteln die Geburt dieses Kindes verhindern. Was tun? Da hat Marvin, der Jüngste, von allen Locke genannt, einen irrwitzigen Plan. Und für einige Wochen wird ihrer aller Leben kräftig durcheinandergewirbelt ...

Ein zauberhafter Roman über die Not zweier Liebender und darüber, wie Menschen in außergewöhnlichen Situationen über sich hinauswachsen können.

Rita Falk, geboren 1964 in Oberammergau, hat sich mit ihren Bestsellern um den Dorfpolizisten Franz Eberhofer und dem Roman ›Hannes‹ in die Herzen von Millionen Lesern geschrieben. Sie ist verheiratet und Mutter von drei erwachsenen Kindern. Weitere Informationen unter: www.rita-falk.de

Rita Falk

Funkenflieger

Roman

dtv

Ausführliche Informationen über
unsere Autoren und Bücher
www.dtv.de

Von Rita Falk
sind bei dtv außerdem erschienen:
Winterkartoffelknödel (21330)
Dampfnudelblues (21373)
Schweinskopf al dente (21425)
Grießnockerlaffäre (21498)
Sauerkrautkoma (21561)
Zwetschgendatschikomplott (26044)
Hannes (21463)

Ungekürzte Ausgabe 2015
© 2014 dtv Verlagsgesellschaft mbH & Co. KG, München
Umschlagkonzept: Balk & Brumshagen
Umschlagbild: Markus Roost
Satz: Greiner & Reichel, Köln
Druck und Bindung: Druckerei C.H.Beck, Nördlingen
Gedruckt auf säurefreiem, chlorfrei gebleichtem Papier
Printed in Germany · ISBN 978-3-423-21613-5

Eins

Wenn es überhaupt Dinge gibt, die ich mag, dann sind das saubere Fingernägel und Marzipankartoffeln. Ich bin fünfzehn und mein Leben ist die Hölle. Zwei ältere Brüder und eine dauerflennende, stinkfaule Mutter sind einfach nervig ohne Ende.

Mein Name ist Marvin. Außer ein paar Lehrern hat mich aber noch nie jemand so genannt. Für alle anderen bin ich Locke. Seit meiner Geburt. Vermutlich kann man sich denken, warum das so ist. Aber zurück zu meinem Leben, denn das ist nicht nur die Hölle, sondern auch todlangweilig. So langweilig, dass ich am Wohnzimmerfenster hocke und Elvira wieder einmal dabei zuschaue, wie sie sich unten auf der Straße für den Novak zum Affen macht. Es ist jedes Mal dasselbe, und es ist erbärmlich. Immer wenn eine neue Öllieferung kommt, macht sie sich schön. Soweit das eben in ihren Möglichkeiten steht. Sie duscht dann ausgiebig, zieht tatsächlich mal was anderes an als ihre blöde Jogginghose und kämmt sich die Haare. Die wilden Locken wollen natürlich nicht so, wie sie sollen, und stehen in alle Richtungen ab. Das macht sie noch nervöser, als sie ohnehin schon ist. Wenn also der Öltank endlich voll ist, bezahlt Elvira mit zittrigen Händen und wartet auf ihre Quittung. Und da steht sie dann wie verloren vor diesem riesigen Laster, mit feuerrotem Kopf und krausen Haaren, und starrt dem Novak direkt ins Gesicht. Doch der, der würdigt sie keines Blickes. Steht bloß da in seinen grünen Gummistiefeln und mit den dreckigen Fingernägeln und zählt das Geld nach. Bis auf den letzten Cent. Wie gesagt, es ist ziemlich erbärmlich, echt. Aber wegschauen kann ich irgendwie auch nicht. Ich könnte mir ja das Ganze auch ersparen, weg vom Fenster und alles ist gut. Aber stattdessen schaue ich raus, beobachte das traurige Spektakel und schäme mich. Ob für mich selber oder für die beiden da unten, das kann ich nicht recht sagen. Aber ich bin froh, als der blöde Öllaster endlich wegfährt und in der Ferne verschwindet. Elvira bleibt wie angewurzelt stehen und blickt ihm nach wie ein Hund seinem Herrchen. Eine ganze Weile sogar. Bis irgendwann schließlich mein älterer Bruder Kevin über die Straße kommt und sie unterhakt. Er bringt sie nach oben, packt sie auf die Couch und kocht ihr einen Tee. Tee mag sie aber jetzt nicht. Zumindest nicht ohne Schnaps drin. Also kippt Kevin ein volles Schnapsglas in die heiße Tasse und stellt sie vor Elvira auf dem Tisch ab. Dann füllt er das Glas erneut und schüttet es in seine Kehle. Das ist total ungewöhnlich für Kev. Er hasst Alkohol eigentlich in jeglicher Form.

Elvira sitzt da, und abwechselnd nimmt sie einen Schluck und starrt wieder in ihre Tasse. Der heiße Dampf und wahrscheinlich auch der Alkohol färben ihre Wangen rosa und die Nase rot. Sie schnäuzt sich ausgiebig, schnieft noch ein paarmal, reibt sich die Augen, bis die ganze Wimperntusche verschmiert ist, und nickt schließlich ein. Vom Teedampf und der Feuchtigkeit draußen sind ihre Locken heute noch viel wilder gekräuselt als sonst. Ich kenne das, habe ja die gleichen. Aber ich binde sie mir meistens mit einem Gummi zusammen, weil alles andere eh keinen Sinn macht. Wahrscheinlich komme ich wohl sowieso ziemlich nach meiner Mutter. Elvira.

Während meine zwei Brüder sehr groß sind und schlank, bin ich eher klein. Jedenfalls im Vergleich zu den beiden. Zum Glück hab ich nicht auch noch Elviras Gewicht geerbt.

»Früher, in eurem Alter, da war ich auch nicht so dick«, sagt sie immer. »Aber bringt ihr doch erst mal drei Kinder zur Welt, dann geht ihr auch auseinander wie ein Hefeteig.«

Gut, dieses Risiko kann ich für mich persönlich wohl eher ausschließen.

»Ist irgendwas?«, frage ich Kevin aus meinem Sessel heraus, lege die Maus beiseite und höre kurz auf, virtuelle Soldaten zu töten.

Er schüttelt den Kopf.

»Nein, was soll sein.«

Weil ich ihn aber seit meiner Geburt kenne, weiß ich, dass er lügt. Das heißt, er lügt natürlich nicht. Kevin lügt nie. Er verschweigt höchstens etwas. So wie jetzt. Er hat ein Geheimnis, das merk ich genau. Ich vermute mal, dass es was mit seiner Tussi zu tun hat. Und das ... das macht mich extrem neugierig.

Angefangen hat alles vor etwa einem halben Jahr. Da nämlich hat sich Kevin ausgerechnet in eine Türkin verliebt. Man verliebt sich nicht in eine Türkin! Das ist ein großer Fehler und bringt bloß Ärger. Kevin kann mittlerweile ein Lied davon singen. Dass gerade ihm so was passiert, gerade ihm, der niemals einen Fehler macht, hab ich anfangs noch echt lustig gefunden. Kevin, der Obermacker mit Schulnoten, die jeden Studienrat niederknien lassen. Der in seiner Freizeit unsere gammelige Wohnung putzt. Und der als Einziger ab und zu unsere Mutter in die Arme nimmt. Unsere Mutter, dieses jämmerliche, ungepflegte, dauerheulende Wesen.

Depressionen, sagt Kev.

Erschwerend kommt noch hinzu, dass sie wirklich dumm ist. Leider. Na, jedenfalls nimmt er sie in die Arme und sagt: »Wein doch nicht, Elvira. Alles wird gut!«

Natürlich wird nichts gut, wie auch?

Wir haben Elvira noch nie Mutter genannt. Ich weiß nicht warum, vermute aber, es liegt an ihrem Alter. Als Kev kam, war sie erst sechzehn. Und mit sechzehn Mutter genannt zu werden, ist wohl nicht so der Brüller. Eineinhalb Jahre später kam dann auch schon Robin. Und mit knapp achtzehn fühlt man sich wahrscheinlich noch immer nicht sehr mütterlich. Kev und Rob sind übrigens farbig. Also nicht so richtig natürlich, weil Elvira ja auch nicht farbig ist. Aber eben ziemlich dunkel. Der Vater der beiden, der kommt aus Jamaika und war Elviras ganz große Liebe. Und für eine ganze Weile lief wohl alles ziemlich rund. Zumindest erzählt sie das immer wieder mal so, wenn sie ihren Moralischen hat. Doch eines schönen Tages hatte dieser Typ vermutlich die Nase gestrichen voll von happy family und Tralala.

»Du, Baby«, hat er damals zu ihr gesagt. »Gib mir doch einfach mal deine restlichen Kröten, und damit flieg ich kurz rüber nach Jamaika und bau uns dort eine ganz tolle Zukunft auf!«

Ja, wie gesagt, dumm ist sie eben auch. Und so war er weg mitsamt ihrer mickrigen Kohle.

Wer mein eigener Vater ist, weiß eigentlich niemand. Oder besser gesagt, es wird nicht drüber gesprochen. Ich selber bin mir schon relativ sicher, wer es sein muss. Allein schon wegen diesem Muttermal. Ein kleines, dreieckiges Muttermal knapp unter dem rechten Auge. Genau so eines hat der Novak nämlich auch. Die gleiche Form, die gleiche Größe und sogar die gleiche Farbe. Da kann man an Zufall wirklich kaum glauben. Auch wenn mich dieser Gedanke alles andere als stolz macht.

Wir wohnen übrigens im einzigen Mietshaus weit und breit, wo noch immer mit Ölkannen hantiert wird. Und jedes Jahr wieder, wenn's draußen kalt wird, gibt's bei uns daheim Streit, wer runter muss in den verdammten Keller, um diese Scheiß-Kanister hochzuschleppen. Robin macht das nie, allein schon, weil er eh kaum zuhause ist. Elvira nur unter Tränen, was noch viel nerviger ist als die blöde Schlepperei. Meistens können wir auf Kevin zählen. Wenn der aber schlechte Tage hat, und die häufen sich im Moment, dann muss ich eben ran. Ich hasse unseren Keller. Weil er schimmlig ist und muffig und von Ratten und Mäusen bewohnt. Obendrein gibt's dort noch nicht mal Strom. Es gibt Tage, da würde ich fast lieber erfrieren, als dort hinunterzugehen. Aber natürlich bleibt mir gar keine Wahl. Und so mach ich es eben, auch wenn ich es noch so verabscheue. Die feinste Adresse ist es sowieso nicht, da, wo wir wohnen. Die Wohnungen sind alt und es wurde noch nie was erneuert. Im Höchstfall wird mal etwas repariert, und selbst da muss man echt lange drum kämpfen. Außerdem, oder vielleicht auch deswegen, wohnen jede Menge Spinner hier. Und nicht nur die von der harmlosen Sorte.

»Hör mal, Locke«, sagt Kev jetzt plötzlich und stößt mit dem Fuß gegen meinen Stuhl. »Ich muss gleich noch mal kurz weg. Du bleibst zuhause, kapiert, und passt auf Elvira auf. Kümmere dich ein bisschen um sie. Ihr geht's heute nicht gut.«

»Hast du 'nen Vogel, oder was?«, frag ich, weil ich überhaupt keine Lust habe, hier den Babysitter abzugeben.

»Bitte! Es dauert auch nicht lang«, sagt er mit Nachdruck und schnappt sich dabei die Jacke vom Haken.

»Nur, wenn du mir sagst, was überhaupt los ist«, bohr ich nach.

»Verdammt, es ist nichts los. Was soll denn schon los sein?«

Will der mich verarschen?

»Gehst du zu Aicha?«

Er nickt. Aber auch das tut er anders als sonst.

»Also nicht weggehen, Locke, verstanden? Und Augen auf, wenn Robin kommt.«

Ich greife nach der Maus und spiele weiter. Sagen tu ich nichts mehr.

Als Augenblicke später die Wohnungstür ins Schloss fällt, schaue ich erst mal rüber zum Sofa. Elvira schläft tief und fest. Und sie schnarcht auch ein bisschen. Halb sitzend, halb liegend, und ihr Kopf baumelt schwer über der Brust. Ich geh hin, bring sie in die Horizontale und decke sie zu. Sie blinzelt.

»Ist was, Locke?«, brummt sie leise, schläft aber gleich wieder ein.

Manchmal, nur ganz selten, nennt Elvira mich »Marvi«. Damals zum Beispiel, als ich mir das Bein gebrochen hatte. Unten auf der Kellertreppe beim Ölkannenschleppen. Vorausgegangen war wieder eine dieser Endlosdiskussionen, bei der ich schließlich den Kürzeren gezogen hatte. Einfach, weil Robin mich irgendwann anbrüllte.

»Wenn du jetzt nicht sofort deinen faulen Arsch in Bewegung setzt!«, hat er geschrien. »Dann werde ich morgen der ganzen Schule erzählen, was für ein verdammtes Weichei du bist und dass du dich noch nicht mal in unseren popeligen Keller runtertraust!«

Da bin ich natürlich los. Bin die Treppen runtergestampft und hab dabei geheult. Vor Wut, vor Angst, vor Ekel? Keine Ahnung. Hab schließlich beide Kannen gefüllt. Randvoll, bis ich sie kaum noch schleppen konnte. Und so hab ich mich auf den Weg nach oben gemacht. Vielleicht habe ich was ausgeschüttet oder ich habe vor Tränen nichts mehr gesehen. Jedenfalls muss ich dann wohl ausgerutscht sein. Aber das weiß ich nicht mehr. Da hat mein Gedächtnis ein Loch. Peng – zack – alles weg! An das anschließende Geschrei allerdings kann ich mich noch sehr gut erinnern. Das Geschrei wegen dem ganzen Öl, das verschüttet war. Elvira hat gebrüllt wie am Spieß, weil so viel Geld praktisch futsch war. Der Hausmeister hat gebrüllt, weil das gesamte Treppenhaus total versaut war. Die Nachbarn haben gebrüllt, weil's urplötzlich so tierisch stank im ganzen Haus. Und die Nutte aus der Mansarde hat gebrüllt, wir sollten nun alle zusammen mal wieder schön das Maul halten. Ich war der Einzige, der nicht gebrüllt hat. Und das, obwohl die Schmerzen echt grauenvoll waren. Ich bin nur auf der Treppe gehockt, hab mein Bein gehalten und dabei gehofft, dass sich alle langsam wieder beruhigen.

»Ist alles in Ordnung, Locke?«, hat Kev mich plötzlich gefragt und mir dabei seine Hand auf die Schulter gelegt. Und ich habe genickt. Irgendwie irre, oder?

Erst drei Tage später habe ich von meinen Schmerzen erzählt, als das Bein so dermaßen tobte und es beim besten Willen einfach nicht mehr zum Aushalten war. Erst da hab ich mich getraut, überhaupt was davon zu erzählen. Kevin hat dann sofort einen Sanka gerufen. Und keine halbe Stunde danach war ich auch schon im Krankenhaus. Später, als Elvira dann zu Besuch kam, war ich schon längst operiert. Und sie hatte Marzipankartoffeln dabei und nannte mich »Marvi«.

Und jetzt … jetzt liegt sie drüben auf unserm durchgesessenen Sofa und schläft wie ein Murmeltier. Ich zieh mal mein Handy aus der Hosentasche. Mein Handy, das ist für mich sowieso das Wertvollste, das ich besitze. Um das überhaupt haben zu können, habe ich meine kompletten letzten Ferien geopfert. Zwei Wochen lang bei der Spargelernte schuften, anstatt völlig relaxed abzuchillen. Ein richtiger Knochenjob ist das gewesen! Am Ende aber hat sich's natürlich gelohnt. Und so zieh ich es jetzt nicht ganz ohne Stolz aus meiner Jackentasche. Ich hauche kurz auf das pechschwarze Gehäuse und rubble es an meinem T-Shirt blank, bis es glänzt. Echt geiles Teil, wirklich. Dann hau ich in die Tasten.

Hi Friedl. Was geht? Hast du grad Zeit oder bist du busy?

Die Antwort kommt wie gewohnt fix.

Zeit wofür?

Kannste mal gucken, was Kev grad so treibt? Sitze hier fest.

Ich geh rüber zum Fenster und schieb die Gardinen zur Seite. Friedl macht es im Haus gegenüber ganz genauso. Wir winken uns kurz zu. Ich schau nach unten unsere Straße entlang. Dort, am Ende des Blocks, überquert Kev gerade im

Nieselregen die Kreuzung. Er hat den Kragen hochgeschlagen, sein Käppi tief ins Gesicht gezogen und beide Hände in den Jackentaschen versenkt. Ich deute kurz in Kevins Richtung, und Friedl findet ihn gleich. Er nickt mir kurz zu, und anschließend zieht er die Gardinen wieder vors Fenster.

Friedl ist mein bester Freund. Im Grunde genommen ist er mein einziger. Und eigentlich heißt er ja Gottfried. Hundertmal schon hab ich mich gefragt, warum zum Teufel jemand sein Kind Gottfried nennt. Ist doch irgendwie voll pervers, oder? Und natürlich hasst Friedl seinen Namen. Wobei er »Friedl« jetzt auch nicht so prickelnd findet. Aber wie sollten wir ihn denn sonst bitte schön nennen? Gotti vielleicht?

Ich gehe zum Schreibtisch zurück und töte wieder mal die Einwohner unseres alten PCs. Manchmal spinnt die Maus, dann muss man sie ein paarmal gegen die Tischplatte klopfen. Das erfordert durchaus gewisse Erfahrungswerte. Klopft man nämlich zu leicht, dann passiert gar nichts. Klopft man zu fest, ist sie so gut wie im Arsch. Passiert manchmal, nervt ungemein, und dann muss man mit Sekundenkleber hantieren, was ich hasse, weil dieser Brei natürlich auch immer irgendwie an den Fingern kleben bleibt.

Gerade kommt Buddy aus Kevins Zimmer geschlichen. Er bleibt kurz im Flur sitzen und leckt sich das Fell. Danach streckt er sich ziemlich ausgiebig, schaut zu mir rüber und kommt schließlich langsam in meine Richtung. Schnurrend schmiegt er sich an meine Beine. Ihn hochzuheben kommt beinahe einem Kraftakt gleich. Er wiegt über fünf Kilo und hat nur drei Beine. Oder besser gesagt, er wiegt über fünf Kilo, seitdem er nur noch drei Beine hat. Früher, mit noch vieren, da war er wie ein Pfitschepfeil. Rauf auf den Sessel, rüber zum Regal, von dort auf den Schrank und wieder hinunter. Die Gardinen hoch und rein in die Yucca-Palme. Ständig hat Elvira mit ihm geschimpft, weil natürlich alles Mögliche dabei kaputtging. Ich glaube, jetzt, wo er nur noch drei Beine hat, da mag sie ihn viel lieber. Er bewegt sich ja kaum noch. Höchstens runter von der Couch, rüber zu Kevins Bett, zum Katzenklo oder zum Fressnapf und wieder zurück. Grade kommt eine SMS: Treffen wir uns gleich noch kurz im Casino? News! Kannste weg?

News? Ich muss weg!

Ich wecke Elvira.

»Was ist los?«, fragt sie ziemlich verschlafen und richtet sich auf.

»Du, Elvira, ich muss kurz noch mal weg. Kann ich dich hier alleine lassen?«

»Na klar, bin doch kein kleines Kind. Aber wo willst du denn hin?«, fragt sie, quält sich aus den Kissen und richtet sich auf.

»Muss mich nur schnell mal mit Friedl treffen.«

»Ja klar, mit Friedl. Was auch sonst?«, brummt sie mehr in sich hinein, erhebt sich schwerfällig und macht sich schließlich auf den Weg zur Küche. Auf Höhe des Kühlschranks tritt sie die Katzenschüssel mit Wasser um. Das macht sie ständig.

»Scheiße, Mann!«, sag ich, schnapp mir einen Lappen und wische die Pfütze vom Fußboden. Elvira guckt mir kurz dabei zu, fischt sich dann eine Kindermilchschnitte aus dem Kühlfach, öffnet die Verpackung und beißt hinein.

»Da drüben, da ist auch noch Wasser«, sagt sie, während sie kaut. Ich schau zu ihr hoch. Und sie schaut zurück. Doch eigentlich schaut sie mehr durch mich hindurch.

»Mist, ich muss jetzt echt los«, sag ich und werfe den Lappen zurück ins Spülbecken. »Ach ja, wenn Robin hier auftaucht, gib ihm bloß keine Kohle! Hast du mich verstanden?«

»Ja, ja«, sagt sie und schnappt sich eine weitere Kindermilchschnitte. Dann schlurft sie ins Wohnzimmer zurück, greift nach der Fernbedienung und versinkt erneut in der Couch. In der Glotze läuft gerade ›Richter Hold‹. Den liebt sie. Er erklärt gerade ein paar Asozialen, dass sie asozial sind. Ja, so was gefällt Elvira. Sie legt sich die Wolldecke über die Beine und packt die Milchschnitte aus. Das Rascheln der Verpackung bringt Buddy auf den Plan. Er springt auf Elviras Bauch und wird wie erwartet umgehend mit Milchcreme gefüttert.

In zwei Minuten unten, tipp ich in mein Handy.

In zehn Minuten im Casino. Bin schon dort, kommt es zurück.

Ich schnapp mir Jacke und Schlüssel und bin weg.

Zwei

Das Casino liegt ein bisschen außerhalb im Industriegebiet bei uns am Stadtrand. Wenn man die kürzeste Strecke kennt, braucht man mit dem Skateboard gemütliche acht Minuten. Mit dem Fahrrad geht's sogar noch etwas schneller. Weil das aber noch relativ gut ist und ziemlich teuer war, will ich's lieber ein bisschen schonen. Drum nehm ich es meistens nur für den Schulweg. Das Casino ist ziemlich cool. Früher war es mal eine Kneipe. Dort hat man sein Feierabendbier getrunken oder einen Kaffee vor der Nachtschicht. Damals, als die Werkzeugfabrik noch existiert hat, bevor sie von heute auf morgen einfach weg war. Einfach weg und umgesiedelt nach Ungarn, wegen billiger Arbeitskräfte und Pipapo. Auch meine Mutter hatte dort lange gearbeitet und auch ziemlich gern. Ich weiß das so genau, weil ich ja selber dabei war. Fast täglich hab ich nämlich dort im Casino meine Hausaufgaben gemacht. Zumindest immer, wenn Robin und Kev beim Fußballtraining waren und ich's daheim nicht ausgehalten habe, so ganz alleine. Dann bin ich einfach rüber ins Casino, hab mich dort unter all die Erwachsenen gehockt, jedes Mal brauchbare Hausaufgabentipps abgestaubt und die eine oder andere Fanta auch. Später, wenn Elviras Schicht dann zu Ende war, hat sie mit den Kollegen meistens noch ein Bier getrunken oder einen Kaffee. Todmüde waren sie eigentlich alle zusammen nach den anstrengenden Schichten, aber irgendwie auch immer ziemlich gut drauf. Zu der Zeit war ich manchmal sogar richtig stolz auf Elvira. Weil sie beliebt war und fleißig, und weil sie ihre Familie ganz allein durchbringen und zusammenhalten konnte. Von heute auf morgen aber kam dann die Kündigung für alle hundertachtzig Angestellten, und dieser ganze Scheiß konnte beginnen. Also nicht, dass wir zuvor im Paradies gelebt hätten, das nicht, aber im Grunde eben doch, im Vergleich zu heute jedenfalls. Und das liegt nicht allein an der Kohle, die plötzlich natürlich deutlich weniger ist. Nein, es liegt auch an Elvira. Stundenlange Familiendiskussionen waren auf einmal die Regel, und Kevin hat mit Engelszungen auf Elvira eingeredet, hat versucht, sie irgendwie wachzurütteln. Es hat kaum noch ein anderes Thema gegeben. Das war auch die Zeit, wo Robin anfing, fluchtartig unsere Wohnung zu verlassen. Im Grunde kann ich das sogar verstehen. Ich selber konnte den ganzen Mist irgendwann auch nicht mehr hören und hab mich dann meistens lieber in mein Zimmer verkrümelt. Aber Kevin, der hat nicht aufgehört, Elvira vollzutexten. Er war sich damals noch so sicher, dass es plötzlich klick machen und Elvira wieder funktionieren würde. Hat aber nicht geklappt. Sie hat einfach die Kurve nicht mehr gekriegt. Viele andere haben sich aufgerafft und sind schnell auf irgendwelche neue Jobs gestoßen. Andere sind weggezogen. Aber ein paar von ihnen suchen bis heute. Nur wenige haben aufgegeben – oder erst gar nicht mit der Suche angefangen, haben die Arbeit an den Nagel gehängt und das ganze Leben gleich dazu. So wie meine Mutter halt. Ja, damals ging es rasant bergab mit ihr. Und dann kommt noch dazu, dass sie jetzt sehr einsam ist. Wenn man berufstätig ist und mit drei Kindern alleine, hat man sowieso kaum Freunde, allein schon, weil die Freizeit echt recht knapp ist. Doch die wenigen, die da waren, die hat sie jetzt auch noch verloren. Niemand will mit jemandem befreundet sein, der sich in sein Schneckenhaus zurückzieht. Ja, wie soll man da denn auch reinkommen? Und: warum? Was aber noch viel schlimmer ist, sie hat ihre Würde verloren. Die Achtung vor sich selbst.

Heute ist da nichts mehr. Das heißt, wir sind da, der Friedl und ich. Wir haben uns das Casino praktisch unter den Nagel gerissen. Am Anfang, da sind wir eigentlich nur mal hin, um zu sehen, ob vielleicht etwas Brauchbares zurückgelassen wurde. Etwas, das niemand mehr will und das für uns trotzdem noch passt. Und plötzlich war das dann irgendwie total aufregend für uns. Wir sind dort durch diese riesigen, leeren Fabrikhallen gewandert, und weit und breit war kein einziger Mensch. Nur Friedl und ich. Wir haben unsere Namen gerufen und anderes Zeug, und von den Wänden hallte es zigmal zurück. Das war schon ziemlich cool. Dann aber haben wir das Casino wiederentdeckt, und das hat uns gleich total gefangengenommen. Im Laufe der Zeit sind wir immer öfter dorthin, und letztendlich sind wir da hängengeblieben. Mittlerweile haben wir fast alles, was man halt so braucht, das meiste ist vom Sperrmüll. Und mit dem ohnehin Vorhandenen ist es eigentlich richtig gemütlich geworden. Gut, bis auf die Wände vielleicht. Die sind ganz gelb vom Nikotin, und die abgenommenen Bilder haben hässliche Ränder hinterlassen. Aber sonst ist es echt gut hier. Ein altes Sofa ist da, das ein bisschen nach Hund stinkt. Und ein paar Wolldecken, die riechen nach Mottenkugeln. Auf dem Flohmarkt haben wir sogar ein altes, kaputtes Stromaggregat erworben, und Friedl hat nicht aufgehört, daran rumzubasteln, bis es endlich wieder funktionierte. Aus einem der Wasserhähne hinten im Klo kommt tatsächlich noch Wasser, weiß der Geier warum. Es ist natürlich eiskalt, aber mit dem Tauchsieder in null Komma nix erhitzt. So können wir uns da zum Beispiel Tütensuppen machen. Tütensuppen sind prima. Besonders gern mag ich Spargelcreme, Friedl steht mehr auf italienische Tomatensuppe.

Wenn es richtig kalt ist, können wir sogar heizen. Der alte Werkstattofen, der brennt wie der Teufel, und zwar mit Holz. Zuerst haben wir der Reihe nach alles eingeschürt, was am Gelände aus Holz zu finden war. Türen und so was in der Art halt. Weil das doch eh keiner mehr braucht. Das war total praktisch und hat auch 'ne ganze Weile lang gereicht. Jetzt ist leider alles weg, doch irgendwo finden wir immer etwas zum Einheizen. Unser ganz großer Stolz sind übrigens ein Billardtisch und seit kurzem auch ein Kickerkasten. Der Billardtisch war von Anfang an da, wurde einfach zurückgelassen, wie so vieles andere auch. Das Tuch ist zwar an zwei Stellen ein bisschen kaputt und es fehlt auch eine Kugel, aber für unsere Bedürfnisse reicht es locker. Ach ja, und den Kickerkasten haben wir vor ein paar Tagen einfach aus einer Garage in der Nähe geklaut. Der ist da jahrelang mit allem möglichen anderen Krempel nur drin rumgestanden und verstaubt. Bei uns hat er es deutlich besser.

Als ich jetzt im Casino ankomme, ist Friedl schon da und hockt verkehrt herum auf einem Stuhl. Sein Käppi trägt er ebenfalls verkehrt herum. Wie immer halt.

»Was geht?«, fragt er und schmeißt mir eine Dose Cola entgegen.

»Alles klar. Und bei dir? Komm, schieß los. Mach's nicht so spannend. Was ist jetzt mit deinen News?«

Er grinst und beugt sich weit nach vorne. Verdreht die Augen und steht schließlich auf.

»Der Kev, der war mit Aicha zusammen«, sagt er schließlich, fingert eine Kippe aus seiner Jackentasche und zündet sie an. Nimmt einen tiefen Zug und bläst Ringe in die Luft. Das sieht einfach Hammer aus.

»Okay, das ist aber jetzt nicht so ganz new«, sag ich und nehm ihm die brennende Zigarette aus dem Mund. Ich mach auch einen tiefen Zug und muss mir dabei das Husten verkneifen. Friedl kann sich nämlich totlachen, wenn ich beim Rauchen huste.

»Das hab ich ja auch gar nicht behauptet«, sagt er und holt sich die Kippe zurück.

»Also was?«

»Also gut. Ich bin eben Kev ganz brav gefolgt, genauso wie du's gesagt hast. Den ganzen Scheißweg bis rüber zur Sedanstraße. Und da … da ist er dann vor einem von diesen neuen Geschäftshäusern stehen geblieben, ist 'ne Zeit lang wie ein Irrer von einem Bein aufs andere getreten und hat dabei abwechselnd auf seine Uhr und zu den Fenstern hoch gesehen. Ungefähr zehntausendmal.«

»Das war alles?«

»Nein, natürlich nicht, Blödmann. Irgendwann ist dann endlich die Aicha gekommen«, sagt er und reicht mir die Kippe rüber. »Und sie hat geheult wie verrückt.«

»Sie hat geheult?«

»Ja, geheult und wild mit den Armen herumgefuchtelt und schließlich seinen Brustkorb mit ihren Fäusten bearbeitet. Das war irgendwie echt voll daneben, sag ich dir.«

»Und dann?«

»Dann hat er sie in den Arm genommen und auf sie eingeredet. Hat sie nach 'ner Weile dann auch irgendwie beruhigen können. Jedenfalls so lange, bis ihr Alter ums Eck kam, mit seinem blöden Fexer im Schlepptau. Wie heißt der noch mal?«

»Keine Ahnung, Mann. Ich glaub, Achmed, oder so. Erzähl weiter!«

»Genau, Achmed, dieser Arsch. Und dann, ja dann gab's halt wieder mal einen von diesen Affentänzen, kennst du ja. Aicha ins Auto rein, Kev am Kragen gepackt und geschüttelt, das volle Programm, wie immer halt.«

Friedl nimmt einen letzten Zug, und danach tritt er die Kippe am Boden aus. Das kann ich nicht haben. Ich mag's ordentlich hier. Also sammle ich die Kippe auf, werfe sie in den Eimer und wasche mir die Hände.

»Na, so viel News war das aber jetzt auch wieder nicht, Friedl«, sage ich ein bisschen enttäuscht und nehm einen Schluck Cola.

»Ich hab ja auch nicht behauptet, dass die Story hier schon aus ist, okay?«

Er hockt sich auf den Billardtisch und beginnt mit zwei Kugeln zu jonglieren. Ich setze mich daneben und lasse meine Beine baumeln. Hinten aus dem Klo raus hört man den Wasserhahn tropfen.

»Willst du nicht wissen, wo sie war, unsere kleine Aicha?«, fragt er, und eine der Kugeln knallt auf den Boden.

»Also, wo war sie?« Mittlerweile bin ich ein bisschen genervt.

»*Gynäkologie Niedermeier & Meltzer*, stand auf dem Türschild«

»Gynäkologie? Ja, und weiter?«

»Na, Mensch, überleg mal!«

»Null Peilung. Vielleicht hat sie sich die Pille verschreiben lassen oder sonst was in der Art.«

»Würde sie dann heulen und auf Kevin eindreschen?«

Jetzt muss ich tatsächlich scharf nachdenken.

»Du … du glaubst doch nicht etwa … also, du meinst, sie ist … schwanger?«, kratzt es dann aus meinem Hals.

»Was denn sonst?!«, ruft Friedl und springt vom Tisch.

Ich krieg gleich die Krise. Wenn das stimmt! Hammer! Das hätte uns echt noch gefehlt. Ich schau auf die Uhr.

»Verdammt, ich muss heim!« Ich schnappe meine Jacke. »Kommst du mit?«

»Nee, keine Lust. Mein Vater hat heute frei, weißt du. Ich bleibe lieber noch ein bisschen hier. Wir sehen uns morgen in

der Schule«, sagt Friedl und widmet sich dann dem Kickerkasten.

Auf dem Heimweg platzt mir fast das Hirn. Als wenn die
Sache mit Aicha nicht schon schwierig genug wäre. Was soll
bloß werden, wenn sie tatsächlich schwanger ist? Achmed
wird ausflippen! Und ihr Alter wird sie töten. Und Kevin
wohl gleich mit dazu. Horror! Echt.

Vom Casino nach Hause brauche ich keine sieben Minuten, und trotzdem komme ich zu spät. Ganz offensichtlich
ist Robin gekommen, kurz nachdem ich zur Tür raus war.
Manchmal könnte ich schwören, der lauert hinter der Mauer
und wartet, bis die Luft rein ist. Jedenfalls kommt er meistens
nur, wenn wir alle schon schlafen oder eben wenn Elvira allein
daheim ist. So wie heute. Kaum war er da, hat er sie prompt
wieder angepumpt. Elvira kann sich dagegen nicht wehren.
Generell eigentlich gegen gar nichts, doch gegen ihn am allerwenigsten. Obwohl er sie im Grunde wie Dreck behandelt,
uns alle behandelt er so, falls er überhaupt mal zuhause ist.
Doch anstatt dass sie ihm mal Gas gibt, gibt sie ihm Kohle.
Und hinterher weint sie. Weil sie das bisschen Geld eigentlich
doch dringend bräuchte.

Kevin steht schon im Flur, als ich zur Tür reinkomme. Das
habe ich befürchtet.

»Ich glaub es nicht! Wie viel hast du ihm denn dieses Mal
wieder gegeben?«, will er von Elvira wissen.

»Fünfzig«, sagt sie ganz kleinlaut und schnäuzt sich.

»Verdammt, Elvira! Fünfzig Euro, bist du bescheuert, oder
was?«

Jetzt schluchzt sie und zittert und hat das ganze Gesicht
voll roter Flecken. Er schnauft tief durch und nimmt sie dann
in den Arm. Sein Blick schweift zur Decke. Die beiden stehen
mitten in der Diele, und so ziehe ich möglichst leise die Wohnungstür hinter mir zu. Aber vergebens, er sieht mich sofort.

»Hab ich dir nicht gesagt, du sollst deinen verdammten

Arsch hier nicht wegbewegen, Kurzer?« So nennt er mich manchmal, wenn er den Hausherrn mimt. »Hab ich dir das nicht gesagt, verdammte Scheiße!«

»Jungs, Jungs …«, versucht Elvira zu schlichten. Doch Kevin hat mich bereits am Arm gepackt und zerrt mich ziemlich heftig in sein Zimmer. Knallt die Tür hinter uns zu und schubst mich aufs Bett.

»Sag mal, wie oft hab ich dir eigentlich schon gesagt, dass wir sie nicht alleine lassen können, Locke? Also wie oft, Mann?«, raunzt er mich an. Ich hocke auf seinem Bett und zucke mit den Schultern. Schließlich hat er ja recht. Mist! Keine Ahnung, was ich jetzt sagen soll. Kev fährt sich mit der Hand durch die Haare und schaut mich missmutig an. »Mensch, Locke, wann wirst du denn endlich mal erwachsen und übernimmst ein bisschen Verantwortung? Mir wird das alles langsam echt zu viel, Mann.«

»Verantwortung! Tzzz, davon musst ausgerechnet du reden«, sage ich, und im selben Moment tut's mir auch schon leid.

»Was willst du damit sagen, Locke?«

Ich zucke wieder mit den Schultern und starre in den Boden. Jetzt würde ich mich gerne in Luft auflösen. Für einen kurzen Moment kneift Kev seine Augen zusammen und mustert mich. Wahrscheinlich kann man es ziemlich gut merken, dass ich was weiß, das ich nicht wissen sollte. Jedenfalls packt er mich plötzlich an den Armen und schüttelt mich durch, als wär ich ein Apfelbaum, reif für die Ernte.

»Was ist los, Mann? Was meinst du mit Verantwortung? Jetzt red schon, Locke.«

»Was ist denn zum Beispiel los mit der Aicha, hä? Ist die vielleicht schwanger, oder so was? Das gibt Ärger, Kev. Das gibt richtig fett Ärger!«, schrei ich ihn schließlich an.

»Halt's Maul, Mann! Bist du verrückt, oder was!«, zischt er und hält mir den Mund zu. Von einem Moment auf den anderen fällt alle Farbe aus seinem Gesicht und seine Augenlider beginnen zu flattern. Er wendet sich ab von mir und beginnt das Zimmer zu durchschreiten. Die zwei Meter fünfzig von Wand zu Wand. Immer und immer wieder.

»Woher weißt du davon, Marvin, verdammte Scheiße?«

Was soll ich bloß sagen? Mist! Mist!

»Locke! Pass auf, das hier ist kein Kinderspiel mehr. Du sagst mir jetzt sofort, was du weißt und auch woher!«

»Jungs, bitte, nicht zanken!«, tönt es durch die Zimmertüre.

»Alles okay, Elvira. Mach dir keine Sorgen!«, ruft Kev nach draußen und versucht einen lockeren Tonfall hinzukriegen.

Dann schnauft er tief durch und setzt sich zu mir aufs Bett. Er vergräbt sein Gesicht in den Händen und macht wirklich einen total fertigen Eindruck. So sitzen wir eine Zeit lang Arschbacke an Arschbacke, und ich weiß nicht so recht, was ich machen soll. Irgendwann aber fange ich vorsichtig an, ihm die Geschichte vom Nachmittag zu erzählen. So wie es sich eben abgespielt hat. Mit Friedl und dem Frauenarzt und auch mit Aichas toller Verwandtschaft. Ich lasse nichts aus. Und am Ende verspreche ich ihm noch hoch und heilig, dass der Friedl der Einzige ist, der von der Sache sonst noch weiß. Kevin atmet ein paarmal tief durch. Er weiß ganz genau, dass er sich auf unsere Verschwiegenheit hundertprozentig verlassen kann. Dass wir dichthalten, egal was kommt. Ich natürlich sowieso, und bei Friedl ist es nicht anders.

»Also ist sie wirklich schwanger. Das ist jetzt echt mal ein dickes Ding«, sag ich abschließend, eigentlich mehr zu mir selbst. Und wenn ich Kevin so ansehe, dann möchte ich nicht mit ihm tauschen. Ein einziges Häufchen Elend, wie er da so hockt auf seiner Bettkante.

»Mensch, Locke«, sagt er, steht auf und geht rüber zum Fenster. Dort lässt er die Rollos herunter, und die zwei Lamellen, die schon ewig kaputt sind, biegen sich exakt in seine Richtung. Und sie wirken wie Zeigefinger, die auf ihn deuten. Irgendwie unheimlich.

»Ich bin völlig fertig, verstehst du. Die Aicha ist schwanger und ich, ich weiß ja noch nicht mal, wie das überhaupt passieren konnte.«

»Simsalabums?«

»Haha! Sehr witzig. Mensch, wir haben doch verhütet, du Klugscheißer.«

»Ja, Scheiße! Und, was hast du jetzt vor?«

»Keine Ahnung. Ich muss morgen in der Schule unbedingt noch mal mit Aicha reden. Heute ist uns ja ihr Vater dazwischengekommen.«

»Ihr Vater wird euch immer dazwischenkommen, Kev.«

Er nickt. »Ja, und wenn es ihr Vater nicht ist, dann sein verlängerter Arm, dieser Trottel von Achmed.«

»Ach hör doch auf, Kev! Wie alt ist Achmed? So alt wie ich? Höchstens! Du bist drei Jahre älter, Mensch. Und einen Kopf größer! Mit dem wirst du doch locker fertig. Und Aicha wohl auch.«

»Täusch dich bloß nicht, Locke. In der Familie, da ist das etwas ganz anderes. Da zählt selbst ein zehnjähriger Junge mehr als eine erwachsene Frau.«

»Aber in der Schule, da könnt ihr doch reden, du und Aicha.«

Er nickt und schaut ins Leere.

»Sag mal, hängst du mit Friedl eigentlich noch immer da draußen im alten Casino ab?«, will er jetzt noch wissen.

»Ja, klar. Warum?«

»Ach, nur so.«

Drei

Am nächsten Tag in der großen Pause gehen Friedl und ich wie immer rüber zu den Mülltonnen und rauchen eine Zigarette. Da hinten ist es echt genial. Wir hocken auf unseren Rädern und haben durch die Fahrradständer hindurch einen hammermäßigen Blick über den ganzen Pausenhof. Wir selber aber sind praktisch unsichtbar. Manchmal kann man hier auch Kippen finden, die nur halb aufgeraucht sind, und die schnappen wir uns dann. Heute ist aber leider Fehlanzeige. Friedl zerquetscht mit dem Stiefel die Hinterlassenschaften unserer Vorraucher, bis nur noch ein ekliger Brei zurückbleibt. Den starrt er dann an. Steht da wie angewurzelt in seinen Stiefeln und starrt auf den Boden. Eigentlich schaut Friedl immer ein bisschen aus wie ein Nazi, mit seinen blöden Kampfstiefeln und diesem Parka samt Deutschlandfahne drauf. Wenn er dazu noch die alberne Hose mit dem Tarnmuster trägt, wird es echt peinlich. Liegt aber natürlich nicht an seiner Gesinnung, sonst wär er ja wohl kaum mit mir befreundet, wenn man mal meine zwei Brüder betrachtet. Nein, es liegt einfach nur daran, dass er diese alten Bundeswehrfetzen von seinem Vater auftragen muss. Weil die doch noch gut sind. Und weil bei Friedl daheim halt auch immer Schmalhans Küchenmeister ist, wie Elvira es nennen würde.

Eine Gruppe von Mädchen drückt sich am Fahrradständer vorbei und kommt zu uns rüber.

»Hi, Locke. Haste mal Feuer?«, fragt eine von ihnen. Sie trägt einen Minirock und Stiefel mit Absatz. Ich ziehe mein Feuerzeug aus der Jackentasche und reiche es ihr rüber.

»So macht man das aber nicht«, sagt Friedl und nimmt es ihr wieder aus der Hand. Macht hier einen auf Gentleman und gibt ihr Feuer.

»Danke«, haucht sie und pustet die Flamme aus. »Von dem kannst du echt noch was lernen, Locke«, sagt sie noch, kichert und geht tuschelnd mit ihren Freundinnen dahin zurück, wo sie gerade hergekommen sind.

»Der absolute Wahnsinn, oder?! Diese Tussen«, sagt Friedl, starrt ihnen noch 'ne Weile hinterher und hockt sich wieder auf seinen Sattel. »Dieser Mini und dazu die irren Stiefel, hast du das gesehen. Einfach Hammer, oder? Und dann dieses rosa T-Shirt. Und sie hatte noch nicht mal 'nen BH drunter. Hast du das gesehen, Locke?«

»Ich mag weder Minis noch Stiefel, und Rosa mag ich am allerwenigsten«, sage ich.

»Das ist jetzt wieder mal voll ungerecht, Mann. Die Weiber, die fahren total auf dich ab, und dir geht das alles am Arsch vorbei. Und von mir, wo ich echt interessiert wär, da wissen sie noch nicht mal meinen Namen.« Er schüttelt den Kopf, und ich muss grinsen.

Ein bisschen später, als die Schulglocke läutet, schlendern wir zwei gerade relativ unmotiviert in den Hof zurück, als uns schon nach wenigen Schritten ausgerechnet Achmed entgegenkommt. Na, super. Wie immer trägt er diese Jeansjacke, doch heute hat er den Kragen weit hochgeschlagen. Das soll wohl irgendwie cool und gefährlich rüberkommen. Und wenn ich ganz ehrlich bin, verfehlt es seine Wirkung auch nicht ganz. Wir schauen uns kurz an, und Achmed kneift seine Augen zusammen, bis sie nur noch ein winziger Spalt sind.

»Sag deinem Bruder, dass er sich ficken soll«, ruft er zu uns rüber.

»Sag's ihm doch selber, du Spast«, ruft Friedl zurück, noch ehe ich selber antworten kann. Achmed nimmt seine Hände aus den Hosentaschen, streckt seinen Rücken und macht einen auf bedrohlich. Am besten, wir gehen einfach weiter.

»Spast!«, sagt Friedl noch einmal, als wir außer Hörweite sind.

»Ja, der hat mir echt noch gefehlt«, ich muss an Kevin denken. Wie gesagt, ich möchte jetzt nicht in seiner Haut stecken.

Am Nachmittag, als es plötzlich an unserer Wohnungstür läutet, hocke ich gerade am PC und habe ein cooles Match am Laufen. Der Blick rüber auf die Couch sagt mir ganz deutlich, dass es keinen Sinn macht, auf Elvira zu hoffen, und ich selber öffnen muss. Elvira liegt völlig abwesend mit Buddy auf dem Bauch unter ihrer Wolldecke und ist komplett auf ›Richter Hold‹ fixiert.

»Ich mach schon auf«, sage ich deshalb, gehe zur Tür und öffne. Und im gleichen Moment hasse ich mich auch schon dafür. Diese verdammte Kette! Dass ich immer wieder diese verdammte Kette vergesse! Dafür ist sie doch da, Mann! Dass man sie vorlegt. Aber jedes Mal vergesse ich sie wieder. Wahrscheinlich, weil wir sie auch noch gar nicht so lange haben. Erst seit bei Hingels im zweiten Stock und Czerniks im vierten eingebrochen wurde, was immer da auch zu holen sein mag. Was aber jetzt auch schon egal ist, weil mich die Besucher mitsamt der Tür zur Seite schieben und ruckzuck in unserer Diele stehen.

»Ist Kevin zuhause?«, fragt Achmed sofort und schaut über meine Schulter hinweg den Gang entlang. Ich schüttle den Kopf. Mein Hals ist ganz trocken.

»Deine Mutter?«, fragt daraufhin sein Begleiter. Es ist der Vater von Achmed, und natürlich auch der von Aicha, aber deswegen auch keinen Deut angenehmer. Ich nicke kaum merklich und deute mit dem Kinn zum Wohnzimmer vor.

»Wir haben Besuch?«, will Elvira wissen, kaum dass wir bei ihr eintreffen, und faltet auch gleich die Wolldecke zusammen.

»Besuch ist relativ«, kratzt es aus meinem Hals heraus.

»Das ist schön. Ich hol uns was zum Trinken«, sagt Elvira, und schon eilt sie an uns vorbei in Richtung Küche.

»Machen Sie sich keine Umstände«, sagt der Alte mit rauer

Stimme und seinem Akzent. Ich liebe Akzente. Friedl und ich, wir können das prima. Alle möglichen Akzente imitieren. Den türkischen wie den von gerade, oder den von unserem Zeichenlehrer, dem Conradow. Also praktisch russisch. Und natürlich auch den von unserem Mitschüler, dem Dennis aus Leipzig. Den können wir eigentlich am besten. Und freilich können wir uns dabei scheckig lachen, der Friedl und ich. Jetzt allerdings gibt's nichts zu lachen. Jetzt stehe ich nämlich mit unseren ungebetenen Gästen Brust an Brust im Wohnzimmer, und die Stimmung ist irgendwie unentspannt. Achmed betrachtet den Raum, unsere Habseligkeiten, und ich könnte schwören, es ist etwas Abfälliges in seinem Gesicht. Sein Vater steht steif und starr wie ein Spazierstock vor mir und schaut in den Fernseher. Ich betrachte ihn kurz. Seine grauen Schläfen, die hohe Stirn und seine Hände, die voll behaart sind. Unter dem karierten Sakko lugt ein beiges Hemd hervor, eine ganze Hand breit, und die Hose ist ziemlich durchgebeult dort an den Knien. Trotzdem wirkt er irgendwie würdevoll. Jedenfalls im Vergleich zu seinem Fexer. Der gafft nämlich mit verschränkten Armen auf unsere Einrichtung und grinst dümmlich. Da ist von Würde gar nichts zu merken. Null Komma null.

»Wie ist dein Name, junger Mann?«, will sein Vater dann wissen und schaut mir dabei direkt ins Gesicht. Seine Augen sind braun und warm, und sie passen so gar nicht in dieses verhärmte Gesicht.

»Mar-Vin«, antwortet Achmed statt meiner.

»Exakt, Ach-Med!«, tönt es ganz von selbst aus meinem Mund, und im gleichen Moment macht mich das unglaublich stolz. Ein bisschen ungeschickt kommt Elvira mit einem Tablett zurück und stellt es auf dem Tisch ab. Dann plumpst sie aufs Sofa und beginnt Kaffee einzugießen. Achmed und sein Vater setzen sich ihr gegenüber in zwei Sessel, die keinen Deut besser sind als der zerschlissene Dreisitzer. Ich hock mich neben Elvira, ziemlich eng sogar, keine Ahnung warum.

»Milch?«, fragt sie und reicht einen Tetrapack über den Tisch, doch alle beide schütteln den Kopf.

Achmed raunt seinem Vater etwas auf Türkisch zu.

»Ja, du hast recht. Am besten komm ich gleich zum Punkt«, sagt der daraufhin und lehnt sich nach vorne. Stützt die Ellbogen auf seine Knie und schaut Elvira direkt ins Gesicht. Das macht sie nervös, ich merk es genau. Ganz fest umklammert sie ihre Kaffeetasse mit beiden Händen, dass ihre Fingerkuppen feuerrot werden und die Nägel ganz weiß.

Dann beginnt der Alte mit monotoner Stimme und diesem Dackelblick ziemlich ausschweifend von seinem Leben zu erzählen. Von seinem harten Leben, um genau zu sein. Von seiner harten Jugend in Anatolien, von der noch härteren Entscheidung, sein Heimatland zu verlassen, und der noch viel härteren Anpassung hier. Vom harten Weg, ein eigenes kleines Gemüsegeschäft zu eröffnen und dabei auch noch eine vierköpfige Familie versorgen zu müssen. Wie gesagt, er erzählt das alles sehr ausführlich und dramatisch, und ein Blick zu Elvira zeigt mir deutlich, dass sie völlig überfordert ist, was diesen ganzen Text betrifft. Und ich selber weiß nicht so recht, ob es die Müdigkeit ist, die mich gerade übermannt, oder die Übelkeit. Irgendwie schlägt mir dieses extrem harte Leben wohl auf den Magen. Dabei ist er noch lange nicht fertig. Nein, jetzt kommen auch noch seine Kinder ins Spiel, die so beispiellos großartig sind. Sowohl in der Schule als auch privat. Und ganz im Besonderen, was die Familie angeht. Zumindest war das so, bevor sich seine heißgeliebte Tochter Aicha ausgerechnet in unseren Kevin verguckt hat. Allah! Allah! Alles ist jetzt anders, sagt er. Aicha ist nicht mehr wiederzuerkennen. Völlig unmöglich ist sie jetzt. Und seine arme Frau, die ist schon ganz krank deswegen. Sie ist ja ohnehin nicht einfach, aber nun, wo die Tochter … Ach, es ist einfach entsetzlich. Er fährt sich mit der Hand über die Augen, und Achmed legt die Hand auf die Schulter des Vaters. Ich krieg gleich das Würgen hier. Elvira will ihre Tasse abstellen und knallt sie versehentlich gegen den Tisch. Das reduziert zumindest die Dramatik für den Moment.

»Was mein Vater sagen will, ist …«, versucht Achmed fortzufahren, wird aber gleich unterbrochen.

»Also meine Familie und ich, wir haben überhaupt nichts gegen Ihren Sohn Kevin. Ganz gewiss nicht, das können Sie mir glauben. Er ist ein kluger und fleißiger junger Mann. Und vielleicht wird er auch später einmal ein guter Ehemann, wer weiß. Aber er wird sicherlich nicht der Ehemann von unserer Tochter Aicha, verstehen Sie? Ihren Ehemann, den kann sich Aicha nämlich nicht alleine aussuchen.«

»Wir leben doch nicht mehr im Mittelalter«, ruf ich jetzt ziemlich sauer dazwischen.

»Das tun wir auch nicht, mein Junge«, sagt er und schaut mir dabei tief in die Augen. »Aber die beiden passen einfach nicht zueinander, verstehst du?« Er streicht über seine Hosenbeine und blickt etwas hilflos zu Achmed.

»Was mein Vater sagen will«, mischt sich jetzt Achmed wieder ein und beugt sich in seinem Sessel nach vorne. Seine Ellbogen liegen auf den Knien, und plötzlich hat er nicht nur die gleiche Haltung wie sein Alter, nein, er hat auch noch so einen väterlichen Ton in seiner Stimme. Wenn die Lage nicht so angespannt wäre, könnte ich mich jetzt totlachen. »Was mein Vater sagen möchte, ist, dass unsere Anschauungen eben nicht die gleichen sind. Die Mentalität ist einfach komplett verschieden. Sowohl was den Glauben betrifft als auch die Kultur. Alles einfach. Das kann auf Dauer nicht gut gehen.«

»Ach«, muss ich jetzt einwerfen. »Und das weißt ausgerechnet du, ja? Bist du ein Hellseher, oder was?«

»Kevins Vater, der ist Jamaikaner, nicht wahr?«, fragt jetzt der Alte fast tonlos. Ich nicke.

»Und wo ist er? Ich meine, lebt er bei euch?«

»Nein«, sag ich etwas kleinlaut und schau auf meine Hände runter.

»Aicha soll das nicht passieren, verstehst du. Sie soll nicht alleine dastehen mit einer Schar von Kindern. Ich möchte, dass sie glücklich wird. Sie selbst ist einfach noch viel zu jung, sie kann doch das alles noch gar nicht verstehen. Genauso wenig, wie Kevin das kann. Da fehlt den beiden einfach die Lebenserfahrung, nicht wahr. Ich will, dass meine Tochter glücklich wird. Das ist eigentlich alles«, sagt er und steht auf. Achmed bleibt noch einen Augenblick sitzen, schaut zu Elvira, die dasitzt wie ein Häufchen Elend, und schüttelt schließlich den Kopf.

»Kommst du«, sagt sein Vater, und der Sohnemann erhebt sich.

»Und wie soll das funktionieren? Ich meine, wenn die zwei sich lieben, wie wollt ihr das verhindern, hä?«, platzt es aus mir heraus.

»Mit der Liebe«, fängt der Alte dann noch mal an. »Mit der Liebe ist es wie mit dem Licht. Verliebtsein, das ist doch wie ein Feuerwerk. Sprühend und funkelnd und strahlend und hell. Wunderschön, aber eben leider auch sehr schnell vorbei. Eine kleine Kerze dagegen brennt schon viel länger. Am besten aber sind Energiesparlampen. Die brauchen zwar ein wenig Zeit, bis sie richtig leuchten, dafür verbrauchen sie wenig und geben viel Licht. Und genau so muss eine gute Ehe sein, verstehst du. Erst ganz langsam erstrahlen, dafür wenig verlangen und umso mehr geben. Ja, in der Liebe ist es wie mit dem Licht.«

Mich würgt es jetzt wieder.

»Aber von 'ner Ehe redet doch überhaupt keiner. Die zwei sind halt einfach ein Paar, wie Millionen anderer Jugendlicher auch, verdammt«, kratzt es aus mir raus. Die Augenpaare unserer Besucher verengen sich prompt zu Schlitzen. Achmed kommt auf mich zu und stellt sich dicht vor mich.

»Du kapierst das nicht, du Prolet, oder? Meine Schwester ist doch kein Vergnügungspark, wo man hingeht, seinen Spaß hat und dann wieder abhaut, Mann!«

Der Alte atmet jetzt tief durch und kratzt sich kurz an der Stirn.

»Kevin soll sich einfach fernhalten von Aicha, das ist alles«, sagt er, erhebt sich und verlässt grußlos den Raum. Achmed folgt ihm auf den Fersen und wirft mir böse Blicke zu.

»War's das?«, frage ich an der Tür.

»Es ist alles gesagt. Und es ist für uns alle das Beste so«, sagt der Alte noch an der Wohnungstür und streicht mir über den Kopf. Und irgendwie verfängt er sich dabei mit seiner Armbanduhr in meinen Locken. Wir ziehen und zerren ein wenig herum, und nachdem wir endlich wieder getrennt sind, schiebe ich die beiden zur Türe hinaus.

»Hat denn mein Kaffee nicht geschmeckt, Locke?«, fragt Elvira, als ich zurück ins Wohnzimmer komme. »Die haben keinen einzigen Schluck davon getrunken.« Sie hockt noch immer wie angewurzelt auf ihrem Platz und schaut verwirrt auf den Wohnzimmertisch. Ob sie auch nur ansatzweise begriffen hat, was hier gerade abging?

»Doch, doch, alles prima, Elvira«, sage ich, während ich das Tablett wegräume. »Das sind Türken, die mögen wahrscheinlich gar keinen Filterkaffee. Oder die trinken mehr Tee, keine Ahnung.«

»Tee hätte ich doch auch gehabt. Es ist doch noch Zitronentee da. Schaust du mal Locke, da müsste noch einer sein in so 'nem durchsichtigen Gefäß.«

»Ja, ja«, sage ich, gehe in mein Zimmer und haue mich aufs Bett.

Kurz darauf hör ich, wie jemand die Wohnungstür aufsperrt.

»Kevin, bist du das?«, tönt es aus dem Wohnzimmer.

»Ja, ich bin's.«

»Kevi, wir hatten grade Besuch. Hast du sie noch getroffen? Ein Mann war hier mit seinem Sohn. Ich glaube, das war der Vater von deiner Freundin.«

Ich geh da mal besser gleich rüber. Kevin versteht natürlich nur Bahnhof und schaut abwechselnd und etwas ratlos in unsere Gesichter.

»Wer war hier?«, fragt er schließlich.

»Na, der Vater von deiner Freundin«, sagt Elvira dann weiter.

Kevin sieht aus, als wär er gerade gegen einen Laster gelaufen. Ich packe ihn am Ärmel, ziehe ihn in mein Zimmer und schließe die Tür. Dann hocken wir uns im Schneidersitz aufs Bett, und ich versuche so gut wie möglich, den nachmittäglichen Belagerungszustand zu beschreiben.

»Mann, der hat ja vielleicht Nerven. Der hat sie doch nicht mehr alle, oder? Muss der jetzt auch noch hier einfallen? Verdammte Scheiße«, sagt Kev schließlich, steht auf und durchquert wieder mal das Zimmer von Wand zu Wand. Wie ein Tiger im Käfig, wirklich. Die Situation wird auch nicht entspannter, als Augenblicke später Robin hier auftaucht. Ich habe nämlich das außerordentliche Vergnügen, ein Zimmer mit ihm teilen zu dürfen. Jetzt kommt er also rein, hält sich den Schädel und schmeißt sich aufs Bett gegenüber.

»Was ist denn mit dir schon wieder los?«, fragt Kev, und langsam wirkt er richtig überfordert.

»Nichts. Hau ab!«

»Haben sie dir wieder mal eins übergebraten? Hattest wohl wieder keine Kohle mehr, um sie bei Laune zu halten, deine tollen Freunde. Komm, jetzt zeig schon mal her!«

»Nein, hau ab, sag ich!«

Doch Kevin ist hartnäckig, und nach einem kleinen Handgemenge gibt Robin schließlich auf, und wir können uns erst mal seinen Kopf ansehen. Er blutet aus der Nase und hat einen kleinen Cut knapp unter dem Haaransatz.

»Diese Wichser!«, knurrt Kevin und steht dann auf. Geht rüber ins Badezimmer und kommt mit einem feuchte Waschlappen und Verbandszeug zurück.

»Du solltest echt mal deinen Freundeskreis überdenken, Rob. Wenn die immer nur nett zu dir sind, wenn du Kohle anschleppst, ja, dann stimmt doch da was nicht. Ich jedenfalls würde mich so nicht zurichten lassen«, muss ich nun loswerden.

»Kümmere dich um deinen eigenen Dreck«, schnauzt er zu mir rüber – sein normaler Umgangston mir gegenüber. Ja, man kann sich seine Verwandtschaft nicht aussuchen. Ich zucke mit den Schultern und mache mich vom Acker.

Eigentlich hatte alles begonnen, als Robin in die erste Klasse ging. Damals schon haben sie ihn öfters mal abgepasst. Einfach nur so, um ihn zu verhauen. Oder um an sein Pausenbrot ranzukommen. Oder ans Busgeld. Im Idealfall sogar an beides. Wahrscheinlich gibt's einfach Menschen, die solche Typen magisch anziehen. So wie Robin eben. Mich haben sie immer zufriedengelassen. Und Kevin auch. Nur an Robin hatten sie ihre diebische Freude, und zwar wirklich im wahrsten Sinne des Wortes. Nach einer Weile hat er das Zeug schließlich freiwillig abgegeben. So haben wenigstens die Prügel aufgehört. Doch genau das ist ihm dann zum Verhängnis geworden. Dadurch, dass sie ihn plötzlich nicht mehr schlugen, hatte er wohl das Gefühl, akzeptiert zu sein. Eine Zeit lang war er richtig stolz darauf, wenn er von »seinen Freuden« erzählte. Aber das ließ er bald wieder bleiben. Wahrscheinlich weiß er längst selber, dass er auf dem Irrweg ist. Aber rauskommen tut er irgendwie auch nicht mehr recht aus der Nummer. Und da sitzen sie jetzt, meine zwei farbigen Brüder, auf dem Bett mir gegenüber. Mit ihren schwarzen Haaren und der dunklen Haut. Mit Lappen, Verbänden und jeder Menge Probleme.

»Halt still«, sagt Kevin und streicht eine Haarsträhne aus Robins Gesicht. Ich geh ins Bad und schnappe mir die Nagelbürste. Und ich schrubbe meine Nägel, bis die Haut außenrum brennt.

Vier

Ein paar Tage später schlendern Friedl und ich von unserem Klassenzimmer rüber zum Kunstraum. Professor Conradow ist schon da und föhnt ein Aquarell. Steht da mit seiner Glatze und dem roten Vollbart, in seinem weißen Kittel mit den tausend Farbflecken drauf, und bläst mit dem Föhn eines der Bilder auf seinem Pult trocken. Das macht er meistens zwischen den Schulstunden. Ich glaube ja, er hat Spaß daran. Ich mag die Stunden bei ihm. Sie sind unglaublich praktisch. Wir haben ihn in Kunst und Musik. Übrigens trägt er auch in Musik diesen fleckigen Kittel. Eigentlich ist er überhaupt ein bisschen schräg, der Conradow. Und meistens ist er so dermaßen in seinem Element, dass er von der Außenwelt kaum etwas mitkriegt. Ja, er merkt noch nicht einmal, wenn irgendjemand fehlt. Und weil ich das weiß, nutze ich das auch ganz schamlos aus. Will heißen, am Anfang der Stunde, wenn durchgezählt wird, muss ich freilich anwesend sein. Aber dann, ein paar Minuten später, melde ich mich und sage, dass ich aufs Klo muss. Und jede Wette, da krieg ich noch nicht mal eine Antwort drauf. Er wedelt nur kurz mit der Hand und meint damit, dass ich mich verziehen soll. Und so marschier ich eben mit dem Schulheft unterm Pulli aufs Klo und kann dort in aller Ruhe meine Hausaufgaben machen. Weil Hausaufgaben zuhause machen, das geht nicht. Da hat man doch immer so viel andere Sachen um die Ohren, oder? Drum eben bei Conradow. In Musik ist das übrigens gar kein Problem. Da kommen wir höchstens einmal im Halbjahr mit Singen dran. Und wenn schriftliche Proben sind, sagt er das gleich zu Beginn der Unterrichtsstunde. In Kunst ist das schon was anderes. Da muss ich halt dann immer sehen, dass ich am Ende der Stunde, so auf etwa zehn Minuten, irgendwas hinzaubere, wozu eigentlich eine ganze Schulstunde Zeit gewesen wäre. Weil aber mein persönliches Kunstverständnis eher recht übersichtlich ist und ich auch mit der größten Anstrengung noch nie über ein Ausreichend hinausgekommen bin, fällt's weiter nicht auf.

Grade wie ich heute vom Kunstraum auf dem Weg zum Klo bin, rennt Aicha plötzlich an mir vorbei. Sie hat die Hand vor dem Mund und stürzt direkt rein ins Mädchenklo. Durch die Tür kommen Geräusche, die darauf schließen lassen, dass sie sich tierisch übergeben muss. Irgendwie ist mir jetzt einfach danach, kurz auf sie zu warten. Als sie schließlich rauskommt, trocknet sie sich mit einem Papiertuch den Mund ab.

»Geht's dir nicht gut?«, frage ich überflüssigerweise.

Sie schüttelt den Kopf.

»Kann ich irgendwas tun?«

»Nein, Locke, es geht schon wieder. Aber trotzdem danke«, sagt sie, wirft das Papiertuch in den Eimer und schaut mich kurz an. Sie hat Tränen in den Augen. Scheiße!

»Was … was wollt ihr denn jetzt eigentlich machen, Kevin und du? Ich meine, irgendwann wird sich das alles ja nicht mehr verheimlichen lassen«, sag ich, und ganz automatisch schau ich runter auf ihren Bauch. Wie zum Schutz legt sie die Hände drauf und fängt an zu weinen. Toll, wirklich ganz toll hab ich das wieder hingekriegt.

»Ach, scheiß drauf, Aicha«, sag ich vielleicht etwas zu cool. »Wir werden das schon irgendwie hinkriegen, wirst sehen.«

Sie schnäuzt sich und kriegt dann einen Schluckauf. Dass

ausgerechnet jetzt der Conradow ums Eck schießt, macht die Sache auch nicht besser.

»Blasenentzündung. Unangenehme Sache«, ruft er im Sauseschritt und verschwindet gleich im Klo. Mit den Hausaufgaben ist es also Essig. Ich kann mich ja schlecht aufs Fensterbrett hocken und meine Aufgaben machen, während der Conradow seinen Entzündungen freien Lauf lässt. Was sollte ich sagen, wenn er mich sieht? So was wie: »Conradow, das müssen Sie doch verstehen. Meine Nachmittage sind mir heilig. Da hab ich keinen Bock auf Schule. Und drum muss eben Ihr rotzlangweiliger Kunstunterricht dafür herhalten.« Nee, das kommt vermutlich gar nicht gut an. Also lieber zurück ins Klassenzimmer. Ich geh noch ein paar Schritte mit Aicha, dann verabschieden wir uns.

Nach der Unterrichtsstunde ruft mich Conradow dann zu seinem Pult vor. Ich packe meine Sachen noch schnell in den Rucksack und gehe anschließend zu ihm nach vorne.

»Sag mal, Marvin, du weißt nicht zufällig, was mit der Aicha los ist? Hat sie Kummer?«, fragt er mich.

»Keine Ahnung. Woher soll denn ich das wissen?«

»Nun ja, immerhin hat sie vorhin geweint, als du mit ihr zusammen warst. Hat das womöglich irgendetwas mit deinem Bruder zu tun? Und lüg mich jetzt nicht an, Marvin!«

Verdammt, ich will weg hier.

Ich zucke mit den Schultern.

»Weißt du eigentlich, dass dieses Mädchen eine ganz begnadete Künstlerin ist? Zeichnet und malt wie der Teufel.« Er kramt kurz in einem Stapel Bilder, zieht schließlich eines hervor und hält es mir unter die Nase. Es ist ein Zirkuszelt drauf. Und mir bleibt jetzt fast die Spucke weg. Das soll von Aicha sein?

»Ja, da staunst du, was? Toulouse-Lautrec ist nichts dagegen! Sie ist sowieso ganz unglaublich nah dran an seinen Werken. Sowohl von der Technik als auch von den Themen her. Sieh dir das an. Diese Grafik, diese Pinselführung, diese wunderbare Leichtigkeit. Kannst du das sehen, Marvin? Grundgütiger, nein! Was erzähl ich hier einem Blinden von der Welt der Farben.«

Er lacht und zieht eines der anderen Bilder hervor. Ein paar Mädchen in Ballettkleidern vor einem raumhohen Spiegel. Man kann ihre Vorder- und Rückseite sehen. Und das ist mindestens genauso umwerfend.

»Da staunst du, was?«, sagt er und lacht wieder.

»Das ist wirklich alles sehr interessant, Herr Conradow. Wirklich sehr. Aber was hab ich damit zu tun?«, muss ich jetzt fragen, immerhin hat's längst schon zur Pause geläutet.

»Aicha soll sich schlicht und ergreifend auf ihr Abitur konzentrieren. Schließlich steht das ja schon gleich vor der Türe, nicht wahr. Und danach … danach muss sie Kunst studieren, komme, was wolle. Es wär eine Verschwendung, ja, eine unsägliche Verschwendung, wenn sie etwas anderes machen würde. Und darum ist es einfach wichtig, dass sie momentan ihre Ruhe hat, verstehst du. Und hier nicht flennend durch die Gänge rennt wegen Liebeskummer oder was auch immer. Bitte sag ihr das und auch deinem Bruder.« Dann dreht er sich ab und eilt mit seinem flatternden Kittel in den Korridor raus.

Am Abend erzähle ich Kevin natürlich von diesem Gespräch, aber er scheint kaum bei der Sache zu sein. Klar, wenn man selber hundert Probleme hat, dann sind einem die von Conradows Plänen mit Aichas Kunststudium vermutlich ziemlich egal.

»Und wie soll es jetzt weitergehen mit dir und Aicha?«, frage ich und haue mich aufs Bett.

Kevin schaut aus dem Fenster und schweigt.

»Steht 'ne Abtreibung zur Diskussion?«

»Nein!«, kommt es prompt.

»Okay. Und wann willst du es deinem Schwiegervater sagen?«

»Arschloch!«

»Nee, im Ernst, Kev. Wie stellst du dir das denn vor, hm? Wie soll das alles laufen? Ihr Vater wird dir die Eingeweide entfernen. Und das ohne Narkose, jede Wette! Du hättest ihn erleben sollen drüben im Wohnzimmer. Das war echt nicht spaßig, das kannst du mir glauben.«

Er dreht sich um und setzt sich zu mir.

»Bis zu den Sommerferien sind's ja nur noch ein paar Wochen. Und bis dahin wird man wohl noch kaum etwas sehen können.«

»Quatsch. Man wird's spätestens im Sportunterricht merken. Oder wie will sie zum Beispiel das Seil hinaufkommen? Oder was ist, wenn ihr beim Volleyball versehentlich jemand in den Bauch schlägt? Was ist dann? Schon mal drüber nachgedacht?«

»Sie hat eine großartige Frauenärztin, und eine gute Freundin von ihr ist Sportmedizinerin. Aicha wird demnächst ein Attest kriegen und 'ne Bandage fürs Knie. Das Problem wäre also gelöst.«

»Gut, dann bleiben nur noch neunundneunzig andere.«

Er schweigt und starrt auf die Bettdecke.

»Nehmen wir mal die Sommerferien. Falls bis dahin alles gut geht, was habt ihr dann vor?«

»Bis dahin haben wir wenigstens mal unser Abi.«

»Was auch wahnsinnig wichtig ist, um ein Kind großzuziehen.«

»Schwachsinn. Aber für später kann's ja wohl nicht schaden. Und Ende August, da wird Aicha sowieso volljährig. Was will er dann noch machen, der alte Trottel?«

»Kev, bist du bescheuert, oder was? Denkst du ernsthaft, er lässt euch in Ruhe, nur weil Aicha volljährig ist? Ich lach mich tot!«

»Wir werden abhauen, Locke. Wir bleiben sowieso nicht hier. Wir werden ins Ausland gehen. Wahrscheinlich nach Florenz. Dort kann man großartig Kunst studieren.«

»Und von was wollt ihr leben, bitte schön? Immerhin seid ihr dann schon bald zu dritt. Und drei muss man erst mal satt bekommen, ganz abgesehen von 'ner Wohnung und so weiter.«

»Ich werde wieder kellnern gehen, oder so was. Das kriegen wir schon irgendwie hin. Da mach ich mir noch keine Gedanken drüber. Das Einzige, das im Moment zählt, ist, dass wir die nächsten Wochen irgendwie wuppen.«

»Du hast Nerven!«

»Ja, verdammt, so ist das nun mal. Ich hätt's mir auch anders gewünscht«, sagt er und steht auf.

»Na, dann viel Glück, kann ich da nur sagen.«

»Und Locke, du weißt ja, zu keinem ein Wort, hast du mich verstanden? Auch nicht zu Friedl.«

»Ja, ja«, sage ich noch und gehe dann in mein eigenes Zimmer rüber.

Robin war seit Tagen nicht mehr in der Schule. Obwohl seine Verletzungen nicht Grund genug waren, wegzubleiben, und längst schon verheilt sind, geht er nicht mehr hin. Er hockt den ganzen lieben langen Tag am PC, vor der Glotze oder liegt in seinem Bett. Elvira hat er irgendwas von Kopfschmerzen erzählt. Und sie glaubt ihm natürlich. Erstens, weil sie ohnehin alles glaubt, und zweitens, weil es Robin ist. Ich denke mal, dass er einfach Angst hat. Angst und keine Lust mehr, sich ständig verdreschen zu lassen. Die ersten Tage, die er zuhause verbrachte, war es dann auch noch ruhig. Bald aber ist es schon wieder losgegangen. Zuerst die Anrufe. Da ist Robin einfach nicht rangegangen. Hat nur kurz die Nummer angestarrt und das Läuten ignoriert. Obwohl Elvira gebrüllt hat, er solle doch endlich abnehmen. Gestern haben sie dann das erste Mal an der Wohnungstür geklingelt. Zum Glück war diesmal die Kette vor. Ich hab einfach durch den Spalt hindurch gesagt, Rob wäre nicht hier und dass sie sich verpissen sollen. Dann habe ich die Tür zugeknallt. Einige Male wurde noch von außen dagegengetrommelt und mit dem Fuß drangetreten, dann hat Elvira gebrüllt. Aber irgendwann hat unser Nachbar was durchs Treppenhaus geschrien, und dann war's endlich wieder ruhig.

Und heute sind Kieselsteine an unser Zimmerfenster hochgeflogen, und sie haben ständig Robins Namen gerufen. Wenigstens war es sein Name und nicht wieder »Bimbo«, wie sie ihn sonst oft gern nennen. Rob hat gesagt, ich soll lieber zu lassen. Bloß nicht das Fenster aufmachen, hat er gesagt. Aber dann hätten sie doch nie aufgehört und wären womöglich später nur wieder im Hausflur rumgehangen und hätten gegen die Tür getreten. Also habe ich aufgemacht und runtergebrüllt, dass sie sich endlich verpissen sollen, weil ich sonst die Bullen hole. Und ich glaube, so etwas wie asoziale Arschlöcher habe ich auch noch gebrüllt. Als das alles nichts geholfen hat, habe ich einen Eimer kaltes Wasser runtergeschüttet. Das war ziemlich mutig, weil es vermutlich ein Nachspiel haben wird. Aber dafür sind sie jetzt momentan erst mal weg.

»Danke«, sagt Rob, ohne mich anzusehen. Er hockt auf seinem Bett und sein Blick geht ins Leere.

»Wofür?«, frag ich.

»Na, für das gerade. Dass sie jetzt eben weg sind, diese Wichser.«

»Kein Problem«, antworte ich und setze mich auf mein eigenes Bett. So sitzen wir uns eine Weile lang gegenüber und ich schaue ihn an. Irgendwie will ich was sagen. Irgendwas Nettes, das ihn bloß wieder ein kleines bisschen mehr zum Leben erweckt oder so in der Art halt. Aber mir will einfach nichts einfallen. Vielleicht liegt es daran, dass Robin meistens nicht sehr nett zu mir ist. Wenn ich ehrlich bin, ist er es nie. Und wenn du immer nur angeschissen wirst, dein ganzes

Leben lang, ja, dann bleiben dir wohl einfach die simpelsten Wörter im Halse stecken. So ist das halt. Obwohl er mir schon richtig leidtut. Jetzt dreht er sich plötzlich ab und wendet mir den Rücken zu. Diese Chance haben wir verpasst. Scheiße.

Als ich am nächsten Tag nach Schulschluss in den Fahrradkeller komme, steht eine ganze Schar Mitschüler um mein Fahrrad herum – oder besser um das, was davon noch übrig ist. Ich muss gleich tot umfallen. Auf dem Betonboden vor mir liegt ein Blechhaufen mit zerfetztem Gummi dran, vielleicht in der Größe einer Schuhschachtel und zusammengehalten von der Fahrradkette. Die Speichen sind auf Streichholzlänge geknickt, das Lenkrad zersägt und aus dem Sattel wächst jetzt Stroh. Ganz langsam geh ich einmal komplett drum rum und betrachte mein Rad von allen Seiten, das nun eindeutig Sperrmüll ist. Ich kann es nicht fassen. Es ist einfach unglaublich. Wenn ich mir das mal so anschau, dann kann ich nur sagen: Hier muss sich aber jemand richtig Mühe gemacht haben. Ich geh in die Hocke und streiche über das harte, kalte Metall. Wie man das nur so dermaßen verbiegen kann? Dort unten die Klingel. Prima, die funktioniert noch. Ich lasse sie ein paarmal schellen, und der Ton hallt von den Wänden zurück. Ansonsten aber ist es mucksmäuschenstill. Ich weiß nicht, wie lange ich da hocke, bis irgendwann Conradows Stimme die Stille durchdringt: »Was ist denn hier wieder los, Menschenskinder?« Er bleibt vor uns stehen, schaut zuerst auf das Wrack und dann in die Menge. »Und wem, Grundgütiger, gehört dieses Fahrrad?«

»Mir«, sage ich und könnte schreien vor Wut.

»Und was soll das?«

Ich zucke mit den Schultern.

»Raus hier, alle mal raus!«, ruft er dann und fuchtelt wie wild mit den Armen umeinander. Anschließend beauftragt er einen der Älteren, alle Namen zu notieren. Er will alle Namen der hier Anwesenden, und zwar plötzlich. Einige Mitschüler hauen mir aufmunternd auf die Schulter und machen sich dann auf den Weg. Andere reißen dämliche Witze. So nach dem Motto: Ich soll's doch einfach mal mit der Luftpumpe versuchen. Haha.

Die Horde verläuft sich.

»Du meine Güte, Marvin. Da ist dir aber wohl jemand nicht sehr wohlgesonnen«, sagt Conradow dann und legt den Arm um meine Schulter. Eine Zeit lang bleiben wir noch stehen und schauen ein bisschen blöd auf den Blechhaufen runter. Dann aber machen wir noch ein paar Fotos, und schließlich bringt er mich höchstpersönlich zur Polizeiwache, damit ich dort eine Anzeige mache. Was ich dann notgedrungenermaßen auch tue. So wirklich wohl fühle ich mich freilich nicht dabei. Aber Conradow, der ist so in Rage, und er besteht einfach drauf. So mache ich also diese blöde Anzeige. Eine gegen unbekannt natürlich. Denn ich bin ja nicht lebensmüde. Ob ich wirklich keine Ahnung habe, wer das gewesen sein könnte, werde ich mehrmals gefragt. Nein, keine Ahnung, sage ich, unterschreibe noch und gehe schließlich heim.

Mir ist natürlich glasklar, wer hinter dieser miesen Geschichte steckt. Stecken muss. Es gibt keine Alternative. Und das weiß ich ganz sicher. Allerdings weiß ich ebenso sicher, dass es, wenn ich diese Arschlöcher verpfeife, das nächste Mal vermutlich nicht nur ein Fahrrad ist, das in Trümmern liegt. Darum sage ich kein Wort.

Ein paar Tage später läutet es an unserer Tür. Es ist Elvira, die öffnet.

»Frau Angermeier?«, kann ich die fremde Stimme bis in mein Zimmer rein hören.

»Ja?«, antwortet sie leise.

»Polizei. Würden Sie bitte die Kette abnehmen. Ich muss dringend mit Ihnen reden. Es geht um Ihren Sohn Robin.«

Ich lege die Maus beiseite und begebe mich nach vorne zur Wohnungstür. Draußen steht ein Beamter in Uniform, und überflüssigerweise zeigt er uns seinen Dienstausweis durch den Türspalt hindurch. Ich schiebe Elvira zur Seite, entferne die Kette und öffne die Tür. Anschließend gehen wir hinter ins Wohnzimmer, und Elvira bemüht sich, schnell etwas Ordnung zu schaffen.

»Machen Sie sich keine Umstände, Frau Angermeier«, sagt der Typ, nimmt seine Kappe ab und steigt etwas verkrampft von einem Bein aufs andere. Doch Elvira lässt sich nicht beirren. Voll konzentriert faltet sie die Wolldecke, als könnte sie einen Preis gewinnen. Will sie gar nicht wissen, was mit Robin los ist?

»Was ist mit Robin?«, frage ich deswegen an ihrer Stelle.

»Genau«, sagt sie endlich und legt die Decke beiseite. »Sie haben gesagt, dass Sie wegen Robin hier sind.«

»Ihr Sohn Robin, Frau Angermeier«, sagt der Beamte jetzt, räuspert sich und zieht einen Zettel hervor. »Der Robin, ja, also, der ist vor etwa zwei Stunden ins Krankenhaus eingeliefert worden.«

»Was!? Was ist passiert?«, fragt Elvira und plumpst auf die Couch.

»Er wurde … ja, wie soll ich das sagen? Er wurde vermutlich misshandelt, Frau Angermeier«, sagt er, während er langsam auf einen der Sessel sinkt.

»Misshandelt?«, fragt sie weiter und schaut verwirrt zu mir rüber. »Aber von wem denn, um Gottes willen? Und was … was …?«

»Moment, Moment«, ruf ich jetzt dazwischen. »Was meinen Sie mit misshandelt? Wie geht es ihm? Und wo liegt er überhaupt? Kann man zu ihm?«

Der Typ reicht mir den Zettel rüber. Darauf stehen ein paar Informationen. Das Krankenhaus, die Zimmernummer und der Name des behandelnden Arztes.

»Bist du sein …?«

»Bruder«, helfe ich nach. »Ich bin sein Bruder. Marvin.«

»Ach, du bist also sein Bruder Marvin. Der mit dem Fahrrad …«

»Wieso? Ja, äh, schon. Aber was hat das mit Robin zu tun?«, stammele ich so vor mich hin. Und dann beginnt er zu erzählen. Er erzählt uns die ganze verdammte Geschichte mit dieser Scheißanzeige. Dass es nämlich doch jemanden gegeben hat, der diese miese Bande von der Fahrradgeschichte alle miteinander angezeigt hat. Und das war Robin. Der ist nämlich noch am selben Nachmittag zur Polizei gegangen. Gleich nachdem ich ihm daheim davon erzählt hab, ist er losmarschiert. Schnurgerade in die Polizeiwache rein, und dort hat er seine Aussage gemacht. Hat alle Namen angegeben und die Adressen gleich noch dazu.

»Ich hatte an diesem Nachmittag zufällig auch Dienst und kann mich sehr gut dran erinnern. Er war ziemlich wütend, dein Bruder. Und hat immer wieder gesagt, dass es jetzt langsam reicht. Dass diese Typen jetzt auch noch seine Familie angehen würden. Und dass das jetzt wirklich zu weit geht. Er war echt total aus dem Häuschen. Wir haben die Sache natürlich aufgenommen, ganz klar. Und wir werden uns darum kümmern«, sagt er und dreht an seiner Mütze rum. »Aber ehrlich gesagt, Marvin, ist die Demolierung eines Fahrrades ja jetzt nicht unbedingt so ein ganz großes Ding.«

»Haben Sie denn das Teil gesehen? Ich meine, haben Sie sich das Fahrrad mal angesehen?«, frage ich.

Er nickt.

»Es gehört schon eine ziemliche Zerstörungswut dazu, ein Metall so dermaßen zu verbiegen, oder?«

»Definitiv.«

»Aber das ist ja auch alles scheißegal. Wie geht es denn Robin jetzt?«, frage ich, weil er ja noch immer nicht auf meine Frage geantwortet hat.

»Es geht ihm wohl ziemlich schlecht, Marvin. Allem An-schein nach wurde er mit einer Eisenstange bearbeitet. Im Moment liegt er auf Intensiv. Mehr aber könnt ihr sicher vor Ort in der Klinik erfahren.«

»Wie … auf Intensiv?«, fragt Elvira plötzlich und kichert. Völlig daneben, aber so ist sie. »Er … er ist doch nur zur Schule gegangen. Er kommt bestimmt auch gleich heim. Nur manchmal … manchmal kommt er ziemlich spät, weil er da halt lieber noch mit ein paar Freunden … Sie wissen das doch bestimmt selber, Herr Kommissar. Wie die jungen Leute halt so sind. Nicht wahr, Locke, der Robin, der kommt doch be-stimmt gleich nach Hause.«

»Was … was genau ist denn passiert?«, frag ich und meine Stimme kratzt hinten im Hals. Der Beamte zuckt mit den Schultern.

»Genaueres wissen wir eigentlich auch noch nicht. Nur, dass er von einer Putzfrau gefunden wurde. Hinter den Müll-containern, drüben am Bahnhof. Da ist er gelegen, schwer verletzt, und war nicht mehr ansprechbar. Neben ihm eben diese Eisenstange. Mehr können wir zum momentanen Zeit-punkt leider auch noch nicht sagen.«

»Zieh dich um, Elvira. Wir müssen ins Krankenhaus«, sage ich und stehe auf. Sie schaut auf ihre graue Jogginghose runter und streicht nachdenklich über den Stoff.

»Ich kann Sie hinbringen, wenn Sie das möchten«, sagt der Polizist und erhebt sich nun auch.

Ich tippe eine Nachricht in mein Handy. Kevin muss wis-sen, was hier gerade alles passiert.

»Das wär prima«, sage ich währenddessen zu dem Beam-ten. Und weiter zu Elvira und auch etwas lauter: »Jetzt komm schon in die Gänge, Elvira, und zieh dich endlich um!«

Sie hört auf, den dämlichen Stoff glatt zu streichen, und macht sich auf den Weg ins Schlafzimmer. Dann läutet mein Handy.

»Was, verdammt, ist passiert?«, höre ich Kevin durch den Hörer schreien. Ich lasse ihn kurz an meinem Wissensstand teilhaben, und wir verabreden, uns in der Klinik zu treffen.

Robin hat Verbände an so ziemlich allen Körperstellen und sein Kopf ist bis auf die Nasenlöcher, den Mund und ein Auge vollständig zugepflastert. Er hängt an ein paar Geräten, die unentwegt piepsen. Doch er selbst macht keinen Mucks. Elvira steht vor seinem Bett und weint, und zwar so, dass es sie am ganzen Körper schüttelt. Als Kevin eintrifft, nimmt er sie in die Arme, und da sacken ihr einfach die Beine weg. Als schließlich der Doktor kommt, kann er uns im Grunde auch nicht wesentlich mehr mitteilen als das, was wir bereits von dem Bullen wissen. Schwere Verletzungen, etliche Brüche an Rippen, Nasen- und Schlüsselbein, diverse Quetschungen, Prellungen und Blutergüsse. Er ist nicht in Lebensgefahr, aber sein Zustand ist ernst. Er ist hier in den besten Händen. Ob aber etwas zurückbleiben wird, kann der Arzt momentan noch nicht sagen. Alles Weitere frühestens morgen. Abwarten, sagt er. Und ihn schlafen lassen. Mehr könne man jetzt nicht für ihn tun. Kevin und ich, wir starren 'ne ganze Weile völlig fassungslos auf dieses schneeweiße Krankenbett. Auf diesen leblosen Körper. Auf unseren Bruder, der ganz offensichtlich dort liegt und trotzdem Lichtjahre von dem entfernt ist, was er ansonsten verkörpert. Wir lauschen den Tönen der Geräte, dem Gerede des Arztes und Elviras Schniefen. Dann sehen wir uns kurz an und beschließen, nach Hause zu gehen. Weil es hier sowieso nichts zu tun gibt. Und ich glaub auch, weil es uns Angst macht. Diese ganze Situation hier, die ist so was von unwirklich. Und unheimlich ist sie irgendwie auch. Deshalb will ich weg hier. Und Kev geht's genauso. Elvira aber weigert sich vehement mitzukommen. Sie ist so weiß wie das Krankenbett und kann nicht aufhören zu weinen. Und am Ende schafft sie es tatsächlich, ein Bett neben Robin zu bekommen.

In den folgenden Tagen ist Elvira kaum zuhause. Sie kommt höchstens mal kurz vorbei, um zu duschen und sich umzuziehen. Ansonsten verlässt sie Robins Zimmer nicht. Sie hockt auf dem Stuhl neben dem Krankenbett und hält seine Hand. Oder sie sitzt auf der Bettkante und singt ihm was vor. So wie sie es früher immer gemacht hat, als wir noch klein waren. Sie sitzt da und starrt in das aschfahle Gesicht und merkt dabei gar nicht, dass sie eigentlich dieselbe Hautfarbe hat. Eine der Krankenschwestern kümmert sich ein bisschen um sie. Versorgt sie mit Essen und Getränken und bringt ihr sogar was zum Lesen mit.

Kevin und ich gehen nicht sehr häufig ins Krankenhaus. Kev sowieso nicht, weil er einfach keine Zeit hat. Schließlich muss er jetzt fürs Abi lernen. Und ich nicht, weil es mich irgendwie total runterzieht, wie Robin so daliegt. Oder das, was von ihm übrig ist. Wenn ich mir vorher so oft gewünscht habe, er soll doch bitte endlich mal sein Maul halten, weil eh nichts Freundliches über seine Lippen kam, so wünsche ich mir jetzt umso mehr, er würde endlich was sagen. Egal was, und selbst wenn's auch bloß wieder Gemeinheiten wären. Das wäre mir egal. Aber er sagt nichts. Liegt nur da in seinen Verbänden und schweigt. Und das kann ich einfach nicht haben. Drum bleibe ich weg, so oft es nur geht. Dafür telefonieren wir täglich mit Elvira, und die hält uns gut auf dem Laufenden. Ihre Stimme wird klarer und lauter mit jedem Gespräch. Sie berichtet uns alles, was abgeht dort in Robs Zimmer. Irgendwie habe ich fast den Eindruck, sie genießt das alles ein bisschen. Natürlich nicht Robins Zustand. Das nicht. Aber die Situation dort. Kein ›Richter Hold‹ im TV, sondern ›Emergency Room‹ live. So was in der Art.

Daheim ist es kaum anders als sonst. Außer vielleicht, dass das Sofa jetzt leer ist und keiner mehr die Katzenschüssel umtritt.

Der Beamte von neulich war noch mal hier und hat gesagt, die Ermittlungen seien am Laufen und sie hätten ihre Pappenheimer schon im Visier. Allerdings geben die sich alle gegenseitig irgendwelche Alibis, die alle erst noch überprüft werden müssen. Dieses kriminelle Pack »Pappenheimer« zu nennen, finde ich persönlich fast pervers. Nein, es ist pervers, ehrlich.

Friedl und ich, wir hängen jetzt viel im Casino rum, kickern oder spielen Billard. Und wir hören Musik. Meistens Marley. Und immer ziemlich laut. Schon allein deshalb, damit wir das nervige Tropfen des Wasserhahns hinten aus dem Klo nicht ständig hören müssen. Wir haben zwar schon versucht, das verrostete Teil zu reparieren. Aber keine Chance. Es ist einfach völlig im Arsch. Manchmal hocken wir auch bloß auf dem Billardtisch rum, rauchen eine Kippe und reden. Dann fragt mich Friedl nach Robin. Und manchmal auch nach Aicha. Und ich erzähle ihm, was ich weiß. Von Aicha aber ist es eigentlich nicht wirklich viel. Einfach, weil Kev sie kaum mehr trifft. Außer in der Schule hält er sich seit Neuestem strikt fern von ihr. Mit dieser Nummer will er ihrem Vater vorgaukeln, dass die Sache vorbei ist. Er sagt, wenn der Alte weiterhin Verdacht schöpft, fliegt die Schwangerschaft nur umso schneller auf.

Fünf

Dass es dann nicht Aichas Vater, sondern ihre Mutter ist, die von der Schwangerschaft Wind bekommt, ist wohl Ironie des Schicksals, deshalb aber nicht weniger gefährlich. Als Aicha ein paar Tage später wie gewohnt von der Schule nach Hause kommt, stehen zwei gepackte Koffer in der Diele. Darüber wundert sie sich zwar kurz, weil ihr von einer Reise überhaupt nichts bekannt ist, aber sie verbindet es nicht im Geringsten mit ihrer eigenen Person. Erst als sie in die Küche kommt und ihre Mutter am Tisch sitzen sieht, wird ihr schlagartig klar, was hier grade läuft. Ihre Mutter sitzt zwar genauso am Küchentisch, wie sie es um diese Uhrzeit immer tut. Doch heute schneidet sie kein Gemüse in feine Streifen oder mischt den Salat durch. Nein, heute hockt sie am blitzblanken Tisch, in kerzengerader Haltung und mit glasigen Augen. Und sie pocht mit spitzen Fingern auf Aichas Mutterpass, der genau dort vor ihr liegt. Aicha sacken sofort die Beine weg. Sie hatte den Pass doch so gründlich versteckt. Wie zum Teufel hat das nur passieren können? Ihre Mutter muss wirklich jeden verdammten Quadratmillimeter ihres Zimmers durchwühlt haben. Anders ist das nicht zu erklären.

Eine knappe Stunde später stehen Aicha und Kevin bei uns im Casino und erzählen ihre Geschichte. Sie sind völlig atemlos und aufgewühlt, aber immerhin sind sie erst einmal hier. Und somit in Sicherheit. Hier war seit Monaten keiner mehr, der da nicht hingehört.

»Jetzt erst mal tief durchschnaufen und hinsetzen«, sagt Friedl, während er aus allen möglichen Ecken des Raumes Stühle hervorzieht, um eine Sitzgruppe zu bilden.

»Jetzt schieß schon los«, sage ich, setze mich verkehrt rum auf einen Stuhl und sehe Kevin auffordernd an.

»Ja, keine Ahnung. Wo soll ich anfangen. Also, die Koffer waren gepackt, und Aicha wollte von ihrer Mutter natürlich wissen, was jetzt geschieht, ganz klar, oder? Ha, und die sagt ihr, dass sie jetzt gleich mit ihr zum Flughafen fahren wird«, sagt Kevin und schüttelt den Kopf. Aicha greift nach seiner Hand.

»Sie wollte mich heute noch höchstpersönlich in die Türkei bringen, stellt euch das mal vor«, sagt sie und wischt sich über die Augen. »Sie ... sie hatte auch alles schon organisiert.

Hatte die Flüge gebucht und die Verwandtschaft informiert, die uns am Flughafen abholen sollte. Es wird alles wieder gut, hat sie immer wieder gesagt. Und dass es da in der Türkei ganz hervorragende Ärzte gibt, die sich um alles kümmern werden. Ich wäre hinterher wieder genauso, als wär gar nichts passiert.« Aichas Stimme zittert, und schließlich bricht sie in Tränen aus.

Kev drückt sie an sich und erzählt an ihrer Stelle weiter.

»Aber meine kleine Aicha, die hat sofort geschaltet«, sagt er und küsst sie auf die Stirn. »Sie hat am Anfang einfach so getan, als würde sie dieses Spielchen mitspielen. So, als wär sie einverstanden, mit in die Türkei zu reisen. Daraufhin war ihre Mutter natürlich sehr erleichtert. Und irgendwann hat sie ein Taxi gerufen, das sie zum Flughafen bringen sollte. Und weil man vor einer längeren Reise natürlich noch mal dringend aufs Klo geht, hat Aicha das dann halt auch gemacht. Und dort hat sie einfach heimlich den Schlüssel mit nach draußen genommen. Und kurz bevor das Taxi kam, ist ihre Mutter dann auch noch mal aufs Klo. Und dann – zack – hat meine kleine schlaue Schnecke hier einfach die Tür von außen zugesperrt. Ja, und was soll ich sagen? Dann hat sie sich ihren Koffer geschnappt, ist ins Taxi gestiegen und hat mich angerufen. Und jetzt … jetzt sind wir eben hier.«

»Wahnsinn«, sage ich, weil mir momentan wirklich nichts Besseres einfällt.

»Du hast sie ins Klo eingesperrt?«, fragt Friedl ganz ungläubig.

Aicha nickt. Und sie weint.

»Wahnsinn«, sage ich, weil mir noch immer nix einfällt.

»Okay, okay, jetzt mal ganz in Ruhe«, Friedl steht auf, geht rüber zum Billardtisch und hockt sich drauf. »Jetzt seid ihr erst einmal hier, und das ist gut so. Hier seid ihr in Sicherheit. Da findet euch niemand, das ist klar. Fakt aber ist auch, dass dein Vater dich suchen wird, Aicha. Und wie soll das alles weitergehen? Willst du dich hier etwa verstecken, bis das Kind kommt? Und ich meine, du musst doch zur Schule, oder etwa nicht? Das ist echt der totale Horror hier.«

Aicha zuckt mit den Schultern und weint.

»Keine Ahnung, Mensch«, sagt Kev ziemlich schroff. »Jetzt lass sie erst mal in Ruhe, verstanden. Sie ist jedenfalls hier und nicht etwa in der Türkei bei irgendwelchen dubiosen Pfuschern. Und wie du grade so schön gesagt hast, hier kann sie ganz sicher niemand so schnell finden. Und das ist momentan das Wichtigste.«

»Soll sie hier übernachten, oder was?«, muss ich jetzt wissen.

Kevin nickt.

»Ja, wir werden beide heute Nacht dableiben. Und morgen ist ein anderer Tag. Dann sehen wir weiter.«

»Gut, dann geh ich jetzt erst mal nach Hause und bringe unsere Schlafsäcke hierher. Ein paar Wolldecken liegen hinten auf dem alten Sessel. Und neben der Spüle müssten noch ein paar Tütensuppen liegen, für den Fall, dass einer Hunger kriegt«, sage ich und stell ihnen erst mal 'ne Cola hin.

»Ich hätte auch noch eine Luftmatratze zuhause. So ein riesiges Teil für zwei Personen. Soll ich euch die vielleicht später auch noch kurz vorbeibringen?«, fragt Friedl.

»Ja, das wär ziemlich genial. Weil auf dem Sofa, da hat im Höchstfall einer von uns Platz. Außerdem riecht es irgendwie total nach Hund. Und auf dem Fußboden, na, ich weiß auch nicht, ist wohl eher nicht so der Brüller. Aber ihr kommt erst, wenn es dunkel ist, verstanden? Und passt bloß auf, dass euch keiner folgt«, sagt Kevin noch.

Wahnsinn. Es ist fast wie in einem Agententhriller.

Als ich zuhause die Treppen hochrenne, hockt er schon vor unserer Haustür, Aichas Alter. Hockt auf der obersten Stufe und schaut mich an. Kein freundlicher Blick.

»Sie schon wieder. Was für eine Freude«, sage ich und krame meinen Schlüssel aus der Hosentasche.

»Wo ist meine Tochter?«, fragt er und steht auf.

»Woher soll ich denn das wissen? Bin ich ihr Babysitter, oder was«, murmele ich, während ich die Tür aufschließe. Und schon schiebt er mich zur Seite, und zwar ziemlich grob, und betritt noch vor mir die Wohnung. Buddy kommt uns gleich mal entgegen und fordert lautstark sein Futter. Den versorge ich zuerst in aller Ruhe. Allein schon, um etwas durchschnaufen zu können und dem ungebetenen Gast keine Audienz geben zu müssen.

»Aicha! Aicha, komm sofort raus, hörst du! Komm raus, wenn du hier bist! Aicha!«, schreit der Alte in der Zwischenzeit und rennt von Zimmer zu Zimmer. Reißt eine Tür nach der anderen auf und durchquert mehrere Male unsere Wohnung. Er schaut in jeden Schrank und sogar unter die Betten. Er blickt auf den Balkon hinaus und durch die Fenster.

»Ja, wir haben sie aus dem Fenster gehängt. Wir dachten, da kommen Sie nie drauf«, murmele ich so vor mich hin.

»Werde bloß nicht frech, mein Junge«, sagt er und kommt bedrohlich nahe.

»Wo sind die beiden? Sag mir sofort, wo sie sind!«, schreit er mich schließlich an.

»Wer genau?«

Dann haut er mir eine runter, dass mein Kopf richtig baumelt.

»Dein Bruder, dieser Bastard, und mein Tochter Aicha! Das weißt du genau!«

Ich atme tief ein, spucke ihm dann direkt vor die Füße und bleibe wie angenagelt vor ihm stehen. Wir atmen beide ziemlich schnell. Ich schau ihm genau ins Gesicht. Seine Augenlider beginnen zu flattern. So stehen wir eine ganze Zeit lang Nasenspitze an Nasenspitze. Und obwohl meine Wange wie Feuer brennt und ich alle fünf Finger genau drauf spüren kann, bewege ich mich keinen Millimeter. Stattdessen starre ich ihm direkt in die Augen. Er ist es dann, der sich zuerst abwendet. Ich bin echt froh darüber. Und irgendwie stolz.

»Du weißt also wirklich nicht, wo sie ist, meine Tochter?«, sagt er jetzt deutlich leiser und fast etwas weinerlich.

»Nein, Mann.«

»Und wo ist … wo ist dein Bruder?«

»Der ist bei meinem anderen Bruder. Und zwar im Krankenhaus. Der liegt da nämlich seit vielen Tagen, und ihm geht's ziemlich dreckig, okay? Und da ist Kevin jetzt, um ihn zu besuchen. Und ich selber, ich muss da auch gleich noch hin, verstanden? Wenn Sie sich also bitte bald mal vom Acker machen würden.«

»Und du lügst mich auch nicht an?«

»Nein, Mann!«

»Weißt du, mein Junge, es wäre mir wirklich tausendmal lieber gewesen, ich hätte sie hier bei euch aufgefunden und einfach mit mir nach Hause nehmen können, meine kleine Aicha. Wenn sie sich doch nur nichts antun wird!« Jetzt bleibt ihm fast die Stimme weg.

»Ja, das hätten Sie sich vielleicht einfach mal früher überlegen sollen. Bevor Sie sich ständig in ihr Leben eingemischt haben«, sag ich noch.

»Ich bin ihr Vater! Aber davon hast du ja keine Ahnung.«

»Mag sein.« Er schnauft tief durch und dreht sich dann ab. Öffnet die Tür und geht ins Treppenhaus raus.

»Ihrer Mutter macht das alles schwer zu schaffen, weißt du. Sie wird ganz krank dadurch, es ist wirklich furchtbar.«

»Ja, das tut mir leid, echt«, sage ich noch und versuche diese blöde Türe zu schließen.

»Ich wollte dich nicht schlagen, mein Junge, hörst du. Das wollte ich wirklich nicht«, kann ich ihn noch leise durch die geschlossene Tür vernehmen. Und irgendwie kaufe ich ihm das sogar ab. Wobei ich wirklich nicht sagen kann, ob ich mehr Angst vor ihm habe oder Mitleid mit ihm. Werde ich aber wohl so auf die Schnelle auch nicht rausfinden können.

Jetzt aber heißt's erst mal tierisch Gas geben, weil er mit an Sicherheit grenzender Wahrscheinlichkeit gerade auf dem Weg ins Krankenhaus ist und ich unbedingt vor ihm dort eintreffen muss. Mit dem Skateboard bin ich zwar sowieso viel schneller als er mit dem Auto über eine Million Ampeln drüber. Doch ich muss auch noch dringend mit Elvira sprechen, ehe er kommt. Muss ihr alles erklären. Und zwar so, dass sie es auch tatsächlich kapiert.

Zu meiner kompletten Überraschung versteht sie den Ernst der Lage in null Komma nix. In leicht verständlichen Worten erklär ich ihr den aktuellen Sachverhalt, und sie hört äußerst aufmerksam zu, nickt pausenlos und scheint schließlich alles begriffen zu haben. Und als der Alte schon ein paar Minuten später schließlich im Krankenzimmer eintrifft, funktioniert sie praktisch wie auf Knopfdruck. Ich verstecke mich derweil draußen auf dem Balkon, kann aber durch das gekippte Fenster hindurch jedes einzelne Wort prima hören.

»Der Kevin? Ja, ja, der war den ganzen Nachmittag über hier bei uns. Bei seinem kranken Bruder hier«, lügt sie und wirkt dabei äußerst glaubhaft. »Vor ein paar Minuten, da ist er gegangen. Eigentlich müssten Sie ihn doch im Korridor noch getroffen haben.«

Er schüttelt den Kopf.

»Nein«, sagt er. »Da müssen wir uns wohl knapp verpasst haben. Hat er … hat er zufällig irgendetwas von Aicha erzählt?«

»Nein, das hat er leider nicht. Aber er erzählt eigentlich nie viel von Aicha. Ist ja auch mehr sein Privatkram.«

»Privatkram. Ja, ja. Dann entschuldigen Sie bitte. Und äh, gute Besserung«, sagt er und deutet mit dem Kinn rüber auf das Krankenlager. Anschließend geht er mit hängenden Schultern und zieht leise die Tür hinter sich zu.

»Das hast du ziemlich gut hingekriegt, Elvira«, sage ich, während ich wieder ins Zimmer zurückkomm. Sie strahlt übers ganze Gesicht. Dann gehe ich zu Robin rüber und schaue ihn an. Seine Haut ist fahl und die Haare fettig. Schaut echt scheiße aus.

»Wie geht's ihm?«, frage ich und setz mich ans Fußende.

»Heute Morgen ist er kurz aufgewacht und hat so ein bisschen mit den Augen geblinzelt. Der Doktor meint, das wär ein ziemlich gutes Zeichen«, sagt sie und streicht den Bettbezug glatt. Auf einmal geht die Tür auf, und eine Schwester kommt rein mit einem Tablett und einigen Zeitschriften unter dem Arm. Sie ist ziemlich dünn und uralt, ich würd einmal sagen, Minimum fünfzig. Außerdem hat sie ganz kurze silbergraue Stoppelhaare. Und irgendwie sieht das gut aus.

»Ich hab dir etwas zum Lesen mitgebracht, Elvira. Sind auch ein paar schöne Kreuzworträtsel drin. Magst du Kreuzworträtsel? Ach, ich sehe, ihr zwei Hübschen habt grade Besuch«, sagt sie freundlich und stellt das Tablett auf dem Tisch ab. Da steht eine Tasse mit dampfendem Tee drauf und ein Teller mit Kuchen. Die Zeitschriften legt sie sorgfältig daneben. »Ja, wenn ich das natürlich vorher gewusst hätte, dann hätte ich doch noch eine zweite Portion ...«

»Nein, überhaupt kein Problem. Ich muss sowieso schon gleich wieder weiter«, sage ich und stehe auf. Die Schwester schaut mich mit funkelnden Augen an und lächelt. Ich lächle artig zurück.

»Und du bist?«, fragt sie und neigt dabei ihren Kopf leicht zur Seite.

»Marvin. Ich bin Marvin. Robins Bruder.«

»Ja«, mischt sich jetzt Elvira ein. »Das ist mein Jüngster, der Marvin.«

»Der Marvin, also. Das ist schön. Na, wie geht es denn unserem Patienten heute?«, fragt sie, wendet sich zu Robin und schüttelt das Bett auf. Und so verabschiede ich mich und mach mich auf den Heimweg. Irgendwie komisch, diese Schwester. Ich meine, immerhin ist es ja nicht ihre Aufgabe, sich auch noch um Elvira zu kümmern. Aber sie tut es. Sie ist offenbar so was wie die Mutter der Stationen – wird mal hier und mal da eingesetzt und ist überall total beliebt.

An den nächsten Abenden, immer wenn ich mit Elvira telefoniere, erzählt sie mir jedes Mal irgendwas über diese Schwester. Schwester Annemarie. Und dann geht es am Telefon Annemarie dies und Annemarie das. Häufig geht es dabei freilich auch um Robin. Aber eben nicht ausschließlich. Schaut ja beinah so aus, als hätte Elvira so etwas wie eine Freundin gefunden, was ich ziemlich gut finden würde nach dieser ganzen einsamen Zeit mit ›Richter Hold‹ und Kindermilchschnitten.

Am Montag darauf wacht Robin endlich auf. Also, ich meine jetzt richtig, nicht nur so blinzelnderweise. Und er spricht auch mit uns. Erinnern kann er sich an absolut nichts mehr, zumindest nicht, was den Vorfall mit dieser Eisenstange betrifft. Seine Wunden sind gut verheilt, er hat jetzt eine fette Narbe über dem rechten Auge und zwei kleinere darunter, und das sieht ziemlich cool aus. Dabei hat er ein riesiges Glück gehabt. Um ein Haar, um ein winziges Haar, hätte er nämlich das Augenlicht verloren, sagt sein Doktor. Aber jetzt schaut alles recht gut aus. Ein paar Tage noch, höchstens zwei Wochen, und dann darf Robin auf Reha fahren. Dort gibt's ein nagelneues Schwimmbad und Massagen und lauter Zeug, das sich echt gut anhört. Und da freut er sich jetzt richtig drauf. Und Elvira, die freut sich offensichtlich mindestens genauso.

Sechs

Als Robin vier Wochen später aus der Reha zurückkommt, wirkt er ziemlich verändert. Nicht nur, dass er körperlich fast wie neu ist. Nein, auch sein ganzes Wesen ist irgendwie anders. So kenne ich ihn eigentlich gar nicht. Oder zumindest nicht in den letzten Jahren. Früher, da war er auch so. Hilfsbereit und aufmerksam und auch ein bisschen sensibel. Aber in den letzten paar Jahren hatte er sich immer mehr verändert. Seitdem war er eigentlich nur noch ein Arschloch. Ich war immer froh, wenn er nicht zuhause war. Besonders, weil ich ja auch noch die Ehre habe, ein Zimmer mit ihm zu teilen. Wenn er da war, hat er mich blöd angemacht. Im Idealfall hat er mich ignoriert. Ja, das ist wenig prickelnd, so einen Zimmergenossen zu haben. Aber jetzt, jetzt ist er eben irgendwie anders. Seltsam, irgendwie kann ich noch nicht so recht einordnen, ob ich ihm das abkaufe. Mal sehen. Jedenfalls ist er aus der Reha zurückgekommen, und Elvira war ganz aus dem Häuschen vor lauter Freude. Und er wollte gleich wissen, was alles so passiert ist in seiner Abwesenheit. Und als er die Sache mit Aicha erfahren hat, war er wirklich besorgt. Hockte dort auf der Wohnzimmercouch und starrte vor sich hin, und nach einer Weile beschloss er, zu Aicha ins Casino zu ziehen; weil er ja eh noch bis zum Ende des Schuljahres krankgeschrieben ist. Packte dann in Lichtgeschwindigkeit seinen Rucksack, und bei Einbruch der Dunkelheit machten wir uns zu dritt auf den Weg. Rob hockte auf Kevins Gepäckträger, und ich hatte den Rucksack und fuhr mit dem Skateboard. Aicha freut sich über den neuen Mitbewohner. Sie sagt, dass sie es satt hat, hier ständig alleine rumzuhängen.

Seit drei Tagen ist Rob jetzt dort. Und das ist ein Riesenvorteil für Kevin und mich. Weil uns somit in der Schule nicht ständig der Schädel auf die Tischplatte knallt vor lauter Müdigkeit. Die letzten Wochen waren ganz schön anstrengend – besonders die Nächte. Aicha verlässt das Casino nämlich tagsüber nie, weil sie natürlich eine irre Angst hat, entdeckt zu werden. Weil sie weiß, dass ihre Eltern sie suchen und ihr blöder Bruder erst recht. Und weil sie ebenso weiß, dass sie vermutlich die Hölle erwartet, wenn sie gefunden wird. Deshalb ist sie wahnsinnig vorsichtig. Und das ist auch gut so. Drum bleibt eben nur die Dunkelheit, um wenigstens ein bisschen mit ihr spazieren zu gehen. Es ist jetzt Anfang Juni, und das bedeutet, dass wir frühestens um zehn, halb elf losmarschieren können. Da ist dann vor zwei Uhr morgens mit Schlaf nicht wirklich viel los. Mittlerweile sucht auch die Polizei nach ihr, und das macht die Sache noch deutlich komplizierter. Da kann man sich schon denken, dass das alles ziemlich anstrengend ist. Dazu kommt noch, dass Achmed vor und nach der Schule und sogar in der Pause nervt bis zum Gehtnichtmehr. Entweder beleidigt er uns aufs Übelste oder er droht uns mit allem Möglichen, wenn wir ihm nicht endlich was über Aicha erzählen. Dabei ist er einmal total gemein und das andere Mal eher verzweifelt. Ich kann echt nicht einschätzen, wie er tickt. Wie gesagt, die ganze Situation ist nicht grade entspannt.

Bevor Robin aus der Reha zurückkam, da haben Kevin und ich uns nachts immer abgewechselt. So haben wir wenigstens jede zweite Nacht eine Mütze voll Schlaf abbekommen. Jetzt hat Rob diesen Part der nächtlichen Touren komplett übernommen. Gesundheitlich ist er eben noch nicht fit genug, um zur Schule zu gehen. Deshalb humpelt er eben jetzt langsam neben Aicha her und bleibt auch über Nacht bei ihr im Casino. Aber das Humpeln und die coolen Narben im Gesicht sind zum Glück das Einzige, was er von dem Überfall behalten hat. Viele der Stunden dort verbringen die beiden mit ihren Schularbeiten. Und mein Teil bei dieser Sache ist, täglich die aktuellen Schulunterlagen für Robin zu besorgen. Somit ist er erstens beschäftigt und zweitens bleibt er am Ball.

Kevin macht für Aicha dasselbe, und weil die eh zusammen in die Klasse gehen, kopiert er einfach alles und gibt es ihr. Und da hocken sie dann am Nachmittag, die beiden, und machen brav ihre Aufgaben. Aicha ist sehr pflichtbewusst und penibel und wahrscheinlich sogar ein kleiner Streber. Und irgendwie färbt das wohl auf Robin ab. Jedenfalls bin ich immer ziemlich platt, wenn ich ins Casino komme und sehe, wie er hochkonzentriert über den Büchern hockt. Ein Anblick, den ich echt nicht kenne. Wir sind sowieso bei jeder Gelegenheit dort im Casino. Kevin natürlich allein schon wegen Aicha. Aber auch Friedl und mich zieht es ständig dorthin. Es ist eigentlich wie Familie dort, nur dass keiner dämliche Vorschriften macht oder die Katzenschüssel umtritt. Und von ›Richter Hold‹ werden wir auch verschont.

Anfangs hat Elvira keinerlei Fragen gestellt. Sie wollte gar nicht wissen, wieso wir oft erst so spät in der Nacht nach Hause kommen. Sie wollte nicht wissen, wo Robin ständig übernachtet. Und erst recht hatte sie kein Interesse, wie es Aicha geht. Eines Nachmittags aber bekommt sie Besuch, und zwar von dieser Schwester. Dieser Annemarie. Und die hat wieder Kuchen dabei. Dieses Mal sogar für alle. Ein ganzes Backblech voll selbstgebackenem Apfelkuchen. Also ich persönlich finde das ja klasse. Ich weiß nicht, wann es das letzte Mal selbstgebackenen Kuchen bei uns gegeben hat. Vielleicht noch nie, keine Ahnung. Elvira freut sich total, geht gleich in die Küche und setzt Kaffee auf. In der Zwischenzeit verteilt Annemarie den Kuchen auf Teller, von denen kein einziger zum anderen passt. Einige haben auch kleine Sprünge oder sind an den Kanten abgeschlagen. Aber das ist jetzt egal. Der Kuchen liegt drauf, und das ist momentan alles, was zählt.

»Setz dich doch, Annemarie«, sagt Elvira, nachdem sie mit der Kaffeekanne zurück ist, und die hockt sich in Elviras Mulde auf der Couch. Ich schnappe mir schnell meine Ration und verschwinde in meinem Zimmer. Auf Kaffeekränzchen mit den zwei Mädels habe ich jetzt echt keinen Bock. Der Kuchen aber, der ist einfach genial.

Später, als das Silberköpfchen wieder weg ist, kommt Elvira zu mir ins Zimmer.

»Sag mal, Locke, der Kevin, ist der eigentlich noch mit diesem Türkenmädchen zusammen?«, fragt sie und setzt sich auf die Bettkante.

»Warum fragst du ihn das nicht selber?« Ich lege die Maus beiseite und schaue sie an.

»Weil er nicht da ist, verdammt. Aber du bist da. Also?«

»Woher soll ich denn das wissen? Frag ihn doch einfach selber, wenn er zurückkommt.«

»Und überhaupt, warum seid ihr nachts immer so lang unterwegs, der Kevin und du? Und wo ist eigentlich Robin die ganze Zeit? Der kommt ja kaum noch nach Hause.«

Als hätte sie das je interessiert. Bisher war doch ihr Lebensinhalt recht überschaubar. ›Richter Hold‹, die Couch und vielleicht gerade noch Buddy. Woher kommt dieser unerwartete Forschungstrieb? Aber ich habe schon so eine Ahnung.

»Sag mal, was hast du eigentlich mit dieser Tussi besprochen?«, fühl ich ihr deshalb auf den Zahn. Sie zuckt ein bisschen hilflos mit den Schultern.

»Mein Gott, über was man halt so spricht. Sie wollte einfach ein bisschen was wissen von mir. Über meine Familie und so. Das ist doch nicht verboten, oder? Und da hat sie sich halt auch nach euch erkundigt. Nach dir und deinen Brüdern. Was ihr denn so macht. In der Schule und auch so privat.«

»Ja, und?«

»Ja, nichts und. Ich bin dagesessen wie bescheuert, weißt du. Konnte auf keine Frage eine vernünftige Antwort geben. Richtig peinlich war das. Und da hab ich erst mal gemerkt, dass ich überhaupt gar nichts weiß von euch. Dass ich keine Ahnung habe, was ihr so treibt. Ich habe überhaupt keine Ahnung von euch, Locke. Ist das nicht furchtbar?«, sagt sie, schaut auf ihre Hände runter, auf diese dicken rosaroten Finger, und streicht dann ihre Jogginghose glatt. Warum tut sie das? Wieso streicht sie immer diese verdammte Jogginghose glatt? Die ist fleckig und verwaschen, hat viele kleine Löcher, und es ist ohnehin niemand da, den diese Scheißhose interessieren würde. Buddy schleicht leise ins Zimmer, schmiegt sich kurz an Elviras Beine und wird prompt von ihr hochgehievt.

»Buddylein, mein Lieber«, sagt sie und streicht ihm ganz sanft übers Fell. Wann hat sie je einen von uns so gestreichelt? Irgendwie steigt gerade die Wut in mir hoch. Eine Wahnsinnswut, um genau zu sein.

»Weil es dich nicht interessiert, Elvira. Es hat dich doch noch nie interessiert, was wir so treiben. Höchstens mal, wenn einer krank ist. Dann kommt dir dein schlechtes Gewissen hoch. Aber sonst geht dir doch alles am Arsch vorbei, oder nicht? Du bist doch schon mit dir selber total überfordert. Kriegst deinen fetten Arsch doch nicht mehr vom Sofa, seit die Fabrik zugemacht hat. Nein, du ziehst dir im Fernsehen lieber die Loser rein und merkst dabei noch nicht mal, dass du selbst einer bist!«

Sie steht wortlos auf, geht hinaus und macht die Tür hinter sich zu. Ja, das war klar. So etwas will sie nicht hören. Wobei ich eigentlich nicht ganz sicher bin. Will sie's nicht hören oder hat sie's gar nicht erst verstanden? Aber im Grunde ist es auch egal, weil es sowieso nichts ändert.

Kurz darauf hört man Geräusche aus Richtung des Flurs. Jemand schließt gerade die Wohnungstür auf. Es ist Kevin. Er wirft seinen Rucksack in die Ecke und geht dann wohl ins Wohnzimmer.

»Alles in Ordnung, Elvira?«, kann ich ihn hören und lege die Maus beiseite.

»Nein, gar nichts ist in Ordnung«, sage ich wohl ein bisschen laut, gleich wie ich bei den beiden eingetroffen bin.

»Locke!«, wimmert Elvira aus ihrer Mulde heraus. Sie weint. Aber das war ja nicht anders zu erwarten.

»Sag mal, hab ich was verpasst?«, fragt Kevin und schaut etwas ratlos zwischen unseren Gesichtern hin und her.

»Nein, es ist alles gut«, sagt Elvira kaum hörbar.

»Es ist überhaupt nichts gut, verdammt!«, schreie ich und bin schon wieder voll am Kochen. »Jetzt ist er doch da, der Kevin. Hier steht er. Du hattest doch ein paar Fragen an ihn, oder nicht? Jetzt frag ihn doch bitte gefälligst selber!« Dann gehe ich und knalle die Tür hinter mir zu.

Ich kann kaum schlafen in dieser Nacht und bin so zeitig wach, dass ich es vor der Schule noch kurz ins Casino rüber schaffe. Da ich ja jetzt nicht mehr zur Spezies der glücklichen Radfahrer gehöre, nehme ich das Skateboard. Nachdem ich den restlichen Kuchen vom Vortag in Alufolie verpackt habe, mache ich mich damit auf den Weg. Aicha liegt auf der Luftmatratze, eingemummt in ein paar Decken, und Robin hat sich drüben auf dem Sofa zusammengekauert. Beide schlafen noch tief und fest. Aber klar, wenn man die halbe Nacht lang spazieren geht, braucht man morgens etwas länger, um aus den Federn zu kommen. Hinten aus dem Klo hör ich den Wasserhahn tropfen. Vorsichtig ziehe ich mir einen Stuhl hervor und versuche möglichst leise, den Kuchen auszupacken. Der schmeckt heute noch besser als gestern, und ich genieße jeden einzelnen Bissen. Es ist ziemlich friedlich hier. Das Tropfen des Wasserhahns, das Zwitschern der Vögel und die Morgensonne, die durch das staubige Fenster blinzelt. Durchs Fenster hindurch und genau in Aichas Gesicht. Und irgendwie schaut das so aus, als hätte sie einen Heiligenschein. Lustig! Robin gähnt jetzt ausgiebig und streckt sich. Aber er wacht nicht auf. Ich picke ein paar Krümel von der Tischplatte, schiebe sie mir in den Mund und wickle die Alufolie wieder um den Kuchen. Dann versuche ich, möglichst geräuschlos wieder zu verschwinden.

Nach dem Unterricht passt mich Kevin am Schultor ab. Ich steige vom Skateboard und wir gehen ein paar Schritte gemeinsam.

»Pass mal auf, Locke, ich muss mit dir reden«, sagt er und druckst dann ein bisschen herum.

»Ja, dann mach halt. Ich habe nicht den ganzen Tag für dich Zeit«, sag ich nach einer Weile.

»Ich … ich hab gestern mit Elvira gesprochen. Sie weiß jetzt über alles Bescheid.«

»Was meinst du damit? Worüber weiß sie Bescheid?«

»Na, über alles eben. Sie wollte doch unbedingt wissen, was bei uns alles so läuft. Und da hab ich es ihr eben einfach gesagt.«

»Auch das mit Aicha?«

»Auch das mit Aicha.«

»Du bist verrückt.«

»Ja, wahrscheinlich. Aber schau mal, Locke, wir schaffen das alles nicht mehr alleine. Wie soll das denn weitergehen? Wir können Aicha doch nicht bis zur Geburt im Casino verstecken. Und selbst wenn doch, wo soll sie das Kind dann bekommen? Auf dem Billardtisch vielleicht?«

»Aber von Elvira wirst du bestimmt keine große Hilfe bekommen. Die kriegt doch noch nicht mal ihr eigenes Leben auf die Reihe.«

»Das weiß ich selber, Mann«, sagt er ziemlich schroff, schaut mich kurz an und zuckt schließlich mit den Schultern. »Ja, keine Ahnung, Locke. Im Grunde … im Grunde war es vielleicht auch mehr, dass ich einfach mal jemandem mein Herz ausschütten musste. Bei euch kann ich das nicht. Da muss ich immer irgendwie …«

63

»Cool sein«, unterbreche ich ihn.

»Nein, verdammt. Sag mal, kapierst du das nicht? Das hat doch mit cool überhaupt nichts zu tun. Aber stark, ja, ich muss stark sein! Allein schon für Aicha, Mensch. Sie schafft das sonst nicht.«

»Ja, 'tschuldigung. Hab's auch so nicht gemeint.«

Er nickt.

»Ja, und gestern, da ist eben alles aus mir rausgesprudelt, verstehst du? Ich hab Elvira mein Herz ausgeschüttet, das war alles. Und ob du's glaubst oder nicht, dieses Mal habe ich geheult. Und sie hat mich getröstet. Sie hat gesagt, alles wird gut, kannst du das glauben?«

Nein. Und das will ich auch gar nicht. Weil, jedes Mal, wenn dieser Satz gefallen ist, dann ist nichts gut geworden. Überhaupt gar nichts.

Wahrscheinlich kennt Kev meine Gedanken. Jedenfalls legt er den Arm um mich.

»Sie hat es nicht leicht, weißt du. Eigentlich noch nie, so allein mit drei Kindern. Aber seit der Arbeitslosigkeit …«

»Ja, ja, ich kenn die Geschichte«, sage ich, schüttle seinen Arm ab und lege mir das Skateboard parat.

»Du, Locke!«, sagt Kev noch, gerade wie ich losfahren will.

»Ja, Mann?«

»Das war ganz schön heftig, was du Elvira gestern an den Kopf geschmissen hast.«

»Sie hat's dir erzählt?«

Er nickt. Und er grinst dabei.

»Aber es war auch ganz schön mutig, kleiner Bruder! Und jetzt zisch ab!«, sagt er, stöpselt seine Kopfhörer ein, schwingt sich aufs Fahrrad, und gleich darauf verschwindet er hinter einer Kurve.

Als ich heimkomme, bügelt Elvira. Das ist äußerst ungewöhnlich. Ich betrete das Wohnzimmer und starre sie an.

»Ist was?«, fragt sie, faltet ganz sorgsam ein T-Shirt zusammen und legt es dann auf einen bereits bestehenden Stapel. Alle Achtung! Die war vielleicht fleißig. Wir schauen uns kurz an. In ihrem Blick ist nichts Böses, nichts Nachtragendes. Und schon gar nichts Weinerliches. Eher so etwas wie Stolz. Das verwirrt mich ein bisschen.

»Nein, gar nix«, sage ich deswegen nur und drehe mich ab. In meinem Zimmer haue ich mich aufs Bett und versuche meine Gedanken zu sortieren. Kevin spricht sich bei Elvira aus! Das ist einfach unglaublich. Ich würde mich eher einer Kloschüssel anvertrauen als Elvira. Nicht, dass ich ihre Verschwiegenheit anzweifeln würde. Nein, gar nicht. Wem sollte sie auch was erzählen? Höchstens ihrer neuen Busenfreundin, und das wär mir ziemlich egal. Aber ich hätte das Gefühl, sie würde weder verstehen, was mich bedrückt, noch hätte sie Interesse daran. Und jetzt steht sie im Wohnzimmer und bügelt. Warum tut sie das? Will sie mir damit zeigen, dass sie nicht nur eine Mulde in die Couch sitzen kann? Ha! Ich frage mich nur, ob sie eher mir oder sich selber was vormachen will.

Gerade wie ich so meinen Gedanken nachhänge, kommt von Friedl eine SMS: Hi Locke. Grad hat mich Robins Gang abgepasst. Sie wollten wissen, wo er ist. Ich bin ihnen nur ausgekommen, weil Conradow dazukam. Scheiße.

Scheiße!

Sofort stürze ich zum Fenster und öffne die Gardinen. Drüben steht Friedl und winkt mir kurz zu.

In 2 Minuten unten, tippe ich zurück. Er liest kurz und nickt.

Wir sitzen noch keine Viertelstunde auf der obersten Stufe vor unserer Haustür, da kommen sie auch schon an, Robins tolle Freunde. Heute sind sie zu viert. Sie kommen langsam näher, bleiben dann genau vor uns stehen und schauen uns an. Wir sind ganz exakt auf Augenhöhe. Wenn Friedl und ich aufstehen würden, wären wir deutlich größer, logisch. Aber wir bleiben sitzen. Einfach schon, weil das eine gewisse Langeweile vermittelt. Und das hat was.

»Wo ist der Bimbo?«, fragt jetzt der Häuptling unter ihnen. Er ist ziemlich lässig und er trägt eine Lederjacke. Also nicht so einen billigen Fetzen aus Plastik oder so was. Nein, ein echt geiles Teil. Ich würde alles Mögliche dafür geben, so eine Wahnsinnsjacke zu haben. Vermutlich merkt er, dass ich ihn anstarre. Jedenfalls guckt er auf seine Jacke runter.

»Was glotzt du denn so, Arschloch?«, will er wissen.

»Ich glotz doch gar nicht.«

»Also noch mal zum Mitschreiben, wo ist der Bimbo?«

»Kenn keinen Bimbo, du Mongo«, quäle ich mir heraus, und schon läuft mir ein Angstschauer über den Rücken. Der Typ hebt eine Augenbraue, blickt dann kurz zu den Komplizen und kommt schließlich auf uns zu. Allerdings geht er nur drei von den fünf Stufen hoch. Dort bleibt er stehen. Trotzdem muss ich jetzt leider zu ihm raufschauen.

»Wo ist dein Bruder, Arschloch?«, will er dann wissen. Mich blendet die Sonne, so dass ich wegsehen muss.

»Schau mich an, wenn ich mit dir rede!«

Friedl kramt eine Zigarette hervor, zündet sie an und bläst ihm den Rauch direkt in die Augen. Aber das stört ihn nicht im Geringsten.

»Zum letzten Mal, wo ist dein Bruder?«, fragt er noch einmal mit deutlich mehr Nachdruck und beugt sich dabei tief zu mir hinunter.

»Ach, du sprichst von meinem Bruder? Sag das doch gleich, Mann! Von meinem Bruder Robin. Dem Robin, den ihr Vollpfosten halb totgeprügelt habt. Den meinst du doch, oder, Mongo?«

Jetzt machen sich auch die drei anderen auf den Weg nach oben. Doch ihr Anführer hebt gleich beschwichtigend den Arm.

»Wir? Wir haben überhaupt niemanden verprügelt, verstanden. Das liegt uns überhaupt nicht im Blut, weißt du. Ganz im Gegenteil: Wir haben uns doch immer ganz rührend um den Bimbo gekümmert, oder? Das wirst du doch wohl noch selber wissen.« Er schlägt mir mit seinem Handrücken gegen das Schienbein.

»Gekümmert ist gut«, sage ich und lache kurz höhnisch.

»Und die Eisenstange, die hat er sich dann wahrscheinlich selbst drübergebraten, oder wie?«, will Friedl jetzt wissen.

»Misch du dich nicht ein, Tarnjacke! Du weißt doch genau, was sonst passiert. Heute bist du nur davongekommen, weil dieser blöde Wichser plötzlich aufgetaucht ist«, knurrt ihn die Lederjacke jetzt an.

»Aber er hat doch total recht. Wer, wenn nicht ihr, hätte Robin denn bitte schön 'ne Eisenstange überbraten sollen? Kannst du mir das vielleicht mal erklären?«

»Von einer Eisenstange weiß ich nichts. Wisst ihr etwas von einer Eisenstange?«, fragt er und dreht sich um zu seinen Hintermännern.

Die schütteln einträchtig den Kopf und grinsen dabei.

»Siehst du. Und jetzt also noch mal von vorne. Wo ist er?«

»Er ist noch auf Reha, Mann. Kann schon noch ein paar Wochen dauern.«

Irgendwie ist mir das plötzlich eingefallen.

»So, so, auf Reha. Gut, dann richte ihm gefälligst aus, dass er sich melden soll, wenn er zurück ist. Kannst du dir das merken, oder soll ich's dir eintätowieren, Arschloch?«

»Nee, lass mal. Kann ich mir prima merken«, sage ich noch.

Als sie endlich weg sind, reicht mir Friedl die Kippe rüber. Ein tiefer Zug. Ein Hustenanfall. Prima. Heute läuft's echt wie geschmiert. Friedl schaut mich an und grinst. Nimmt die Kippe zurück und fängt an, Ringe in die Luft zu blasen.

»Wer solche Freunde hat, der braucht keine Feinde mehr«, sagt Friedl aus seinen Ringen heraus. Ich stehe auf und gehe die Treppen hinunter. Dann drehe ich mich um und schaue auf meinen Freund dort auf den Stufen. Wie er da sitzt in seiner Tarnjacke und Ringe in die Luft bläst. Und Sätze vor sich hin plappert, die von seinem Vater stammen.

»Das waren noch nie Robins Freunde«, sage ich und stecke meine Hände in die Jackentaschen.

»Na, immerhin hat er sich mit ihnen eingelassen!«

»Friedl, was ist mit dir los?«

»Ach, Scheiße, Mann«, sagt er und wirft die Kippe weg. »Du hast ja recht, verdammt. Aber ich hab irgendwie die Hosen voll, weißt du. So prickelnd ist das nämlich nicht, wenn diese Idioten dir auflauern. Hatte nur Glück, dass Conradow plötzlich da war.«

Ja, Mist! Das kann ich natürlich verstehen. Und es tut mir auch leid, dass ausgerechnet Friedl da mit hineingezogen wird. Ich weiß gar nicht, was ich sagen soll. Friedl wohl auch nicht. So bleiben wir eine Weile stumm und starren auf die Stufen.

»Scheiß drauf! Rauchen wir noch eine«, sagt er irgendwann und zündet eine neue Kippe an. Daran zieht er ein paarmal hastig und reicht sie mir schließlich. Und Sekunden später wird sie mir auch schon wieder aus der Hand genommen. Aber nicht von Friedl. Ich drehe mich um und blinzle in die Sonne. Es ist die neue Busenfreundin von Elvira, die da vor mir steht mit der glühenden Zigarette zwischen den Fingern. Der Silberkopf höchstpersönlich. Und heute trägt sie einen Hut mitsamt Feder.

»Ich habe Kuchen dabei«, sagt sie freundlich und tritt die Kippe aus. »Ist deine Mutter zuhause?«

»Ja, sie bügelt«, sage ich überflüssigerweise. Aber vermutlich hat mich diese ungewohnte Bügelei heute selber so überrascht, dass ich es eigentlich mehr zu mir selber sage.

»Fein«, sagt sie. Dann rauscht sie an uns vorbei die Treppe hinauf und ruft noch kurz über die Schulter.

»Kommst du, Marvin? Es gibt Kirschkuchen. Du kannst deinen Kumpel gern mitbringen.«

Mann, ist das peinlich! Friedl grinst von einem Ohr zum andern.

»Sie hat Kuchen dabei, ganz toll«, sagt Friedl und schaut mich an.

»Ja, und? Sie bringt manchmal 'nen Kuchen für Elvira.«

»Sie hat es aber mehr zu dir gesagt, Locke. Sei ehrlich, du hockst mit diesen zwei Tussen oben in der Wohnung und machst ein nettes Kaffeekränzchen. Jetzt gib es schon zu«, lacht er und schubst mich in die Seite.

»Idiot!«

Plötzlich geht oben das Fenster auf und Elvira schaut raus.

»Locke! Weißt du, wo Kevin ist?«, brüllt sie, dass fast die ganze Straße wackelt.

»Nein«, lüge ich.

»Weißt du echt nicht, wo er ist?«, fragt Friedl mich leise.

»Pssst!«, sage ich.

»Marvin, kannst du bitte mal hochkommen?«, ruft jetzt unser Neuzugang nach unten.

»Warum?«, rufe ich zurück, aber da ist das Fenster auch schon wieder zu.

»Scheiße«, ich stehe auf und klopfe mir den Staub von der Hose.

»Weißt du echt nicht, wo Kev grad so abhängt?«, wiederholt Friedl seine Frage.

»Doch, klar weiß ich das. Er ist im Casino. Jedenfalls hat er das vorher gesagt. Er wollte da noch ein paar Getränke hinausbringen.«

»Ich fahr da später auch noch kurz hinaus. Kommst du mit?«, will Friedl noch wissen.

»Mal sehen.«

Sieben

Elvira und Annemarie sitzen im Wohnzimmer bei Kaffee und Kuchen. Es steht auch ein drittes Gedeck auf dem Tisch. Ich denke mal, es ist meines. Wenn Friedl das jetzt sehen könnte, dann würde er vermutlich tot umfallen vor Lachen. Die Stimmung allerdings erinnert weniger an einen gemütlichen Kaffeeplausch als vielmehr an eine Gerichtsverhandlung. Jedenfalls empfinde ich das so. Annemarie sitzt ganz ruhig in einem der Sessel, die Arme vor der Brust verschränkt, und ihr hellwacher, stechender Blick ist genau auf mich gerichtet. Jeder Anwalt könnte von ihr noch was lernen, jede Wette. Und Elvira, die hockt in ihrer Mulde mit hängenden Schultern, eben wie ein Angeklagter, und schaut auf ihre Hände runter.

»Setz dich hin, mein Junge. Und nimm dir ein Stück Kuchen«, sagt Annemarie, während sie meine Tasse auffüllt, und alleine ihr Tonfall lässt mir überhaupt keine Wahl. Drum hocke ich mich also brav nieder, nehme Kaffee und Kuchen und wundere mich ein bisschen über mich selbst. Irgendwie funktioniere ich plötzlich wie ein Aufziehpüppchen. Ich fühle mich echt nicht wohl hier und räuspere mich ein paarmal. Jetzt schauen mich die beiden Frauen an. Doch keine sagt auch nur ein einziges Wort. Habe ich irgendetwas verpasst?

»Kein ›Richter Hold‹ heute?«, frage ich dann so, alleine schon, um diese nervige Stille zu durchbrechen, und deute mit dem Kinn zum Fernseher rüber. Beide schütteln den Kopf. Was wollen die denn von mir? Sie sitzen hier und beobachten mich schweigend beim Kaffeetrinken. Ob ihnen das Spaß macht? Doch schließlich ergreift Elvira das Wort.

»Ich … ich habe Annemarie alles erzählt, Locke. Alles, was Kevin mir gestern erzählt hat.« Ihre Stimme ist leise und rau, aber sie sieht mir direkt in die Augen dabei. Ich brauche einen Moment, bis ich verstehe.

»Sag mal, bist du bescheuert, oder was?«, bricht es dann aus mir raus, und ich knalle meine Tasse auf den Tisch, dass der ganze Kaffee rausschwappt. Elvira erhebt sich und geht in die Küche, kommt mit einem Lappen zurück und wischt die Pfütze auf.

»Hörst du mir eigentlich zu, verdammt? Wieso erzählst du das alles? Das hat dir Kev im Vertrauen gesagt«, sage ich und könnte mich gerade wahnsinnig aufregen über die blöde Putzaktion.

Wortlos schüttet Elvira den Kaffee, der auf dem Unterteller gelandet ist, wieder in die Tasse und geht mit ihrem dämlichen Lappen in die Küche zurück. Dabei stößt sie die Katzenschüssel um, sagt kurz »Scheiße« und kommt dann wieder ins Wohnzimmer.

»Das hier ist 'ne wildfremde Frau, Elvira. Und es geht hier um unser Familienleben, hast du das eigentlich begriffen? Kannst du mir bitte mal sagen, was die Alte das angeht?«

»Locke, bitte!«, sagt Elvira beschwörend.

»Ist doch wahr, Mann. Aber ich hab Kevin gleich gesagt, dass es keine tolle Idee war, dir von dieser Sache zu erzählen. Und jetzt … jetzt sieht man ja, was dabei rauskommt, wenn man dir etwas anvertraut. Ach, Scheiße!«

»Marvin, jetzt hör mal«, schaltet sich nun ausgerechnet auch noch Annemarie ein. Als hätt mir Elvira nicht schon gereicht. Was will die Alte von mir? Was will sie von uns allen? Wir kennen sie doch kaum. Und jetzt hockt sie hier in unserem Wohnzimmer und mischt sich ungefragt in unser Leben ein. Das kann doch alles nicht wahr sein, verdammt!

»Marvin, du kannst doch im Moment noch gar nicht beurteilen, ob es eine gute oder eine schlechte Idee war, deine Mutter einzuweihen. Bisher ist doch noch gar nichts passiert.«

»Und so soll es auch bleiben«, sage ich und stehe auf. Mir wird das jetzt wirklich langsam zu blöd mit diesen beiden hier.

»Setz dich!«, sagt sie in einer Schärfe, die mich eigentlich direkt zurück in den Sessel drängt. Aber ich bleibe standhaft. Im wahrsten Sinne. Ich kann das nicht haben, wenn man mich rumkommandiert. Schon gar nicht in unserer eigenen Wohnung. Und noch weniger von ihr.

»Bitte«, fügt sie hinzu, und zwar deutlich sanfter. Also gut, hocke ich mich eben wieder hin. Ich habe mich heute eh schon x-mal zum Trottel gemacht. Da kommt's auf ein Mal mehr oder weniger echt nicht mehr an.

»Du weißt also wirklich nicht, wo dein Bruder jetzt ist?«, greift der Silberkopf den Faden wieder auf.

»Warum fragen Sie das eigentlich? Sie wissen doch sowieso schon alles über uns.«

»Kevin hat Elvira nur erzählt, dass es da wohl so was wie ein Quartier gibt. Wo es ist, hat er allerdings nicht erwähnt.«

»Wird wohl seine Gründe haben.«

»Gut, lassen wir das. Du willst hier nicht den Verräter abgeben, kann ich verstehen. Weißt du wenigstens, wann er zurückkommt?«

»Nein, keine Ahnung. Und ich wüsste auch nicht, was Sie das angeht, verdammt noch mal«, sage ich ziemlich mürrisch.

»Jetzt beherrsch dich gefälligst mal. Wenn du willst, dass man dich wie einen Erwachsenen behandelt, dann benimm dich auch so«, sagt sie und ich verdrehe die Augen. Buddy kommt, springt auf Elviras Schoß und fängt an, sich zu putzen. Annemarie wirft einen kurzen Blick auf ihn, ehe sie wieder das Kommando übernimmt.

»Mein kleiner Freund.« Meint sie etwa mich damit? »Was ihr hier veranstaltet, ist ganz eindeutig zum Scheitern verurteilt. Wir sind hier nicht bei Pippi Langstrumpf in der Villa Kunterbunt oder bei Huckleberry Finn. Das hier ist das richtige Leben, weißt du. Und da verfrachtet man nicht einfach so mir nichts, dir nichts ein schwangeres Mädchen in irgendeine Absteige und versteckt sie dort vor ihren Eltern. Ja, wo leben wir denn? Sie muss ärztlich versorgt werden. Regelmäßig untersucht. Sie braucht richtiges Essen, Obst, Gemüse, Vitamine, Herrschaft! Das ist wichtig! Wer übernimmt zum Beispiel die Verantwortung, wenn etwas schiefgeht? Du vielleicht? Oder das Zigarettenbürschchen da vor eurer Haustür? Sicherlich nicht. Von dem Kindsvater will ich gar nicht erst reden. Der ist schon erwachsen und benimmt sich wie ein Schulbub. Das hat mit Verantwortung überhaupt nichts zu tun. Nicht das Geringste. So, und jetzt raus mit der Sprache, sonst lass ich hier nämlich gleich mal die Polizei und das Jugendamt aufmarschieren!«

Wahnsinn! Hat die noch alle Tassen im Schrank? Was bildet die sich ein? Und was zum Teufel geht die das überhaupt an? Hat die kein eigenes Leben, verdammte Scheiße! Ich komme mir echt vor wie im falschen Film.

Elvira fängt an zu weinen. Zumindest das ist mir vertraut.

»Annemarie, so hab ich das aber alles nicht gewollt. Lass doch bitte den Marvin zufrieden. Der kann doch eigentlich gar nichts dafür«, sagt sie, beugt sich nach vorne und greift nach der Box mit den Tempos auf dem Tisch. Buddy springt von ihrem Schoß. Das Weibsstück legt jetzt tatsächlich auch noch den Arm um Elvira. Ich könnte ihr den Hals umdrehen. Und den von Elvira obendrein. Warum schleppt sie diese Tussi hier an? Und warum erzählt sie ihr Dinge, die sie für sich behalten soll? Durchatmen. Erst mal nachdenken. Was soll ich bloß machen? Das Jugendamt hier? Das wäre die reinste Katastrophe. Aber wenn ich ihr vom Casino erzähle, dann ist doch erst recht der Teufel los. Mist. Ich kann diese Entscheidung nicht alleine treffen. Und ich will es auch nicht.

»Okay, okay. Sie werden jetzt erst mal nichts unternehmen, verstanden?«, sage ich, stehe auf und gehe zur Tür. »Und ich geh los und werde meinen Bruder holen. Schließlich ist das sein Event hier. Und danach können Sie machen, was immer Sie wollen.«

Sie nickt, und dabei lächelt sie auch. Elvira sitzt da, und ganz konzentriert streicht sie wieder mal ihre Jogginghose glatt. Schließlich blickt sie kurz auf, schaut mich an und schnieft. Dann kriegt sie einen Schluckauf. Mann, ich hab jetzt fast ein bisschen Mitleid mit ihr. Irgendwie kann ich sogar nachvollziehen, warum sie das alles gemacht hat. Sie will einfach die Verantwortung nicht haben. Die Verantwortung für Aicha. Und die für uns Jungs. Ich kann es verstehen, weil's mir ja genauso geht.

Ich bin ziemlich atemlos, als ich draußen im Casino eintreffe. Zum einen, weil ich mich total beeilt habe, zum anderen wohl auch, weil mir der Schädel brummt. Weil meine Gedanken rotieren. Weil ich die Flut der Informationen gar nicht so schnell verarbeiten kann, wie sie auf mich einprasselt. Ich kann ja verstehen, was dieser Silberkopf meint. Wir schaffen das nicht alleine. Da hat sie vermutlich schon recht. Aber der Gedanke, dass Aichas Eltern erfahren, wo ihre Tochter gerade ist, der treibt mir einen gewaltigen Schauer über den Rücken.

Aus den Boxen kommt Musik. »Lass uns dort zusammen sein, nur wir beide ganz allein, will dich niemals mehr verlieren. Du bist mein Stern, du bist für mich der Sonnenschein. Ob nah ob fern, ich werde immer bei dir sein …«

Kevin sitzt auf dem alten Sofa und hat Aichas Kopf in seinen Schoß gebettet. Sie liegt dort mit geschlossenen Augen, und er streicht ihr ganz sanft übers Haar. Einen Moment lang bleibe ich stehen und beobachte die beiden. Es ist verdammt viel drin in diesem Moment. Und es tut mich echt leid, wenn ich diese Idylle jetzt zerstören muss. Robin ist der Erste, der mich bemerkt.

»Hi, Locke. Na, wie läuft's denn so zuhause?«, fragt er, schlurft auf mich zu und boxt mir leicht auf den Brustkorb. Er hat jetzt Dreadlocks, und das schaut einfach irre aus. Ich kann gar nicht mehr wegsehen und vergesse für einen Moment, weshalb ich eigentlich da bin.

»Wahnsinn, Mann! Ist das 'ne tolle Frisur. Wo hast du die her?«, frage ich ihn deswegen gleich.

»Hat Aicha gemacht«, sagt er und grinst zu ihr rüber. Sie hebt den Kopf und grinst zurück. »Letzte Nacht. Wir haben ja auch echt genug Zeit hier für so was.«

Ich gehe einmal komplett um ihn rum. Diese Haare sind wirklich der Wahnsinn.

»Gibt's einen besonderen Anlass für dein frühes Eintreffen heute?«, fragt jetzt Kevin aus seinen Polstern heraus und reißt mich damit komplett aus meinen Gedanken.

»Ja, klar, Scheiße«, sage ich. Und dann sprudelt es nur so aus mir raus. Ruckartig schießt Aicha in die Höhe und auch Kev wird nervös und beginnt, im Zimmer auf und ab zu laufen.

»Verdammt! Verdammte Scheiße, wirklich! Ja, ist sie denn jetzt komplett durchgedreht? Wie kommt sie nur dazu, dieser Schwester davon zu erzählen? Die kennt sie doch gar nicht. Verdammte Scheiße! Ja, was machen wir denn jetzt?«, schreit er und fährt sich dabei pausenlos über den Schädel. Ein paar ratlose Augenblicke später stößt auch noch Friedl mitten hinein in unsere Krisensitzung. Nachdem er kurz informiert wird, ist er es auch, der die Marschrichtung vorgibt. Vielleicht allein schon, weil er das Ganze ein kleines bisschen von außen betrachtet.

»Du musst da jetzt erst einmal hin, Kevin. Da bleibt dir gar nichts anderes übrig. Sonst hetzt euch die Alte noch das Amt auf'n Hals. Ich hab die heute kurz kennengelernt. Und mein erster Eindruck sagt mir, dass die weiß, was sie will. Also, am besten, du sprichst erst mal mit ihr. In aller Ruhe, verstehst du. Du musst versuchen, die Sache irgendwie runterzuspielen, schönzureden, so was in der Art halt. Aber Fakt ist, du musst da jetzt erst mal mit hin, kapiert?«

Aicha fängt an zu weinen. Kevin nimmt sie in den Arm.

»Du bist mein Stern«, singt er ganz leise und küsst sie auf die Stirn.

Dann schnappt er sich seine Jacke vom Stuhl und haut mir auf die Schulter.

»Auf geht's, Locke«, sagt er. »Bringen wir's hinter uns!«

Also häng ich mich schließlich hinten an sein Fahrrad dran, und so sind wir schneller zuhause, als wir eigentlich wollen. Der Kaffeetisch ist bereits abgedeckt und auch das Geschirr ist gespült, abgetrocknet und an seinen Platz verräumt. Die ganze Küche ist ungewohnt sauber. Elvira und Annemarie sitzen auf der Couch und blättern gemeinsam in einer Frauenzeitschrift.

»Warum, zum Teufel, mischen Sie sich in unsere Familienangelegenheiten ein, wenn ich fragen darf? Das geht Sie doch alles einen Dreck an«, sagt Kevin, ohne ein großes Hallo vorauszuschicken. Dieser Ton aber bringt praktisch gar nichts. Da hat er die Rechnung ohne das Silberköpfchen gemacht. Vielleicht hätte ich ihn vorwarnen sollen. Jedenfalls hockt er in null Komma nix wie ein kleiner Junge dort, auf einem unserer Sessel, hat die Knie angezogen und lauscht ihr kommentarlos und auch ein bisschen eingeschüchtert. Und Schwester Annemarie, die kommt jetzt erst richtig in Fahrt. Redet und redet und hat überhaupt nicht vor, das Mikro wieder abzugeben. Elvira fungiert als stiller Zeuge, und man merkt deutlich, wie unwohl sie sich fühlt. Irgendwann holt sie sich den Kater auf den Schoß und droht ihn langsam, aber sicher zu Tode zu kraulen. Vermutlich benutzt sie ihn mehr als Schutzschild. Und Kevin, der ist so klein mit Hut, als Annemarie endlich damit fertig ist, ihren und somit auch unweigerlich unseren Standpunkt klarzumachen.

»Und was schlagen Sie jetzt vor?«, fragt Kevin ziemlich kleinlaut.

»Zuerst einmal werde ich meinen Bruder informieren. Der ist nämlich bei der Polizei«, sagt sie, und sofort springt Kevin aus dem Sessel.

»Keine Panik, junger Mann«, sagt sie weiter und bedeutet ihm, sich wieder zu setzen. »Ich werde ihm nur die Nachricht zukommen lassen, dass es der Kleinen gut geht. Und dass sie die Suche nach ihr abbrechen können, verstanden? Die haben bei Gott genug Arbeit dort bei der Polizei. Da müssen sie nicht auch noch irgendjemanden suchen, der gar nicht verloren gegangen ist.«

Kevin atmet tief durch.

»So. Und wie wollen wir es mit den Eltern des Mädchens machen … wie war doch gleich ihr Name?«

»Aicha«, sagt Kevin.

»Also, Aichas Eltern haben ein Recht darauf zu erfahren, dass es ihrer Tochter gut geht. Die beiden machen sich bestimmt Tag und Nacht Sorgen. Mein Gott, Junge, du wirst doch jetzt selber Vater. Kannst du dir da nicht vorstellen, wie es den beiden jetzt geht? Also, was ist? Willst du diese Aufgabe übernehmen oder soll ich das machen?« Annemarie schaut ihm direkt in die Augen. Kevin zuckt mit den Schultern. Wahrscheinlich hat er Angst, jetzt hier den Hosenscheißer abzugeben. Jedenfalls sagt er: »Okay, das kann ich schon machen.«

»Prima«, Annemarie klatscht in die Hände, und zwar so, dass Elvira richtig erschrickt. »So machen wir das. Du sprichst mit Aichas Eltern und ich mit meinem Bruder. Und morgen … morgen sehen wir weiter.«

Dann steht sie auf, nimmt Tasche und Hut und verabschiedet sich.

»Ist die Kleine auch gut versorgt heute Nacht?«, fragt sie noch im Hinausgehen.

»Ja, gut. Wirklich sehr gut«, sagt Kevin und bringt sie zur Tür.

»Hat sie Getränke und reichlich zu Essen?«

»Hat sie.«

»Fein«, sagt sie noch. Dann fällt die Tür ins Schloss.

Als Kevin am nächsten Abend zu Aichas Eltern geht, komme ich mit. Irgendwie ist mir einfach danach, ihm Schützenhilfe zu leisten. Ihn nicht alleine in das sicherlich offene Messer laufen zu lassen. Und zu zweit macht man eh gleich einen ganz anderen Eindruck. Da ist man praktisch gleich doppelt. Doppelt so groß, doppelt so breit und doppelt so stark.

»Willst du so dort hin?«, frage ich ihn. Zerrissene Jeans und T-Shirt finde ich irgendwie unpassend bei dieser Angelegenheit.

»Wieso?«, fragt er und blickt leicht nervös an sich runter.

»Na ja, der erste Besuch bei den Schwiegereltern«, sage ich und quetsch mir ein Grinsen heraus.

»Sehr witzig«, er schwingt sich aufs Fahrrad. »Ich bin so, wie ich bin. Und werde mich wegen denen auch nicht verstellen. Bist du so weit?«

Ich bin so weit. Und so brechen wir auf.

Aichas Vater öffnet uns. Er verharrt einen Augenblick und mustert uns, als hätte ich es geahnt, von der Schuhspitze bis zum Scheitel. Schließlich tritt er beiseite und bittet uns herein. Wir gehen geradeaus durch den Flur in die Küche. Dort am Tisch sitzt eine Frau in dunklen Kleidern, und ein loser Spitzenschal umhüllt ihr Gesicht.

»Das ist die Mutter von Aicha«, sagt der Alte und bestätigt damit meinen Verdacht. Kevin und ich grüßen kurz von der Tür aus, zwängen uns in die enge Küche und stehen dann etwas planlos herum. Jetzt sagt er was auf Türkisch zu seiner Frau und sie schüttelt den Kopf. Umklammert das dampfende Teeglas, das vor ihr auf dem Tisch steht, und schüttelt den Kopf. Er tritt an ihre Seite und wiederholt das Gesagte. Sein Tonfall ist fordernd, aber freundlich. Sie erhebt sich, geht rüber zur Arbeitsplatte und füllt den Wasserkocher auf. Danach holt sie eine Kanne aus einem Kasten, öffnet eine der Dosen, die dort ordentlich nebeneinanderstehen, und füllt Tee in ein Sieb. Dabei gibt sie keinen einzigen Laut von sich. Man könnte meinen, sie würde noch nicht einmal atmen. Auch von uns anderen macht keiner einen Mucks. Nachdem wir uns hingesetzt haben, beobachten wir alle drei Aichas Mutter dabei, wie sie etwas trotzig und mit geübten Handgriffen Tee zubereitet. Als endlich alle Gläser gefüllt auf dem Tisch stehen, deutet der Alte auf den freien Platz neben sich. Und widerwillig nimmt seine Frau dort Platz. Jetzt endlich räuspert sich Kevin und beginnt zu erzählen. Und die beiden hängen an seinen Lippen und stellen keinerlei Zwischenfragen. Kevin redet. Und niemand unterbricht ihn dabei.

»Wo ist sie? Wo ist meine kleine Aicha?«, fragt ihr Vater am Schluss etwas tonlos.

»Lassen Sie uns Zeit, okay«, sagt Kev und steht auf. »Sie wissen jetzt, dass es ihr gut geht. Alles Weitere muss ich erst mit Aicha besprechen.«

»Weißt du eigentlich, was die Polizei zu uns gesagt hat?«, fragt jetzt der Alte und schaut Kevin dabei direkt ins Gesicht. Der schaut zurück, zuckt mit den Schultern und schüttelt den Kopf. »Guter Mann, haben sie gesagt, das Mädchen ist fast volljährig. Wenn sie weg will, dann geht sie auch weg. Da können Sie sich auf den Kopf stellen. Auf den Kopf stellen, das haben sie gesagt.«

Und dann fängt er an zu weinen.

»Wenn sie ... also nur mal angenommen, falls sie zurückkommen würde, was ... was würden Sie dann mit ihr machen?«, fragt Kevin und wirkt ziemlich unsicher bei dieser Frage.

»Ich werde ihr diesen verdammten Bastard eigenhändig aus dem Leib reißen!«, sagt die Mutter, steht auf und verlässt wortlos die Küche. Der Alte blickt ihr kurz hinterher und danach zu Boden. Hier gibt's nichts mehr zu sagen.

»Das war krass, oder?«, frage ich, als wir endlich wieder an der frischen Luft sind, und atme ein paarmal tief durch.

»Ja. Und das ist erst der Anfang, glaub mir«, sagt Kev und schließt sein Fahrrad auf.

Acht

Eine ganze Weile gehen wir schweigend nebeneinanderher. Kev schiebt sein Fahrrad, und ich selber, ich trage mein Board unterm Arm. Mir persönlich liegt nichts daran, möglichst schnell nach Hause zu kommen. Und ich denke, ihm geht es genauso. Manchmal werfe ich kurz einen Blick zu ihm rüber, doch davon kriegt er nichts mit. Er schiebt nur sein Rad vor sich her und starrt auf den Boden. Seine Hautfarbe, um die ich ihn sonst so glühend beneide, ist irgendwo verloren gegangen. Da ist kein schimmernder Braunton, nichts Goldenes mehr in seinem Gesicht. Jetzt ist er eher Khaki und würde wohl prima zu Friedls Uniform passen. Nein, das ist nicht schön. Dann bin ich doch lieber so, wie ich bin. Ziemlich blass, mit roten Wangen, wobei die vermutlich auch grad fehlen, zumindest ist mir irgendwie schlecht.

Dass uns der Zufall oder das Schicksal genau jetzt zuspielt, ist zwar komisch, aber durchaus ein Vorteil. Wir kommen nämlich exakt in dem Moment um die Kurve, wo Achmed mit dem Rücken zur Wand steht. Und das sogar in zweifacher Hinsicht. Er steht also dort ein paar Häuser weiter buchstäblich an einer Hauswand und wimmert unverständliches Zeug. Seine Hosentaschen sind nach außen gekehrt und die Jeansjacke hängt ihm über die Schultern. Wie wir näher kommen, erkenne ich diesen Wichtigtuer: der aus Robins Ex-Gang mitsamt seiner Meute. Und ganz offensichtlich sind sie grade dabei, Achmed abzuzocken.

»Ich sag's dir doch, ich hab heute einfach nicht mehr. Ich schwör's«, winselt Achmed und hebt vorsichtshalber schon mal die Arme vors Gesicht.

»Ich schwör's. Ich schwör's«, äfft ihn sein Gegenspieler jetzt nach. »Da scheiß ich drauf, was du mir schwörst, turkish man!«

80

Und – zack – haut er ihm mit der flachen Hand genau auf die Stirn. Sein Gefolge johlt.

»Heyheyhey!«, ruft Kevin sofort und stellt sich dann zwischen die beiden. Der hat vielleicht Nerven!

»Lass ihn zufrieden, verstanden«, sagt er, und tatsächlich lässt der Blödmann Achmed augenblicklich in Ruhe. Stattdessen spielt er sich jetzt auf Kevin ein.

»Ja, wen haben wir denn da? Bimbo, Bimbo! Du traust dich ja was …«, sagt er, lacht dabei dreckig und tänzelt ein wenig um Kevin herum. Dabei wird er von seinen Anhängern frenetisch bejubelt. Achmed nutzt diese Pause, atmet erst mal durch, zupft seine Jacke zurecht und versenkt die Hosentaschen wieder in der Innenseite. Leider kann das nicht nur ich erkennen, sondern auch sein Peiniger.

»Na, na, na, stopp, turkish man! Hab ich dir etwa gesagt, dass wir beide schon fertig sind?«, sagt der deshalb und wendet sich wieder Achmed zu.

»Lass ihn in Ruhe«, sagt Kevin noch einmal, und jetzt deutlich lauter.

»Hu, muss ich jetzt Angst kriegen, oder was? Misch dich besser nicht ein, Bimbo, verstanden?«

»Lass ihn zufrieden, sag ich dir!«

»So, so, sagt er mir«, lacht er dreckig und seine Meute lacht mit.

»Ja, sag ich dir.«

Kevin lässt einfach nicht locker. Und dann plötzlich, genau wie im Kino, macht der Typ komplett aus dem Stand heraus einen Salto, streift dabei kurz mit dem Stiefelabsatz Kevins Stirn und landet punktgenau vor dessen Füßen. Die Bagage jubelt. Und mir bleibt fast die Spucke weg. Auch Kevin ist ziemlich beeindruckt. Das ist deutlich zu sehen.

»Du kannst den Mund ruhig wieder zumachen, Arschloch«, sagt der Typ jetzt und meint damit mich.

»Und du, Bimbo, du hast mir gar nichts zu sagen, kapiert?

Und misch dich lieber nie wieder in Angelegenheiten, die dich einen Scheißdreck angehen. Merk dir das für die Zukunft, sonst wirst du vielleicht bald keine mehr haben«, sagt er noch und winkt dann den anderen zum Abflug.

Kevin fasst sich kurz an die Stirn, verzieht das Gesicht und nimmt die Hand gleich wieder weg. Das wird 'ne fette Beule geben, darauf kann man wetten. Leider kann ich ihn jetzt gar nicht richtig bedauern, weil ich noch immer an diesen Stunt denken muss. Wie schafft es ein Mensch, komplett ohne Anlauf, ja praktisch aus dem Stand raus, einen Salto zu machen, dabei noch zielgenau eine Stirn zu verletzen und exakt vor seinem Widersacher zu landen, ohne dabei auch nur in die Knie zu gehen? Wo lernt man so etwas? Oder muss man sich dafür Stoßfedern in die Beine implantieren lassen? Jedenfalls ist es ein Wahnsinn! Achmed reißt mich aus meinen Gedanken heraus.

»Danke, hey!«, sagt er, scharrt mit seinem Fuß in der Erde und blickt leicht verlegen auf seine Schuhspitze.

»Schon gut«, murmelt Kevin.

»Machen die das öfter?«, muss ich jetzt wissen. »Ich mein, bei dir. Von Robin weiß ich es ja.«

»Die machen das bei jedem, den sie in die Finger kriegen«, sagt Achmed und schaut mich jetzt an.

»Scheiße«, sage ich.

»Wir, äh, also Locke und ich, wir waren grade vorher bei deinen Eltern zuhause. Wegen Aicha und so«, fängt Kevin dann vorsichtig an, und dabei wandert sein unsicherer Blick genau in Achmeds Gesicht. Der runzelt kurz die Stirn und sieht uns schließlich aufmunternd an. Also erzählen wir ihm von der kurzen, aber unangenehmen Begegnung mit seiner Familie.

»Was hast du erwartet, Mann? 'ne Verlobungsfeier, oder was?«, sagt Achmed, und ich kann nicht recht deuten, ob es ironisch sein soll oder witzig.

»Ich hab gar nichts erwartet«, sagt Kev und schwingt sich aufs Fahrrad. »Ich wollte ihnen nur sagen, dass Aicha in Sicherheit ist. Und dass es ihr gut geht.«

»Sie ist schwanger, Mann! Wie soll es ihr da gut gehen?«

Kevin schüttelt den Kopf. Ich sehe ihm an, dass es ihm jetzt reicht. Er wirkt völlig kraftlos. Wir müssen hier weg. Sofort. Drum werfe ich mein Board auf den Boden.

»Wartet!«, sagt Achmed und kommt ein paar Schritte näher. »Geht es ihr wirklich gut? Ich meine, so schwanger und so, das ist doch alles nicht so einfach, oder?«, sagt er mit belegter Stimme und scharrt wieder mit dem Fuß.

»Ihr geht es gut. Ehrlich«, sagt Kevin.

»Kannst du wenigstens mir sagen, wo sie ist? Ich sag's auch bestimmt nicht weiter.«

»Nein, tut mir leid«, sagt Kev noch, stößt sich ab und tritt in die Pedale. Und ich schwinge mich aufs Board und folge ihm gleich. Bevor wir nach etlichen Metern um die Ecke biegen, schaue ich noch einmal zurück. Achmed steht dort noch immer und blickt uns hinterher.

Vor unserer Haustür verabschieden wir uns. Kev will natürlich gleich zu Aicha, und ich selber, ich will nur noch ins Bett. Muss erst mal verarbeiten, was da gerade alles so abgeht. Drum mache ich mir noch schnell eine Schüssel mit Cornflakes und ziehe mich damit in mein Zimmer zurück. Schon ein paar Minuten später falle ich in einen unruhigen Schlaf und wälze mich im Bett hin und her. Es ist kurz vor Mitternacht, als ich total verschwitzt aufwache und im Wohnzimmer den Fernseher laufen höre. Nachdem ich mich gewaschen und ein neues T-Shirt angezogen habe, gehe ich die paar Schritte zum Wohnzimmer und bleibe in der Tür stehen. Elvira sitzt in ihrer Mulde und gafft in die Glotze. Es ist ein Tierfilm, der da gerade läuft. Einer über nordamerikanische Bergziegen. Dass sie so etwas interessiert? Ich setze mich in den Sessel ihr gegenüber und schaue sie an. Doch sie nimmt überhaupt keine Notiz von mir. Sitzt nur da und starrt in diese dämliche Kiste.

»Elvira?«, sage ich nach einer Weile. Doch auch das bringt sie nicht gleich auf den Plan. Ich muss noch zweimal, dreimal ihren Namen sagen, ehe sie reagiert.

»Ach, Locke. Hab ich dich aufgeweckt? War der Fernseher zu laut?«, fragt sie und streicht über ihre Jogginghose. Ich schüttle den Kopf.

»Ist alles in Ordnung?«, frage ich.

»Ja, alles gut. Was soll auch schon sein?«, fragt sie, und dabei merk ich genau, dass nichts davon stimmt. Ihr Tonfall allein macht sie zur Lügnerin.

»Du interessierst dich neuerdings für nordamerikanische Bergziegen?«

»Für was?«, fragt sie völlig abwesend. Ich deute mit dem Kinn zum Fernseher rüber, aber auch das nimmt sie gar nicht wahr. Weil das Gespräch mehr als einseitig ist, beschließe ich, wieder in mein Zimmer zu gehen. Ich wünsche ihr noch eine gute Nacht und stehe auf.

»Ich hab das doch nicht böse gemeint, das mit der Annemarie«, sagt sie jetzt ganz leise und zwingt mich damit in den Sessel zurück. »Ich hab nur gedacht, wir schaffen das nicht alleine. Weißt du, Locke, ich hätte alles drum gegeben, wenn ich damals jemanden wie Annemarie an meiner Seite gehabt hätte. Damals, als ich das erste Mal schwanger war. Oder da, als plötzlich der Vater deiner Brüder verschwunden ist. Aber ich war immer alleine. Und ich hab trotzdem immer alles schaffen müssen. Doch irgendwann, da sind die Batterien halt einfach leer, verstehst du.«

Ich brauche eine Weile, ehe ich antworten kann.

»Ich versteh dich schon, Elvira. Wahrscheinlich hast du sogar das Richtige getan. Und jetzt mach dir keine Sorgen mehr.«

Sie hebt den Kopf und lächelt mich an.

»Willst du 'nen Tee oder so was?«, frag ich.

»Tee wär schön.«

Und so geh ich in die Küche. Als ich ihr jedoch einen Schnaps reinkippen will, hält sie die Hand über die Tasse. Nein, sagt sie, keinen Schnaps mehr im Tee. Sie muss jetzt fit sein für alles, was da kommt.

Am nächsten Tag fängt mich Conradow nach dem Musik-unterricht ab, noch ehe ich aus dem Klassenzimmer gehen kann. Er schließt die Tür zum Korridor und setzt sich auf sein Pult. Kramt dann in seiner Kitteltasche und zieht einen Beutel mit Marzipankartoffeln hervor. Die reicht er mir rüber.

»Für mich?«, frage ich leicht irritiert.

Er nickt.

»Aber warum denn? Und woher wissen Sie das über-haupt? Ich meine, woher wissen Sie das, dass ich die so gern mag?«

»Fünfte Klasse, Zeichenunterricht. Thema: Wir zeichnen unser Lieblingsessen. Kannst du dich daran nicht erinnern, Marvin? Ich weiß es noch, als wäre es gestern gewesen. Al-lein deinetwegen. Alle anderen Schüler haben Pizza gemalt oder Nudeln. Der ein oder andere vielleicht noch 'ne Tüte Eis. Oder 'ne Torte. Aber unser Marvin, der hat Marzipankartof-feln gemalt. Nicht sehr gut, aber immerhin erkennbar.«

Ja, daran kann ich mich wirklich noch erinnern. Schon des-halb, weil die Marzipankartoffeln gar nicht so schwer zu ma-len waren und ich damals heilfroh war, dass nicht so was wie Nudelsuppe oder Forelle blau mein Lieblingsessen ist.

»Und wo haben Sie die jetzt her? Ich meine, so mitten im Sommer?«

Er lacht.

»Ja, das ist natürlich ein großes Geheimnis. Nein, im Ernst, die Frau von unserem Hausmeister, die arbeitet doch drüben in der Schokoladenfabrik. Und weil eben Marzipankartoffeln jetzt schon gemacht werden, hat sie mir einfach welche organisiert.«

»Okay, ja, dann danke. Aber weshalb? Ich mein, wie komm ich zu der Ehre?«, frage ich und öffne die Packung. Allein dieser Duft schon!

»Mit Ehre hat das relativ wenig zu tun, Marvin. Es handelt sich eher, ja sagen wir mal: um eine kleine Bestechung.«

Ich schieb die Kartoffel, die gerade auf dem Weg zu meinem Mund war, sofort zurück in die Tüte. Vorsicht. Lieber erst mal sehen, was er von mir will, der Conradow. Er lacht, steht dann auf und geht rüber zum Fenster.

»Ich weiß natürlich, dass du mich kaum kennst, Marvin. Und was ich jetzt von dir verlange, das erfordert unbedingtes Vertrauen. Ob du mir das geben wirst, hängt ganz und gar von dir alleine ab.«

»Ja, dann schießen Sie doch einfach mal los. Schließlich kann ich das nur beurteilen, wenn ich weiß, worum es überhaupt geht«, sage ich und setze mich dann auf einen Stuhl, weil ich befürchte, dass diese Geschichte etwas länger dauert.

»Es geht um Aicha«, sagt er und dreht sich zu mir um.

Verdammte Scheiße.

Er zieht einen Stuhl hervor und setzt sich ebenfalls. Macht eine ziemlich lange Pause, hat seinen Kopf schief gelegt und schaut mich ganz eindringlich an. Ich nehme eine Kartoffel und schiebe sie in den Mund.

»Die ganze Schule weiß, dass Aicha von zuhause weggelaufen ist, und alle machen sich furchtbare Sorgen um sie. Ich weiß aber auch, dass sie in guten Händen ist – und ihre Krankmeldung ist ebenfalls eingetroffen. Wozu sonst würde dein Bruder hier ständig heimlich in den Zeichenraum schleichen, um Unterlagen zu kopieren. Ich bin ja nicht blöd. Ich kann schließlich eins und eins zusammenzählen. Willst du dazu etwas sagen, Marvin?«

Ich schüttele den Kopf und nehme stattdessen lieber noch

eine Kartoffel. Dann halte ich Conradow die Tüte unter die Nase.

»Aber es sind deine«, sagt er.

»Jetzt stellen Sie sich doch bloß nicht so an. Es wird schon für uns beide reichen.« Er lächelt und nimmt eine Kartoffel.

»Weiß du, Marvin, es geht mich ja eigentlich auch gar nichts an. Aber in diesem Fall, in diesem ganz speziellen Fall, da fühle ich mich einfach verpflichtet, einzugreifen. Aicha muss, hörst du, sie muss ihr Abitur machen. Weil sie unbedingt Kunst studieren muss. Weil sie schlicht und ergreifend eine begnadete Künstlerin ist. Und es eine verdammte Verschwendung ihres Talents wäre, wenn sie …« Hier bricht er ab, steht wieder auf und geht rüber zum Fenster. Im Laufe seiner Ansprache ist sein Tonfall so was von leidenschaftlich geworden, dass es mir direkt die Nackenhaare aufstellt.

»Ja, wie dem auch sei«, sagt er nach einer kurzen Pause und räuspert sich. »Ich bitte dich, darüber nachzudenken, ob du mir nicht vielleicht sagen willst, wo sie steckt. Ich will lediglich mit ihr sprechen, verstehst du. Ich muss mit ihr sprechen. Vielleicht kann ich ihr irgendwie helfen. Das Abi beginnt schon in ein paar Tagen, das weißt du. Es ist also nicht mehr allzu viel Zeit.«

Ich überlege ganz kurz, ob ich ihn anlügen soll. Ihn anlügen und ganz frech behaupten, dass ich keine Ahnung habe, wo Aicha gerade steckt. Aber so, wie er mich anschaut, kann ich es einfach nicht. Und dann noch diese Sache mit den Marzipankartoffeln und so.

»Du musst jetzt nichts sagen, Marvin, hörst du. Überleg es dir einfach oder sprich mit Aicha darüber. Du kannst jetzt gehen, wenn du willst. Und danke, dass du mir zugehört hast«, sagt er noch. Ich lege ihm ein paar Kartoffeln aufs Pult, und schon bin ich weg. Irgendwie komisch. Da sitzt dieser Mann mit seinem vollgeklecksten Kittel und der tiefen Stimme, der schon Hunderte von Schülern durch seinen Kunstunterricht gejagt hat, und sorgt sich um Aicha. Und das nicht nur für einen kurzen Moment. Nein, da musste er schon ziemlich grübeln. Im Grunde ist es wohl ein richtiger Plan, den er da ausgeheckt hat. Allein schon die Sache mit den Marzipankartoffeln. Dass er sich nach so langer Zeit dran erinnert, dass er mich damit um den Finger wickeln kann.

Kaum bin ich mittags zuhause eingetroffen, geht die Klingel und Annemarie steht vor der Tür.

»Ab morgen habe ich Nachtschicht«, sagt sie schon, da hab ich die Kette noch gar nicht gelöst. Ich öffne und im nächsten Moment stürzt sie herein.

»Aha«, sage ich, weil ich mit dieser Information relativ wenig anfangen kann. Sie drückt mir Hut und Tasche in die Hand, überprüft im Spiegel kurz ihre Frisur und macht sich dann auf den Weg ins Wohnzimmer.

»Annemarie, das ist aber eine Überraschung«, kann ich jetzt Elvira vernehmen. Die beiden begrüßen sich herzlich.

»Dann werde ich mal Kaffee machen«, sagt Elvira, und schon eilt sie in die Küche.

»Sag mal, Marvin, der Kevin, hat der eigentlich einen Führerschein?«, fragt Annemarie und nimmt in einem der Sessel Platz.

»Klar hat er den. Dafür war er monatelang kellnern. Warum?«

»Fein. Jetzt pass gut auf. Ich werde morgen kurz vor der Schicht mit meinem Auto hier vorbeikommen. Und dann soll mich Kevin ins Krankenhaus fahren. Ich hab dort bereits mit einem sehr netten, und was noch viel wichtiger ist, sehr hilfsbereiten Kollegen gesprochen. Reizender Arzt. Wirklich. Und ein hervorragender Gynäkologe. Und der … der hat morgen ebenfalls Nachtschicht.«

Ich zuck mit den Schultern, ahne aber schon, wohin die Reise geht.

»Na, stehst du auf der Leitung, oder was?«

»Wollen Sie damit sagen, dass wir Aicha dort hinbringen sollen, damit er sie untersucht?«

»Kluger Bursche. Ganz genau. Am besten, ihr bringt Aicha so gegen elf in die Klinik. Da ist es meistens ruhig und der Kollege kann sie gründlich untersuchen. Wir wollen doch alle, dass es Aicha gut geht und dieses kleine Würmchen gesund auf die Welt kommt, nicht wahr.«

»Annemarie, ist das wahr? Kannst du das wirklich machen? Ach, du bist einfach …«, sagt Elvira und kriegt dabei total rote Wangen.

»Ich bin Krankenschwester, Elvira. Und in erster Linie tue ich das alles nur für mich selber. Ich hätte sonst keine ruhige Minute mehr, wenn irgendwas schiefgeht mit Aicha oder dem Baby. Und jetzt Schluss damit. Ist der Kaffee schon fertig?«

Die nächtliche Fahrt in die Klinik klappt tatsächlich einwandfrei. Auf dem Weg in die Klinik erzähle ich Aicha von der Geschichte mit Conradow. Darüber freut sie sich total. Klar, wahrscheinlich freut sich jeder, wenn er ein Ass genannt wird. Ein Treffen mit ihm will sie aber auf gar keinen Fall. Und schon gar nicht im Casino. Die Untersuchungen verlaufen problemlos und zügig. Aicha ist sichtlich erleichtert, als sie die guten Ergebnisse erfährt. Sie selber ist topfit und ihre Werte sind alle im grünen Bereich. Und auch mit dem Baby ist alles paletti. Ein bisschen klein vielleicht, aber da Aicha ja auch eher klein ist und zierlich, ist das nicht weiter ungewöhnlich. Insgesamt entwickelt es sich jedenfalls prima.

In der nächsten Kunststunde sage ich Conradow genau das, was Aicha gesagt hat. Aicha hat sich gefreut, sage ich, aber sie will sich auf gar keinen Fall mit Ihnen treffen. Er bedankt sich trotzdem, dass ich's wenigstens versucht hab. Und er bedauert ihre Entscheidung enorm.

Neun

Als ich ein paar Tage später auf dem Werksgelände eintreffe und vom Skateboard steige, habe ich irgendwie das Gefühl, beobachtet zu werden. Ich schau mich kurz um, kann aber niemanden finden, und langsam glaube ich schon, unter Verfolgungswahn zu leiden. Ich gehe gerade in Richtung Casino, da steht plötzlich – und ich weiß echt nicht, wie er's gemacht hat –, ja, da steht plötzlich Conradow vor mir.

»Da staunst du, was?«, sagt er und grinst.

Ich kippe fast aus den Latschen, als ich ihn sehe. Hier am Casino. Scheiße! Wie hat er das nur rausbekommen! Dem ersten Moment des Schreckens folgt eine gewisse Erleichterung darüber, dass er es ist und niemand aus Aichas Sippschaft. Oder einer der Busenfreunde von Robin. Freuen tue ich mich trotzdem nicht über seine Anwesenheit.

»Herr Conradow, was machen Sie denn hier?«, frage ich, hebe mein Skateboard auf und versuche noch krampfhaft, die Richtung zu ändern. Weg vom Casino. Irgendwo anders hin. Es sind nur noch etwa dreißig Schritte bis zur Türe, und ich schau mich nach einer anderen Anlaufstelle um, irgendwo hier am Werksgelände. Mist! Es muss doch was geben. Am besten etwas, das möglichst auch eine Erklärung beinhaltet. Aber mir will ums Verrecken nichts einfallen.

»Was ist los mit dir, Marvin? Warum lässt du die Schultern so hängen?«, fragt er und kommt dabei näher. Auf dem unteren Rand seiner Hemdsärmel sind Farbspritzer. Genauso wie auf der Jeans.

»Was zum Teufel wollen Sie hier?«, frage ich noch einmal, und dabei merke ich, dass meine Stimme ebenso wackelig ist wie meine Knie.

»Gegenfrage, was machst du hier? Und wo willst du jetzt hin?«

»Nirgends!« Mein Einfallsreichtum scheint auf der Höhe des Gefrierpunkts angekommen zu sein. Conradow lacht. Und er blickt rüber zur Tür. Ganz exakt zur Eingangstür von unserem Casino. Gottverdammte Scheiße, Mann!

»Nun geh schon rüber«, sagt er und deutet mit dem Kinn hin.

»Wo rüber?«, versuche ich es noch mal.

»Bitte lass diese albernen Kindergartenspielchen, Marvin. Das ist doch erbärmlich.«

»Sie will Sie nicht sehen«, sage ich.

»Das werde ich sie selber fragen. Also los!«

Mir bricht jetzt gleich der kalte Schweiß aus. Dass ausgerechnet mir das passieren muss, dass wir alle hier auffliegen. Ausgerechnet mir. Mein ganzer Körper wird plötzlich schwer wie ein Zementsack. Und irgendwie gehorchen mir meine Beine nicht mehr. Ich schleppe mich regelrecht rüber zur alten Wirtshaustür. Bleibe kurz davor stehen und schaue Conradow an. Er nickt. Und ich klopfe. Viermal kurz, dreimal lang. Dann öffnet Robin.

»Robin! Du auch hier? Das ist aber schön, mein Junge! Wie geht es dir denn? Lass dich mal anschauen. Ja, das sieht doch nicht schlecht aus. Und diese Zöpfe!«, ruft Conradow fast heiter, trommelt kurz auf Robins Brustkorb und betritt schließlich den Raum. »Mensch, da seid ihr ja!«, sagt er dann, blickt rüber zu Aicha, die dort am Tisch über ihren Unterlagen sitzt. Er geht auf sie zu und bleibt direkt vor ihr stehen.

»Herr Conradow«, sagt sie, und jeder im Raum kann ihr den Schrecken deutlich anhören.

»Wie konnte das passieren, Locke?«, zischt Robin mich jetzt an.

»Keine Ahnung, Mann. Er ist einfach plötzlich aus dem Boden gewachsen«, sage ich etwas hilflos. Ich weiß es doch selbst nicht und würde es liebend gern rückgängig machen.

Conradow lacht.

»Na, jetzt übertreibe mal nicht, Marvin. Ich bin nicht aus dem Boden gewachsen. Aber das ist auch egal. Jetzt bin ich jedenfalls hier, und das ist gut so«, sagt er und wuschelt mir dabei kurz durch die Haare. Super, echt! Danach schreitet er einmal komplett durchs Casino und betrachtet jeden Winkel. Bleibt am Kickerkasten stehen und auch am Billardtisch, streicht andächtig über das Tuch und beginnt dann, die Kugeln nach Farben zu sortieren. Zuletzt starrt er an die Wände. Hat die Arme auf dem Rücken verschränkt, schüttelt den Kopf und starrt an die Wände.

»Scheußliche Wände hier. Wirklich ganz und gar scheußlich. Aber so etwas kann man doch ändern, nicht wahr?«, sagt er.

»Conradow, was wollen Sie hier?«, fragt jetzt Robin leicht mürrisch. Und ich bin froh, dass er nun übernimmt und ich mal durchschnaufen kann. Kevin wäre jetzt prima, aber er ist leider nicht da.

Conradow dreht sich um, kommt zum Tisch zurück, zieht einen Stuhl hervor und hockt sich dort darauf. Er klopft auf die freien Plätze neben sich und schaut uns auffordernd an. Aicha sitzt noch immer wie angenagelt an der gleichen Stelle und hat in etwa die Gesichtsfarbe eines Eisbären. Etwas widerwillig gesellen Rob und ich uns zu ihr.

»Also gut«, beginnt Conradow schließlich und schaut uns der Reihe nach eindringlich an. »Wo wir jetzt schon mal beisammensitzen, könnt ihr mir vielleicht bitte mal erklären, was hier eigentlich los ist. Warum zum Teufel Aicha hier rumhängt, statt in die Schule zu gehen und ihr Abitur zu machen.«

»Davon verstehen Sie nix, Conradow. Nicht das Geringste«, sagt Robin, und ich kann nicht sagen, ob es abfällig oder eher bockig klingt.

»Dann erklär's mir doch einfach.«

»Nee, nee, nee«, sagt Robin und steht auf.

Conradow wendet sich an Aicha. Er schaut ihr direkt in die Augen und greift über den Tisch hinweg nach ihrer Hand.

»Mädchen, deine Hände, die sind ja eiskalt.«

Jetzt bricht Aicha in Tränen aus. Conradow kommt um den Tisch rum, zieht sie vom Stuhl hoch und geht mit ihr rüber zum alten Sofa. Dort setzt sie sich nieder und er hüllt eine der Decken um sie. Robin und ich starren eine Weile leicht verstört auf das irritierende Bild, und irgendwann schlägt Robin vor, vielleicht erst mal einen Tee zu kochen. Also gehen wir nach hinten, in unsere karge Kochecke, und während Robin das Wasser aufsetzt, kümmere ich mich um die Tassen.

»Tut mir echt leid«, sage ich leise.

»Es ist jetzt, wie's ist. Und vermutlich hätte mir das auch passieren können«, antwortet Rob, und das beruhigt mich ein bisschen.

Wie wir mit dem Tee ankommen, weiß Conradow schon über fast alles Bescheid. Wenn man bedenkt, dass anfangs überhaupt niemand etwas erfahren sollte und es jetzt innerhalb kürzester Zeit bereits drei sind, die alles wissen, dann will ich mir gar nicht vorstellen, wie viele noch dazukommen werden.

»Jetzt, wo Sie eh schon alles wissen, haben Sie doch auch bestimmt einen genialen Plan für uns«, sagt Robin, und dieses Mal klingt es eindeutig abfällig.

»Nein, den habe ich nicht, Klugscheißer. Aber wenn wir alle zusammenhelfen, könnten wir einen entwickeln.« Der Punkt geht an Conradow.

»Ich hätte so gerne mein Abitur gemacht«, sagt jetzt Aicha und legt dabei die Hand auf ihren Bauch.

»Du wirst dein Abitur machen, Aicha. Und zwar noch in diesem Jahr, dafür werde ich sorgen. Du musst dich um nichts kümmern, hörst du. Um gar nichts. Entspann dich und freu dich auf dein Kind. Geh die Unterlagen sorgfältig durch, die Kevin dir täglich bringt, und mach das so gewissenhaft, wie du es immer tust. Und wenn du mal nicht weiter weißt, dann ruf an, hörst du. Wir werden für alles eine Lösung finden. Hier ist meine Handynummer«, sagt er, kritzelt ein paar Zahlen auf einen Zettel und reicht ihn Aicha über den Tisch. Sie nickt. Und sie lächelt. Ganz zaghaft zwar nur, aber immerhin.

Knapp eine Stunde, nachdem Conradow uns verlassen hat, kommt er auch schon wieder zurück. Die Geräusche seines Wagens haben uns alle ans Fenster getrieben. Und dort können wir dann beobachten, wie er aussteigt, seinen Kofferraum öffnet und einen Wäschekorb rausholt. Anschließend schlägt er unsere Richtung ein, und schon hören wir das Klopfsignal. Ich öffne die Tür.

»Na los, Marvin, komm in die Gänge! Auf was wartest du noch«, ruft er mir entgegen und drückt mir dabei den Korb in die Arme. Was soll das werden? Will der hier einziehen, oder was? Ein Blick in den Korb aber zeigt mir, dass jede Menge Lebensmittel drin sind.

»Sind die alle für uns?«, frage ich ziemlich erfreut.

»In erster Linie sind sie für Aicha«, sagt er und geht zurück zum Wagen. »Kommst du?«

Ich stelle den Wäschekorb auf den Tisch und folge dann brav seiner Anweisung. Im Kofferraum liegen zahlreiche Farbeimer, kleine und große, und Conradow fängt an, sie aus dem Wagen zu laden.

»Na, mach schon«, sagt er. »Alles nach drinnen!« So schleppen wir Eimer für Eimer ins Casino und Aicha steht da und traut ihren Augen kaum.

»Was ist das alles?«, fragt sie ganz fassungslos.

»Alles für dich, mein Kind. Ein paar Lebensmittel, etwas Obst und Getränke. Aber was noch viel wichtiger ist, alle möglichen Farben und Pinsel. Alles ohne Lösungsmittel. Hier, siehst du«, sagt er und drückt ihr einen ganzen Strauß

Pinsel in die Hand. »Hervorragende Qualität, ausgezeichnete Borsten, wunderbare Verarbeitung. Hier, fass mal an.«

Aicha tastet über die Pinsel.

»Und was soll ich damit?«, fragt sie schüchtern.

»Na, malen sollst du natürlich! Sieh dir diese Wände an. Besser geht es doch gar nicht, oder? Hier kannst du dich verausgaben, Aicha. Ja, was soll ich sagen, austoben kannst du dich hier. Und wenn dir das Ergebnis nicht gefällt, dann mal einfach wieder drüber. So oft du magst. Male, was du willst und so viel du willst. Diese Wände gehören dir.«

Er dreht sich um und geht zurück zum Wagen. Bleibt noch kurz stehen, winkt uns zu, steigt ein und fährt davon. Noch eine ganze Weile steht Aicha dort mit ihren Pinseln und starrt auf die Eimer. Dann aber öffnet sie den ersten und den zweiten und beginnt lächelnd, Farben zu mischen.

Auch am nächsten Nachmittag ist Annemarie wieder zu Besuch bei uns. Sie kommt jetzt fast täglich. Elvira freut sich immer riesig, genauso wie das Silberköpfchen. Die ist ganz in ihrem Element, wenn sie ein bisschen ratschlagen und aufmuntern kann und obendrein noch etwas für Ordnung sorgen. Ich glaube ja fast, Annemarie hat in Elvira so was wie eine Tochter gefunden, die sie ein bisschen verhätscheln und umsorgen kann. Und tatsächlich hat sie es geschafft, dass es bei uns zuhause wieder ein kleines bisschen gemütlicher ist. Dass sich das Geschirr nicht mehr stapelt bis rauf zur Decke oder die Badewanne vor lauter Schmutzwäsche überquillt. Es passiert auch nicht mehr, dass Buddys Katzenklo erst dann gereinigt wird, wenn er danebenkackt. Ich weiß nicht, wie sie das gemacht hat, und im Grunde interessiert es mich auch nicht. Wichtig ist nur, dass es funktioniert. Und das tut es, ganz klar. Plötzlich spielt ›Richter Hold‹ keine Rolle mehr in Elviras Leben. Stattdessen erledigt sie alles ganz von alleine, und fast könnte man meinen, sie hat sogar Spaß daran. Zur

Belohnung gibt's nachmittags Kuchen, Kaffee und Komplimente.

»Na, junger Mann, hast du denn die Hausaufgaben auch schon gemacht?«, fragt mich Annemarie heute, gerade wie ich mir meinen Teller schnappen will, um damit in meinem Zimmer zu verschwinden.

»Stopp!«, sage ich in einem ziemlich scharfen Ton, weil mir das jetzt deutlich zu weit geht. Schließlich ist sie nicht meine Mutter. Und auch nicht meine Lehrerin. »Sie sind hier nicht die Supernanny, kapiert? Kümmern Sie sich um Elvira und um Kaffee und Kuchen und meinetwegen auch um Aicha. Aber mich können Sie gern in Ruhe lassen!«

»Aber, Locke …«, ruft Elvira entsetzt.

»Nein, das passt schon, Elvira«, unterbricht sie der Silberkopf. »Woher soll der Junge denn auch Manieren haben, wenn du ihm keine beigebracht hast. Und ich weiß ja, dass ich manchmal ein bisschen überschwänglich bin. Das passt schon.«

Elvira schweigt und holt sich Buddy auf den Schoß. Und mir wird das gerade echt zu blöd. Ich bin auf dem Weg in mein Zimmer, als es an der Wohnungstür läutet.

»Na, wie schaut's aus, Arschloch? Ist der Bimbo schon zuhause?«, sagt der Typ mit der Lederjacke durch den Spalt hindurch, und ich bin echt heilfroh, dass die Kette davor ist.

»Nein«, sage ich und versuche die Tür zu schließen. Doch er hat bereits seinen Fuß dazwischengestellt.

»Was soll das? Mach 'nen Abgang, Alter«, sage ich.

»Wo isser, der Bimbo?«

»Keine Ahnung, zisch ab!« Wir drücken und schieben an der Türe, bis sie zu quietschen anfängt.

»Was ist denn los, Locke? Was ist denn das für ein Radau da draußen?«, ruft jetzt Elvira aus dem Wohnzimmer raus.

»Nichts«, rufe ich zurück.

»Wolltest du deinen Gast nicht hereinbitten, Marvin?«, fragt

Annemarie plötzlich und steht jetzt direkt hinter mir. Blickt kurz in den Türspalt und nimmt schließlich die Kette ab.

»Nein!«, rufe ich gerade noch. Aber es ist schon zu spät. Bis ich schauen kann, ist Annemarie längst auf dem Weg zurück ins Wohnzimmer und zerrt die Lederjacke hinter sich her.

»Äh, hallo, es warten da unten ein paar Freunde auf mich«, stammelt unser neuer Gast etwas verwirrt.

»Die können doch sicherlich ein bisschen warten«, sagt Annemarie und deutet auf einen Sessel im Wohnzimmer. Erst schaut er ein bisschen dämlich. Doch dann hockt er sich breitbeinig hin, lehnt sich zurück und schaut sich kurz im Zimmer um.

»Nett haben Sie's hier«, sagt er mit leicht ironischem Tonfall.

»Wie heißen Sie denn eigentlich, junger Mann?«, will Annemarie jetzt wissen und lässt ihn dabei nicht aus den Augen.

»Meister. Ich heiße Meister. Aber nicht etwa, weil ich der Anführer von unserer Gang bin. Ich heiße wirklich so. Manchen nennen mich auch Großmeister«, sagt er und grinst.

»Großmaul würde es vielleicht besser treffen«, sagt Annemarie. »So, so, ein Anführer von einer Gang bist du also. Hört, hört. Und als Anführer von einer Gang kommst du hier einfach mal so vorbei? Etwa auf ein Kaffeekränzchen, oder was? Weiß deine Gang von deinen Vorlieben?«, sagt sie weiter, und ich hätte gar nicht gedacht, dass sie so ironisch sein kann. Aber sie betont das Wort »Gang« immer so, als wäre das was echt Widerliches. Zum Totlachen eigentlich.

»Hey, Alte, ich komm doch hier nicht zum Kaffeekränzchen. Sind Sie verrückt, oder was?«, schreit er sie jetzt an und steht auf.

»Setz dich schön wieder hin«, sagt das Silberköpfchen. Doch er denkt gar nicht dran. Er geht zur Wohnzimmertür und möchte hinaus. Da hat er aber Pech gehabt, weil da nämlich ich stehe. Mit verschränkten Armen und breiten Beinen und einem fetten Grinsen im Gesicht. Und neben mir, da steht auch noch Elvira.

»Setz dich wieder hin, hab ich gesagt«, sagt nun Annemarie noch mal, und zwar mit deutlich mehr Nachdruck. Er zuckt kurz gelangweilt mit den Schultern und hockt sich wieder hin.

»Was wolltest du denn sonst hier, wenn schon keinen Kaffee trinken, Großmeister?«

»Wieso duzen Sie mich eigentlich?«

»Beantworte einfach meine Frage.«

»Kohle«, mische ich mich jetzt ein. »Er will immer Kohle. Er kassiert meinen Bruder ab, Robin. Und vermutlich macht er das nicht nur bei ihm so. Sondern in der ganzen Gegend.«

»Was erzählst du da denn für 'nen Müll, Arschloch«, brüllt er und starrt mich an. Annemarie steht auf, schiebt mich zur Seite und geht hinaus in den Flur. Von dort aus macht sie die Wohnzimmertür zu und sperrt ab. Was soll das werden, wenn's fertig ist?

»Hey, was will die Alte? Hat die 'nen Vogel, oder was?«, schreit unser Gast leicht hysterisch. Er springt auf, eilt zur Tür und zerrt und reißt daran, bis sein Schädel ganz rot ist.

»Aufmachen, Mann! Mach sofort diese verfickte Tür auf!«, schreit er dabei.

»Bleib mal schön da drinnen«, tönt es von draußen. »Es dauert gar nicht lange. Die Polizei ist ja meist sehr schnell da, wenn man sie ruft.«

»Verdammte Fotze, spinnt die Alte? Mach die Tür auf, du Miststück. Mach sofort diese verdammte Tür auf.«

Irgendwie ist er jetzt gar nicht mehr so cool. Na ja, wenn man als Anführer von einer Gang und mit der geilsten Lederjacke der Welt ausgerechnet von einer Greisin verarscht wird, dann ist das natürlich schon ziemlich bitter.

Auf einmal lässt er ab von der Tür und schaut sich im Zimmer um. Rast schließlich zur Balkontür, öffnet sie und tritt hinaus. Und nach einem kurzen Blick in die Tiefe springt er einfach übers Geländer und haut ab. Als ich auf dem Balkon ankomme, rennt er unten schon über die Wiese und lacht. Dreht sich noch mal kurz um, streckt mir den Stinkefinger entgegen und verschwindet dann hinter den Büschen.

Ich geh ins Wohnzimmer zurück und lass mich in den Sessel fallen. Als ich nach der Kaffeetasse greifen will, merke ich, dass meine Hand ganz stark zittert. Annemarie sieht das wohl auch. Jedenfalls sagt sie, ich solle mich beruhigen. Ja, wie ist die denn bitte schön drauf? Und überhaupt, wie sie mit diesem Typen umgegangen ist! Das hat mich schon irgendwie beeindruckt. Sie ist einen ganzen Kopf kleiner als er und uralt ist sie auch. Und trotzdem hatte sie ihn so was von im Griff gehabt, unglaublich. Elvira tritt an meinen Sessel heran und reibt mir eine Weile über den Rücken. Das hat sie seit Jahren nicht mehr gemacht. Und irgendwie genieße ich das voll. Mache sogar die Augen zu. Obwohl ich schon zugeben muss, froh drüber zu sein, dass außer Annemarie sonst keiner dabei ist.

Annemarie hatte nicht die Polizei gerufen, sondern nur ihren Bruder. Was aber im Grunde ein und dasselbe ist. Er erscheint auch schon einige Minuten später, aber eben doch leider zu spät. Nachdem er das Protokoll aufgenommen hat, kratzt er sich kurz an der Stirn und stöhnt.

»Diese Saubande«, sagt er genervt. »Diese kriminelle Saubande. Lauter Nichtsnutze und hochgefährlich. Die haben alle was auf dem Kerbholz, jeder Einzelne von ihnen. Aber meistens … meistens müssen wir sie doch wieder laufen lassen. Das ist so eine Geschichte. Da deckt einer den anderen, und jeder gibt jedem ein Alibi. Da kannst du einfach nix machen«, sagt er und packt die Unterlagen in seine Aktentasche.

»Aber die Sache mit meinem Bruder, mit Robin, die ist doch … ich meine, dafür muss man die doch kriegen. Das war doch schwerste Körperverletzung«, sag ich.

In diesem Moment wird mir klar, dass er überhaupt noch keine Verbindung hergestellt hat zwischen dieser Gang und dem, was meinem Bruder passiert war. Aber das wird er jetzt natürlich versuchen herauszufinden.

»Noch eine Tasse Kaffee, Herr Kommissar?«, fragt Elvira.

»Gerne, gnädige Frau«, sagt er und reicht ihr seine Tasse rüber. Sie gießt ein und wird ein bisschen rot.

»Also, gnädige Frau, ich weiß nicht«, sagt sie.

»Sie ist die Elvira«, sagt Annemarie.

»Und ich bin der Walther.« Dann prosten sie sich mit den Kaffeetassen zu.

Walther und Annemarie sehen sich übrigens wahnsinnig ähnlich. Natürlich ist sie nicht so stabil wie er, schon weiblicher und so, aber sonst eben fast wie Zwillinge. Schlank und eher sportlich und irgendwie kantig. Und sie tragen sogar die gleiche Frisur. Silbergraue Stoppelhaare. Dort hocken sie jetzt mit Elvira auf den zerschlissenen Polstern und ratschen und scheinen sich dabei ganz prima zu verstehen. Am Anfang, da schimpfen sie noch ein bisschen über diese miese Bande, aber bald versinken sie in ihrer eigenen Jugend. Es ist kurz vor elf, als Elvira die beiden zur Wohnungstür bringt.

Am nächsten Tag in der Pause hocken Friedl und ich wie jeden Schultag drunten im Fahrradkeller und rauchen. Ich erzähle ihm natürlich haarklein von Annemarie und dieser Gang. Und wenn er sich sonst auch total aufregen kann über die Typen, so kann er sich heute nur kaputtlachen. Er findet es einfach so saukomisch, dass er mir fast an der Kippe erstickt.

Völlig unerwartet erscheint Achmed bei uns im Keller. Ich hab ihn zuvor noch nie hier gesehen. Wir sind ziemlich erstaunt und schauen ihn fragend an. Er macht ein paar Schritte, bleibt dann kurz stehen und kommt schließlich zögernd auf uns zu.

»Ist was?«, fragt Friedl erst mal und nimmt einen tiefen Zug von seiner Zigarette. Dann bläst er Ringe in die Luft. Ich kann das immer noch nicht.

Achmed steht da, schaut mich an und scharrt so mit dem Fuß im Dreck.

»Es wird doch 'nen Grund geben, dass du hier bist. Oder kommst du bloß zum Gaffen?«, fragt Friedl weiter.

»Jetzt lass ihn doch erst mal«, ich nehme jetzt auch einen Zug, wenn auch nicht ganz so tief. Friedl sieht mich an, als hätte ich Chinesisch geredet. Achmed räuspert sich.

»Es ist wegen Aicha«, sagt er und scharrt und scharrt.

»Vergiss es«, sagt Friedl. Er hockt auf dem Sattel seines Fahrrads, und das schaut irgendwie cool aus. Da ich ja leider kein Rad mehr besitze, stehe ich eher ein bisschen blöd daneben.

»Du, Marvin«, sagt Achmed jetzt und zieht mich dann am Ärmel ein paar Schritte weg. »Also, ich weiß, das klingt jetzt vielleicht ein bisschen komisch, und wahrscheinlich glaubst du mir sowieso nicht, aber …«

»Ja, was jetzt?«, bohre ich nach.

»Ich will … das heißt, ich würde Aicha gerne sehen.«

»Keine Chance, sorry«, sage ich und wende mich zum Gehen ab. Da packt er mich aber wieder am Ärmel. Und zwar ziemlich heftig dieses Mal. Ich schaue auf seine Hand. Er hat total schmutzige Nägel. Und beides kann ich nicht leiden. Das mit dem Ärmel nicht, und auch das mit den Nägeln nicht. Das merkt er wahrscheinlich, jedenfalls lässt er mich los.

»Du solltest vielleicht gelegentlich mal deine Fingernägel putzen«, sage ich noch so und drehe mich ab.

»Ich sollte was?«

»Na, deine Nägel, Mann. Schau dir doch mal deine Nägel an, verdammt. Das ist doch echt ekelhaft.«

Er blickt leicht verwirrt auf seine Fingernägel.

»Ach, vergiss es!«, sage ich.

»Marvin, bitte, hör mir kurz zu. Ich weiß ja nicht, wie das bei euch daheim so abläuft, also zwischen euch Geschwistern praktisch. Aber bei Aicha und mir, da ist das eine ganz enge Beziehung, verstehst du. Seit ich überhaupt denken kann, hab ich auf meine Schwester aufgepasst. Obwohl ich der Jüngere war, hab ich immer auf sie aufgepasst.«

»Jetzt passt ein anderer auf sie auf, kapiert«, sage ich und gehe zurück zu Friedl.

»Frag sie wenigstens, okay? Bitte frag sie, ob sie mich sehen will«, ruft er noch hinter mir her. »Bitte.«

Zehn

In den folgenden Tagen ist es unglaublich heiß, und auch nachts kühlt es kaum runter. Selbst für Juni ist das ungewöhnlich. Friedl und ich, wir fahren nach der Schule meistens raus an die Isar. Da haben wir schon vor ewigen Zeiten einen schönen Kiesstrand entdeckt. Mitten in den Isarauen, hinter einem ganz kleinen Wäldchen, und mit Board oder Fahrrad keine zwanzig Minuten entfernt. »Baden strengstens verboten!« steht auf dem Schild. Und somit gehört uns der Strand komplett alleine. Wenn wir ins Wasser gehen, dann lassen wir uns zuerst einfach eine Weile lang mit der Strömung treiben und machen danach ein Wettschwimmen zurück zu unserem Lager. Schwimmen ist die einzige Sportart, die mein Bein seit dem Bruch schmerzfrei zulässt. Da tut echt gar nichts weh. Manchmal, wenn wir Glück haben und einer unserer Kühlschränke zuhause tatsächlich noch ein paar Würstchen abgibt, machen wir sogar ein kleines Feuer. Es geht nämlich nichts über gegrillte Würstchen.

Als ich heute vom Baden heimkomme, ist Annemarie gerade im Aufbruch.

»Herrje, du hast ja ganz nasse Haare, mein Junge«, sagt sie und fasst an meinen Kopf. »Und was ist mit deiner Hose? Die ist ja auch völlig nass, Kind. Warum ist denn deine Hose so nass?«

»Jetzt raten Sie doch mal. Vielleicht, weil wir beim Baden waren.«

»Aber warum, um Himmels willen, trägst du denn keine Badehose beim Baden?«

»Das ist meine Badehose.«

»Das ist doch keine Badehose, meine Güte noch mal! Eine abgeschnittene Jeans ist keine Badehose, definitiv nicht!«

»Bei mir schon.«

»Aber du brauchst doch etwas zum Wechseln, Junge. Nicht, dass du mir noch eine Blasenentzündung kriegst. Weißt du eigentlich, wie schmerzhaft das sein kann? Komm, zieh diesen nassen Fetzen aus«, sagt sie und zerrt dann wie wild an meiner Jeans rum. Und so schnell kann ich gar nicht schauen, da steh ich vor ihr und bin bis zum Bauchnabel barfuß.

»Ja, geht's noch!«, schreie ich und ziehe mein T-Shirt hinunter, so weit es nur geht.

»Jetzt hab dich doch nicht so, Marvin. Denkst du wirklich, ich hab noch nie einen nackten Mann gesehen. Dass ich nicht lache. Ganze Heerscharen von nackten Männern hab ich schon gesehen, das kannst du mir glauben. Und ich wünschte, einige von diesen Anblicken wären mir erspart geblieben. Aber jetzt häng schon die Hose auf die Leine und föhn dir die Haare«, sagt sie und wirft mir die Jeans genau so zu, dass ich das T-Shirt loslassen muss. Sie kichert. Aber wenigstens hat sie Männer gesagt. Männer und nicht Jungs.

Als ich am Abend ins Casino rüberkomme, sitzen alle im Freien. Robin hockt auf einem Stuhl und Kevin daneben.

Aicha sitzt auf seinem Schoß und sie hat ihre Füße in einem Eimer voll Wasser.

»Hey, das ist cool, darf ich auch mal?«, frage ich und deute auf den Eimer.

»Sehr gerne, wenn du dazu noch meine Beine haben willst. Die bringen mich noch um bei dieser Hitze«, sagt Aicha.

»Nee, die kannst du gerne behalten«, grinse ich.

»Dann kriegst du aber auch den Eimer nicht«, sagt Aicha und grinst zurück. Ich gehe erst mal rein, um mir was zu trinken zu holen. Drinnen ist es überhaupt nicht mehr auszuhalten. Obwohl alle Fenster auf jeder Seite weit offen stehen, geht kein einziger Luftzug und es ist heiß wie in der Sauna.

Ein paar Augenblicke später düst dann auch noch Friedl mit dem Fahrrad an. Steigt ab, grüßt alle und hockt sich dann verkehrt herum auf einen der Stühle.

»Wo warst du vorhin? Ich hab dir 'ne SMS geschrieben«, frage ich ihn.

»Hab's schon gesehen, aber der Akku war leer«, sagt er. »Kann ich mir was zu trinken holen?«

»Nur keine Hemmungen«, sagt Kevin und Friedl geht rein.

»Eine irre Hitze da drinnen«, stöhnt er, als er mit einer Cola zurückkommt.

»Wem sagst du das. Die Wärme wird reflektiert von den ganzen Werksgebäuden hier außen herum und kommt dann praktisch gleich doppelt und dreifach zurück. Und kein einziges Lüftchen geht hier durch«, erklärt uns Kevin, der Musterschüler, und streichelt über den Bauch von Aicha. Ihr Gesicht glänzt und die Wangen sind so was von rot.

»Sie schaut aus, als hätte sie Fieber«, sage ich zu Robin mit einem Blick zu ihr rüber.

»Sie hat kein Fieber«, antwortet er. »Sie hat nur die Hitze. Diese scheiß elendige Hitze.«

»Und wenn wir mit ihr einfach an die Isar rausfahren«, überlege ich, weil sie mir wirklich leidtut.

»Bist du bescheuert, oder was?«, mischt sich Friedl jetzt ein. »Das ist doch schon tagsüber lebensgefährlich und nachts erst recht. Außerdem kennt sie die Strömungen nicht, die wir längst alle kennen. Vergiss es!«

»Ich dachte ja nur, dass sie sich einfach mal ein bisschen abkühlen kann«, murmele ich so vor mich hin.

»Das ist lieb gemeint, Locke. Aber die Isar, das ist wahrscheinlich wirklich nicht so der Hit«, sagt Aicha und wischt sich den Schweiß von der Stirn.

Ich nicke.

Dann ist es erst mal still und jeder hängt seinen eigenen Gedanken hinterher.

»Mensch, Friedl«, sagt Robin urplötzlich und beugt sich weit nach vorn. »Ich hab da 'ne Idee. Dein Vater, der ist doch Bademeister drüben im Schwimmbad. Und der hat doch sicherlich auch einen Schlüssel?«

»Klar hat der 'nen Schlüssel dafür. Was denkst du denn?«

»Ja, Mensch, dann fahr los und hol ihn.«

»Was soll ich holen? Meinen Vater, oder was?«

»Nein, Mensch. Den Schlüssel natürlich, Idiot.«

»Und wie stellst du dir das vor, du Träumer? Soll ich zu ihm sagen, rück doch mal den Schlüssel fürs Schwimmbad raus, ich will da jetzt mitten in der Nacht hin mit ein paar Kumpels, weil es uns einfach zu warm ist?«

»Und wenn du einfach gar nichts sagst? Weißt du, wo er ist, dieser Schlüssel? Kommst du da irgendwie ran?«

»Hast du 'nen Vogel, oder was? Mein Alter würde mich erschlagen, wenn wir da nachts reingehen. Das ist total verboten, sogar für die Angestellten. Oder warum, glaubst du, haben sie schon vor Jahren diesen meterhohen Zaun hochgezogen? Und überhaupt ist das Einbruch, Mann. Außerdem hat er noch nicht mal einen festen Arbeitsvertrag, mein Vater.

Die können ihn praktisch von heute auf morgen feuern. Und das werden sie tun, wenn das auffliegt.«

»Und wie, bitte sehr, soll das auffliegen? Wir sind einfach leise und machen auch kein Licht. Wir schwimmen ein oder zwei Runden, Aicha kann sich von oben bis unten mal abkühlen, und danach machen wir uns wieder vom Acker. Denk doch mal nach, im Grunde schadet das doch keinem.«

»Nur über meine Leiche, kapiert«, sagt Friedl, schnappt sich sein Fahrrad, steigt auf und tritt in die Pedale.

»Feigling!«, ruft ihm Robin noch hinterher, doch Friedl ist längst verschwunden.

»Du kennst seinen Vater nicht, Rob. Bei dem würde ich auch nichts riskieren. Das ist echt ein Unsympath. Total brutal, der Typ. Der war lange bei der Bundeswehr, vielleicht ist er deswegen so, keine Ahnung.«

Robin steht auf und geht hinein. Als er wieder rauskommt, hat er einen feuchten Lappen dabei. Den legt er Aicha in den Nacken.

»Danke, Robin, du bist lieb«, sagt sie und schließt dann die Augen.

So fürsorglich kenne ich ihn gar nicht. Und wahrscheinlich starre ich ihn deswegen an. Jedenfalls sagt er: »Was schaust du so blöd, Mann?«

»Du bist mein Stern …«, singt Kev jetzt ganz leise in Aichas Ohr und sie lächelt. Eine Weile betrachte ich die beiden, wie sie da so aneinandergeschmiegt sind und alles um sich zu vergessen scheinen. Dann aber fällt mir Achmed ein. Und obwohl ich jetzt eigentlich gar nicht stören möchte, muss ich das trotzdem noch loswerden.

»Du, Aicha«, sage ich ganz leise.

»Pssst!«, zischt Robin.

Doch sie öffnet die Augen.

»Aicha, also … dein … Bruder hat mich angesprochen«, taste ich mich langsam vor.

Sie richtet sich auf.

»Ja?«, fragt sie nach.

»Er möchte dich sehen.«

»Kommt gar nicht in Frage«, sagt Kevin ziemlich aufbrausend.

»Klar«, sagt Rob. »Bring ihn doch am besten gleich hierher, und seinen Alten noch dazu. Sag mal, Marvin, drehst du jetzt durch, oder was?«

»Jetzt lasst ihn doch erst mal ausreden, Mensch«, sagt Aicha, wirft den beiden böse Blicke zu und widmet mir dann ihre volle Aufmerksamkeit.

»Achmed hat mich halt angesprochen, weißt du. Unten im Fahrradkeller, in der Pause.«

Sie nickt. Und sie lächelt mich aufmunternd an.

»Er hat gesagt, dass ihr irgendwie so ein ganz besonderes Verhältnis habt. So eng halt und innig und so was.«

»Ja-ha, sehr innig. Dieser kleine Asi hat sich doch ständig zwischen Kev und Aicha gedrängt, das wissen wir doch, oder? Du hast es doch selber erzählt, wie er dich im Schulhof angepisst hat«, sagt Robin ganz wütend.

»Ja, das stimmt«, fällt ihm Aicha jetzt ins Wort. »Wisst ihr, Achmed und ich waren immer schon sehr eng miteinander. Schon von ganz klein auf. Einfach deshalb, weil unsere Mutter so unglaublich streng war. Sie ist ziemlich eigen. Nein, eher gemein. Besonders als wir noch Kinder waren, hat sie uns getriezt, natürlich immer zu unserem Besten. Manchmal hatte ich aber das Gefühl, es macht ihr Spaß, uns zu verletzen. Und nicht nur mit Worten. Beim Haarekämmen zum Beispiel, das hat oft so wehgetan, dass mir manchmal die Tränen gekommen sind. Und irgendwann hat Achmed dann zu ihr gesagt: »Lass mal, ich mach das. Mein Vater, wisst ihr, der war ja nie zuhause, Tag und Nacht nur im Geschäft, damit er uns über die Runden bringt. Und da hatten wir eigentlich gar keine andere Wahl, Achmed und ich. Wir hatten ja nur uns gegenseitig. Zum Glück hat Achmed, je älter er wurde, den Mut gehabt, sich immer mehr gegen meine Mutter aufzulehnen. Wobei ihre Gemeinheiten immer schon eher gegen mich gerichtet waren. Ich habe keine Ahnung, warum. Also, was ich eigentlich sagen will: Auf Achmed konnte ich mich immer verlassen. Er ist echt ein toller Bruder.«

»Das kann man wohl sagen!«, muss ich jetzt loswerden und kann mir dabei einen ironischen Unterton nicht verkneifen.

»Ich weiß natürlich, wie er auf euch wirken muss, Locke. Aber ich kenn ihn halt anders. Und seit der Sache mit Kevin ist er auch wirklich komisch. Aber das ändert nichts an der Tatsache, dass ich mich immer auf ihn verlassen konnte.«

»Du meinst also, er …«

»Er würde mich nicht verraten, Locke«, unterbricht sie mich. »Er ist mit der Verbindung zu Kevin nicht einverstanden, das ist wahr. Aber nicht aus den gleichen Gründen wie mein Vater. Für Achmed gibt's vermutlich sowieso keinen passenden Partner für mich. Keiner wäre dem gut genug, wirklich keiner. Aber verraten würde er mich nicht.«

»Macht, was ihr wollt, aber ihr solltet euch gut überlegen, ob ihr ihn hier anschleppen wollt«, sagt Robin und steht auf.

»Hast du vielleicht eine bessere Idee, Mann? Hier sind sie wenigstens ungestört. Und sicher«, sage ich, doch er zuckt nur mit den Schultern.

Wahrscheinlich hat er sogar recht. Was wissen wir schon über Achmed? Nur das, was uns Aicha grade gesagt hat. Doch wir kennen ihn auch von einer anderen Seite. Einer ziemlich feindseligen. Und drum muss man das gut durchdenken, ob man ihm wirklich trauen kann. Ich habe keine Ahnung.

Trotzdem mach ich mich schon in der nächsten Pause auf die Suche nach ihm. Und finde ihn schließlich hinter der Turnhalle. Dort steht er mit ein paar anderen Typen und isst einen Apfel. Wie er mich sieht, kommt er mir sofort entgegen.

»Und, hast du mit ihr geredet?«, will er wissen.

Ich nicke.

»Was hat sie gesagt?«

»Hey Mann, ich muss mich auf dich verlassen können, verdammt!«

»Das kannst du, ich schwör's!«

»Okay. Ich glaube, du kannst sie bald sehen. Ich geb dir Bescheid, wenn es so weit ist.«

»Danke, Mann«, sagt er ganz erleichtert und fasst mich kurz am Oberarm.

»Schon gut«, sage ich und gehe in Richtung Fahrradkeller.

»Du kannst dich auf mich verlassen«, ruft er noch kurz hinter mir her. Und dennoch ist mir irgendwie nicht wirklich wohl bei der Sache. Wenn da etwas schiefgeht, dann habe ich die Arschkarte für alle Ewigkeit. Ich hoffe inbrünstig, dass alles klappt.

Am Nachmittag sitzen nur Elvira und Walther am Kaffeetisch. Annemarie fällt aus, weil sie Nachtschicht hat und drum eine Mütze voll Schlaf braucht. Doch auch zu zweit scheint die Stimmung zu passen. Was vielleicht auch daran liegt, dass Walther erzählt, er hätte vielleicht sogar einen neuen Job für Elvira. Es wäre zwar nur eine Putzstelle in der Polizeiinspektion und auch erst ab September, wenn die jetzige Putzfrau in Rente geht, aber trotzdem. Elvira freut sich wie ein Kleinkind, was mich schon ein bisschen wundert. Schließlich hatte sie nie den Eindruck erweckt, dass sie händeringend nach einem Job suchen würde. Zumindest hat sie bisher keinerlei Anstalten gemacht und etwa mal die Stellenanzeigen durchgeblättert. Ganz im Gegenteil. Zu dieser »Agentur für Arbeit« ging sie doch nur, wenn es wieder mal Zeit dafür war. Warum dann jetzt diese plötzliche Euphorie? Vielleicht ist es aber auch bloß so, dass sie sich selber einfach nicht aufraffen konnte. Hat ihren Arsch einfach nicht von der Stelle gekriegt.

Und was Hausarbeit angeht – na ja, so richtig hervorgetan hat sie sich damit eigentlich bisher nie. Egal. Jetzt, wo ihr praktisch ein anderer die Sucharbeit abgenommen hat, jetzt freut sie sich tatsächlich auf eine neue Aufgabe. Und wenn es auch nur putzen ist. Wer weiß?

»Gibt's eigentlich schon irgendwelche Neuigkeiten, was diese Bande betrifft?«, frage ich vom Türrahmen aus.

Walther beißt gerade voll Inbrunst in ein Nusshörnchen und schüttelt den Kopf.

»Nein, bedaure, Marvin. Ich weiß überhaupt nichts Neues von diesen Kerlen«, sagt er und tupft sich mit der Serviette kurz über den Mund. »Aber hilf mir mal kurz auf die Sprünge, der Robin, das ist doch diese Geschichte mit der Eisenstange, nicht wahr?«

Ich nicke.

»Also, ich frage mich natürlich, warum niemand bisher eine Anzeige erstattet hat deswegen. Robin kann sie doch alle miteinander einfach anzeigen. Jeden Einzelnen von dieser Saubande.«

»Ja, das könnte er wahrscheinlich. Aber erstens kann er sich an die Geschichte mit der Eisenstange überhaupt nicht mehr erinnern. Und zweitens hat er einfach Schiss vor denen.«

»Das muss er doch nicht.«

»Schiss haben oder sich erinnern?«

»Sich erinnern.«

»Sie meinen, er soll das einfach behaupten? Also, einfach so behaupten, dass er sich erinnern kann?«

»Ich werde mich hüten, hier zu einer Straftat aufzufordern, mein Junge. Ich gebe nur Anregungen, kleine Ideen, und weiter nichts«, sagt er und nimmt einen Schluck Kaffee.

Am Abend im Casino erzähle ich diese Geschichte, und alle hören aufmerksam zu. Es ist wieder unerträglich heiß heute, und deshalb hocken wir im Freien.

»Der Typ will ernsthaft, dass ich eine Falschaussage mache?«, fragt Robin ganz ungläubig.

»Nein, das will er natürlich nicht. Zumindest sagt er das so nicht. Er sagt, es wär einfach nur so 'ne Idee. Und wenn wir mal ehrlich sind, Rob, wer hätte es denn sonst tun sollen? Wer zum Teufel hätte einen Grund, dich mit 'ner Eisenstange ins Koma zu prügeln?«

»Keine Ahnung, Mann. Fakt jedenfalls ist, dass ich es nicht weiß, verdammt. Die Ärzte haben gesagt, dass ich so was wie ein Trauma erlebt habe oder so. Und dass mein Unterbewusstsein die Sache verdrängt. Keine Ahnung. Jedenfalls ist es möglich, dass die Erinnerung irgendwann zurückkommt. Und wenn das so ist und ich mich einmal an die Sache erinnern kann, dann mach ich natürlich diese blöde Anzeige. Das ist ja wohl klar. Aber eben nicht vorher, kapiert?«

Kevin steht auf und klopft ihm auf die Schulter.

»Genauso machst du es, Rob. Ganz genau so«, sagt er und geht rein ins Casino. Und wahrscheinlich haben sie recht.

Etwa eine halbe Stunde später kommt Friedl dahergeradelt. Er ist völlig außer Atem und ziemlich verschwitzt und hat überall diese hektischen roten Flecken. Im ganzen Gesicht. Genauso, wie er sie immer hat, wenn in der Schule eine Prüfung ansteht.

»Was ist denn mit dir los?«, frage ich deshalb.

»Ich habe die Schlüssel!«, ruft er. »Ich hab diese verdammten Schlüssel für das Schwimmbad. Versteht ihr das? Ich hab sie meinem Alten einfach aus seiner Hosentasche genommen, nachdem er ins Bett gegangen ist. Und, was ist los? Was sagt ihr dazu?«, will er wissen. Er hat wieder rote Flecken im Gesicht, rennt planlos durch die Gegend und macht mich total kirre damit. Aber mutig finde ich das schon, das mit dem Schlüsselklau. Besonders, wenn man seinen Vater kennt. Da bleibt bloß zu hoffen, dass der davon nichts merkt.

»Jetzt beruhige dich doch erst mal«, sage ich und versuche ein Lächeln rauszuquetschen.

»Du hast echt diese Schlüssel? Zeig her«, mischt sich Robin gleich ein, steht auf und geht auf Friedl zu. Der greift in seinen Rucksack und zieht mit stolzgeschwellter Brust trotz seiner Flecken einen Schlüsselbund hervor.

»Unglaublich! Das ist einfach unglaublich«, sagt Robin und nimmt ihm ganz fassungslos die Schlüssel aus der Hand. Die starrt er dann an, als wären es die Kronjuwelen direkt aus England.

»Kevin«, ruft Friedl und geht dann nach drinnen. »Kevin, wir können los, ich habe den Schlüssel. Du weißt schon, den fürs Schwimmbad.«

»Nicht wahr, oder?«, kann ich Kevin von drinnen hören. »Du bist ein Held, Friedl! Du bist echt ein richtiger Held, Mann.«

Friedl kommt wieder nach draußen und grinst von einem Ohr bis zum anderen. Und wenn man ihn ganz genau anschaut, dann sieht man tatsächlich irgendetwas Heldenhaftes. Trotz seiner irren roten Flecken.

Und so schnappen wir uns kurz drauf die einzigen zwei Handtücher, die das Casino hergibt, und machen uns auf den Weg ins Schwimmbad. Ich hänge mit dem Skateboard an Friedls Fahrrad und Aicha hockt kichernd hintendrauf auf Kevins Gepäckträger. Sie freut sich wie ein kleines Kind. Und was dann kommt, das ist der reine Wahnsinn für uns alle. Eine einzige Wohltat für die völlig überhitzten Glieder. Man kriegt fast das Gefühl, auch von innen heraus irgendwie abzukühlen. Es ist die pure Freude, echt. Ich muss mich total zusammenreißen, um nicht laut herumzuschreien. Wir schwimmen und tauchen und albern herum und versuchen dabei trotzdem möglichst leise zu sein. Die Straßenlaternen draußen geben gerade so viel Licht ab, dass wir noch etwas sehen können.

Aber sonst herrscht rundherum Dunkelheit. Ich war noch nie nachts schwimmen und muss sagen, daran könnte man sich gewöhnen. Friedl und ich, wir ziehen ein paar Bahnen. Seite an Seite und ohne ein Wort. Und Robin, der macht etwas, das aussieht wie Wassergymnastik. Er sagt, er habe es in der Reha gelernt, und ehrlich gesagt, schaut's ziemlich scheiße aus. Denn wenn ein echt cooler Typ mit Dreadlocks und einem Ring im Ohr rumhampelt wie ein Bewegungslegastheniker und Übungen macht wie ein Rentner kurz vorm Abnippeln, dann ist das halt einfach zum Schreien komisch, wirklich. Es ist aber ziemlich egal, wie es ausschaut, Fakt ist, dass es hilft. Und wenn ich daran denke, wie Robin vor der Reha war, dann hat ihm die nicht nur körperlich, sondern auch seelisch was gebracht. Und das allein war es schon wert. Rob sagt, es waren die Typen, auf die er da gestoßen ist. Richtig junge Leute sind dort gewesen. Manche im Rollstuhl und andere mit Amputationen. Da kriegst du einen anderen Blick auf die Dinge, hat Robin gesagt. Wie auch immer. Jedenfalls ist er mir tausendmal lieber so als jemals zuvor. Und trotzdem können Friedl und ich uns jetzt lustig machen über ihn und ein paarmal äffen wir ihn auch nach. Robin geht das total am Arsch vorbei. Er grinst uns nur milde an und wirkt einfach nur voll relaxed. Aber ich glaube, in diesen Momenten fühlt sich jeder von uns unglaublich wohl. Drüben am Beckenrand lehnen Kevin und Aicha. Sie schmusen ganz innig. Und dann singt er leise in ihr Ohr: »Du bist mein Stern …«

Vielleicht hätten wir uns einfach nur kurz abkühlen sollen. Kurz abkühlen und gleich wieder verduften. Aber keiner von uns wollte das. Keiner wollte so schnell wieder raus aus dem kühlen Nass und hinein in seine Klamotten, um nur Minuten später die nächsten Schweißausbrüche zu kriegen. Nein, dann doch lieber noch ein kleines bisschen drinnen bleiben. Nur wenige Minuten noch. Nur wenige Minuten. Doch genau das wurde uns dann zum Verhängnis. Denn plötzlich und von irgendwoher hatten wir alle der Reihe nach das grelle Licht einer Taschenlampe im Gesicht. Zuerst ein Lichtstrahl auf Kevin und Aicha. Und gleich darauf auch auf uns drei anderen. Der erste Gedanke: Weg hier, einfach raus aus dem Becken und ab durch die Mitte. Dieser Gedanke zerplatzte aber natürlich sofort wie eine Seifenblase. Weil man mit einer Schwangeren und einem, der gerade aus der Reha zurück ist, eben nicht so mir nichts, dir nichts türmen kann. Ausgeschlossen. Und somit hatten wir gar keine Wahl. Außerdem sind wir wohl alle erst mal ein bisschen unter Schock gestanden. Nach so einem Wahnsinnserlebnis dann plötzlich so was! Damit haben wir nicht mehr gerechnet. Am Anfang, gleich wie wir ins Wasser gestiegen sind, da hat sich jeder erst einmal umgeschaut, ob womöglich doch irgendwo jemand sein könnte, der uns bemerken könnte. Aber diese Angst hat sich dann ziemlich schnell verflüchtigt. Und am Schluss, da hat sowieso keiner mehr einen Gedanken dran verschwendet, dass noch irgendwer kommen könnte. Also ich jedenfalls nicht. So sind wir dann wie die armen Sünder an den Beckenrand geschwommen, aus dem Wasser gestiegen und haben uns wortlos angezogen. Anschließend hat dieser Typ mit der Taschenlampe, der übrigens zu einem Sicherheitsdienst gehört, unsere ganzen Personalien der Reihe nach aufgenommen. Im Anschluss hat er uns ganz ausführlich über das Nachtbadeverbot aufgeklärt und irgendwas von Hausfriedensbruch gefaselt. Danach durften wir endlich gehen. Wie geprügelte Hunde sind wir zu den Fahrrädern zurückgeschlichen. Friedl war wie versteinert. Hat kein Wort gesagt, nicht geflucht und nicht gejammert, ja, er hat mich noch nicht einmal kurz angesehen. Und er hat mir einfach nur leidgetan. Der kann sich jetzt natürlich auf was gefasst machen. Und dabei hat er es noch nicht einmal für sich selber getan. Sondern nur für Aicha. Er hat das alles nur für Aicha getan. Damit sie sich abkühlt und ihre

Beine nicht mehr so geschwollen sind. Und jetzt schiebt er wortlos sein Fahrrad und ist auf dem Weg direkt in die Hölle, unser Held.

Am nächsten Tag ist Friedl nicht in der Schule. In der Pause schalte ich mein Handy ein und kriege folgende SMS: Er hat mich beinah totgeschlagen, Locke. Ich kann diese Woche nicht zur Schule. Keine Chance. Und ich muss auch gleich mein Handy abgeben. Also sinnlos zu antworten. Außerdem hab ich Hausarrest bis zu den Ferien. Mach's gut so lange.

Das ist noch viel schlimmer, als ich es mir vorgestellt habe.

Elf

In einer Woche beginnen die Abi-Prüfungen für Kevin und Aicha, und bisher ist noch nicht ganz klar, wie Conradow das alles anstellen will. In unregelmäßigen Abständen steht entweder der Lieferwagen von Aichas Vater oder der alte BMW von ihrer Mutter vor der Schule. Angeblich nur, um Achmed abzuholen. Aber um Achmed abzuholen, müsste man doch nicht aussteigen und schon gar nicht durch die Gänge wandern. Auf den kann man auch ganz prima im Wagen warten. Manchmal steht auch schon vor Schulbeginn einer von den beiden vor der Schule. Und zweimal sogar in der Pause. Vermutlich wird es also ein echt gefährliches Unterfangen, wenn Aicha hier zur Schule gehen will. Eigentlich ist es fast unmöglich. Und wenn das Abi erst beginnt, wird es sicherlich keinen Deut entspannter. Eher noch schlimmer, weil die beiden sicherlich davon ausgehen werden, dass ihre Tochter daran unbedingt teilnehmen möchte. Was ja auch den Tatsachen entspricht.

Um endlich ein bisschen Licht ins Dunkel zu bringen, bleib ich nach dem Kunstunterricht noch im Klassenzimmer, um mit Conradow die Lage zu peilen.

»Es wird jetzt langsam Zeit. Was ist mit dem Abi für Aicha, wissen Sie schon was? Und wie wollen Sie das eigentlich anstellen? Ich meine, ihre Eltern lungern doch hier pausenlos rum«, frage ich ihn gleich, als die Türe zu ist.

Er setzt sich aufs Pult und fängt an, seinen Vollbart zu kraulen.

»Ja, das hab ich auch schon mitbekommen, Marvin. Und ich hab auch mit ihrem Vater schon gesprochen, da machte er eigentlich einen ganz vernünftigen Eindruck. Aber trau, schau wem, sag ich immer. Ja, wie wollen wir das anstellen? Gute Frage, Marvin. Ich habe natürlich längst mit dem Rektor geredet. Hab ihm diese unsägliche Situation erklärt. Von dieser Warte aus gibt es offenbar überhaupt keine Probleme. Sie kann selbstverständlich wie alle anderen auch an den Prüfungen teilnehmen. Wie wir für ihre Sicherheit sorgen sollen, das ist mir allerdings noch ein Rätsel. Was, wenn die sie tatsächlich in die Finger kriegen? Zack, rein ins Auto und ab in die Türkei? Das wäre bei Gott nicht das erste Mal. Grundgütiger!«

»Ich hab da vielleicht eine Idee.«

»Du hast eine Idee? Dann lass doch mal hören!«

»Nein«, sage ich und schüttele den Kopf. »Erst wenn ich tatsächlich etwas vorweisen kann. Ich wollte jetzt eigentlich nur mal nachfragen, ob Sie schon 'nen Plan haben. Nicht, dass ich dann ankomme mit meiner popeligen Idee und Sie haben hier schon das ganze SEK organisiert, um Aicha zu bewachen.« Dann hebe ich die Hand zum Abschied und gehe nach draußen. Bis zum Flur raus höre ich ihn noch lachen.

Als ich daheim auf Elvira treffe, kann ich wirklich nur noch staunen. Die hat sich vielleicht schick gemacht! Sie hat heute

Nachmittag ihr Vorstellungsgespräch, und ganz offensichtlich will sie da eine gute Figur abgeben. Soweit das halt in ihren Möglichkeiten steht. Annemarie ist gerade gekommen und steckt ihr jetzt auch noch die Haare hoch. Und wenn die wilden Locken nicht mehr so wirr durch die Gegend schwirren, dann sieht man erst, dass sie eigentlich ein recht schönes Gesicht hat. Sie ist ganz leicht geschminkt und hat sogar etwas Schmuck angelegt. Ob das für eine Putzfrau so arg wichtig ist, wage ich zwar zu bezweifeln. Schaden kann es aber auf gar keinen Fall.

»Ich mach mich jetzt lieber schon mal auf den Weg. Nicht, dass ich hernach noch den Bus verpasse. Meine Güte, bin ich nervös! Drückt mir die Daumen, ihr beiden«, sagt sie und greift nach ihrer Handtasche und der Mappe mit den Bewerbungsunterlagen. Annemarie nimmt sie in den Arm und spuckt ihr dreimal über die Schulter. Ich muss grinsen.

»Das kriegst du schon hin, Elvira«, sage ich. »Geh da rein und zeig ihnen einfach, wo der Hammer hängt.«

»Genau. Wo der Hammer hängt«, sagt sie leise und lächelt ein bisschen.

»Und vergiss nicht, dass Walther dich hinterher heimfahren möchte«, sagt Annemarie noch. Dann verschwindet Elvira durch die Tür.

»Ich finde das ziemlich gut, was Walther für Elvira tut«, sage ich so, weil ich irgendwie das Gefühl habe, mich bedanken zu müssen. Allein die Vorstellung, dass Elvira wieder arbeitet, dass sie beschäftigt ist und wenigstens ein bisschen mehr Geld in der Kasse ist, finde ich prima. Und ›Richter Hold‹ wäre damit auch erst mal abserviert. Annemarie lacht.

»Walther tut das in erster Linie für sich selbst«, sagt sie und geht in die Küche. Ich folge ihr.

»Wieso für sich selbst?«

»Ach, der Walther«, sagt sie und setzt Kaffee auf. »Möchtest du auch?«, fragt sie, als er durch ist.

Ich nicke und hole zwei Tassen aus dem Schrank.

»Weißt du, Locke, der Walther hat zum einen den Drang, immer was Gutes zu tun. Anderen Menschen zu helfen, verstehst du. Wenn er das tun kann, dann fühlt er sich gut. Das war schon immer so. Drum ist er wahrscheinlich auch Polizist geworden. Zum anderen«, sagt sie weiter und lacht, »zum anderen mag er auch einen sauberen Arbeitsplatz.«

»Elvira ist nicht gerade die Beste, was Putzarbeiten betrifft«, muss ich jetzt loswerden.

»Darum geht es jetzt erst mal nicht. Wir müssen nur sehen, dass wir sie hier rauskriegen. Alles andere wird sich schon ergeben. Der Mensch wächst bekanntlich mit seinen Aufgaben, nicht wahr?«

Ich gieße den Kaffee in die Tassen und wir setzen uns ins Wohnzimmer rüber.

»Was hat sie eigentlich gelernt, deine Mutter?«

»Verkäuferin, aber nicht zu Ende. Dann kam ja Kev.«

»Verstehe. Und hinterher?«

»Na ja, als ich dann in den Kindergarten ging, da ist sie eben in die Maschinenfabrik. Bis die dann …«

»Geschlossen wurde. Alles klar. Sag mal, Locke, wann hast du denn das letzte Mal neue Hosen bekommen?«, fragt sie jetzt und blickt auf meine löchrige Jeans.

»Gefällt Ihnen nicht, hab ich recht?«, grinse ich so vor mich hin. Sie schüttelt den Kopf und nimmt einen Schluck Kaffee.

Später hocke ich unten vor unserer Haustür und warte, dass Elvira endlich zurückkommt. Das heißt, eigentlich warte ich ja mehr auf Walther als auf Elvira. Jedenfalls hocke ich halt auf den Stufen und warte. Ich schaue zu Friedls Zimmer rauf. Eine ganze Weile sogar. Und endlich sehe ich ihn am Fenster stehen. Er schiebt die Gardinen etwas zur Seite und winkt zu mir runter. Ich winke zurück. Eine ganze Weile lang sehen wir uns an. Dann aber zieht er die Vorhänge ganz langsam wieder zu.

Irgendwann kommt endlich der Wagen. Elvira steigt aus und hat feuerrote Wangen.

»Wir haben in der Stadt noch einen kleinen Sekt getrunken, der Walther und ich«, trällert sie mir über die Straße zu.

»Soll das vielleicht heißen, du hast den Job?«, frage ich und steh auf.

»Ich hab den Job! Ja ja, ich hab diesen Job! Mitte August geht's auch schon los. Da bekomm ich noch eine gründliche Einweisung von meiner Vorgängerin, übrigens eine sehr nette Frau. Und ab September mach ich das dann alles alleine. Jeden Tag von sieben bis eins. Na, was sagst du jetzt, Locke?«

»Wahnsinn!«, rufe ich und freue mich mit ihr.

Walther gesellt sich zu uns.

»Das sind doch tolle Neuigkeiten, oder, junger Mann?«, begrüßt er mich und schüttelt mir dabei die Hand.

»Ja, super, echt«, sage ich.

Elvira geht vor uns die Treppen hinauf. Nein, eigentlich hüpft sie mehr. So aufgekratzt hab ich sie lange nicht mehr gesehen. Walther und ich schauen uns kurz an und schmunzeln.

»Kann ich … kann ich vielleicht mal ganz kurz mit Ihnen reden?«, frage ich auf den letzten Stufen.

»Selbstverständlich. Jederzeit. Worum geht's denn?«

»Lieber drinnen.«

Elvira sperrt die Wohnungstür auf und ihre Hände zittern ganz leicht. Wir betreten die Diele.

»Ich muss nur kurz was mit Walther besprechen, Elvira. Du kriegst ihn gleich zurück«, sage ich und drücke meinen Gast sachte durch meine Zimmertür.

»Ist schon in Ordnung, Locke. Ich setze inzwischen Kaffee auf«, kommt es zurück.

Gleich darauf sitzen wir beide auf meiner Bettkante, und ehrlich gesagt, weiß ich in diesem Moment gar nicht, ob es das Richtige ist, was ich gerade mache. Aber irgendwas in meinem Innersten drängt mich einfach dazu, ich kann es nicht erklären. Also beginne ich damit, Aichas Geschichte zu erzählen. Die Situation, in der sie jetzt steckt. Diese echt unglaublich verzwickte Lage. Dabei bin ich ganz ehrlich und erzähle ihm die Geschichte von hinten bis vorn, und zwar alles, was ich darüber überhaupt weiß. Einen Teil davon kennt er ja bereits. Von seiner Schwester und natürlich auch aus den Polizeiakten heraus. Aber trotzdem hört er mir sehr aufmerksam zu, und ab und an sagt er: »Mhm. Mhm.«

»Und warum erzählst du mir das alles, Marvin?«, fragt er, als ich schließlich am Ende angelangt bin. »Ich meine, es ist natürlich eine schlimme Geschichte, da brauchen wir gar nicht erst zu reden. Doch was erwartest du jetzt von mir? Soll ich einen Polizeischutz anfordern, damit das Mädchen ihr Abitur machen kann? Da hätten wir Polizisten aber jede Menge zu tun, das kannst du mir glauben.«

Er lacht.

Mist! Ich hätte mir denken können, dass er so reagiert. Aber hat nicht seine Schwester gerade noch erzählt, was für ein begnadeter Helfer er ist?

»Nein, natürlich nicht«, sage ich und stehe auf. Dann fange ich an, wie Kevin oder ein Tiger im Käfig durch das Zimmer zu laufen. »Aber es würde wahrscheinlich schon reichen, wenn vor und nach dem Unterricht ein Streifenwagen an der Schule stehen würde. Nur ein paar Minuten lang. Bis sie eben in Sicherheit ist.«

»Und auf dem Heimweg? Was ist auf dem Heimweg? Da kann man ihr doch schließlich auch noch auflauern.«

»Verdammt, keine Ahnung. Sie sind doch hier der Bulle. Überlegen Sie sich doch gefälligst etwas«, schreie ich ihn jetzt an, und ich weiß nicht, ob es aus Enttäuschung über seine Reaktion ist oder eher aus Ärger, überhaupt etwas erzählt zu haben.

»Ist alles in Ordnung da drinnen?«, fragt Elvira durch die Türe.

»Ja!«, rufen wir beide gleichzeitig.

»Gib mir etwas Zeit, Marvin«, sagt er, steht auf und kommt auf mich zu. Er legt den Arm auf meine Schulter und schaut mich ganz eindringlich an. Seine Augen sind gut. Und sie sind warm. So hätte ich mir vielleicht einen Vater gewünscht. »Ich werde nachdenken, hörst du. Vielleicht fällt mir ja tatsächlich was ein. Und du solltest aufhören, dir ständig Sorgen zu machen. Du bist ein junger Mann, Marvin. Genieße dein Leben!«, sagt er noch, ehe er in den Flur hinausgeht.

»Aber das muss bitte schnell gehen. Das Abi beginnt in einer Woche«, rufe ich hinter ihm her. Genieße dein Leben! Der hat gut reden. Wie soll man denn sein beschissenes Leben genießen, wenn's hinten und vorne nicht stimmt? Vielleicht sollte ich auch einfach mal an was anderes denken. An meine Schularbeiten zum Beispiel. Die letzten zwei Prüfungen habe ich so richtig verbockt. Aber irgendwie kann ich mich momentan auch auf nichts konzentrieren.

Über Nacht ist die Hitze dann plötzlich weg, dafür regnet es heftig. Die rissige Erde kann das Wasser gar nicht so schnell aufnehmen, wie es vom Himmel fällt, und so entstehen überall riesige Pfützen. Wenn ich mit dem Skateboard ins Casino rausfahre, komme ich trotz Regenjacke klitschnass dort an, habe aber in weiser Voraussicht natürlich Klamotten zum Wechseln im Rucksack. Aicha hat jetzt angefangen, die Wände zu bemalen. Man kann noch nicht wirklich etwas erkennen, ein paar Striche und Bögen, aber ganz offensichtlich hat sie Spaß daran. Wenn sie nicht gerade büffelt oder malt, liegt sie auf dem alten Sofa und hat den Kopf auf Kevins Schoß. Dann singt er ihr vor: »Komm, wir ziehen durch die Nacht, bis das Morgenlicht erwacht. Der Moment zeigt uns den Weg, ganz egal, wohin es geht ... Du bist mein Stern ...«

Es ist immer und immer das gleiche Lied, das er ihr vorsingt. Es ist ihr Lied.

Mir ist eigentlich nie aufgefallen, was für eine tolle Stimme Kevin hat. Aber wenn er jetzt zu singen anfängt, bin ich jedes Mal wieder ziemlich geplättet und muss ihn ständig anstarren. Es klingt etwas rauchig und tief und dennoch kann man die Zärtlichkeit klar heraushören. So sitzt er da und singt und streichelt ganz sanft über Aichas Bauch. Und ich stehe daneben und schaue sie an. Irgendwie ein echt schönes Paar, die beiden.

Es ist sonderbar, aber ich genieße diese Zeit im Casino immer mehr. Wenn es mich anfangs auch eher gestört hat, dass nun andere Menschen hier sind. Dass unser Reich, Friedls und meines, nun einfach so entweiht wird, von, ja, ich muss fast schon sagen, Eindringlingen. Ich mochte es nicht, wenn jemand an unserem Flipperkasten flipperte oder unsere Tütensuppen aß. Ich mochte es nicht, wenn jemand auf unserem Sofa saß oder sogar unsere Tür abschloss. Albern, ich weiß. Aber so war es. Doch so nach und nach und je öfter ich herkam, desto schöner fand ich den Gedanken, dass dieses alte Gemäuer nun wieder eine echte Daseinsberechtigung hat. Dass nun Menschen hier sind, die das Casino sehr schätzen. So wie es früher eben war, als es die Werkzeugfabrik noch gab. Ja, dieser Gedanke gefällt mir mehr und mehr.

Als Friedl endlich wieder zur Schule kommt, ist wieder ein kleiner Funke Leben in seinen Augen. Zwar kann man seine blauen Flecken noch immer gut sehen, aber sie sind mittlerweile nicht mehr blau, sondern nur noch leicht gelb. Da sind sie aber immer noch. In der Pause hocken wir wie immer im Fahrradkeller und rauchen eine Zigarette. Und natürlich bläst Friedl wieder Ringe in die Luft.

»War es arg schlimm?«, frage ich ihn.

»Nicht schlimmer als sonst«, sagt er.

»Greift denn deine Mutter da nicht ein?«

»Die wird sich hüten. Schließlich will sie nicht auch noch eins auf die Fresse.«

»Wie lange hast du noch Hausarrest?«

»Vor den Ferien geht da gar nichts. Und hinterher sieht's auch nicht grad rosig aus. Allerdings kommt dann wahrscheinlich meine Großmutter aus Heidelberg zu Besuch. Und da reißt er sich immer ein bisschen zusammen, der Alte.«

»Das heißt, du musst nach der Schule sofort zurück nach Hause, oder?«

»Worauf du einen lassen kannst«, sagt er und tritt seine Kippe aus. Ich erzähle ihm dann noch von den Ereignissen der letzten Zeit, die er ja alle verpasst hat, aber sein Interesse hält sich in Grenzen. Er stellt keine einzige Frage und zeigt auch sonst keinerlei Reaktion. Irgendwann läutet die Pausenglocke und er springt von seinem Sattel. Ich hebe noch kurz die Kippen vom Boden auf und werfe sie in den Abfalleimer. Dann gehen wir Schulter an Schulter ins Klassenzimmer zurück. Äußerst gemächlich und schweigsam.

Am Sonntag, bevor das Abi beginnt, haben wir so was wie ein konspiratives Treffen. Und zwar im Casino. Annemarie und Walther haben Elvira und mich mit dem Wagen abgeholt, und obwohl ich mich nicht wirklich gut dabei fühle, zeige ich ihnen den Weg. Kevin erwartet uns schon, und er wirkt ebenfalls etwas nervös. Annemarie nimmt gleich das Ruder in die Hand. Begrüßt Kevin und Robin recht herzlich und eilt schließlich an den beiden vorbei und direkt rüber zu Aicha, die dort leicht verlegen auf dem Sofa sitzt. Die beiden umarmen sich. Danach nimmt Kev Elvira an die Hand und bringt sie zu Aicha. Im selben Moment zieht sich auch Annemarie zurück und beginnt ihren Korb auszupacken, den sie mitgebracht hat. Ganz zaghaft reicht Elvira Aicha die Hand.

»Das ist Elvira, meine Mutter«, sagt Kevin. »Und das hier

ist Aicha. Mein Stern.« Aicha steht auf und greift mit beiden Händen nach denen von Elvira.

»Mein Gott, bist du schön, mein Kind«, sagt Elvira, und die beiden halten sich jetzt fest an den Händen. »Da hast du schon recht, Kevin. Sie ist wirklich ein Stern.«

Irgendwie muss ich mich erst an die Anzahl der versammelten Menschen hier gewöhnen. Normalerweise kann man die Anwesenden an einer Hand abzählen. Aber heute ist die Bude echt voll. Kevin und Robin sind grade dabei, ein paar Tische zusammenzustellen, und Annemarie kramt eine Tischdecke aus ihrem Körbchen, und damit schaut der alte Tisch fast schon aus wie eine richtige Tafel. Was ich hier ebenso wenig kenne, aber trotzdem richtig schön finde. Ein paar Augenblicke später decken die Frauen schließlich auf. Und obwohl kein einziger Teller zum anderen passt und auch keine der Tassen, ist es trotzdem irgendwie gut.

Conradow ist der Letzte, der eintrifft. Und nachdem er mit allen anderen bekannt gemacht wurde, steht er gleich drüben an der Wand. An der Wand, auf der Aicha zu malen begonnen hat, und ganz konzentriert betrachtet er jeden einzelnen Pinselstrich. Dann gesellt Walther sich dazu, und so stehen diese zwei Alten also vor Aichas Wand, die Arme im Rücken verschränkt, und bestaunen das unvollendete Werk.

»Wunderbar, Aicha. Wirklich ganz und gar wunderbar«, sagt Conradow irgendwann, und man kann ihm die Begeisterung anhören.

»Aber es ist doch noch gar nichts erkennbar, Herr Conradow. Es ist doch momentan nicht viel mehr als eine Skizze«, sagt Aicha, während sie Kuchen verteilt.

»Ich erkenne es ganz deutlich, Aicha. Und es ist längst keine Skizze mehr. Es ist der Anfang zu einem Kunstwerk. Ja, das ist es.«

»Sind Sie sicher?«, fragt Walther etwas skeptisch.

»Todsicher«, sagt Conradow.

Aicha kichert. Und Kevin steht da, mit stolzgeschwellter Brust, als wäre er höchstpersönlich der Schöpfer dieses Werks, das doch erst in den Startlöchern steht. Elvira öffnet die beiden Thermoskannen mit Kaffee, die sie mitgebracht hat, und gleich legt sich der Duft über den ganzen Raum.

»Zu Tisch, meine Lieben!«, ruft Annemarie und klatscht in die Hände. Und im Handumdrehen gehorchen wir ihr alle, als wären wir dressierte Pudel. Ich glaube ja fast, es spielt überhaupt keine große Rolle, was sie sagt, in ihrem Tonfall allein liegt etwas komplett Dominantes. Und natürlich weiß sie das auch, und ich könnte fast wetten, dass sie es sogar genießt.

Dann wird bei Kaffee und einem Wahnsinnsstreuselkuchen der Plan für Aichas Abitur besprochen. Nachdem wir Punkt für Punkt durch sind, haben wir alle zusammen ein ziemlich gutes Gefühl. Aicha atmet tief durch und lächelt uns alle der Reihe nach ganz dankbar an. So hocken wir anschließend noch ganz schön lange beisammen, und als wir irgendwann abbrechen, ist es draußen längst schon dunkel.

Beim Abschied hält mich Aicha kurz fest.

»Marvin, ich hab noch eine Bitte. Ich möchte unbedingt meinen Bruder sehen. Und zwar nicht bloß so kurz in der Schule auf dem Korridor. Ich will mit ihm sprechen. Ihn umarmen. Er fehlt mir so furchtbar.« Sie beginnt zu weinen.

»Verstehe«, sage ich.

»Kannst du … kannst du da nicht was arrangieren?«, fragt sie und schnäuzt sich.

Dass momentan jeder Mist immer an mir hängen bleiben muss. Ich dachte inzwischen, sie hätte es wieder vergessen.

»Klar«, sage ich. »Mach ich.« Und obwohl ich mir wirklich jede Menge schönerer Dinge vorstellen kann, als mit Achmed zu sprechen, entschädigt das Lächeln von Aicha für alles.

Am Montag in der Früh fährt ein Wagen vors Casino, um Aicha abzuholen und zur Schule zu bringen. Es ist Walther höchstpersönlich, und er kommt im Streifenwagen. Später wird er sie auch wieder abholen und zurückbringen. Bei unserem gemeinsamen Treffen hat er sehr lange mit ihr am Tisch gesessen und ihr aufmerksam zugehört. Und irgendwie hat sie ihn wohl ein bisschen um den Finger gewickelt. Jedenfalls hat er plötzlich beschlossen, dass er selbst für ihre Sicherheit sorgen wird. Und das ist auch gut so. Denn wie befürchtet, steht der Gemüsewagen bereits vor der Schule, als die beiden dort ankommen. Aichas Vater sitzt hinterm Steuer und hat sie sofort erkannt. Er schaut jetzt so unfassbar traurig, dann lächelt er gequält, dann muss er wegschauen. Auch Aicha wendet den Blick ab und wischt sich eine Träne weg. Ganz genauso passiert es die ganzen nächsten Tage. Aicha erzählt es uns jeden Abend. Nur ein einziges Mal steht ihre Mutter dort vor der Schule. Sie blickt Aicha nur hasserfüllt in die Augen, setzt dann aber gleich ihre Sonnenbrille wieder auf und fährt mit Vollgas davon. Kein lieber Blick. Kein Lächeln. Nichts.

Jeden Abend, bevor ich ins Casino rausfahre, hänge ich eine ganze Weile am Fenster rum und schaue rüber zu Friedl, in der Hoffnung, einen kurzen Blick auf ihn werfen zu können. Ab und zu erhasche ich dabei tatsächlich einen Schatten und kann dabei noch nicht mal erkennen, ob er von ihm oder seinem Vater ist. Die Gardinen sind zu und das Licht von innen ist einfach zu spärlich, um wirklich etwas sehen zu können. Und von Tag zu Tag fehlt mir diese Fenstersache immer mehr. Seit ich überhaupt denken kann, haben Friedl und ich halbe Nächte lang an den Fenstern gehangen. Ich glaube, das hat schon damals im Kindergarten angefangen. Da haben wir uns nämlich einmal zu Weihnachten solche Taschenlampen gewünscht. Und weil das finanziell durchaus tragbar war, haben wir die dann auch bekommen. Und damit haben wir so nach und nach unsere ganz eigenen Morsezeichen entwickelt. So haben wir uns stundenlang unterhalten können. Das war einfach genial. Etwas später waren es dann diese Billig-

Walkie-Talkies aus dem Elektromarkt, zwei Stück für nicht mal zwanzig Euro. Und auch die haben ihren Zweck vollkommen erfüllt. Und irgendwann waren wir halt endlich stolze Besitzer unserer ersten eigenen Handys. Natürlich nicht das neueste Modell, aber für unsere Bedürfnisse passte das schon. Und mit diesen Handys, da hat dann sowieso eine total coole Ära begonnen. Die erste Zeit haben wir uns eine SMS nach der anderen geschrieben. Zumindest so lange, bis sich Friedl in diese blöde Österreicherin verliebt hat. Das war vielleicht eine Geschichte. Also, dieses Weib hat damals nämlich hier bei uns in Bayern Urlaub gemacht. Zusammen mit ihren Eltern. Und irgendwann hat sie eben Friedl kennengelernt. Ich kann mich gar nicht mehr erinnern, bei welcher Gelegenheit das war. Ist ja auch egal. Jedenfalls war er damals wie von einem anderen Stern, einfach überhaupt nicht mehr ansprechbar. Hatte kaum Zeit und noch weniger Lust, sich auch einmal mit mir zu treffen. Und wenn doch, dann hat er nur von ihr gesprochen. Ich hab sie gehasst, diese Tussi. Vielleicht war ich auch ein bisschen eifersüchtig. Auf sie natürlich. Jedenfalls ist Friedl ständig mit ihr abgehangen, und ich konnte das gar nicht begreifen. Schon allein, weil sie so unsympathisch war. Sie war so der Typ »Ich mach mal einen auf dreißigjährige Nutte«. Immer mit riesigen Absätzen unterwegs und ordinären Minis und bis zur Unkenntlichkeit geschminkt. Echt ätzend. Doch Friedl fährt auf so was voll ab. Je nuttiger, desto besser. Und obwohl wir uns sonst in vielen Dingen ganz und gar einig sind: Was die Weiber betrifft, driften unsere Welten komplett auseinander. Wenn mir was an einem Mädchen gefällt, sind es Jeans und Sneakers, und wenn's irgendwie geht, dann am liebsten gar keine Schminke. Denn was soll die ganze Schminke bitte schön bringen? Wenn man ohne aussieht wie eine Vogelscheuche, dann ist es ja mit schon fast arglistige Täuschung. Und wenn nicht, dann ist das ganze Geschmiere ja sowieso komplett überflüssig. Es käme doch auch niemand auf die Idee, der Mona Lisa einen Lidstrich zu verpassen. Na, jedenfalls war die Österreicherin natürlich irgendwann auch wieder weg, und ich dachte, jetzt wird alles wieder gut. Jetzt wird alles wieder wie vorher. Da hatte ich mich aber mal so richtig geirrt. Friedl hatte zwar plötzlich wieder mehr Zeit, mich zu treffen. Lust aber hatte er noch immer keine. Besonders, als er begriff, dass mich sein Seelenleid so gar nicht interessierte. Dass ich weder hören wollte, wie sehr sie ihm fehlt, noch, wie gut sie aussieht. Als Freund habe ich ihm natürlich zugehört. Klar, das tut man einfach. Aber ich konnte ihm einfach nicht sagen, wie sehr ich ihn verstehe. Das wäre gelogen gewesen. Also war ich ganz ehrlich und habe gesagt: Hau ein Ei drüber! Das war ihm dann aber auch wieder nicht recht. Ich glaube, wir hatten damals unsere erste und zum Glück einzige Krise, wir beide. Beide ein bisschen bockig und voneinander enttäuscht. Irgendwann hat Friedl dann ganz zugemacht. Im Grunde war er nur noch körperlich anwesend, denn seine Gedanken, die waren sowieso nur noch bei dieser Ösi-Tante. Doch das Ende vom Lied war dann doch ziemlich tragisch für ihn. Er hatte nämlich aus lauter Sehnsucht nächtelang mit ihr telefoniert, und als schließlich die Handyrechnung kam, da hat ihn sein Vater beinahe erschlagen. Fast achthundert Euro hatte er durchtelefoniert. Hinterher ist er zwei Wochen lang nicht mehr zur Schule gekommen. Und sein Handy, das hat er erst Monate später wiederbekommen. Und dann auch nur mit Prepaid-Card. Wie man sich denken kann, ist der Kontakt nach Österreich augenblicklich eingeschlafen. Was mir persönlich nur recht kam. Obwohl ich das mit den Schlägen schon richtig scheiße fand, so hatte ich doch ziemlich schnell meinen alten Friedl zurück. Ja, vielleicht nicht ganz den alten. Ein bisschen ernster ist er schon geworden. Und ein bisschen erwachsener auch. Aber immerhin war er wieder da. Und zwar für mich.

An einem der nächsten Nachmittage erscheint Annemarie mal wieder bei uns in der Wohnung, und dieses Mal hat sie ein paar Tüten dabei.

»Schlussverkauf, Kinder, ist das nicht herrlich!«, ruft sie, da ist sie noch gar nicht richtig zur Türe drin. Elvira schleppt bereits Geschirr ins Wohnzimmer und gießt schon mal Kaffee ein, während Annemarie gleich damit beginnt, das Geheimnis ihrer vollen Plastiktüten zu lüften.

»Sieh dir das an, Elvira. Dieses wunderbare Leinen. Weiß. Ist dir doch recht, oder? Der Stoff hat nur noch einen Bruchteil des normalen Preises gekostet. Ein echtes Schnäppchen, könnte man sagen. Zwanzig Meter hab ich mal genommen, das müsste wohl reichen«, sagt sie, zerrt einen Stoffballen hervor und blickt dann abschätzend auf unsere Wohnzimmerfenster. Ich steh jetzt ein bisschen auf dem Schlauch und ich glaube, Elvira geht es nicht anders.

»Ja, ja, das reicht locker für alle Zimmer«, sagt Annemarie weiter. »Wir können heute noch anfangen, wenn du möchtest.«

»Anfangen womit?«, fragt Elvira.

»Ach, komm schon, Kindchen. Wonach sieht es wohl aus?«

Elvira zuckt mit den Schultern, und ich merke, dass sie keine Ahnung hat, worum es gerade geht.

»Na, Gardinen, Elvira. Wir nähen neue Gardinen. Komm, sieh dir das doch mal an. Wie alt sind die? Fünfzehn Jahre?«, sagt Annemarie und geht rüber zum Fenster.

»Achtzehn.« Elvira klingt ziemlich kleinlaut, und ich glaube, sie schämt sich ein bisschen.

»Achtzehn. Aha. Das dürfte die Sache dann wohl endgültig rechtfertigen, oder? Wo ist deine Nähmaschine?«

»Ich habe keine Nähmaschine.«

»Das auch noch, herrje«, sagt Annemarie, nimmt ihr Handy aus der Tasche und tippt darauf rum.

»Walther, ich bin's. Du, sei doch so gut und fahr kurz bei

mir vorbei, ehe du zu Elvira kommst. Im Bastelzimmer steht die Nähmaschine. Die musst du mitbringen, verstanden? Elvira hat keine.«

Pause.

»Ob sie sich gefreut hat? Ich glaube schon«, spricht sie weiter in den Hörer.

Elvira nickt ganz verlegen.

»Wann hast du Feierabend?«

Pause.

»Ach, wunderbar. Dann bist du ja in einer halben Stunde etwa hier«, sagt sie noch und legt das Handy beiseite. Sie nimmt einen Schluck Kaffee, atmet tief durch und lehnt sich zurück.

»Ach, das hätte ich ja fast noch vergessen. Schau mal, Marvin, für dich habe ich auch noch was ergattert. Schau doch gleich mal rein«, sagt sie und wirft mir einen Beutel rüber. Drin ist eine Badehose. Grün-weiß gestreift. So ein Altmännermodell mit Eingriff. Mir bleibt fast die Spucke weg.

»Freust du dich?«, fragt Annemarie und schaut mich erwartungsfroh an. Dann wirft Elvira ihre Kaffeetasse um. Das hat sie mit Absicht gemacht, ich hab's ganz genau gesehen. Ich schmeiße ihr kurz einen dankbaren Blick über den Tisch zu und gehe dann in die Küche, um einen Lappen zu holen.

Als kurz darauf Walther mit der Nähmaschine antanzt, mache ich mich lieber mal vom Acker. Nicht, dass die am Ende noch einen Handlanger brauchen, der Fäden abschneidet oder irgend so ein Zeug.

Dann ist endlich der letzte Tag der Abi-Prüfungen. Die Stimmung auf dem Schulhof ist total ausgelassen. Die Abiturienten albern rum und singen und tanzen und machen Pläne für den Sommer. Und während sich alle anderen vollkommen übermütig auf die bevorstehende Abi-Fahrt freuen, haben Kev und Aicha ganz andere Sachen im Kopf. Sie hocken abseits im Sonnenschein auf den Stufen zum Turnsaal und sind offensichtlich gerade dabei, sich über Vornamen zu unterhalten.

»Hi, Onkel Marvin. Komm, setz dich kurz zu uns. Sag mal, wie findest du Stella?«, fragt mich Aicha, gleich als ich bei den beiden angekommen bin. Onkel Marvin! Ich muss grinsen.

»Stella ist echt schön. Wird es denn ein Mädchen?«, frage ich und setze mich dazu.

»Das werden wir vielleicht heute noch erfahren. Großer Ultraschall heute, und ich hoffe, das kleine Wesen zeigt heute endlich mal, ob es männlich ist oder weiblich«, sagt sie lachend und streicht dabei über ihren Bauch.

»Das ist ja spannend«, sage ich und krame eine Kippe aus meiner Jackentasche.

»Also, die größte Spannung ist ja nun erst mal vorbei«, sagt Kev und klingt wirklich erleichtert. »Bin ich froh, dass diese Prüfungen vorbei sind. Müsste eigentlich geklappt haben.«

»Walther sei Dank, würde es viel eher treffen«, muss ich verbessern.

Die beiden lachen.

»Wir müssen los, Locke«, sagt Kevin und erhebt sich. »Kommst du heute noch ins Casino raus?«

»Klar.«

»Dann bis später.«

»Bis später.«

Aicha wuschelt mir kurz durch die Haare, dann schlendern die zwei über den Schulhof. Ich bleibe einen Augenblick sitzen und schaue ihnen hinterher. Onkel Marvin. Komisch. Wenn ich daran denke, dass Kevin ja nicht wesentlich älter ist als ich … Und jetzt kriegt er ein Kind! Unglaublich. Ich selber habe ja noch nicht mal einen Plan, was mein eigenes Leben betrifft. Und er hat jetzt plötzlich nicht nur die Verantwortung für sich selber, sondern für zwei weitere Menschen. Zumindest einer davon ist vollkommen hilflos. Allein schon der Gedanke daran treibt mir eine fette Gänsehaut über den Rücken.

Zwölf

Am Nachmittag stehe ich ziemlich unruhig an meinem Zimmerfenster und warte darauf, dass Friedl wenigstens kurz drüben am Fenster erscheint. Dieser verdammte Hausarrest geht mir schon jetzt kolossal auf die Nerven und hat noch gar nicht richtig angefangen. Ich brauche Friedl jetzt, mehr als je zuvor. Wie soll ich diesen ganzen Wahnsinn denn alleine überstehen, wenn ich mit niemandem mehr reden kann. Wenn keiner mehr da ist, der klugscheißt. Oder Ringe in die Luft bläst. Verdammte Scheiße! Ausgerechnet jetzt! Ich hoffe, der Alte kriegt sich bald wieder ein. Bekanntlich stirbt ja die Hoffnung zuletzt. So stehe ich also eine halbe Ewigkeit lang an diesem blöden Fenster und starre hinaus. Und endlich geht drüben die Gardine zur Seite und Friedl winkt mir kurz zu. Ich winke zurück und versuche irgendwie ein Lächeln herauszuquetschen. Doch wenn ich ihn mir so ansehe, selbst auf die Entfernung hin, dann geht es einfach nicht. Es sind seine Augen, die daran schuld sind. Seine Augen sind leer, wie immer, wenn er Dresche bekommen hat.

Mit Hilfe unserer Zeichensprache frage ich ihn, wie es ihm geht. Alles in Ordnung, sagt sein nach oben gedrehter Daumen. Seine Augen strafen ihn Lügen. Dann beginnt er zu erzählen. Dass er gerade wieder mal Klorollenhütchen häkeln muss, erzählt er, und dann muss ich doch beinahe grinsen. Das ist nämlich kein Witz, wirklich. Seine Mutter, die arbeitet halbtags in einem Handarbeitsgeschäft, und dort werden natürlich alle möglichen selbst gemachten Teile verkauft. Und weil momentan gehäkelte Klorollenhütchen aus den siebziger Jahren der absolute Renner sind, macht sie halt auch zuhause diese Dinger. Und jetzt muss Friedl ebenfalls ran. Er war immer schon sehr geschickt in solchen Sachen und hatte in Werken und Handarbeiten immer nur Einsen. Da bin ich, ehrlich gesagt, ziemlich froh, dass ich auf diesem Gebiet so null Begabung habe. Vermutlich kommt seiner Mutter der Hausarrest sehr gelegen, weil sie damit eine tatkräftige Unterstützung bekommt. Obwohl ich schon sagen muss, dass sie eigentlich immer hinter Friedl steht. Wenn sie sich auch nicht einmischt bei den Prügeln, wahrscheinlich aus Angst, selber eine gewischt zu kriegen, so ist sie trotzdem immer auf Friedls Seite.

Plötzlich, gerade wie Friedl mir eins seiner Werke präsentiert, steht sein Vater neben ihm, und ganz offensichtlich brüllt er ihn tierisch an. Und keine Sekunde später knallt er ihm auch schon eine. Friedl hält kurz inne, starrt ihm ins Gesicht und rennt dann an ihm vorbei und direkt aus dem Zimmer. Keinen Wimpernschlag danach stürzt der Alte hinter ihm her. Mein Gott, was soll ich jetzt bloß machen? Ich stehe am Fenster und starre hinaus. Trete von einem Bein auf das andere und weiß beim besten Willen nicht, was ich tun soll. Auf einmal geht unten die Haustüre auf und Friedl rennt barfuß auf die Straße. Sein Vater folgt ihm auf dem Fuße. Gleich hat er ihn. Ich muss da jetzt runter! Wie ich unten ankomme, hat er ihn erwischt und beginnt sofort, wie wild auf ihn einzudreschen. Jetzt packt mich aber die Wut, und ich schmeiße mich einfach zwischen die beiden. Und bis ich schauen kann, habe ich schon die erste in der Fresse. Und dann noch eine. Gleich darauf aber ist Friedl wieder dran. Der Kopf seines Vaters ist feuerrot, und es sieht aus, als würde er sich grade in Rage schlagen. So was hab ich noch nie erlebt. Es ist, als würde er mit uns Pingpong spielen. Und wir, wir haben noch nicht einmal zu zweit den Hauch einer Chance. Irgendwann bin ich völlig erschöpft und habe das Gefühl, als ginge das alles schon stundenlang so. Aber es waren wohl nur ein paar Augenblicke. Jedenfalls kommt uns schließlich ein Mann zu Hilfe.

»Ich rufe die Polizei, wenn Sie die Jungs hier nicht sofort in Ruhe lassen!«, schreit der Friedls Vater jetzt an.

»Kümmern Sie sich um Ihren eigenen Dreck!«, schreit der zurück. Doch der Typ holt sein Handy hervor.

»Schon gut, schon gut«, sagt Friedls Vater schließlich und hebt beschwichtigend die Hände etwas nach oben. Friedl steht daneben mit hängenden Schultern und leeren Augen und kann mich noch nicht einmal ansehen. Kurz darauf schubst ihn sein Alter auch schon in Richtung Haustür, und dahinter verschwinden die beiden dann auch.

»Danke«, sage ich noch zu unserem Retter.

»Passt schon«, sagt der, steckt sein Handy zurück, dreht sich ab und geht.

Zurück in der Wohnung gehe ich erst mal ins Bad. Ich drehe den Wasserhahn auf, lege meinen Kopf ins Becken und lasse mir das eiskalte Wasser über den Nacken laufen. Das tut gut. Anschließend betrachte ich im Spiegel mein Gesicht. Es ist heil, da hatte ich wohl Glück. Die Haut ist rot und spannt, aber es sind keine sichtbaren Blessuren zu sehen. Als ich von meinem Zimmer aus wieder aus dem Fenster blicke, kann ich sehen, dass in Friedls Wohnung nun überall die Rollos runtergelassen wurden. Und vermutlich ist das ein gutes Zeichen, denn dann läuft Fußball. Wenn nämlich Fußball läuft, muss immer absolute Ruhe herrschen. Da ist Friedls Vater wirklich sehr sorgsam. Nichts darf ihn dabei stören. Noch nicht einmal Regen, der ans Fenster klopft. Ein kurzer Test an unserem Fernseher bestätigt meine Vermutung und beruhigt mich auch enorm. Wenn der Alte Fußball guckt, dann hat Friedl fürs Erste wohl mal Ruhe.

Ich gehe ins Wohnzimmer und knalle mich auf die Couch. Mannomann, wenn ich so ein Elternhaus hätte … Nicht, dass es bei uns der Brüller ist, aber immer noch besser als da drüben bei Friedl. Wobei ich mir eigentlich schon immer einen Vater gewünscht hätte. Und Kevin und Rob sicher auch. Aber auf so etwas wie drüben kann man dann doch wirklich verzichten. Friedl hat ja so einen Verdacht, warum der Alte so ist, wie er ist. Aber da will er nicht drüber reden. Wenn er mir sonst auch noch jeden kleinen Furz unter die Nase reibt, darüber will er ums Verrecken nicht reden. Und ich dränge ihn nicht, ganz klar. Entweder er erzählt es von selber oder er lässt es. Basta. Wobei ich ihn schon manchmal damit aufziehe, dass er Geheimnisse hat wie ein Weib.

Irgendwas ist anders heute. Ich liege auf der Couch, die ist, wie sie immer ist, in unserem Wohnzimmer, das ist, wie es immer ist. Und trotzdem ist es nicht wie sonst. Ich setze mich auf und überlege. Aber ich komme nicht drauf. Zumindest nicht gleich. Erst auf dem Weg in die Küche wird es mir schlagartig klar. Genau in dem Moment, als ich beinahe die Katzenschüssel umtrete. Buddy ist weg! Verdammt! Ich kriege gleich die Krise und beginne jeden verdammten Winkel in dieser verdammten Wohnung abzusuchen. Rufe pausenlos seinen Namen, und am Ende brülle ich ihn sogar. Aber nichts. Nirgendwo ein Buddy. Und so etwas wie Panik steigt in mir hoch. Ich befürchte, ich habe vorhin den gleichen Fehler gemacht, den ich schon einmal gemacht habe. Nämlich den, die blöde Wohnungstür offen zu lassen. In der ganzen Hektik um Friedl bin ich wohl einfach losgelaufen und habe dabei vergessen, die Wohnungstüre zu schließen. Ja, so muss es sein! Mist! Mist! Schon einmal hat Buddy die offene Türe als Gelegenheit für einen Ausflug genutzt. Als er damals zurückgekommen ist, da hatte er nur noch drei Beine. Ich schnappe mir den Schlüssel und renne durchs Treppenhaus, ganz rauf und wieder runter. Nichts. Dann laufe ich nach draußen auf die Straße, sämtliche Wege entlang. Ich rufe seinen Namen, schaue in alle Hauseingänge. Nichts. Ich klappere die Hinterhöfe ab, schleiche durch fremde Kellergänge, die keinen Deut besser sind als unser eigener, und öffne sogar stinkende Tonnen. Aber nichts. Dieses blöde Vieh ist einfach unauffindbar. Ich hocke mich auf ein paar Treppenstufen und muss kurz überlegen. Elvira ist heute Nachmittag bei Annemarie. Das gibt mir etwas Luft. Aber später, wenn sie nach Hause kommt und Buddy ist nicht da, dann kriegt sie bestimmt wieder das Flennen, jede Wette. Sie hängt doch so an diesem Vieh, besonders seitdem er nur noch drei Beine hat. Es hilft nichts, ich muss ihn unbedingt finden. Es dämmert bereits, als ich ein paar Straßenzüge weiter an einem kleinen Park ankomme. Trotzdem kann ich sie schon aus der Ferne sehen. Der Großmeister hockt dort mitsamt seinen Kumpanen auf der Rücklehne einer Parkbank mit den Schuhen auf der Sitzfläche, und sie hören dabei ziemlich laute Musik. Und obwohl ich natürlich überhaupt keinen Bock habe auf ihre Gesellschaft, muss ich jetzt erst mal dorthin. Immerhin besteht ja vielleicht die geringe Möglichkeit, dass einer von ihnen den blöden Kater gesehen hat.

»Na, was gibt's, Arschloch?«, fragt mich die Lederjacke zur Begrüßung.

»Habt ihr zufällig meinen Kater gesehen?«, frage ich zurück.

»Du hast 'nen Kater? Dann solltest du nicht so viel saufen«, kommt die Antwort, gefolgt von johlendem Gegröle.

»Nee, im Ernst, Mann. Mir ist unser Kater abgehauen. Meine Mutter kriegt die Krise, wenn er weg ist.«

»Uuuh, die Alte kriegt die Krise. Das wollen wir aber auf gar keinen Fall, oder? Wie sieht er denn aus, dein Kater?«

»Er ist weiß mit grauen Flecken. Und er hat nur drei Beine.«

»Ein Mongo also. Ja, dann passt er ja zu dir.«

Wieder Gejohle.

Ich sag jetzt lieber nichts mehr, weil mir nichts Freundliches einfällt und alles andere nur Ärger bringt.

»Und, sag mal, was treibt denn dein Bruder eigentlich so? Ist er schon zurück aus seiner Reha oder behalten sie ihn für immer dort?«

»Es wird wahrscheinlich nicht mehr lange dauern.«

»Nicht mehr lange, so, so. Dann sag ihm, er soll sich gefälligst bei mir melden, wenn er zurück ist. Das ist keine Bitte, sondern eine Anweisung, kapiert?«

Ich nicke.

»Was ist jetzt mit dem Kater?«, frage ich noch einmal.

»Wir halten die Augen offen, Arschloch. Und jetzt verpiss dich.«

Als Elvira später heimkommt, ist der Kater noch immer abgängig. Und natürlich kriege ich zuerst mal Ärger deswegen. Aber gleich nachdem ich ihr die Geschichte mit Friedl und seinem blöden Vater erzählt hab, gibt sie auch schon wieder Ruhe. Sie kennt den Alten ja selber seit sehr vielen Jahren und seine Gewohnheiten auch. Und so machen wir uns noch einmal gemeinsam auf die Suche nach Buddy.

»Was hat er denn dieses Mal ausgefressen, der Friedl, dass sein Vater wieder so durchdreht?«, fragt Elvira schon nach ein paar Schritten. Da erzähle ich ihr von der Hitze und Aichas Beinen und unserem Ausflug ins Schwimmbad.

»Der Friedl ist ein Held«, sagt Elvira, bleibt dabei stehen und schaut mich an. Ich nicke. Und in diesem Moment bin ich tierisch stolz darauf, Friedls Freund zu sein.

»Es ist schlimm, dass Buddy nun weg ist, Marvin. Aber es war richtig, was du getan hast. Du bist deinem besten Freund zur Seite gestanden. Das ist schön. Ich wollte, ich hätte auch solche Freunde.«

»Du hast doch jetzt Annemarie.«

»Ich kenne Annemarie erst ein paar Wochen und würde mich freuen, wenn wir uns näher kennenlernen würden. Du hast Friedl schon immer. Das können wir nicht mehr aufholen.«

»Vielleicht drüben bei den Schrebergärten?«, frage ich und deute in die Richtung. Ich will das Thema wechseln. Und ich will Buddy finden. Verdammt!

Wir gehen noch ziemlich lange. Aber wir finden ihn nicht. Er kommt auch nicht von selber. Nicht am nächsten Tag oder am übernächsten.

Irgendwann in dieser Nacht kommt eine SMS von Kevin, in der er schreibt, dass Aicha ein Mädchen bekommen wird. Und dass sie sich beide riesig freuen darüber. Wir gratulieren herzlich und freuen uns mit ihnen. Jedenfalls ein paar Minuten lang. Dann aber ist Elvira auch gleich wieder traurig. Streicht über den Couchbezug, wo Buddy sonst drauffliegt. Oder starrt die verdammte Katzenschüssel an. Meistens aber schlurft sie durch die Gegend und ruft seinen Namen. Wenn Annemarie nicht grad in der Klinik ist, ziehen die beiden gemeinsam los. Kommen Stunden später ohne Bud heim und kochen Tee oder Kaffee. Aber die trübe Stimmung, die bleibt. Am vierten oder fünften Tag kommt schließlich Walther und fragt nach einem Foto von Buddy. Das nimmt er mit ins Büro, kopiert es und bringt hinterher ungefähr eine Million DIN-A4-Zettel mitsamt Buddys Foto und unserer Anschrift. Und die verteilen wir anschließend in der ganzen Gegend. Es gibt jetzt keinen einzigen Baum mehr hier in unserem Umfeld, von dem einem nicht Buddy entgegenschaut.

Als ich ein paar Tage später von der Schule heimkomme, hängt er dann an unserer Türklinke. Er ist an den Pfoten gefesselt und sein Kopf fällt nach unten wie ein Sack. Und er ist tot. Ich kann ihn schon sehen, da bin ich noch gar nicht ganz oben. Und augenblicklich bleibe ich stehen. Mir läuft eine Gänsehaut über den ganzen Körper und meine Kehle ist wie zugeschnürt. Ich kann nicht nach oben gehen und auch nicht zurück. Stehe nur wie angewurzelt auf der Hälfte der Treppe und starre an unsere Türklinke. Erst als ich von unten Schritte höre, bewege ich mich und quäle mich die letzten Stufen hinauf. Ich stelle mich genau vor die Tür, so dass man Bud nicht sehen kann, und krame in meinem Rucksack.

»Na, Locke, kannst du den Schlüssel nicht finden?«, fragt die alte Frau Czernik ganz freundlich.

»Hallo, Frau Czernik, nee, alles gut«, sage ich und wedele mit meinem Schlüsselbund.

»Du bist blass, Junge. Solltest mal raus an die frische Luft und nicht immer vor dem Computer hocken.«

Ich quetsch mir ein Lächeln hervor und nicke. Noch zwei, drei Stufen, dann ist sie ums Eck. Puh! Ich hock mich vor Buddy und schau ihn lange an. Mich fröstelt. Er schaut friedlich aus und sein Fell ist so schön, und trotzdem kann ich mich nicht aufraffen, ihn anzufassen. Erst nach einer ganzen Weile wird mir klar, dass ich ihn wegnehmen muss. Dass ich gar keine Wahl habe. Wenn Elvira aufkreuzt und Buddy dort hängen sieht, nein, das mag ich mir gar nicht vorstellen. Deswegen muss ich was tun, und zwar auf der Stelle. Immerhin besteht die Möglichkeit, dass sie jeden Moment hier erscheint. Also gut. Vielleicht mach ich zuerst mal ein Foto. Es kann ja nicht schaden, wenn die Sache irgendwie festgehalten wird. Oh Gott, es ist ekelhaft, ein totes Tier zu fotografieren. Besonders, wenn es vorher auf deinem Bauch gelegen und geschnurrt hat. Aber es muss sein. Anschließend nehme ich den toten Kater von der Klinke, lege ihn vorsichtig auf der Fußmatte ab und schließe die Tür auf. Im Wohnzimmer hock ich mich auf die Couch und Buddy liegt vor mir am Boden. Seine Augen sind offen und sehen mich an. Sie reden mit mir. Und sie fragen mich auch. Er will wissen, warum er da unten ist und nicht bei mir auf der Couch. Ich atme tief durch. Einmal. Zweimal. Jetzt stell dich nicht so an, Mann! Dann raff ich mich auf. Nehm das tote Tier auf den Schoß und fang an, es zu streicheln. Er ist flauschig und weich, wie er es immer war. Aber er ist kalt. Da fließt kein Blut mehr durch den Körper. Trotzdem schmieg ich ihn kurz an mich und leg ihn dann aufs Polster. Suche in der Küche nach einer Plastiktüte und werde auch fündig. Dorthinein packe ich ihn dann und verschließe den Beutel mit einer Schnur. Anschließend schnapp ich mir das Skateboard und fahr mit dem Beutel ins Casino hinaus.

»Meine Fresse, wie ist denn das bloß passiert?«, fragt Robin, gleich nachdem er in die Tüte geschaut hat.

»Er ist an unserer Türklinke gehangen, Rob. War an den Pfoten gefesselt und ist dort mit dem Kopf nach unten gehangen.«

»Nicht dein Ernst?«

»Doch«, sage ich und dabei lege ich Buddy ganz behutsam auf den Boden.

»Das ist ja wohl das Allerletzte«, brüllt er jetzt und steht so heftig auf, dass sein Stuhl umkippt.

Kevin kommt von drinnen raus.

»Was ist das Allerletzte?«, fragt er, während er einen Teller abtrocknet. Dann fällt sein Blick auf Buddy.

»Scheiße!«, sagt er und zieht die Tür hinter sich zu.

»Packt ihn weg. Packt ihn sofort weg von hier. Aicha muss das wirklich nicht sehen«, sagt er und geht wieder rein.

»Ist hier irgendwo 'ne Schaufel oder so was?«, frage ich Robin.

Der nickt.

»Komm mit«, sagt er und bringt mich in ein Gebäude gegenüber. In einer der Hallen steht noch etliches Werkzeug herum. Verbogen, verrostet und sicher keinen einzigen Cent mehr wert, aber für unsere Zwecke reicht es locker. Darunter finden wir auch eine Schaufel, und damit gehen wir zu einem der vertrockneten Grünstreifen rüber. Dort beginnen wir zu graben. Der Boden ist steinhart, wie betoniert, und es ist eine echte Schinderei. Aber irgendwann haben wir es geschafft. Wir legen Buddy in die Mulde und nehmen ihn wieder heraus. Kratzen hier noch etwas Erde weg und dort, schließlich soll er es ja auch ein bisschen bequem haben. Ein paarmal betten wir ihn noch um, doch dann schaufeln wir das Grab vorsichtig zu.

»Was denkst du, wer war das?«, fragt Robin, während er mit dem Finger »Buddy« in die Erde schreibt.

»Ich hab da so einen Verdacht«, sage ich.

»Du glaubst aber nicht, dass Aichas Familie damit etwas zu tun hat, oder?«

»Quatsch, ich glaube viel eher, dass du etwas damit zu tun hast.«

»Ich, hey, Alter, spinnst du jetzt, oder was?«

»Gut, dann sagen wir vielleicht so, ich glaube, dass deine miese Gang damit was zu tun hat.«

»Ich hab doch überhaupt keinen Kontakt mehr zu denen, Mann! Das ist … ja, keine Ahnung, das ist doch eigentlich schon Geschichte, Locke.«

»Für dich vielleicht, Rob. Für dich vielleicht. Aber ganz offensichtlich können deine Kumpels deinen Abschied nicht richtig verschmerzen. Oder warum denkst du, fragen sie immer wieder nach dir? Warum sollst du dich bei ihnen melden? Würden sie das wollen, wenn alles schon längst Geschichte wär, Rob? Ganz sicher nicht. Weißt du, schlimm daran ist nur, dass sie jetzt auch noch auf andere losgehen. Sogar auf einen unschuldigen kleinen Kater. Das ist doch echt das Letzte, oder?«

Robin starrt runter auf die Erde.

»Und was erwartest du jetzt von mir?«, fragt er am Ende.

»Nichts. Halt bloß die Beine still. Wenn die dich kriegen, dann garantiere ich für nichts. Für gar nichts, kapiert?«

Er nickt. Und er starrt auf Buddys Grab.

»Ach ja, und putz dir deine Fingernägel«, sage ich noch, dann fahr ich heim.

Auf dem Weg nach Hause versuche ich so viele Zettel wie möglich von den verdammten Bäumen und Wänden runterzureißen. Hinterher stopfe ich sie alle in die Papiertonne im Hof. Nur einen einzigen behalte ich mir als Andenken.

Elvira kommt spät an diesem Abend, weil sie natürlich wieder einmal gründlich die ganze Gegend nach Buddy abgesucht hat. Ich hocke im Wohnzimmer und habe kein Licht angemacht.

»Warum hockst du im Dunkeln?«, fragt sie, während sie Jacke und Tasche verräumt.

»Mir war einfach danach.«

»Sag mal, Locke, kannst du dir erklären, warum da draußen die ganzen Zettel verschwunden sind?«

»Hock dich lieber mal hin, Elvira«, sage ich, stehe auf und mache Licht. Dann hocke ich mich auf die Couch.

»Ist was? Weißt du vielleicht etwas von Buddy? Jetzt sag schon! Er ist doch nicht … ist er tot?«, fragt sie leise, und das letzte Wort kann man gar nicht mehr richtig hören. Ganz kraftlos setzt sie sich neben mich und schaut mir direkt in die Augen.

Ich nicke.

Sie fängt an zu weinen.

Scheiße.

Ich bin nicht so gut mit Dingen wie in den Arm nehmen. Das ist ganz klar Kevins Part. Aber der ist nicht da, verdammt noch mal!

»Wie … wie ist das passiert?«, fragt sie und greift nach einem Tempo.

»Er wurde wohl von einem Auto überfahren. Vorne an der Hauptstraße. Ich hab ihn auf dem Heimweg von der Schule gefunden«, lüge ich und meine Nackenhaare kräuseln sich mal wieder.

»Von einem Auto.«

Ich nicke.

»Und wo ist er jetzt?«

»Robin und ich, wir haben ihn schon beerdigt. Draußen im Casino, weißt du. Es war kein schöner Anblick. Ich wollte einfach nicht, dass du ihn so noch mal siehst.«

Sie schnäuzt sich. Dann nimmt sie meine Hand und drückt sie.

»Bist ein guter Junge, Marvi.«

Dreizehn

Ein paar Tage später findet das Treffen zwischen Aicha und Achmed statt. Ihn zu uns ins Casino zu lassen, scheint uns schlicht und ergreifend zu riskant. Eigentlich nicht so sehr, weil wir ihm persönlich misstrauen, Aicha behauptet ja, er würde sie niemals verraten. Aber wir trauen seinen Alten nicht. Wer weiß, wozu die in der Lage sind. Was man ja zum einen auch verstehen kann. Wirklich. Aber darum geht es jetzt nicht. Jetzt geht es um Aicha und das Baby. Und um die Sicherheit der beiden. Und die ist bei ihren Eltern zumindest in Frage zu stellen. Darum treffen wir Achmed lieber am Friedhof. Ja, so blöd sich das auch anhört, aber nach reiflicher Überlegung und einer schieren Endlosdiskussion erscheint uns das einfach der perfekte Ort zu sein. Allein schon, weil sich wohl niemand nachts freiwillig auf einem Friedhof rumtreiben würde. Außer ein paar Satanisten vielleicht. Aber dieses Risiko ist überschaubar. Ich fahre mit dem Skateboard dorthin, die Jungs mit dem Fahrrad, und Aicha hockt wieder hinten auf Kevs Gepäckträger. Ihr Bauch ist jetzt nicht mehr zu übersehen und sie hält schützend die Hände darauf. Sie ist jetzt im siebten Monat und irgendwie wird sie jeden Tag schöner.

Als wir ankommen, ist Achmed schon da. Er kommt uns ein paar Schritte entgegen, bleibt dann aber stehen. Aicha geht auf ihn zu und die letzten Schritte läuft sie sogar. Und jetzt fallen sich die zwei in die Arme, als hätten sie sich jahrelang nicht mehr gesehen. Dabei sind sie sich während der Abi-Prüfungen beinahe täglich begegnet. Doch da war Aicha entweder nicht allein unterwegs oder sie hat gleich den Blick abgewandt. Und allein deshalb hat er sie dann lieber in Ruhe gelassen. Und jetzt stehen sie sich hier gegenüber, halten sich an den Händen wie kleine Kinder und schauen sich in die Augen. Unglaublich. Sie sehen sich sehr ähnlich, die beiden. Diese dunklen, glänzenden Haare, derselbe Teint und diese feingliedrige Gestalt. Nein, es ist nicht zu leugnen, dass es sich hier um Geschwister handelt. Ganz sanft streicht Aicha über Achmeds Gesicht. Kevin wendet den Blick ab und geht ein paar Schritte abseits. Aicha merkt das und hängt sich schließlich bei Achmed ein. Und so wandern sie Schulter an Schulter die Friedhofsmauer entlang, und wir Jungs, wir blicken hinterher, bis wir sie kaum noch sehen können. An den Gräbern brennen viele Kerzen und werfen rotes und weißes Licht durch die Nacht. Das hat schon was. Irgendwas Beruhigendes vielleicht. Ich finde es schön, dass so viele Hinterbliebene Tag für Tag hierherkommen, nur damit ihre Verstorbenen nachts nicht im Dunkeln sind. Ich hocke mich auf die Stufen zum Eingang und fische eine Kippe aus meiner Jackentasche hervor. Rob macht es genauso. Nur Kevin bleibt wie angenagelt stehen und kann offenbar gar nicht aufhören, den beiden Spaziergängern hinterherzustarren. Ob aus Eifersucht oder aus reinem Misstrauen, kann ich nicht sagen. Jedenfalls lässt er sie nicht aus den Augen. Keinen einzigen Moment lang.

Es dauert eine ganze Weile, bis sie schließlich zurückkommen. Zum Abschied nimmt Aicha Achmeds Kopf zwischen die Hände und küsst ihn auf die Wangen. Einmal links, einmal rechts. Er küsst sie auf die Stirn. Sie umarmen sich kurz und danach geht Aicha rüber zu Kevin, der bereits auf dem Fahrrad hockt. Achmed kommt noch schnell zu mir und hält mir seine Hände unter die Nase.

»Blitzsauber. Schau sie dir an«, sagt er ganz ernst.

»Zisch ab«, sage ich und muss grinsen. Er grinst jetzt auch, hebt noch die Hand, schwingt sich auf sein Fahrrad und fährt davon.

»Können wir endlich?«, fragt Robin.

Aicha nickt.

»Geht's dir gut, Schnecke?«, will Kevin noch wissen.

»Sehr gut«, sagt sie und hockt sich auf den Gepäckträger. »Danke, Locke!«

Am nächsten Tag kommt mir der Zufall zur Hilfe, so dass ich endlich mal auf Friedl treffe. Wir haben die letzte Stunde frei, weil es viel zu heiß ist für Schule. Und so bin ich viel früher auf dem Heimweg, als ich es normalerweise wäre. Gerade wie ich um die letzte Kurve biege, sehe ich auf dem Bürgersteig gegenüber Friedl mit seiner Mutter und unzähligen Einkaufstüten. Ein kurzer Kontrollblick zeigt mir, dass die beiden allein unterwegs sind. Jedenfalls ist die Straße rauf und wieder runter nicht die geringste Spur von seinem blöden Vater.

»Friedl!«, rufe ich, klemme mein Brett untern Arm und laufe über die Straße. Er schaut mich an und grinst.

»Locke, das ist schön«, sagt seine Mutter und fährt mir über den Kopf. »Geht es dir gut, mein Junge?«

Ich nicke. Ein paar Augenblicke stehen wir drei so zusammen und keiner sagt etwas. Schließlich ergreift seine Mutter wieder das Wort.

»Komm, Locke, nimm mir mal 'ne Tüte ab, und dann komm mit hoch. Lange kannst du nicht bleiben. Er müsste in 'ner Stunde zurück sein.«

So nehme ich ihr also ein paar von den Tüten ab und schleppe sie in die Wohnung hoch. Oben angekommen stellen wir die Einkäufe ab und dann gehen Friedl und ich auf den Balkon raus. Ein Wäscheständer braucht fast den ganzen Platz dort und in der Ecke steht eine Yucca-Palme, die wohl auch schon bessere Tage gesehen hatte. Wir hocken uns auf den Boden und zünden uns erst mal eine Kippe an. Ich schau ihn an und warte auf die Ringe. Er nimmt einen tiefen Zug und da kommen sie auch schon. Eigentlich sieht er ganz gut aus, ein bisschen farblos vielleicht. Aber woher sollte man auch Farbe kriegen, wenn man ständig nur drinnen rumhängt. Seine Mutter kommt und bringt uns zwei Dosen Cola heraus.

»Jungs, macht die Kippen weg, bevor er kommt«, sagt sie.

»Ja, machen wir. Danke«, sage ich. Sie lächelt mich an und geht wieder rein.

»Warum gehst du eigentlich nicht zur Schule, Mann?«, will ich zuerst mal wissen und mach meine Dose auf.

»Weil's eh nix bringt«, sagt Friedl und bläst Ringe in die Luft. Und dann beginnt er zu erzählen. Und was ich da höre, das haut mich fast um. Er soll nämlich jetzt zu seinen Großeltern nach Heidelberg. Sein Vater hat das so beschlossen. Allein schon, damit er wieder auf die richtige Schiene kommt. Und damit er halt nicht einfach so planlos rumgammeln kann, wenn jetzt die Ferien anfangen. Und wie so ein Nichtsnutz in den Tag hinein lebt, so hat er's zu Friedl gesagt. Friedl ist fertig mit der Welt. Weil seine Großeltern, die wohnen noch nicht einmal mitten in Heidelberg, was schon schlimm genug wäre. Nein, die wohnen auf so einem Einödhof, wo Hase und Fuchs und du weißt schon was. Sein Großvater, der züchtet Kaninchen. Und dort soll er jetzt erst mal zur Besinnung kommen, der Friedl. Dort in der Einsamkeit bei Hase, Fuchs und Kaninchen. Ja, da ist Klorollenhütchen häkeln das reinste Abenteuer dagegen.

»Das ist ja echt krass, Friedl«, sage ich und mache meine Kippe aus. »Und wie lang sollst du da bleiben?«

Er zuckt mit den Schultern.

»Bis ich wieder funktioniere, hat mein Alter gesagt.«

»Das kann er doch nicht machen, Mensch! Der kann dich doch nicht gegen deinen Willen einfach so fortschicken.«

»Kann er schon.«

»Und … ja, verdammt … was sagt deine Mutter dazu?«

»Na, was schon. Das, was sie immer sagt. Nichts.«

»Friedl, das ist doch die Hölle! Was soll ich machen ohne dich? Scheiße, Mann!«

»Oje! Was soll der arme Marvin Angermeier machen«, sagt Friedl jetzt in einem total überdrehten Tonfall und steht auf. »Weißt du, dass mir das echt scheißegal ist? Vielleicht denkst du einfach mal 'nen kurzen Moment an mich?«

»Ja, Scheiße. Tut mir leid«, sage ich und erhebe mich ebenfalls. Wir lehnen über dem Balkongeländer und schauen hinunter.

»Ich bin echt nicht scharf auf Heidelberg, das darfst du mir glauben. Und noch viel weniger auf meine Großeltern. Ich kenn die ja kaum. Aber ich bin verdammt froh, wenn ich hier erst mal weg bin. Es ist einfach nicht mehr zum Aushalten, verstehst du?«

»Schlägt er dich noch?«

»Nein, jetzt ignoriert er mich. Ich weiß nicht, was mir lieber ist.«

Ich leg mal meinen Arm um ihn.

»Duck dich!«, flüstert er jetzt und drückt mich in die Tiefe.

»Was ist?«

»Mein Alter kommt, er parkt grad den Wagen. Hier, nimm die Kippen mit! Dann lauf im Treppenhaus nach oben. Und geh erst wieder runter, wenn du unsere Wohnungstür hörst.«

Ich lege ihm noch kurz die Hand auf die Schulter und dann bin ich weg.

Die Schritte kommen näher und hallen bedrohlich durchs Treppenhaus. Ich sitze eine Etage höher auf den Stufen und mir klopft das Herz bis zum Hals. Und ich hoffe inbrünstig, dass ich der Einzige bin, der diesen unerträglich lauten Herzschlag hören kann. Endlich wird unten das Schloss aufgesperrt.

»Hallo, Karin«, kann ich die Stimme von Friedls Vater vernehmen. Dann fällt die Tür zu.

Am Donnerstag kommen Annemarie und Walther wieder mal auf einen Kaffee vorbei. Elvira hat nämlich fürs Wohnzimmer nagelneue, schneeweiße Gardinen genäht und die müssen natürlich bewundert werden. Und obwohl ich mir ehrlich gesagt so gar nichts mache aus Gardinen, muss ich trotzdem gestehen, dass sie richtig gut aussehen. Allein schon im Vergleich zu ihren Vorgängern, die im Grunde nur noch als Sichtschutz dienten und keinerlei schmückenden Charakter mehr hatten. Jedenfalls sitzen die drei gerade so gemütlich zusammen und betrachten begeistert den neuen Fensterschmuck, als ich ins Wohnzimmer komme, um mir eine Tasse Kaffee zu schnorren.

»Na, alles klar bei dir, Locke?«, fragt mich Walther ganz freundlich.

»Ähm, ja, eigentlich schon«, sage ich und gieße Milch in die Tasse.

»Eigentlich?«, fragt er und schaut mich auffordernd an. Soll ich oder soll ich nicht?

»Also, raus mit der Sprache«, sagt er aufmunternd, zwinkert mir zu und stellt seinen Teller auf den Tisch.

»Also gut. Aber nicht hier. Vielleicht hätten Sie mal einen Augenblick Zeit?«, frage ich zurück.

»Jetzt nimm doch erst mal Platz, Marvin. Und probier ein Stück Kuchen. Käsekuchen, ganz frisch. Hab ich heute Morgen erst gebacken«, sagt Annemarie. Wahrscheinlich ist mein Blick ziemlich flehend, jedenfalls steht Walther jetzt auf.

»Den kann er später auch noch essen, der läuft uns ja nicht weg. Also, was hast du denn auf dem Herzen, junger Mann?«, fragt er, legt den Arm auf meine Schulter, und wir gehen hinaus in den Flur.

»Männergespräche«, kann ich Annemarie dann noch hören.

»Ihm fehlt halt der Vater«, sagt Elvira.

Wir gehen in mein Zimmer rüber und setzen uns auf die Bettkante. Dann ziehe ich mein Handy aus der Hosentasche und schalte es ein. Suche das Foto von Buddy und halte es Walther unter die Nase. Im ersten Moment kann er es gar nicht richtig erkennen. Erst als er seine Brille aus der Hemdtasche zieht und aufsetzt, erst da fällt der Groschen bei ihm.

»Meine Güte, Marvin!«, sagt er und nimmt mir das Handy aus der Hand. »Das ist doch ... das ist doch eure Wohnungstür, nicht wahr?«

»Unsere Wohnungstür und unser Kater«, sage ich.

»Also nicht vom Auto überfahren?«

»Keine Spur.«

»Er ist an den Pfoten gefesselt, sehe ich das richtig? War er denn schon tot, als er an der Klinke hing?«

»Mausetot.«

»Wann war das?«

»Exakt heute vor einer Woche.«

»Hast du irgendeinen Verdacht?«

»Sie nicht?«

Er schweigt und blickt auf das Bild.

»Wie weit werden die wohl noch gehen? Wahnsinn. Mensch, das sind doch im Grunde noch Kinder. Das sind Kinder und machen solche Dinge. Einfach unglaublich. Entsetzlich und unglaublich.«

»Können Sie da was machen?«

»Schick mir das Foto mal rüber«, sagt er und holt jetzt sein eigenes Handy hervor. Er gibt mir kurz seine Nummer und ich schicke ihm das Bild.

»Recht viel wird da wohl nicht zu machen sein, Marvin. So leid mir das auch tut. Aber wir haben keine Beweise. Und so schlimm sich das vielleicht jetzt auch für dich anhört, aber letztendlich handelt es sich hier nur um ›Sachbeschädigung‹. Da lachen die doch bloß drüber. Diese Misthunde, diese elendigen.«

»Sachbeschädigung?«, frage ich und schaue auf das Bild. Buddy war doch keine Sache. Er hat geschnurrt und gegähnt. Hat sich gereckt und gestreckt. Hat Futter gebraucht und Wasser. Und wurde von Elvira manchmal bis ins Koma gestreichelt. So was ist doch keine Sache, oder?

»Kopf hoch, junger Mann. Früher oder später kriegen wir sie. Bisher haben wir noch alle gekriegt. Früher oder später, du wirst schon sehen«, sagt er und steht auf.

»Hoffentlich nicht erst, wenn es wirklich zu spät ist. Was muss denn noch alles passieren, damit man denen mal einen Strick drehen kann?«

»Ich kümmere mich drum«, sagt er, klopft mir auf die Schulter und geht zurück ins Wohnzimmer.

Kaum ist er weg, kommt auch schon Annemarie zu mir rein. Sie strahlt übers ganze Gesicht und hält meine Lieblingsjeans in der Hand. Damit wedelt sie fröhlich.

»Hätt ich ja fast vergessen. Schau, Marvin, was ich dir gemacht hab. Die ist fast wieder wie neu. Jetzt, wo ja die Nähmaschine eh schon einmal hier war, hab ich mir gedacht, ich könnte doch auch gleich mal ein paar von euren Klamotten ausbessern. Schau her, sieht doch gleich ganz anders aus, nicht wahr. Nicht mehr so gammelig«, sagt sie ganz stolz und wirft mir die Jeans entgegen. Ich kann kaum glauben, was ich da sehe. Sie sind alle weg. Alle Risse und die kleinen Löcher sind weg. Alles, was im Laufe der Zeit aus meiner Jeans erst das gemacht hat, was sie für mich bedeutet. All das ist jetzt weg. Ist weg und verschwunden unter Aufnähern und Nähten. Ich muss gleich tot umfallen.

»Na, was sagst du?«, will Annemarie jetzt wissen und setzt sich zu mir aufs Bett.

»Haben Sie das auch mit den Jeans von Kevin und Robin gemacht?«, kratzt es aus meinem Hals.

»Selbstverständlich, mein Kind. Schließlich könnt ihr doch

nicht rumlaufen wie Landstreicher, oder? Alles ordentlich ausgebessert, gebügelt und in den Schränken verstaut. So, wie es sich gehört.«

Ich bin ziemlich verzweifelt und würde sie jetzt zu gerne anbrüllen. Das aber kann ich Elvira nicht antun. Besonders seit der Sache mit Buddy ist sie unheimlich dankbar über Annemaries Anwesenheit.

»Hör ich vielleicht ein klitzekleines Dankeschön?«, sagt sie in einem ziemlich triumphierenden Tonfall.

»Danke«, sage ich und verkneife mir die Tränen.

»Fein«, sagt sie, tätschelt mir den Kopf und rauscht aus dem Zimmer.

Die kommende Nacht verbringe ich damit, all unsere Jeans wieder in ihren Urzustand zu versetzen. Was gar nicht so leicht ist, schließlich kann man getrost davon ausgehen, dass alles, was Annemarie anpackt, auch ausgesprochen gründlich gemacht wird. Es ist echt zum Wahnsinnigwerden. Und ich wünsche mir noch viel mehr als sonst Friedl hierher. Friedl und seine verdammt geschickten Hände.

Vierzehn

Obwohl Robin kaum noch nach Hause kommt, freut sich Elvira jedes Mal wie ein Kleinkind, und manchmal rollen ihr sogar Tränen übers Gesicht. Er ist gern im Casino, und wenn er tatsächlich daheim ist, dann nur, um zu duschen oder neue Klamotten zu holen. Aber er ist anders als sonst. Er ist nett zu Elvira, lobt ihr Essen und bedankt sich für die saubere Wäsche im Schrank. So etwas kennt sie nicht von ihm. Wenn er zuvor überhaupt mal was zu ihr gesagt hat, dann war es selten freundlich. Na, jedenfalls hat er heute seinen Besuch angekündigt und sie freut sich tierisch. Den ganzen Vormittag lang hat sie eingekauft, Gemüse geschnitten und einen Braten vorbereitet. Zur Feier des Tages legt sie sogar eine Tischdecke auf. Robin ist jedes Mal wieder ziemlich überrascht, was die Veränderungen in der Wohnung so angeht. Er läuft staunend durch die Zimmer und wundert sich ganz offensichtlich sehr über die Ordnung, die jetzt hier herrscht. Er staunt auch über Elviras umfangreiche Kochereien, über die neuen Gardinen und nicht zuletzt über die Tischdecke. Das ein oder andere Mal ertappe ich die beiden, wie sie sich beinahe verstohlen beobachten und sich über die Veränderungen des jeweils anderen freuen.

Nach seinem mittlerweile obligatorischen Rundgang nimmt er heute erst mal ein Vollbad und kommt erst wieder raus, als seine Haut schon runzlig ist. Er isst mindestens für drei, und auch nachmittags beim Kuchen ist er alles andere als heikel. Und Elvira lässt ihn nicht aus den Augen, gießt ihm ständig Kaffee nach und freut sich dabei diebisch über seinen Appetit.

»Deine Haare sind noch nass, Rob. Du solltest sie föhnen«, sagt sie. Robin und ich grinsen uns an.

»Mach ich gleich noch«, sagt er mit vollem Mund.

»Sie sind schon ganz schön lang jetzt«, sage ich mit Blick auf seine Dreadlocks.

Er schüttelt den Kopf, dass die Strähnen nur so fliegen.

»Magst du sie denn?«, fragt Elvira.

»Sonst hätt ich sie wohl nicht.«

»Sehen echt cool aus«, muss ich jetzt loswerden.

»Ich mag sie auch«, sagt Elvira. »Annemarie findet sie auch nett. Nur Walther findet sie komisch.«

»Damit kann ich leben«, sagt Rob und schmunzelt.

Dann läutet es an der Wohnungstür. Und noch bevor ich meinen Hintern überhaupt aus den Polstern bringe, eilt Rob schon in die Diele raus.

»Hau ab hier«, kann ich ihn gleich drauf vernehmen. Ich stehe auf und gehe nach vorne.

»Bleib hier, Elvira«, sage ich im Rausgehen und kann ihren besorgten Blick deutlich spüren. Durch den Türspalt hindurch kann ich den Meister samt seiner dämlichen Edellederjacke erkennen.

»Was will der hier?«, frage ich.

»Halt dich da raus, Kleiner!«, tönt es zurück.

»Komm, mach die einfach zu«, sage ich zu Rob und versuche mich gegen die Türe zu stemmen.

»Armer kleiner Kater«, brummt es jetzt von draußen. Robin und ich schauen uns an.

»Was ist mit dem Kater?«, ruft Elvira vom Wohnzimmer aus.

»Gar nichts, Elvira«, ruf ich zurück. »Bleib, wo du bist, wir sind gleich wieder da!«

»Na, na, na, wer wird denn da lügen«, knurrt der Blödmann jetzt und quetscht dabei seinen Schädel näher an den Spalt.

»Halt bloß dein Maul, meine Mutter darf davon nichts wissen«, zischt Robin.

Und ich versuche diese Scheißtür zu schließen, aber da ist ein Fuß drin, der sie blockiert. Ich habe echt keine Chance.

Plötzlich drückt sich Robin kurz dagegen, nimmt die Kette ab und rennt ins Treppenhaus raus. Dort packt er den völlig überrumpelten Typen am Kragen und schubst ihn volle Kanne die Treppe hinunter. Und obwohl der eine ausgefeilte Abrolltechnik hat, scheint er verletzt zu sein, als er unten ankommt. Jedenfalls fasst er sich an den Mund, aus dem ein bisschen Blut rinnt. Und jetzt gibt er Ausdrücke von sich, die ich beim besten Willen hier nicht wiederholen möchte. Relativ unbeeindruckt geht Rob in die Wohnung zurück und schließt die Tür. Hockt sich auf den Sessel und nimmt sich noch ein Stück Kuchen.

»Wer war das?«, will Elvira gleich wissen.

»Die Zeugen Jehovas«, sagt Robin und grinst. Und ich sitze daneben und starre ihn an. Was war das gerade? Woher nimmt er plötzlich diesen Mut? Und warum ist er jetzt so tierisch gelassen? Ich bin ziemlich beeindruckt, muss ich schon sagen. Später, als wir ins Casino rausfahren, brauche ich endlich eine Antwort auf all meine Fragen.

»Hast du mal einen Moment?«, frage ich ihn, kurz bevor wir dort eintreffen.

Er nickt, steigt vom Fahrrad, und ich klemme mir mein Board unter den Arm. Wir gehen einige Schritte nebeneinander, und wie durch Zufall stehen wir plötzlich vor Buddys Grab. Und dort beginne ich meine Fragen zu stellen, schön nacheinander – und ohne auch nur den Ansatz einer Antwort zu erhalten. Rob steht da, geht dann in die Hocke und scharrt in der Erde, bis seine Nägel kohlschwarz sind. Auf einmal nimmt er die Hand vors Gesicht und beginnt zu weinen. Ach du Scheiße!

»Mann, Rob«, sage ich und bücke mich zu ihm runter. »So hab ich das doch nicht gemeint. Ich wollte doch nur einfach wissen, warum du von einer Sekunde zur anderen so verdammt mutig warst.«

»Ich war nicht mutig, Locke«, weint er und wischt sich über die Augen. »Nicht im Geringsten, weißt du. Ich hatte nämlich die Hose gestrichen voll, das kannst du mir glauben. Aber was hatte ich denn für Möglichkeiten? Hätte ich warten sollen, bis Elvira zur Tür kommt? Bis ihr das Arschloch die Geschichte von Buddy erzählt? Wie er ihn abgemurkst hat?«

Ich leg den Arm um ihn. Tapferer großer Bruder!

»Du bist echt super. Und ich bin total stolz auf dich«, sage ich.

»Wirklich?«, fragt er ganz ungläubig und schaut mich an. Ich nicke.

»Okay, genug geheult«, murmelt er mit zittriger Stimme. »Gehen wir zu den anderen.«

»Warte«, sage ich noch und halte ihn am Ärmel fest. Dann versuche ich, mit einem Tempo die Erde aus seinem Gesicht zu wischen. Doch er nimmt mir das Tuch aus der Hand und macht selber weiter. Klar, wer so cool ist, lässt sich nicht wie ein Kleinkind den Dreck vom Gesicht abputzen.

Ein paar Tage später gibt's Grund zum Feiern. Aicha und Kevin haben nämlich endlich ihr Abi in der Tasche. Das von Kevin ist nicht ganz so grandios geworden, wie man es bis vor kurzem noch erwartet hatte, aber wenn man bedenkt, unter welchen Umständen er das hingezimmert hat, ist das ja wohl auch so einfach großartig. Er hat nämlich trotz allem ziemlich gut abgeschnitten, und Aicha genauso. Um das zu begießen, treffen wir uns am Nachmittag alle im Casino. Der Einzige, der aus bekannten Gründen hier fehlt, ist Friedl. Dabei ist wahrscheinlich gerade er es, der ein bisschen Gesellschaft unbedingt nötig hätte. Ganz abgesehen davon, dass ich die seine noch viel nötiger habe. Aber es ist, wie's ist. Blöder Spruch, passt aber dauernd. Conradow kommt mit dem Auto angedüst, hievt einen Grill aus dem Kofferraum und auch einen Sack Kohle. Elvira und Annemarie kommen in Walthers Wagen, der vollgepackt ist mit Brot und Salaten, und auch an Getränken haben sie einiges organisiert. Und Walther selber, der schleppt bergeweise Fleisch und Würste heran. Ein Kollege von ihm stammt aus einer Metzgerei, sagt er. Und der hat ihm einen wahnsinnigen Sonderpreis gemacht. Wir bringen zu den ohnehin vorhandenen Stühlen draußen noch zwei Tische hinaus, und Aicha beginnt sofort damit, sie hübsch einzudecken. Danach gibt's ein Gläschen Sekt für uns alle, bis auf Aicha natürlich, und wir prosten uns zu.

»Auf euer Abi!«, ruft Conradow.

»Auf euer Abi«, stimmen wir ein, und Aicha und Kev werden ein kleines bisschen rot dabei. Später stehen Conradow und Walther am Grill, und jeder versucht den anderen mit seinen Grillgeheimnissen zu übertrumpfen. Das ist ziemlich lustig.

Irgendwann hocken wir alle satt und zufrieden um den großen Tisch herum. Alle reden kreuz und quer durcheinander, dass man kaum noch sein eigenes Wort versteht. Und ständig wird irgendwo gelacht. Wenn man bedenkt, was für eine zusammengewürfelte Truppe das ist, dann ist das zumindest erstaunlich. Ich schaue in die Runde und sauge diese großartige Stimmung hier auf. Echt schade, dass Friedl das hier nicht miterleben darf.

»Was schaust du denn so traurig, Locke?«, will Aicha plötzlich wissen und reißt mich aus meinen Gedanken. Sie sitzt direkt neben mir und hat ihre Hand auf meinen Arm gelegt.

»Nichts, alles gut«, sage ich, weil ich ihr auf gar keinen Fall die gute Laune nehmen will. Vielleicht war mein Tonfall ein bisschen zu auffallend fröhlich. Jedenfalls kauft sie mir das nicht ab. Sie nimmt ihre Hand weg und kneift die Augen zusammen. Fixiert mich einen Moment lang und sagt schließlich: »Es ist wegen Friedl, nicht wahr?«

Ich nicke.

»Man kann sich seine Eltern nicht aussuchen, Locke. Das kannst du nicht, das kann ich nicht – und Friedl kann das eben auch nicht. Doch irgendwann ist man erwachsen, weißt du. Dann geht man seinen eigenen Weg. Was man sich aber schon aussuchen kann, das sind die Freunde. Und ich glaube, da können wir beide nicht meckern, oder?«

»Aber was hilft mir ein Freund, der nicht da ist? Grade, wenn ich ihn am dringendsten brauche.«

»Nichts passiert einfach so, Locke. Es gibt für alles einen Grund.«

»Na, den erklär mir mal bitte!«

»Keine Ahnung. Vielleicht verstehst du das erst später. Und es ist ja auch nicht für immer, weißt du. Irgendwann bekommst du ja Friedl zurück. Und dann ist es vielleicht noch tausendmal besser als jemals zuvor.«

Ich weiß schon, dass sie es gut meint. Doch im Moment kann ich so gar keinen Sinn darin finden, dass Friedl weggesperrt wird wie ein wildes Tier.

Als ich später mal reingehe, weil ich aufs Klo muss, bleibt mir fast die Luft weg. An der vorher vergilbten Zimmerwand jongliert jetzt ein knallbunter Clown mit ein paar Ringen davor. Ein fast nacktes Mädchen in ganz zarten Spitzen tanzt hoch oben auf einem Seil. Der Zirkusdirektor hat die Arme in die Höhe gerissen. Ganz hinten am Vorhang steht ein Typ im Frack auf ewig langen Stelzen mit ganz vielen Zöpfen. Und etwa in meiner Augenhöhe gähnt mich ein riesiger Löwe an. Oder faucht er? Ich kann es wirklich nicht sagen. Obwohl, wenn man ihm in die Augen sieht, dürfte es doch mehr ein Fauchen sein. Das Bild ist einfach unglaublich schön und erstreckt sich über die gesamte Wand. Von einer Ecke zur anderen und von oben bis unten. Dort, wo eigentlich das Fenster ist, hat Aicha einfach einen Karton angebracht, um nur ja keine einzige Stelle auslassen zu müssen. Und genau dort ist das Gesicht von diesem Clown drauf. Und wenn ich mir das mal genauer betrachte, kommt es mir irgendwie bekannt vor. Natürlich, es ist meines! Sie hat einfach mein Gesicht verwendet für diesen Clown. Das ist doch unglaublich! Jetzt muss ich mir die anderen Gesichter natürlich auch mal genauer ansehen. Und ich finde sie alle! Jeden Einzelnen von uns. Kevin zum Beispiel ist der Zirkusdirektor. Robin der Typ mit den Stelzen und den wilden Zöpfen. Und Aicha selber ist das Mädchen in Spitzen. Sogar der Löwe hat ein bekanntes Gesicht: Es ist das von Aichas Mutter. Ich bin ziemlich verwirrt, muss ich schon sagen. »Zirkus Casino« steht hoch oben auf einem Banner über dem ganzen Szenario. Die Zuschauer außen herum sind etwas undeutlicher gemalt. Verschwommen und mit weniger Farbe. Doch genau deswegen treten die Akteure noch viel klarer hervor. Es ist irgendwie total gigantisch.

»Da staunst du, was, Marvin«, sagt Conradow plötzlich hinter mir und stellt sich dann an meine Seite. »Hab ich's dir nicht gesagt? Hab ich nicht gesagt, dass sie eine begnadete Künstlerin ist? Glaubst du mir jetzt, dass sie Kunst studieren muss? Es kommt überhaupt nichts anderes in Frage. Sie muss nach München oder Berlin. Meinetwegen auch ins Ausland. Aber sie muss definitiv Kunst studieren.«

»Ja, dann gibt's wahrscheinlich keine Alternative.«

»Nicht die geringste.«

»Ich hab davon echt keine Ahnung.«

»Wie solltest du auch? Du verbringst die Kunststunden ja meistens auf dem Klo, um Hausaufgaben zu machen.«

Verdammter Mist! Jetzt schaut er mich an. Ich starre weiterhin an die Wand.

»Sie wissen davon?«, frage ich ganz leise.

»Ob ich davon weiß? Natürlich, was hast du denn gedacht?«, lacht er.

»Und warum … Ich meine …«

»Wieso ich das zulasse? Na, weil es sowieso nichts ändert. Weil deine Werke genauso schlecht sind, wenn du statt zehn vierzig Minuten dran rumwurstelst. Und weil du mit deinem Desinteresse ohnehin nur den Unterricht störst. Und vielleicht auch, damit du deine verdammten Hausaufgaben erledigst.« Längst hat er seinen Blick wieder auf Aichas Wand gerichtet.

»Sie hat mein Gesicht verwendet«, sage ich nach einer Weile und deute mit dem Kinn in Richtung des Clowns.

»So? Hat sie das?«, lacht er und klopft mir auf die Schulter. »Dann solltest du dir aber was einbilden darauf. Ja, Marvin, das solltest du wirklich.«

Als es schließlich dunkel wird, zünden wir ein paar Kerzen an und machen ein kleines Lagerfeuer. Robin dreht im Casino die Musik auf und stellt dann die Boxen unserer alten Anlage ins offene Fenster. Und nur Sekunden später beginnen Elvira und Walther auch schon zu tanzen. Kurz darauf fragt auch Conradow bei Annemarie nach, und auch die lässt sich nicht lange bitten. Als dann auch noch Aicha und Kevin übers Pflaster schlurfen, setze ich mich lieber mal rüber zu Robin.

»Schön hat sie das alles zuhause gemacht, die Elvira. Ich mein, das mit den Gardinen und so. Schaut echt super aus, wirklich«, sagt er und nimmt einen Schluck Bier aus der Flasche.

»Finde ich auch.«

»Mich würde ja nur mal interessieren, wie das eigentlich gekommen ist. Das mit diesen ganzen Veränderungen. Ich meine, die letzten Jahre hat sie doch auf der Couch vergammelt.«

»Das kommt alles von Annemarie. Die hat sie irgendwie auf Trab gebracht, keine Ahnung, womit.«

»Stimmt. Die war ihr im Krankenhaus schon immer auf den Fersen«, grinst Robin jetzt. »Was meinst du, wie die sich aufgeführt hat, wenn mein Morgenmantel nicht am Haken hing. Oder das Geschirr nicht auf dem Tablett stand. Oder der Müll nicht im Eimer. Wow! So schnell hast du Elvira noch nie in die Puschen kommen sehen!«

»Hat ihr offensichtlich nicht geschadet«, sage ich und muss auch grinsen.

»Ja, ich finde sie cool, so wie sie jetzt ist.«

»Du hast dich aber seit der Reha auch ziemlich verändert, Rob. Und das find ich auch ziemlich cool.«

»Echt?«

»Echt!«

Dann fange ich an, ihm diese Geschichte zu erzählen. Die mit Annemarie und unseren heißgeliebten Jeans. Und dass ich die ganze Nacht lang damit beschäftigt war, den Schaden wieder zu beheben. Darüber kann er sich jetzt scheckig lachen.

»Wann kommst du eigentlich wieder für ganz nach Hause?«, frage ich ihn so.

Er zuckt mit den Schultern.

»Komm mit nach hinten, eine rauchen«, sagt er, steht auf und wir verziehen uns hinters Casino. Wir haben noch nicht mal zur Hälfte fertig geraucht, da kommt Achmed in den Hof geradelt. Er hat Blumen dabei. Sonderlich feindselig sieht das eher nicht aus.

»Woher weißt du, wo wir sind?«, fahre ich ihn trotzdem an.

»Aicha hat es mir gesagt, neulich am Friedhof«, sagt er. »Ich ... ich möchte ihr zum Abi gratulieren. Ist das okay?«

»Bist du allein hier?«

»Mutterseelenallein.«

»Ist dir auch keiner gefolgt?«

»Keiner.«

»Deine Eltern?«

»Die schlafen doch längst. Die müssen jeden Tag um halb drei aufstehen und zur Gemüsehalle fahren. Denkst du wirklich, dass die da noch bis Mitternacht aufbleiben, oder was?«

»Okay. Na gut«, sage ich ein bisschen zögerlich.

»Moment mal«, sagt Rob und tritt seine Kippe aus. »Das hier ist auch mein Zuhause, verdammt. Ich will ihn hier nicht haben.«

»Was hast du eigentlich gegen ihn?«, zische ich ihn an.

»Ich weiß es nicht, verdammte Scheiße! Ich trau ihm einfach nicht!«

»In erster Linie gehört das Casino Friedl und mir, nur dass das klar ist. Ihr seid hier alle nur Gäste, verstanden. Alle, auch du, Rob.«

»Ja, macht doch, was ihr wollt«, knurrt er noch, dann dreht er sich ab.

»Okay, Mann, dann komm mit«, sage ich zu Achmed. Der lehnt sein Fahrrad an die Wand, streift seine Hosenbeine glatt und geht dann mit seinem Blumenstrauß neben mir her.

»Wir haben Besuch«, rufe ich in die Runde, als wir bei den anderen angekommen sind.

»Sind diese Blumen etwa von dir?«, fragt Aicha, gleich nachdem sie ihren Bruder stürmisch begrüßt hat.

»Nein, die sind von Papa. Der ist heute damit vor der Schule gestanden und wollte dir zum Abi gratulieren. Aber du hast ihn wohl gar nicht gesehen. Du warst so zwischen Kevin und irgendeinem anderen Typen eingequetscht, dass du ihn gar nicht bemerkt hast.«

»Walther ist dieser andere Typ«, sagt Aicha, nimmt Achmed an der Hand und geht zu Walther rüber. »Und er hat mich in der letzten Zeit immer auf dem Schulweg begleitet. Und du weißt auch, warum.«

»Ja, natürlich. Jedenfalls hat Papa die Blumen danach einfach in die Mülltonne geworfen, als er nach Hause gekommen ist. Und da dachte ich …«

»Danke«, sagt Aicha leise, küsst ihn kurz auf die Stirn und geht nach drinnen.

Sie kommt mit einer Vase zurück und stellt den Strauß auf den Tisch. Danach klopft sie an ihr Glas.

»Alle mal bitte kurz herhören. Wer ihn noch nicht kennt, das hier ist mein Bruder Achmed. Und er ist gekommen, um mein Abi mit uns zu feiern.« Daraufhin gesellen sich alle um den Tisch, und jeder versucht irgendwie, sein Glas zu erkennen. Irgendwann hat dann jeder eines in der Hand, und dabei ist es völlig egal, ob es das eigene ist. Gerade, als wir die Gläser erheben, fällt mir auf, dass Robin fehlt.

»Wartet!«, rufe ich deswegen und sause nach innen. Rob liegt auf dem alten Sofa und starrt an die Decke.

»Kommst du, Rob, wir wollen anstoßen«, sage ich und tätschle seine Füße.

»Nein!«

»Er ist ihr Bruder, Mann! Und sie vertraut ihm. Sie kennt ihn ihr ganzes Leben lang, und da wird sie ihn wohl ziemlich gut einschätzen können.«

»Ich mag ihn nicht!«

»Du sollst ihn ja auch nicht heiraten, verdammt! Jetzt komm schon, stoß mit uns an. Tu es einfach für Aicha.«

Schwer schnaufend erhebt er sich schließlich und kommt mit mir nach draußen ins Freie. Dort erheben wir dann die Gläser und lassen Aicha und Kev hochleben.

»Sie sollten etwas essen, junger Mann«, sagt Annemarie, nachdem sie sich mit Achmed bekannt gemacht hat. »Sie sind ja wirklich nur Haut und Knochen.«

Ja, wenn man tagein, tagaus nur Obst und Gemüse frisst, wie soll man da auch fett werden?

Und so beginnt Annemarie, unseren Neuzugang zu mästen, und ich kann gar nicht recht ausmachen, ob er peinlich berührt oder einfach gerührt ist. Jedenfalls isst er artig alles, was Annemarie auf seinen Teller platziert, und hat dabei ganz rote Wangen. Elvira setzt sich zu den beiden und beobachtet anfangs schweigend die Szene. Irgendwann legt Achmed die Gabel beiseite und schaut sie an.

»Tut mir echt leid wegen neulich. Aber mein Vater …«, sagt er, wird aber sofort von Elvira unterbrochen.

»Schön, dass du da bist, Achmed. Damit hast du Aicha eine große Freude gemacht.« Er lächelt sie dankbar an und fängt sofort wieder an zu essen. Conradow kommt zum Tisch und öffnet eine neue Flasche Wein.

»Kann ich Ihnen helfen?«, fragt Elvira ganz aufmerksam. Und ich bin total froh darüber, dass sie sich heute so hübsch gemacht hat. Sie trägt ein Sommerkleid mit ganz kleinen Tupfen, hat die Haare im Nacken geknotet, und obwohl ich Schminke echt nicht mag, sieht sie gut aus mit dem bisschen, was sie aufgelegt hat. Sie reicht Conradow ein Glas nach dem anderen, und der füllt jedes bis zum Rand. Aicha ist jetzt auf Wasser umgestiegen, klar, ein kleiner Schluck ist genug für eine werdende Mama. Ein paar Meter weiter sehe ich Walther zu seinem Wagen gehen, und zuerst denke ich, dass er fährt. Doch er kommt gleich zurück, und jetzt hat er eine CD in der Hand. Mit der läuft er ins Casino, legt sie in den Player und begibt sich danach rüber zum Tisch.

»Der junge Mann kann wohl durchaus alleine essen«, sagt er zu Annemarie und zieht sie vom Stuhl hoch. Und gleich darauf erklingen für mich völlig unbekannte Klänge, und die beiden beginnen zu tanzen, dass uns anderen beinahe die Augen rausfallen.

»Alles Tango!«, ruft Walther auffordernd. Aber niemand wagt es, überhaupt aufzustehen. Uns wird ja alleine vom Zuschauen schon ganz schwindelig. Diese Schritte und Drehungen und das In-die-Augen-Schauen! Und immer wenn sich Annemarie ganz weit zurückbiegt, habe ich Angst, dass sie ihm auskommt und nach hinten auf den Boden knallt. Schön ist es aber trotzdem auf jeden Fall. Und diese Musik, die hat auch was. Ich kann noch nicht einmal sagen, was es eigentlich ist. Und wenn es sonst eher Marley ist, auf den ich so abfahre, dann muss ich jetzt direkt gestehen, dass mir auch diese Takte gefallen. Den anderen geht's wohl ganz genauso. Jedenfalls sagt keiner mehr was. Die Erste, die das Schweigen am Ende des Stückes bricht, ist Aicha.

»Das möchte ich auch gerne können«, sagt sie zu Kevin.

»Sorry, damit kann ich dir leider nicht dienen«, antwortet er lachend.

Walther lässt ab von Annemarie und geht auf Aicha zu.

»Darf ich bitten, junge Dame«, sagt er auffordernd.

»Das kann ich doch gar nicht«, sagt sie.

»Das kann niemand von Geburt an. Das muss man lernen, Aicha. Also komm schon. Zieh deine Schuhe aus und stell dich ganz einfach auf meine Füße. So hab ich es selber auch gelernt. Von meiner Schwester. Genau so hat auch sie mir den Tango beigebracht, als wir noch kleine Kinder waren.«

Er schaut zu Annemarie rüber und sie nickt aufmunternd.

»Ja, das war ein Glück, dass er fünf Jahre jünger ist als ich«, lacht sie vor sich hin. »Da konnte ich mit ihm eigentlich immer machen, was ich wollte.«

»Na ja, bis die Pubertät kam«, kontert er grinsend.

»Ja, da war der Spaß leider vorbei«, sagt Annemarie und zwinkert uns zu.

»Was ist nun, Aicha«, sagt Walther und schaut sie abwartend an. »Willst du's nun lernen, oder nicht?«

»Ich weiß nicht«, sagt sie ein bisschen unschlüssig und zuckt mit den Schultern. »Ich wiege mittlerweile über sechzig Kilo.«

»Dann kann ich nur hoffen, dass ich mir keine Plattfüße hole!«

Aicha sieht noch ein bisschen unentschlossen aus. Dann aber zieht sie die Schuhe aus, geht langsam auf Walther zu, und ganz zaghaft stellt sie sich schließlich auf seine Füße. Er nimmt sie in den Arm und gibt ihr noch kurz ein paar Anweisungen. Und kurz darauf bewegen sich die beiden, zugegeben etwas ungeschickt, zu den Klängen der Musik. Etwas später versuchen es auch Elvira und Conradow mit dem Tango. So richtig elegant sieht es auch bei diesen beiden nicht aus. Aber Spaß haben sie alle, das ist nicht zu übersehen.

Kevin und ich sind schließlich die Letzten, die noch am Feuer sitzen. Alle anderen pennen auf ihren Stühlen, haben sich nach innen verzogen oder sind längst schon nach Hause gefahren. So sitzen wir also, schauen in die Flammen, und zwischendurch legt Kev immer mal wieder einen Holzscheit nach. Schon eine ganze Weile ist kein altes Holz mehr da, nur noch relativ frisches, das wir im nahen Wald gesammelt haben. Und das knistert laut und wirft ganz irre Funken hinaus in die Nacht. Und irgendwie fällt mir dabei diese Geschichte wieder ein. Diese Geschichte, die Aichas Vater damals im Frühjahr erzählt hat. Über die Liebe. Und das mit dem Feuerwerk und den Energiesparlampen. Und ich weiß nicht wieso, aber ich erzähle jetzt Kevin davon, und er hört ganz aufmerksam zu. Am Ende will er noch eine Kippe haben, obwohl er sonst wirklich kaum raucht. Also nehme ich meine Packung aus der Jackentasche und werfe sie ihm rüber.

»Energiesparlampen, ha! Das ist ja wohl ein Witz, oder?«, lacht er und nimmt einen tiefen Zug. »Das ist doch alles total pathetisch, was der Alte da faselt. Was will er damit erreichen? Dass ich mich von Aicha trenne? Lächerlich.«

»Keine Ahnung, ist mir nur grade so eingefallen«, sage ich und halte einen Ast in die Glut.

»Und im Grunde ist das doch sowieso scheißegal. Es spielt doch überhaupt keine Rolle, ob man mit jemandem freiwillig zusammen ist oder gezwungenermaßen. Was würde das ändern? Wir sind doch alle nur wie diese Funken hier. Genau wie diese Funken. Nicht mehr und nicht weniger, verstehst du? Nur ein ganz kurzes Aufflackern, und schon ist es auch wieder aus. Funkenflieger sind wir doch alle, Locke, sonst nichts. Und für diesen kurzen Moment, den wir Leben nennen, für diesen verdammt kurzen Moment, möchte ich wenigstens selber bestimmen, mit wem ich ihn verbringe. Kannst du das verstehen, Locke?«

Ich nicke.

Dann wirft er die Kippe ins Feuer und geht rein.

Fünfzehn

Der letzte Schultag ist aus zweierlei Gründen nicht gerade der Knaller. Zum einen, weil meine Noten eben auch nicht so der Knaller sind, zum anderen, weil Friedl heute nach Heidelberg abreist. Ich habe ihn in der Schule noch gefragt, ob er nicht doch lieber ins Casino gehen möchte, einfach um sich dort zu verstecken, wie es Aicha seit Wochen schon macht. Aber er hat sich einfach nicht getraut. Er hat gesagt, er kann sich ja nicht bis zur Volljährigkeit vor seinem Vater verstecken. Und da hat er wohl auch wieder recht. Aber dass er jetzt auch noch ganz weg soll und wir uns noch nicht einmal in der Schule sehen, wenigstens bei einer Kippe im Fahrradkeller ein paar Sätze reden, das finde ich jetzt richtig scheiße. Und er hat ja noch nicht einmal sein dämliches Handy zurück, so dass wir uns wenigstens ab und zu mal eine SMS schreiben könnten. Also Jubelrufe kann man da wohl echt nicht erwarten. Von mir nicht und erst recht nicht von ihm.

Ich stehe an meinem Fenster und beobachte, wie seine Eltern schon einige Koffer dort zum Wagen schleppen und in den Kofferraum hieven. Kurz darauf kommt auch noch die Großmutter dazu und alle reden durcheinander. Nach einem Blick auf die Uhr beginnt Friedls Mutter nach ihm zu rufen. Ein paarmal hintereinander und jedes Mal lauter. Es hilft nichts, ich muss da noch mal kurz runter. Auch auf die Gefahr hin, dass der Alte wieder ausflippt.

Unten auf den Stufen vor unserem Haus bleib ich stehen und warte darauf, dass Friedl endlich aufschlägt. Es dauert noch etwas, doch dann kommt er langsam durch die Haustür. Wie ein geprügelter Hund schleicht er rüber zum Auto.

»Friedl, warte!«, rufe ich ihm zu und augenblicklich bleibt er stehen.

»Hau ab, Bürschchen! Ich warne dich«, keift mir sein Alter gleich entgegen und kommt ein paar Schritte auf mich zu. Friedl selber wird von seiner Mutter am Ärmel gehalten.

»Großer Gott«, fährt jetzt Friedls Oma dazwischen. »Lasst doch die Jungs noch Abschied nehmen.« Und Friedl reißt sich einfach los. Reißt sich los und läuft zu mir rüber.

»Wie lang wirst du wegbleiben?«, frage ich zuerst mal.

»Das kommt wohl auf mein Verhalten an. Jedenfalls haben sie's so gesagt.«

»Ja, Mann, dann verhalte dich gefälligst ordentlich, verstanden?«

»Ich geb mir Mühe.«

»Ich werde dich vermissen, verdammter Idiot!«, sag ich und umarme ihn dabei.

»Mach's gut, Locke!«, sagt er, und ich merke genau, er kämpft mit den Tränen.

»Ja, mach's gut, Friedl.« Danach geht er mit hängenden Schultern zum Wagen zurück und öffnet die Beifahrertür. Ein letzter Blick zu mir rüber, dann steigt er ein. Seine Großmutter hockt sich jetzt hinters Steuer, startet den Motor, und der Wagen verschwindet langsam in der Ferne. Als ich ihn schließlich nicht mehr sehen kann, steht Friedls Mutter neben mir. Sein Alter hat sich längst schon in Luft aufgelöst.

»Er kommt ja wieder, Locke«, sagt sie und zieht ihre Strickjacke fest um den Leib. Und obwohl es kein bisschen kalt ist, scheint sie zu frieren.

»Kommst du, Karin?«, tönt es von oben aus dem Fenster. Das klingt eher wie ein Befehl, als wie eine Frage. Ganz kurz streicht sie mir noch über die Wange, dann eilt sie davon.

Die ersten Tage der Sommerferien sind ziemlich langweilig. Es ist wieder unglaublich heiß, aber alleine an die Isar zu fahren macht überhaupt keinen Spaß. Nachdem ich mich in den Fluten kurz abgekühlt habe, sitz ich am Ufer, lass Steine floppen und muss die ganze Zeit an Friedl denken. An unsere Wettschwimmen, an die Walkie-Talkies oder sogar an die dämliche Spargelernte. Es ist komisch, egal was wir jemals gemeinsam gemacht haben, ob es lustig war oder spannend, ob wir Spaß hatten oder Ärger, ich hab mich immer wohl gefühlt. Und vor allem hab ich mich nie wirklich einsam gefühlt. Es war immer jemand da, der mir wichtig war. Der mir zugehört hat. Und Friedl ging es ganz genau so. Jetzt aber ist es so, dass ich mich nicht nur einsam fühle, wenn ich da ganz allein am Ufer sitze. Oft fühl ich mich sogar einsam, wenn ich im Casino bin, trotz der Menschen dort. Oder vielleicht gerade deswegen. So wie jetzt. Ich bin schon eine ganze Weile hier, habe Aicha beim Malen zugesehen oder wie sie Robins Zöpfe überprüft, und auch beim Knutschen mit Kevin. Hab Rob verabschiedet, weil er zum Einkaufen fuhr, und wieder begrüßt, als er zurückkam. Konnte alle drei dabei beobachten, wie sie einen Salat zubereiten und den Tisch eindecken. Das alles seh ich vom Sofa aus. Bin mitten unter ihnen und dennoch unglaublich allein. Irgendwann halt ich das einfach nicht mehr aus.

»Okay, ich mach mich vom Acker«, sag ich deswegen und stehe auf.

»Aber das Essen ist doch gleich fertig, wo willst du denn hin?«, fragt Aicha besorgt und kommt zu mir rüber.

»Keine Ahnung. Zur Isar. Es ist unglaublich heiß.«

»Aber willst du denn nicht noch was essen? Du kannst doch auch später noch …«

»Nein, ich muss jetzt«, unterbreche ich sie und dabei bin ich wohl lauter, als ich eigentlich wollte.

»Ist alles in Ordnung mit dir?«, fragt sie ganz leise und sieht mich eindringlich an. Ich nicke. Dann verabschiede ich mich und gehe zur Tür raus. Ich bin noch keine zehn Schritte gegangen, da hör ich hinter mir Robins Stimme.

»Warte!«, ruft er mir nach und so bleib ich kurz stehen. Er geht zu seinem Fahrrad, steigt auf und radelt auf mich zu.

»Ich komm mit«, sagt er und ich zuck mit den Schultern. So machen wir uns auf den Weg zur Isar. Wir sind beide schweigsam. Und ich wundere mich ein bisschen über seine Begleitung. Nach längerer Überlegung aber glaube ich dann, dass er nicht seinet- oder meinetwegen mitkommt, sondern wegen Aicha und Kevin. Damit die beiden mal etwas Zeit für sich haben. Immerhin sind sie ein junges Paar und wollen wohl auch gern mal ungestört sein. Wie auch immer. Irgendwie freu ich mich über seine Begleitung. Einfach weil es eine Abwechslung ist und die Langeweile vertreibt. Andererseits fühle ich mich trotzdem nicht so richtig wohl dabei. Es ist verdammt gefährlich hier. Und Robin hat nicht die geringste Ahnung von all den Strömungen in diesem Fluss, die Friedl und ich alle in- und auswendig kennen. Und ich hab echt ein kleines bisschen Angst, dass er mir hier in den Fluten ersäuft. Es gibt unzählige Strudel hier, und einige davon können dich bis runter zum Grund ziehen. Und wir beide wissen längst, wo die alle sind, der Friedl und ich. Was aber noch viel wichtiger ist, wir wissen auch genau, was zu tun ist, falls man tatsächlich mal in einen solchen hineingerät. Man muss sich nämlich nur bis ganz nach unten ziehen lassen. Luft anhalten und runterziehen. Fertig. Mehr ist eigentlich nicht zu tun. Die Isar ist hier nicht so tief, da reicht einmal tief Luft holen locker aus. Unten hört der Sog dann wieder auf. Und man kann einfach wieder nach oben schwimmen. Friedl wusste das alles und hat es mir auch beigebracht. Er selber hat es von seinem Vater gelernt. Und der hat das wohl bei der Bundeswehr beigebracht bekommen. Ja, die Bundeswehr ist sowieso das Größte für den Alten. Wenn der überhaupt mal mit Friedl spricht, dann immer über die gute alte Zeit als Krieger. Über Kameradschaft und Gehorsam und eben auch über irgendwelche Überlebensstrategien. Da sieht man mal wieder, dass jeder für irgendwas nützlich ist. Selbst so ein Arschloch wie er. Ich habe das natürlich auch alles Robin erklärt. Das mit dem

Luftanhalten und Runterziehenlassen. Aber trotzdem bin ich immer relativ unentspannt, wenn er ins Wasser geht.

Manchmal bleib ich jetzt auch im Casino über Nacht. Weil ja sowieso keine Schule mehr ist, muss man morgens nicht ausgeschlafen sein. Und da hocken wir dann schon mal bis in die frühen Morgenstunden zusammen, wir Jungs, hören Musik und manchmal machen wir auch ein Feuer. Und obwohl jeder mehr oder weniger seinen eigenen Gedanken nachhängt und wir kaum sprechen, ist es tausendmal angenehmer, als mit Elvira allein in der Wohnung vor der Glotze zu hocken und Buddy nachzutrauern. Zu oft schon hab ich sie dabei beobachten können, wie sie mit der Hand übers Sofa fährt. Genau über die Stelle, wo eben Buddy immer gelegen hatte. Dabei schnauft sie dann tief durch, und ich merke es deutlich, dass sie die Tränen unterdrückt. Na, jedenfalls hock ich dann lieber mit Kev und Robin zusammen und schau in die Flammen. Aicha geht immer ziemlich früh schlafen, sie ist einfach müde. Und so sind wir dann ganz unter uns, wir drei Jungs. So wie heute.

»Komisch«, sagt Kev und hält dabei einen Ast ins Feuer. »Es ist seit Ewigkeiten das erste Mal, dass wir so viel Zeit miteinander verbringen.«

»Es ist überhaupt das allererste Mal, würde ich behaupten«, murmelt Rob so mehr vor sich hin.

»Na ja, du hast ja auch früher eine andere Gesellschaft bevorzugt«, sagt Kev und ich kann nicht recht deuten, ob es mehr beleidigt oder vorwurfsvoll klingt.

»Sehr witzig!«, kontert Robin.

»Ich habe es aber gar nicht so witzig gemeint.«

Rob zuckt nur mit den Schultern.

»Irgendwie hat Kev recht. Dir waren diese Vollidioten immer wichtiger als einer von uns«, muss ich mich einmischen.

»Sagt ausgerechnet einer, der nichts anderes in seinem Schädel hat als Friedl hinten und Friedl vorne«, knurrt mich jetzt Robin an. Und Kev beginnt zu lachen.

»Da brauchst du gar nicht so lachen«, sagt er weiter und boxt ihn von der Seite in die Rippe. »Bei dir ging's doch auch immer nur um Aicha. Oder um die Schule. Oder höchstens noch um Elvira. Aber deine Brüder, die waren dir doch immer scheißegal.«

Wir schweigen eine ganze Weile, und nur das Knistern der Flammen ist noch zu hören. Über uns ziehen dunkle Wolken auf, die sich sehr schnell bewegen und bald den ganzen Himmel bedecken. Das schaut ziemlich beeindruckend aus.

»Ich glaube, es war einfach die Ausgangsbasis, wisst ihr«, unterbricht Robin schließlich die Stille. »Wir hatten als Familie echt keinen leichten Start.« Dann geht der erste Blitz nieder, dicht gefolgt von einem brummenden Donner. Trotzdem bleiben wir sitzen, als wären wir dort angewurzelt.

»Vielleicht wächst endlich zusammen, was zusammengehört«, sagt Kev jetzt, und er sagt es sehr ernst. Robin und ich sehen uns kurz an und dann beginnen wir zu lachen. Wir lachen, bis wir uns krümmen. Und auch als Regentropfen vom Himmel fallen, die so groß sind wie Fünf-Cent-Stücke, können wir einfach nicht aufhören damit. Als Kev schließlich auch noch sagt, wie albern wir wären, da zerreißt es uns fast. Und ich wünschte, Elvira könnte uns jetzt so sehen.

Eines Nachmittags dann, grade als Robin und ich wieder zur Isar raus wollen, da kommt Achmed angeradelt, um Aicha zu besuchen.

»Achmed«, sagt Kevin gleich nach der Begrüßung. »Du, das passt jetzt grade gar nicht. Wir haben Robin und Locke schon zum Baden geschickt, weil Aicha und ich, also wir beide müssen uns langsam ein bisschen vorbereiten, verstehst du?«

»Vorbereiten wofür?«, will Achmed wissen und man merkt deutlich, dass er keinen Schimmer hat.

»Na, auf die Geburt halt, Klugscheißer. Schwangerschaftsgymnastik und Pipapo. Und da wären wir eigentlich schon lieber allein, verstehst du? Oder willst du etwa mitmachen?«

Nein, das möchte er dann doch nicht so gerne.

»Klar, Schwangerschaftsgymnastik. Klar, versteh ich. Versteh ich total«, sagt Achmed, wird ein bisschen rot und schaut etwas orientierungslos durch die Gegend.

»Du, wir fahren ein bisschen raus an die Isar. Willst du vielleicht mitkommen?«, frage ich, obwohl ich Robins Blicke wie tödliche Speere in meinem Rücken spüren kann.

»An die Isar? Ja, gut. Wieso nicht?«, sagt er und schwingt sich auf den Sattel.

Die zwei Jungs sind schon längst vor mir am Strand, weil ich das letzte Stück mit dem Skateboard nicht fahren kann. Ist ein Kiesweg da. Durch die langen Äste der Trauerweiden hindurch, die bis ins Wasser reichen, kann ich die beiden schon sehen. Robin ist bereits ins Wasser gegangen und Achmed steht etwas unschlüssig dort im Kies, schirmt mit der Hand die Augen ab und blickt ihm hinterher. Ich leg mein Skateboard auf den Boden und schnapp mir ein Handtuch aus dem Rucksack.

»*Baden strengstens verboten*, steht dort«, sagt Achmed und deutet auf das Schild.

»Prima, du kannst lesen!«

»Nein, im Ernst, Mann. Die schreiben das doch nicht zum Spaß hin, oder?«, sagt er weiter und ich wundere mich tatsächlich ein bisschen darüber. Hätte nicht gedacht, dass er sich vor mir zum Angsthasen degradiert. Trotzdem bin ich irgendwie froh. Dass er die Sache mit dem Schild ernst nimmt. Weil sie auch ernst ist.

»Nein, das tun sie nicht. Sie schreiben es drauf, weil's hier gefährliche Strömungen gibt, die man echt nicht unterschätzen sollte. Aber du musst ja auch nicht ins Wasser, kapiert. Lass einfach deine Haxen reinhängen. Das ist doch auch was. Haxen reinhängen lassen und abchillen.«

Dann laufe ich unter Schmerzen über den Kies und schmeiße mich in die Fluten. Es ist einfach nur der Hammer. Die
kühle Flut schwappt über meinen ganzen Körper, ich tauche
unter und wieder auf, schüttle meine Haare und tauch wieder
unter. Ein Stück weit lass ich mich treiben. Die Strömung
nimmt mich mit sich und scheint mich zu tragen. Es ist, als
wäre ich schwerelos. Als würde sich plötzlich alles in Luft
auflösen und weggleiten in unendlicher Ferne. Die Hitze, die
Sorgen und sogar Friedl. Ich bin schwerelos und kühl und
treibe in den Fluten. Und die langen Äste der Trauerweide
schlängeln sich neben mir und scheinen zu winken. Irgendwann ist Robin an meiner Seite und holt mich in die Wirk-
lichkeit zurück.

»Du bist viel zu weit, Mann«, ruft er mir zu. Und ein Blick
ans Ufer bestätigt seine Worte. Wir schwimmen zum Kiesbett
und wandern zu Achmed zurück. Der sitzt tatsächlich brav
auf seinem Handtuch und lässt die Füße ins Wasser baumeln.

»Warum geht ihr denn da überhaupt rein, wenn's da Strömungen gibt?«, will er wissen.

»Weil ich diesen Teil der Isar kenne wie meine Hosentasche, kapiert? Und ich ganz genau weiß, wo es gefährlich ist
und wo nicht. Das heißt, gefährlich ist es eigentlich überhaupt
nirgends. Du musst einfach nur ganz mit nach unten tauchen,
wenn du in'nen Strudel kommst, verstehst du? Luft anhalten
und ganz nach unten tauchen. Unten lässt dich die Strömung
wieder los. Das ist alles.«

»Sehr beruhigend, wirklich«, sagt er.

Ich trockne mich ab und lege mich dann ein bisschen in
die Sonne. Durch die Äste kommt gerade so viel Licht durch,
dass es richtig angenehm ist. Irgendwann muss ich wohl eingeschlafen sein. Jedenfalls werde ich dann durch ein echt
tierisches Gebrüll aufgeweckt. So etwas hab ich zuvor echt
noch niemals gehört. Es ist mein Name, der ständig gebrüllt
wird. Zuerst bin ich total orientierungslos, steh ein bisschen

schlaftrunken auf und schaue mich um. Doch dann bin ich schlagartig wach. Ich kann Achmed sehen, der auf dem Weg ins Wasser ist. Er rennt geradezu in den Fluss. Und aus den Fluten heraus kann ich winkende Hände sehen. Und zwar nur noch Hände. Sonst nichts. Und auch die sind Augenblicke weg. Scheiße! Gottverdammte Scheiße! Robin! Ich muss da runter! Und dieses Mal kann ich noch nicht einmal den schmerzenden Kies unter meinen Fußsohlen spüren. Achmed ist schon gleich an der Stelle, wo gerade noch die Arme waren. Ich kann ihn direkt vor mir sehen. Eine Sekunde lang, vielleicht zwei. Dann ist auch er weg.

»Achmed! Verdammt, Achmed«, schreie ich, so laut ich nur kann. Ich schmeiße mich ins Wasser und schwimm in seine Richtung. Wieder und wieder rufe ich seinen Namen, dreh mich im Kreis, tauche unter und versuche was zu erkennen. Aber nichts, es ist einfach zu trüb. Irgendwann krieg ich Wasser in die Nase und muss husten. Trotzdem tauche ich weiter. Doch das Wasser ist einfach zu trüb. Ich kann nichts erkennen. Verdammt. Ich tauche und tauche. Ich weiß nicht, wie oft. Tiefer und jedes Mal noch ein bisschen tiefer. Rauf! Atmen! Einmal, zweimal. Dann wieder runter. Noch einmal, wieder ein bisschen tiefer. Mir bleibt die Luft weg. Die Aufregung. Ich muss nach oben. Ich schreie die Namen. Wieder und wieder. Das Wasser ist trüb. Ich kann nichts erkennen. War da grad was? Ich schwimme hin. Nichts. Ich huste. Ich kann nicht mehr atmen. Tränen schießen mir in die Augen. Verdammt! Noch einmal hinunter. Ins trübe Nichts. Ich kann nicht mehr. Mir bleibt die Kraft weg. Ich atme und huste und weine. Und die Äste im Wasser, sie treiben und winken. Doch plötzlich schießt irgendetwas an mir vorbei in die Höhe. Es ist Achmed. Er hustet. Und er spuckt Wasser. Und er hält Robins Zöpfe in den Händen.

»Verdammte Scheiße!«, brülle ich, schwimme hin und greife nach dem leblosen Körper. Achmed hustet und spuckt, doch er kann noch alleine schwimmen. Also lasse ich ihn zurück und zerre zuerst einmal Robin ans rettende Ufer. Er tut keinen Mucks. Ich beuge mich tief über ihn und lausche an seinem Mund. Nichts. Ich kann überhaupt gar nichts hören. Ich fass ihn an den Schultern und schüttle ihn durch. Ich schrei seinen Namen. Nichts. Mit der Wut der Verzweiflung dresche ich schließlich auf seinen Brustkorb. Einmal. Zweimal. Keine Ahnung wie oft.

»Hör damit auf und lass mich mal ran«, sagt Achmed, der irgendwann neben mir steht und selbst kaum noch Luft kriegt. »Halt ihm die Nase zu und puste in seinen Mund. Ganz fest, verstanden.« Und so folge ich seinen Anweisungen, ohne recht zu wissen, was ich da eigentlich tu. Achmed kniet an Robins Seite und beginnt in schnellen, regelmäßigen Bewegungen seinen Brustkorb zu massieren. Und ich blase, was das Zeug hält, und halte die Nasenlöcher zu. Eine schiere Ewigkeit lang.

Ich kann gar nicht sagen, wie oft ich das tu. Bis ich einfach keine Kraft mehr habe. Und ich fange zu heulen an. Und gerade als ich einfach nicht mehr kann und die Hoffnung der Verzweiflung weicht, gerade da fängt Rob an zu spucken. Er spuckt und hustet und ich weine und weine.

So bleiben wir alle drei einfach liegen, starren in den Himmel und die Trauerweide und sagen kein einziges Wort. Erst viel später, als wir schon auf dem Heimweg sind, erst da reicht Robin Achmed die Hand.

»Danke, Alter«, sagt er zu ihm und dabei bleibt ihm beinahe die Stimme weg.

»Dann bist du mir jetzt etwas schuldig«, antwortet Achmed und grinst. Robin bleibt ganz ernst, doch er nickt.

»Und zwar dein ganzes Leben lang, nur dass das klar ist.«

»Verdammt, warum hast du mich nicht retten können, Locke«, sagt er dann zu mir und boxt mich dabei.

»Sag mal, spinnst du, oder was?«, fahr ich ihn an, weil ich kaum glaube, was ich da hör.

»War nur ein Spaß, Mann!«, sagt Robin und wird auch gleich wieder ernst.

Diese Geschichte ist unser Geheimnis. Wir reden mit niemandem darüber, weder als wir im Casino ankommen noch später zuhause. Und so soll es auch bleiben. Ich steh an meinem Fenster und schaue zu Friedl hinüber. Wie es ihm wohl grad so geht? Dort in Heidelberg bei den Kaninchen. Ob er auch mal an mich denkt? Kommt er mit den Großeltern klar? Behandeln die ihn besser, als es sein Alter tut? Ich weiß es nicht. Auf einmal geht drüben der Vorhang zur Seite und ich kann Friedls Mutter erkennen. Sie winkt zu mir rüber. Und ich winke zurück. Dann hält sie den Daumen nach oben. Soll das heißen, dass es ihm gut geht? Ich zeichne mit Hilfe der Zeichensprache seinen Namen und ein Fragezeichen. Und offensichtlich kann sie mich verstehen. Jedenfalls nickt sie noch kurz und schiebt dann die Gardinen wieder in ihre ursprüngliche Position. Ich hau mich aufs Bett. Und ich bin ziemlich erleichtert. Friedl geht es gut. Das ist schön. Wenn ich so nachdenke, dann geht es uns doch eigentlich allen gut. Zumindest wenn man die Geschehnisse vom Nachmittag einmal in Betracht zieht. Nicht auszudenken, wenn Achmed oder Rob was passiert wär! Ganz abgesehen davon, dass ich daran schuld gewesen wäre. Nie im Leben hätte einer der beiden diese gefährliche Badestelle gefunden. Und wenn doch, dann wären sie sicherlich nicht ins Wasser gegangen. Allein schon, weil's ja auf dem Schild steht.

Die Türklingel reißt mich aus meinen Gedanken heraus. Und schon Augenblicke später kann ich vergnügte Stimmen aus der Diele vernehmen. Es sind Annemarie und Walther, die da grade eintreffen, und darüber ist Elvira gut hörbar erfreut. Schon ein paar Minuten danach läutet es erneut: Conradow. Es ist nicht das erste Mal, dass sie sich in dieser Konstellation treffen. Seit dem Abend im Casino gab es schon einige dieser Zusammenkünfte. Eine komische Truppe, aber irgendwie scheint die Chemie zu stimmen. Ich schau mal rüber ins Wohnzimmer und sehe, dass Elvira Blumen gekriegt hat. Von wem die wohl sind? Fragen will ich aber auch nicht. Geht mich auch nichts an. Während Annemarie den Tisch zurechtmacht, holt Elvira Schnittchen und Getränke aus der Küche. Und Walther teilt UNO-Karten aus. Das haben sie neulich schon mal gespielt. Und offensichtlich hatten sie Spaß daran. Anfangs haben sie es ja mit Skat probiert. Aber da hat Elvira schlicht und einfach die Regeln nicht begriffen. Sosehr sich die anderen auch bemüht hatten, es ging einfach nicht rein in ihren lockigen Kopf. Dann hat sie gesagt, sie müsse ja auch nicht unbedingt mitspielen. Sie könne doch auch ganz prima nur zusehen. Das würde ihr überhaupt gar nichts ausmachen, sie hätte trotzdem ihren Spaß daran. Das Wichtigste dabei wäre doch sowieso nur, dass man abends nette Gesellschaft hätte und nicht immer alleine sein muss. Aber das haben die anderen drei gar nicht erst gelten lassen. Nein, haben sie gesagt, entweder spielen wir alle oder gar keiner. Drum eben jetzt UNO. Wenn sie bei uns zuhause spielen, dann schaue ich ihnen manchmal ein bisschen zu. Es ist irgendwie irre, wie hier mein Lehrer am Tisch sitzt, der ja sogar ein Professor ist, und ausgerechnet mit meiner Mutter Karten spielt und ein Gläschen Wein mit ihr süffelt. Dabei erzählt er immer wieder mal was von Kunst und Musik. Und weil Annemarie und Walther auch nicht gerade blöd sind, erfährt Elvira an diesen Abenden so allerlei, wovon sie noch vor ganz kurzer Zeit überhaupt keinen Schimmer hatte. Und sie hört aufmerksam zu, und es scheint, als würde sie das alles sogar tatsächlich interessieren. Manchmal erzählt sie mir am nächsten Tag alles, was sie so Neues erfahren hat, und dabei merk ich, dass sie gut aufgepasst hat. Und sie ist auch immer ganz aufgeregt dabei. Das beeindruckt mich wirklich. Es gibt Momente, da bin ich richtig stolz auf sie. »Weiß denn Aicha nun schon, was sie machen wird? Wo sie leben oder wo sie studieren möchte? Weißt du etwas darüber, Marvin?«, fragt mich Conradow heute, gleich nachdem er mich mit einem Schulterschlag freundlich begrüßt hat. »Nein, leider. Keine Ahnung«, antworte ich nicht ganz wahrheitsgemäß. »Vermutlich will sie erst mal das Kind bekommen. Und so ein Studium mit einem Baby, das stell ich mir auch nicht grad einfach vor.«

»Papperlapapp. Dafür gibt es doch Kitas. Das ist doch wohl wirklich kein großes Problem.«

»Stellen Sie sich das bloß nicht so einfach vor, Conradow«, mischt sich Walther jetzt ein. »Eine Kollegin von mir, die hat sich für einen Kitaplatz beworben, da war sie gerade mal schwanger. Jetzt ist der Kleine acht Monate alt, und sie steht immer noch auf dieser dämlichen Warteliste.«

»Möchte jemand noch Salzstangen?«, fragt Elvira, und schon eilt sie in die Küche.

»Oder eine Tagesmutter meinetwegen«, sagt Conradow und legt eine Karte auf den Tisch.

Elvira kommt zurück und stellt das Glas mit den Salzstangen auf den Tisch.

»Auch Tagesmütter sind nicht weniger knapp«, stellt Anneliese jetzt fest und fischt sich ein paar von den Salzstangen aus dem Glas.

»Grundgütiger, es wird sich schon eine Lösung finden lassen. Zuerst einmal sollte sie sich für eine Uni entscheiden«, fährt es aus Conradow raus.

»Unser Kevin, der weiß auch noch nicht so richtig, was er eigentlich machen will«, sagt Elvira jetzt und schnauft tief durch.

»Na, der wird wohl oder übel erst einmal das Geld verdienen müssen. Schließlich muss ja die kleine Familie von irgendwas leben, nicht wahr«, sagt Conradow weiter. »Und so ein Studium, das kann er doch auch nach ein paar Jahren Berufserfahrung dranhängen, oder?«

Elvira nickt etwas zaghaft. Dass Kev jetzt jahrelang für sein Studium gebüffelt hat und am Ende doch bloß irgendwo kellnern soll, das wird ihr wohl wenig gefallen. Aber natürlich hat Conradow recht. Einer von den beiden muss das Geld verdienen. Doch ob es tatsächlich Kevin ist?

Sechzehn

Ein paar Tage später, kaum, dass ich am Casino angekommen bin, zerrt mich Aicha sofort hinters Haus. Sie ist ganz aufgeregt und hat total rote Wangen.

»Locke«, flüstert sie. »Ich muss unbedingt mit dir reden.«

»Okay«, sage ich zuerst einmal ein bisschen verwirrt, schaue sie aber gleich aufmunternd an.

»Ich brauche ganz dringend deine Hilfe.«

»Kein Problem, lass hören«, sage ich und fühle mich irgendwie voll wichtig dabei.

»Kevin und ich, wir haben doch beide Geburtstag in den nächsten Wochen.«

Ich nicke.

»Und ich möchte ihm natürlich unbedingt etwas schenken. Und zwar etwas ganz Persönliches, verstehst du. Etwas Persönliches und vor allem auch was Besonderes. So etwas, das er nie mehr vergisst. Das ist mir sehr wichtig, weil er so viel für mich tut und immer für mich da ist, weißt du.«

Ich nicke ein zweites Mal.

»Gut, pass auf, hier ist ein Ultraschallbild von unserem Baby«, sagt sie und drückt mir das Bild in die Hand. Unglaublich, da kann man wirklich alles drauf erkennen. Die Finger, die Nase und sogar die winzigen Zehen. Ein richtig fertiges Kind. Kevins Kind. Wahnsinn!

»Schön, nicht wahr, Locke?«

Ich kriege keinen Ton raus und kann nur nicken. Sie kichert.

»Und jetzt kommt's. Gegenüber vom Bahnhof, da ist ein neuer Fotograf. Und der macht unglaublich tolle Aufnahmen. Und das Beste daran ist, der kann verschiedene Fotos miteinander, ja wie soll ich sagen, so verschmelzen. Mischen halt, verstehst du?«

»Keine Peilung.«

»Also das geht so, er macht von mir eine Aufnahme, nimmt dann dieses Ultraschallbild dazu und kopiert es irgendwie rein. Das Besondere daran ist eben, dass wir beide dann auf ein und demselben Foto sind. Das Baby und ich. Ist das nicht toll? Und das möchte ich Kevin eben gern schenken.«

»Dazu müsstest du aber zuerst mal zum Bahnhof.«

»Genau. Und jetzt kommst du ins Spiel. Also, wir müssen das am nächsten Donnerstag machen, weil da nämlich mein Onkel in Augsburg Geburtstag hat und meine ganze Familie hinfährt. Somit sind die schon mal weg, kapiert? Und mit Robin habe ich auch schon gesprochen. Der weiß Bescheid. Und der kümmert sich um Kevin in der Zeit. Das hat Robin wirklich super gemacht. Hat einfach Kev so ganz nebenbei gefragt, ob er denn schon ein Geschenk für mich hat. Und natürlich hatte er noch keines. Und deshalb machen sich die zwei eben am Donnerstag auf den Weg, um etwas für mich zu besorgen. Und wir beide können derweil in aller Ruhe zum Fotografen gehen. Könnte doch klappen, was meinst du?«

»Ja, wenn alles schon so toll organisiert ist, wozu brauchst du mich denn eigentlich noch?«, frage ich, weil mir so ein simpler Begleitservice fast ein bisschen unspektakulär vorkommt. Aber gleich tut es mir leid.

»Nein, war nur ein Spaß. Ich bin dabei«, sage ich.

»Du kommst also mit?«, jubelt sie leise.

»Klar!«, sage ich, und dann umarmt sie mich sogar.

»Sag mal, Aicha, das Gesicht von diesem Clown dort«, sage ich und deute rüber zur Wand. »Kann das sein, dass du da mein Gesicht verwendet hast?«

»Natürlich! Gefällt es dir denn?«

»Na, das Gemälde selber, das gefällt mir schon. Ziemlich gut sogar. Aber warum bin ich ausgerechnet ein Clown?«

»Weil das hier deine Manege ist, Locke. Genau wie im Zirkus eben auch. Da ist nicht der Direktor der Chef, nein, der Clown ist es. Die Leute gehen doch nicht in die Vorstellungen, um den Direktor zu sehen, oder? Sie kommen wegen des Clowns. Deine Manege – dein Gesicht. Leuchtet doch ein, oder?«

»Also, wenn du das so siehst, dann bin ich irgendwie beruhigt. Ich dachte schon …«

»Ich mach mich lustig über dich?«, jetzt lacht sie.

»Na, hätte doch sein können.«

»Locke, das denkst du doch nicht wirklich, oder? Hast du dir denn eigentlich schon mal überlegt, wie es uns ohne dich ginge? Hast du? Ohne dich gäb's nämlich gar nichts. Kein Casino. Keinen Achmed hier. Und auch keinen Conradow, der mir Farben bringt und Pinsel. Das alles haben wir dir zu verdanken, Locke.«

Ich glaube, ich werde grad tierisch rot. Jedenfalls lacht sie und nimmt mich noch einmal ganz fest in den Arm. Und dann küsst sie mich auf die Stirn.

Als Elvira eine Woche später von ihrem ersten Arbeitstag nach Hause kommt, ist sie völlig aufgewühlt. Sie nennt mir ungefähr tausend Namen und sagt, dass alle sehr freundlich zu ihr waren. Und dass sie das ganz toll findet, wo die dort alle mordswichtige Jobs haben und sie doch nur die Putzfrau ist. Walther hat es sich nicht nehmen lassen und hat sie nach der Arbeit nach Hause gefahren. Kaum sind die zwei hier angekommen, steht auch Annemarie schon auf der Matte. Sie hat natürlich Kuchen dabei und zur Feier des Tages auch ein paar Blümchen, und Elvira freut sich darüber und kocht gleich Kaffee. Wenn das so weitergeht mit dem ganzen Kuchen, dann werde ich sicherlich noch während der Sommerferien platzen.

»Walther und ich, wir gehen am Wochenende zum Tanzen. Im Club Blue Night, da haben die manchmal so eine Tangonacht, weißt du. Was meinst du, Elvira, möchtest du da nicht einmal mitkommen?«, fragt Annemarie dann aus ihrem Sessel heraus.

»Ja, natürlich, das ist wirklich eine großartige Idee, Annemarie. Natürlich kommt Elvira mit, gar keine Frage«, sagt Walther und nimmt einen Schluck Kaffee.

»Zum Tanzen? Nein, lieber nicht«, entgegnet Elvira, und gleich wird sie verlegen.

»Ach komm schon, Elvira. Das wird bestimmt lustig«, sagt Annemarie und es ist viel mehr ein Befehl als eine Bitte.

»Ich weiß nicht so recht. Ich kann doch gar nicht tanzen, jedenfalls nicht so richtig. Nicht so, wie ihr zwei das könnt«, murmelt Elvira und schaut mich ein bisschen hilfesuchend an.

»Dann musst du es wohl lernen«, sage ich, weil ich ihr in dieser Angelegenheit auf keinen Fall den Rücken stärke. Sie wirft mir einen Schmollmund über den Tisch.

»Wo er recht hat, hat er recht. Weißt du was, ich rufe einfach mal bei Conradow an. Dann kann der mit Annemarie tanzen und ich bringe dir den Tango bei, und zwar aus dem Effeff. Na, was meinst du?«, sagt Walther.

»Ach, nein, Walther. Lieber nicht. Außerdem habe ich für so etwas auch gar nichts anzuziehen.« Elvira wirft wieder flehende Blicke zu mir rüber. Da hat sie aber jetzt schon wieder Pech gehabt. Ich bin nämlich ebenfalls der Meinung, dass sie dringend mal raus muss und runter von ihrer Couch. Weg von der Glotze und auch weg vom toten Buddy. Mittlerweile hat sie sich sogar sein Bild auf den Fernseher gestellt. UNO-Abende hin oder her. Aber sie soll sich echt mal richtig amüsieren. Einfach raus aus der Bude und unter Leute.

»Weißt du was: Wir kaufen dir was Schönes. Im Schlussverkauf musst du noch nicht mal tief in die Tasche greifen, wirst sehen«, sagt Annemarie jetzt ausgesprochen energisch.

»Was meinst du, Locke«, sagt Elvira beinah verzweifelt und zwinkert mir hektisch zu.

»Tolle Idee! Wirklich, astreine Sache. Höchste Zeit, dass du hier mal rauskommst. Kauf dir ein schönes Kleid, steck dir die Haare hoch und schwing dein Tanzbein. Versuch es doch wenigstens mal. Wenn's dir nicht gefällt, dann hast du beim nächsten Tangoabend zumindest ein brauchbares Argument«, sage ich und merke gleich, wie ihre Schultern nach unten fallen.

»Siehst du, dann sind wir uns ja alle einig. Und morgen Nachmittag hole ich dich ab und wir gehen einkaufen«, sagt Annemarie und fängt an, den Tisch abzuräumen.

»Gut, dann rufe ich gleich mal bei Conradow an. Wär doch gelacht, wenn der nicht mitkommen möchte«, sagt Walther und kramt sein Handy hervor. Und Annemarie klatscht dabei in die Hände wie ein kleines Kind.

Irgendwie lustig, diese drei. Da ich ja leider mit Haut und Haaren Annemaries Backwerken verfallen bin, bekomm ich einiges mit von ihren Gesprächen. Und ich find's gut, dass sie sich gefunden haben. Annemarie und Walther verbringen seit jeher sehr viel Zeit zusammen. Einfach schon, weil sie sonst kaum Freunde haben. In ihrem Bekannten- und Kollegenkreis, da sind nämlich allesamt verheiratet, und die meisten haben auch Kinder. Und da ist es halt als Single gar nicht so leicht, einen passenden Anschluss zu finden. Jetzt aber haben die beiden ja Elvira. Und Elvira hat die beiden. Und das ist perfekt so.

Als ich am Abend ins Casino komme, gibt es gerade Abendessen. Aicha, Kevin und Rob sitzen gemeinsam am Tisch und ihre Gabeln kreisen in einem Berg von Spaghetti.

»Möchtest du auch einen Teller?«, will Aicha wissen, da hab ich mich noch nicht mal hingesetzt.

»Nein, nie im Leben«, sage ich und leg die Hand auf meinen Bauch. »Annemarie war da und hatte ...«

»... Kuchen dabei«, vervollständigen die Jungs meinen Satz und grinsen breit.

»Mist! Ich muss los«, brummt Kev mit einem Blick auf die Uhr und steht auf. Er bringt seinen Teller rüber zur Spüle, küsst Aicha in den Nacken und verabschiedet sich. Er hat sich gerade einen Job gesucht. Genau genommen sind es sogar zwei. Am Abend geht er kellnern bis nachts um eins, und anschließend fährt er gleich weiter und füllt Regale auf in einem nahen Supermarkt. Meistens kommt er dann erst so gegen fünf Uhr morgens ins Casino. Haut sich auf die Luftmatratze und schläft bis zum Mittag. Es muss Geld in die Kasse, sagt er. Und da hat er wohl recht.

Robin und ich kümmern uns immer gut um Aicha, wenn Kevin arbeiten geht. Wir essen gemeinsam und hören Musik. Manchmal schaut Aicha nach Robins Zöpfen, und außerdem ist sie viel an der Wand, um zu malen. Ich weiß zwar beim besten Willen nicht, was es an dem Werk noch zu verbessern gäbe. Aber sie findet immer noch einen kleinen Tupfer hier, einen winzigen Strich dort, der vorher einfach noch gefehlt haben muss.

Ab und zu kommt auch Achmed im Casino vorbei. So wie heute. Meistens ist er ziemlich gut drauf und freut sich jedes Mal tierisch, Aicha zu sehen. Heute aber ist es irgendwie anders. Heute kommt er mit hängendem Kopf übers Pflaster geschlurft, lehnt sein Fahrrad an die Hauswand, und das Erste, was er überhaupt sagt, ist: »Scheiße!«

»Angenehm, Angermeier«, erwidere ich, kann ihm aber

damit noch nicht einmal ein klitzekleines Lächeln entlocken.

»Hey, Mann, was ist los?«, frage ich ein bisschen besorgt, genau in dem Moment, als Aicha ihren Bruder entdeckt. Sie kommt aus dem Casino gestürmt und die beiden umarmen sich innig. Aber auch sie merkt sofort, dass irgendetwas nicht stimmt mit ihm.

»Was ist los, Achmed?«, fragt sie, nimmt seinen Kopf zwischen die Hände und schaut ihm direkt ins Gesicht.

Etwas hilflos zuckt er mit den Schultern.

»Soll ich euch zwei alleine lassen?«, frage ich sicherheitshalber mal nach. Weil: Es könnte ja durchaus auch sein, dass irgendwelche familieninternen Abgründe ihm die Stimmung so verhagelt haben.

»Nein, ist schon okay, Locke. Vielleicht ist es sogar besser, wenn ein Außenstehender mit dabei ist. Einer, der die Sache vielleicht etwas nüchterner sieht«, sagt er, und wir setzen uns an einen der Tische. Aicha geht kurz nach drinnen und bringt ein paar Dosen Fanta heraus, und derweil mache ich noch schnell den Sonnenschirm auf. Das ist ein kunterbunter Neuzugang, gesponsert von Conradow himself. Hat er neulich einfach mal vorbeigebracht, damit sein begabter Schützling nur ja keinen Sonnenstich abkriegt.

»Hey Mann, es ist die Hölle bei uns zuhause«, fängt Achmed dann irgendwann an, nachdem wir ihn eine ganze Weile lang auffordernd angesehen haben.

Er beginnt zu erzählen und hält sich dabei die Hand vor die Augen. Ich glaube fast, er kämpft wirklich mit den Tränen. »Es gibt nur noch Streit, wisst ihr. Schon seit Wochen. Seit du eben weggegangen bist, Aicha. In der Zeit, wo du dein Abi gemacht hast, da ging es noch einigermaßen. Weil sie dich doch da wenigstens immer mal sehen konnten. Wenn auch nur vom Auto aus. Seit dem ersten Ferientag aber ist es zuhause echt unerträglich. Sie nennt ihn nur noch einen elenden Schlappschwanz, der es nicht einmal fertigbringt, dich zu finden und nach Hause zu holen.« Aicha legt ihre Hand auf seinen Arm, und ich merke deutlich, dass auch sie mit den Tränen kämpft.

»Und er …«, spricht er weiter, doch seine Stimme versagt. Er räuspert sich ein paarmal, und Aicha reicht ihm ein Taschentuch. Nachdem er sich geschnäuzt hat, redet er weiter, doch seine Stimme ist brüchig. »Ja, er wirft ihr vor, sie sei es doch gewesen, die dich mit ihrer Kälte überhaupt erst aus dem Haus getrieben hätte. So geht das jeden Tag. Manchmal ist es so wahnsinnig erbärmlich, das könnt ihr euch überhaupt gar nicht vorstellen.«

»Achmed«, versucht Aicha zu trösten, aber er unterbricht sie sofort.

»Und heute … heute haben sie sich stundenlang angeschrien, und schließlich ist sie aus dem Zimmer gerannt und hat die Tür zugeknallt. Und er ist wie ein Häufchen Elend am Küchentisch gesessen und hat geweint. Und irgendwann hat er gesagt, dass er doch nur wissen will, ob es dir gut geht. Nichts weiter. Einfach nur wissen, ob es dir gut geht, Aicha.«

»Dann musst du es eben sagen, verdammt! Du musst ihnen sagen, dass es mir gut geht, Achmed. Wenn ihnen das irgendwie hilft, dann musst du es ihnen sagen«, schluchzt Aicha.

»Spinnst du, oder was?«, muss ich mich jetzt einmischen. »Was denkst du eigentlich, wie die reagieren, wenn sie erst wissen, dass Achmed …«

»Es ist eh schon zu spät«, fällt mir jetzt Achmed ins Wort. »Ich hab's ihnen heute erzählt. Verdammt, ja, ich hab es gemacht. Weil ich diese verfluchten Streitereien einfach nicht mehr länger ertragen konnte, verstehst du? Ich hab es einfach nicht länger ausgehalten«, sagt er und sein Tonfall wird dabei lauter und lauter.

»Hey, Mann, beruhige dich doch erst mal«, sage ich und lege ihm die Hand auf den Arm. Die aber schüttelt er sofort wieder ab und springt schließlich vom Stuhl auf.

»Und was glaubt ihr eigentlich, was dann erst los war, ha! Was glaubt ihr eigentlich, was da los war zuhause, als ich gesagt hab, dass ich ganz genau weiß, dass es dir gut geht, Aicha? Das könnt ihr euch nicht vorstellen.« Jetzt schreit er richtig und Rotz läuft ihm aus der Nase. Ich gehe mal lieber und hole ein Tempo von drinnen. Nachdem sich Aicha und Achmed ausgiebig geschnäuzt haben, kehrt für einen Augenblick Ruhe ein. Achmed atmet ein paarmal tief durch, wischt sich über die Augen und nimmt einen Schluck aus der Dose.

»Sie haben mich einen Verräter genannt, verdammte Scheiße! Sie haben gesagt, ich hätte die Familie verraten, weil ich weiß, wo du dich aufhältst, Aicha, und weil ich Kontakt zu dir habe, und das alles hinter ihrem Rücken. Mama hat gebrüllt und mich an den Haaren gezerrt, so wie sie es früher immer mit dir gemacht hat. Und Papa hat gesagt, er kann mich nicht mehr sehen. Und ich sei die größte Enttäuschung seines Lebens. Und dann … dann hat er noch etwas viel Schlimmeres gesagt, voll krass. Er hat gesagt, ich wär die größte Enttäuschung seines Lebens, gleich nach seiner Ehefrau. Könnt ihr euch das vorstellen? Sie hat ihn angesehen, ist dann wortlos aufgestanden, raus aus der Küche und hat sich schließlich im Schlafzimmer eingeschlossen. Danach ist Papa rüber ins Geschäft. Und ich bin am Küchentisch gehockt und hab geglaubt, ich bin im falschen Film.«

»Mein Gott, Achmed«, sagt Aicha, steht auf und umarmt ihn. »Das tut mir furchtbar leid. Das tut mir so unglaublich leid, mein lieber, lieber Achmed.«

Er hängt an ihren Schultern und wirkt völlig kraftlos.

Dann kommt Robin dahergeradelt.

»Hab ich irgendwas verpasst?«, fragt er, steigt ab und lehnt das Fahrrad an die Mauer.

»Davon kannst du mal ausgehen«, sage ich.

Er setzt sich zu uns. Im Schnelldurchlauf erzähle ich's. Auch er ist ziemlich bestürzt.

»Mann, Scheiße«, sagt er und wirkt ehrlich betroffen. »Am besten, du bleibst erst mal hier. Schläfst heute Nacht hier bei uns im Casino. Und morgen sehen wir weiter.«

Achmed schüttelt den Kopf.

»Nein, lass mal, Robin. Das geht nicht. Ich hab echt Angst, dass da was aus dem Ruder läuft, wenn ich nicht daheim bin. Die zwei sind momentan echt nicht berechenbar. Aber danke«, sagt er, ohne Robin anzusehen.

»Hey, du kannst doch jetzt nicht einfach so wieder zurückgehen. Erst recht nicht, wenn die beiden so dermaßen durchdrehen. Und schon gar nicht alleine. Wenn schon, dann komme ich mit«, schlägt Robin jetzt vor und steht auf.

»Spinnst du jetzt komplett, oder was?« Man kann Achmed seine Verwirrung ganz deutlich ansehen.

»Schon vergessen, ich bin dir noch was schuldig, Alter«, sagt Robin, zwinkert Achmed zu und haut ihm aufmunternd auf den Rücken. Ich bin ziemlich verwundert, muss ich schon sagen.

Achmed schüttelt wieder den Kopf, aber bei weitem nicht mehr so vehement.

»Also wenn ihr mich fragt, ich finde das gar nicht so schlecht«, sage ich. »Und was soll schon passieren? Sie können euch doch höchstens beide wieder rausschmeißen.«

»Ich halte die Sache auch für eine gute Idee, Achmed. Nimm Robin mit. Bitte. Schon mir zuliebe. Damit ich mir keine Sorgen machen muss um dich.«

Achmed gibt sich geschlagen. Und so hocken sich die beiden dann auf ihre Räder und machen sich auf den Weg. Aicha und ich, wir stehen noch ein Weilchen da und sehen hinter ihnen her. Seit der Sache mit dem Badeunfall sind Achmed und Rob schon einige Male aufeinandergetroffen. Und irgendwie ist die Abneigung von früher gewichen, besonders von Robins Seite aus. Fette Freunde aber sind sie dennoch nicht geworden. Vielmehr ist es jetzt eine gewisse Art von

Peinlichkeit, die zwischen ihnen zu stehen scheint. Jedenfalls ist es so, dass sie sich immer freundlich begrüßen, aber auch schnell den Blick ab- und sich stattdessen jemand anderem zuwenden. Umso berührter bin ich gerade über Robins Reaktion. Aicha schnäuzt sich erneut und reißt mich aus meinen Gedanken heraus.

»Das macht dich echt fertig, nicht wahr?«, frage ich. Wir stehen noch immer am Fenster, obwohl die zwei Radler längst außer Sichtweite sind.

»Ja, natürlich. Weißt du, Locke, grade wenn man selber ein Kind erwartet, dann hätte man doch schon gerne andere Bedingungen. Da hätte man gerne seine Familie um sich und möchte, dass sich alle irgendwie mitfreuen. Das ist doch etwas ganz Besonderes, wenn so ein neuer Mensch auf dem Weg in die Welt ist, oder?«

»Ich freu mich mit dir, Aicha.«

»Das weiß ich doch, Locke.«

»Sag mal, warum ist deine Mutter eigentlich so komisch? Ich dachte immer, türkische Mütter sind ganz besonders liebevoll und würden sich den Arsch aufreißen für ihre Kinder. Bei deiner aber hab ich da irgendwie nicht so den Eindruck.«

»Ja, ja, die Türken!«, lacht sie und setzt sich aufs Sofa. Sie klopft neben sich auf das Polster, und so hocke ich mich halt daneben. »Das ist eine ziemlich lange Geschichte. Und es ist auch eine ziemlich schräge Geschichte. Ich versuche mal die Kurzversion. Wahrscheinlich hat alles mehr oder weniger mit meinen Großeltern zu tun. Meine Mutter, die war nämlich das einzige und heißersehnte Kind von den beiden, weißt du. Da gab's wohl vorher ein paar Fehlgeburten, und hinterher durfte meine Großmutter auf keinen Fall mehr schwanger werden. Ja, und drum haben sie meine Mutter vom ersten Tag an einfach wie eine Prinzessin behandelt. Dass sie ihr damit keinen Gefallen tun, haben sie wohl nicht geahnt. Na, wie auch immer, jedenfalls denkt meine Mutter bis heute, dass sie etwas ganz Besonderes ist. Und dass sich sowieso die ganze Welt nur um sie drehen muss.«

»Verstehe. Aber warum ist sie denn so kalt? Ich meine, alles, was ich von ihr weiß, hört sich irgendwie einfach nach Eisklotz an.«

Aicha lacht ziemlich bitter, was im Grunde so gar nicht zu ihr passt.

»Ja, das siehst du völlig richtig, Locke. Aber jeder ist halt so, wie er ist, und keiner kann raus aus seiner Haut.«

»Meine Mutter war eigentlich auch nie so der Brüller, weißt du. Aber sie macht sich. Vielleicht sollte man einfach die Hoffnung nie aufgeben.«

»Keine Ahnung, vielleicht.«

»Wirst sehen«, sage ich und lege den Arm um sie.

»Vielleicht hast du ja recht, Locke.«

Eine knappe Stunde später sind Achmed und Robin auch schon wieder zurück. Offensichtlich waren sie wenig erfolgreich auf ihrer gemeinsamen Mission. Jedenfalls hocken sie sich zu uns und beginnen auch gleich zu erzählen. Die erste Station war wohl das Gemüsegeschäft. Dort angekommen, hätte der Alte zwar zuerst einmal ziemlich komisch geguckt, aber immerhin hat er Robin sogar die Hand geschüttelt. Anschließend sind sie alle drei losgegangen, um mit der Mutter zu sprechen. Die zwei Jungs haben sich an den Küchentisch gehockt und darauf gewartet, dass der Vater endlich seine Frau dazu kriegt, aus diesem verdammten Schlafzimmer rauszukommen. Das hat sie schließlich getan. Aber nur, um mitzuteilen, dass sie sofort mit dem nächsten Flieger in die Türkei reisen würde, wenn dieser »Zigeuner« nicht augenblicklich ihr Haus verlässt. Damit hatte sie Robin gemeint. Daraufhin hat der Alte gesagt, sie soll reisen, wo auch immer sie hinwill, aber die Jungs bleiben hier, und aus. Das wiederum hat aber Achmed nicht haben wollen. Einfach schon, weil er seine

Mutter natürlich nicht aus ihren eigenen vier Wänden treiben wollte. Das Ende vom Lied war, dass Robin gesagt hat, er werde jetzt lieber gehen. Und darauf hat Achmed gesagt, dann geht er auch. Im Grunde war das auch schon alles. Und jetzt hocken wir vier wieder hier im Casino, genau wie zuvor, und Aicha weint. Diese ganze Aktion hätten wir uns also echt schenken können. Mist! Andererseits: Achmed hat's wenigstens versucht.

Da die Schlafplätze hier immer weniger werden, schwinge ich mich etwas später auf mein Skateboard und fahre nach Hause. Als ich unsere Wohnung betrete, steht Elvira im Flur vor dem Spiegel und betrachtet sich von oben bis unten. Sie trägt ein dunkelblaues Sommerkleid mit weißen Blumen. Es ist neu und es steht ihr gut. Dazu weiße Schuhe mit Absatz, ebenfalls nagelneu.

»Na, was sagst du, Locke? Wie sieht sie aus, deine alte Mutter?«, fragt sie und dreht sich einmal im Kreis, dass der Rock nur so fliegt.

»Du bist nicht alt, Elvira. Dick bist du, aber nicht alt«, sage ich so und muss grinsen.

»Scheusal«, sagt sie und kneift mich in den Arm.

»Nein, ganz ehrlich? Du schaust echt super aus. Echt. Das Kleid steht dir total und mit den Schuhen kommst du glatt über die Größe von 'nem Gartenzwerg hinaus. Wirklich total cool.«

Sie grinst.

»Es gefällt dir also?«

»Yes!«

»Gut, dann hab ich jetzt eine kleine Überraschung für dich«, sagt sie und geht vor mir her ins Wohnzimmer. Ich gehe natürlich gleich hinterher, allein schon aus Neugierde. Sie nimmt eine Plastiktüte vom Tisch und drückt sie mir in die Hand. Ganz ungeduldig greife ich hinein und ziehe zwei T-Shirts heraus. Sie sind schwarz. Ich liebe schwarze T-Shirts. Aber das Beste daran ist, dass es keine so Billigteile aus dem Supermarkt sind, die nach der ersten Wäsche schon den ganzen Nabel freilegen. Nein, es sind richtig edle Teile aus einem richtig guten Geschäft.

»Wahnsinn«, sage ich und halte sie mir nacheinander an.

»Da staunst du, was? Die waren total reduziert. Aber was am wichtigsten ist, Annemarie hat mir ein Waschmittel empfohlen. Damit werden die schwarzen Sachen nicht mehr so grau beim Waschen. Ist das nicht toll?«

Also, mir persönlich ist das jetzt eigentlich eher egal. Ich mag schwarze T-Shirts auch, wenn sie grau sind. Nur dass sie immer so schrumpfen, das mag ich eben nicht.

»Ganz toll, wirklich«, sage ich, und sie dreht sich wieder im Kreis.

»Wann ist denn euer großer Tanzabend?«, will ich noch wissen.

»Morgen«, trällert sie zu mir her. »Morgen Abend ist es so weit!«

»Freust du dich?«

»Und wie! Sag mal, Locke, hast du denn überhaupt schon was zu Abend gegessen?«

»Wenn ein Kaugummi als Abendessen durchgeht, dann schon«, sage ich.

»Dann werden wir zwei Hübschen uns jetzt 'ne Kleinigkeit kochen. Was hältst du von Schinkennudeln?«

»Schinkennudeln? Großartig!«

»Gut«, sagt sie und geht in die Küche. »Setz du schon mal das Wasser auf und kümmere dich um die Nudeln, ich schneide den Schinken.«

Aus den Augenwinkeln heraus kann ich sie prima dabei beobachten, wie sie den Schinken auf dem Brettchen in möglichst gleichmäßige Streifen schneidet. Sie wirkt äußerst konzentriert. Die kleine Falte zwischen den Augen ist der Beweis.

Irgendwie bin ich jedes Mal wieder ein bisschen von ihr überrascht, und erst ganz langsam kann ich mich an dieses neue Bild hier gewöhnen. Keine graue Jogginghose. Kein ›Richter Hold‹. Und noch nicht mal eine Kindermilchschnitte. Nein, vor mir steht eine relativ junge, dicke Frau mit krausen Haaren und roten Wangen in einem schönen Sommerkleid und tollen Schuhen und macht für ihren Jüngsten ein Abendessen. Und das freut mich total.

Als sie am nächsten Abend von ihrem Tanz nach Hause kommt, ist es spät, sie ist ziemlich beschwipst und hängt an Conradows Arm. Ich kann sie durchs offene Fenster hindurch hören, krieche deshalb aus dem Bett und schaue hinaus.

»Es war heute Abend wunderbar, Sascha, einfach ganz wunderbar«, sagt meine Mutter zu ihrem Begleiter.

Sascha! Das glaube ich jetzt nicht.

»Dieses Kompliment kann ich nur zurückgeben, Elvira. Und wie Sie tanzen! Wie eine Elfe. Ich war tatsächlich direkt etwas eifersüchtig auf Walther«, sagt mein Lehrer für Kunst und Musik.

»Aber Sie hatten doch mit Annemarie auch eine gute Partie, oder?«

»Das steht überhaupt nicht zur Diskussion, meine Liebe. Sie ist wirklich eine ganz großartige Tänzerin, gar keine Frage. Aber das nächste Mal … das nächste Mal versuchen wir beide unser Glück, was meinen Sie? Ich bin doch auch nicht so schlecht auf den Beinen, oder?«

»Nein, gar nicht. Im Gegenteil, Sie tanzen wie … wie … keine Ahnung wie der gleich noch hieß.«

»Fred Astaire?«

»Kenn ich nicht.«

»Sie kennen Fred Astaire nicht? Diesen begnadeten Tänzer mit seiner wunderbaren Partnerin Ginger Rogers?«

»Nee, leider nicht.«

»Ach, das gibt's doch gar nicht. Tanzfilme, herrliche Schwarzweißfilme, Elvira. Nein, natürlich, wie sollten Sie die auch wohl kennen. Sie sind doch auch viel zu jung dafür.«

»Jetzt weiß ich's! Ich habe da eher an Patrick Swayze gedacht.«

»Also, den kenn jetzt ich leider nicht.«

»Macht nichts. Fred Astaire klingt auch gut.«

»Dann sind Sie Ginger Rogers.«

Sie kichert.

»Machen Sie mir mal die Freude und gehen mit mir in einen dieser Filme, Elvira? Drüben im kleinen Ostparkkino, da laufen sie ständig, diese alten Schwarzweiß-Schinken.«

»Wenn Sie das möchten, dann gerne.«

»Ja, das möchte ich. Unbedingt möchte ich das sogar.«

»Ich gehe dann besser mal nach oben. Es ist schon so spät«, sagt sie noch.

»Gute Nacht, Ginger.«

»Gute Nacht, Fred.«

Ich falle gleich tot aus dem Fenster.

Meine Mutter ist von einer Elfe ungefähr so weit entfernt wie der Mond von der Sonne. Und obwohl ich Patrick wie auch immer ebenfalls nicht kenne, bin ich ziemlich sicher, dass sich dessen Ähnlichkeit mit Conradow wohl auch eher in Grenzen hält. Was haben die zwei nur getrunken? Ich haue mich wieder in die Federn und denke nach. Und irgendwie muss ich dann grinsen über die beiden. Zwei Menschen, die unterschiedlicher gar nicht sein könnten, verbringen einen gemeinsamen Abend. Und beschließen am Ende, dass es nicht der letzte gewesen sein soll. Irgendwie seltsam, oder?

Siebzehn

»Guten Morgen, Ginger«, sage ich auf dem Weg zum Klo. Elvira steht im Flur vor dem Spiegel und macht sich gerade für die Arbeit zurecht. Und selbst jetzt, auf dem Weg zu ihrer Putzstelle, zupft sie die Haare zurecht und legt ein kleines bisschen Lippenstift auf.

»Hast du uns gestern Abend belauscht?«, fragt sie und wird etwas rot.

»Fred und du, ihr wart ja nicht zu überhören«, rufe ich aus dem Badezimmer heraus.

»Sei nicht albern, Locke. Bist du später hier, wenn ich nach Hause komme?«

»Keine Ahnung. Kann ich dir echt noch nicht sagen.«

»Na, dann mach's dir schön und genieß deine Ferien.«

»Darauf kannst du wetten. Ich hau mich jetzt erst noch mal gemütlich in die Federn.«

»Mach das. Ich bin dann mal weg«, höre ich sie gerade noch, und schon fällt die Tür ins Schloss.

Heute ist endlich der Termin, an dem das Foto gemacht werden soll. Dieses Foto von Aicha und dem Baby für Kevins Geburtstag. Ich bin ziemlich froh, dass es jetzt so weit ist und wir es hinter uns bringen können. So richtig wohl ist mir nämlich trotzdem nicht bei dieser Geschichte, weil ich echt nicht sicher bin, ob ihre Eltern momentan tatsächlich in der Verfassung sind, den Geburtstag von irgendeinem Verwandten zu feiern. Aber versprochen ist versprochen, und so mache ich mich am Nachmittag auf den Weg ins Casino. Aicha ist schon total aufgeregt und hat ganz rote Wangen, als ich dort ankomme. Ganz angestrengt versucht sie das zu verbergen. Und Rob und Kevin sind gerade im Begriff, sich auf ihren eigenen Weg zu machen.

»Du passt mir gut auf sie auf, Locke, versprich es! Sie ist irgendwie voll durch den Wind heute«, sagt Kev zu mir, während er Aicha in die Arme nimmt.

»Quatsch! Ich bin überhaupt nicht durch den Wind, ich bin bloß schwanger. Das ist alles. Und da kann es schon mal vorkommen, dass man irgendwelche Gefühlsschwankungen hat«, sagt sie und boxt ihn leicht in die Seite.

»Gefühlsschwankungen, na gut, das lass ich ausnahmsweise mal durchgehen«, lacht er.

»Klar pass ich auf«, sage ich ganz locker, obwohl mich das mulmige Gefühl nicht wirklich loslässt. Als die beiden endlich weg sind, nimmt mich Aicha kurz in den Arm und küsst mich auf die Backe.

»Los geht's!«, sagt sie noch und kramt dann eine Einkaufstüte hervor. Aus der zieht sie eine schneeweiße nagelneue Bluse und sagt, die habe sie von Annemarie bekommen. Schlussverkauf. Ja, das war klar. Nachdem sie in eine Jeans, die mit dem weiten, elastischen Bund, und die Bluse geschlüpft ist, geht sie nach vorne zur Spüle und versucht in dem steinalten und fast blinden Spiegel ihr Aussehen zu überprüfen, gibt aber ziemlich schnell auf und holt einen kleinen Handspiegel aus ihrem Rucksack. Sie zupft sich die schwarzen Haare zurecht, die ihr lang und schwer über die Schulter fallen, und gibt noch ein wenig Farbe ins Gesicht. Das alles macht sie in raschen, geübten Bewegungen, und ich merke trotzdem, dass sie leicht zittert.

Zuletzt legt sie die Ohrringe mit den kleinen Blüten an, die Kevin ihr letztes Jahr zum Geburtstag geschenkt hat. Nachträglich natürlich.

»Und, was meinst du, Locke? Wie schau ich aus?«, fragt sie etwas unsicher und stellt sich genau vor mich hin.

»Hammer! Reicht das?«

»Das reicht.«

Das Fotostudio ist klasse, hat so eine Wendeltreppe, die nach oben führt, ist sehr modern und mit sämtlichem Pipapo ausgestattet, und der Fotograf ist total nett. Was aber noch viel wichtiger ist, er ist auch vollkommen locker. Er scherzt mit Aicha und er flirtet auch ein bisschen mit ihr, und so besprechen sie erst mal, wie die fertigen Aufnahmen hinterher aussehen sollen. Er zeigt ihr unzählige Entwürfe am Computer, und Aicha ist vor Begeisterung ganz aus dem Häuschen.

»Trinken wir noch einen Schluck, bevor wir uns an die Arbeit machen?«, fragt er abschließend.

Aicha nickt.

»Henry, kannst du bitte mal kurz runterkommen?«, ruft er dann nach oben.

»Weswegen?«, kommt die Antwort wenig begeistert und klingt viel mehr nach einer Mädchenstimme. Aber hatte der Typ nicht gerade »Henry« gesagt? Seltsam.

»Wir brauchen hier ein Mineralwasser und eins, zwei, drei Gläser«, zählt er durch.

»Ja, gut. Komme gleich.«

Was aber nicht stimmt. Genau genommen vergeht eine halbe Ewigkeit. Muss ja ziemlich schwierig sein, so ein paar Getränke zu liefern. Der Fotograf zeigt Aicha schon mal ein paar Positionen, die sie hinterher ausprobieren wollen, und ich stehe blöd daneben und langweile mich.

Doch plötzlich passiert es. Da erscheint doch hier auf der Treppe das mit Abstand wunderbarste Wesen, das ich in meinem ganzen Leben jemals gesehen habe. Sie kommt die Stufen runter, nein, sie schwebt die Stufen runter, trägt Turnschuhe und Jeans und hat feuerrote Haare bis runter zum Hintern. Sie schwebt durch das Studio, verschwindet hinter einer Tür, schwebt wieder zurück und drückt mir ein Glas in die Hand. Ihr ganzes Gesicht ist mit winzigen Sommersprossen übersät und sie hat tierisch grüne Augen und die längsten Wimpern der Welt. Mir fällt das Glas aus der Hand.

»Scheiße!«, ist das erste Wort, das ich zum Traum meiner künftig wohl schlaflosen Nächte sage.

»Mensch, Henry, kannst du nicht aufpassen!«, brummt der Fotograf.

»Das war doch nicht meine Schuld, Papa. Dieser Trottel hier, der hat das Glas fallen lassen.« Ihre Stimme ist einfach nur zum Niederknien.

»Dann hol eben ein neues! Und mach die Scherben weg. Und verdammt noch mal, entschuldige dich für den Trottel!«

Sie geht und kommt mit einem Besen und Kehrblech zurück. Dann geht sie in die Hocke. Ich gehe ebenfalls in die Hocke. Ich kann überhaupt nicht mehr denken. Ich kann auch nichts sagen. Ich nehme ihr einfach die Teile aus der Hand und fege die Scherben auf.

»Entschuldigung«, kratzt es über meine Lippen, als ich ihr die Kehrgarnitur zurückgebe.

»Ebenfalls Entschuldigung«, sagt sie und lächelt. Ich habe noch nie in meinem ganzen Leben und noch nicht einmal im Film ein schöneres Lächeln gesehen. Sie hat eine winzige Zahnlücke zwischen den beiden oberen Schneidezähnen. Wahnsinn!

»Ist alles in Ordnung?«, fragt sie.

Ich nicke.

»Ist Wasser okay oder möchtest du lieber 'ne Cola?«, will sie jetzt noch wissen.

»Äh – Cola«, stammele ich wie ein hirnamputiertes Arschloch.

Sie geht und holt mir eine Dose Cola. Ich öffne sie und trinke sie in einem Zug leer. Mir ist, als wäre meine Speiseröhre völlig verätzt. Dann schwebt mein Engel wieder nach oben. Und die restliche Zeit hier verbringe ich damit, wie gelähmt und völlig entgeistert auf diese dämliche Wendeltreppe zu starren.

Nach fast einer Stunde sind Aicha und der Fotograf schließlich fertig. Und obwohl ich mich kaum darauf konzentrieren kann, muss ich zugeben, dass das Ergebnis echt toll ist. Die Aufnahmen sind wirklich erstklassig. Aicha wirkt komplett unverkrampft und völlig natürlich. Genau so, wie sie halt eigentlich auch ist. Der Typ hat das haargenau einfangen können. Voller Stolz zeigt er uns das Resultat seiner Arbeit auf dem PC. Aicha kann sich gar nicht sattsehen und muss sich am Ende doch für eines der Fotos entscheiden. Das ist gar nicht so einfach, weil im Grunde alle gleich gut sind. Am Ende zieht Aicha das Ultraschallbild hervor. Und jetzt wird die Sache schon deutlich einfacher. Sie nimmt einfach die Aufnahme, die am besten zu der vom Baby passt. Der Fotograf zeigt uns ein paar Variationen – und die Entscheidung ist plötzlich ganz leicht.

»Was sagst du, Locke?«, fragt sie mich noch.

»Perfekt!«, sage ich.

»Prima«, freut sich der Fotograf. »Am Samstag ist das Bild fertig. Ich werde es noch ein bisschen überarbeiten. Sie können es dann hier abholen, oder soll ich es Ihnen lieber nach Hause schicken? Dann müssten Sie nicht noch einmal extra hierherkommen. Allerdings müssten Sie es dann vorab bezahlen.«

»Kein Problem, ich kann es doch abholen«, sage ich gleich.

»Gut, wenn du das machen willst, Locke. Bezahlen will ich es aber trotzdem gleich«, sagt Aicha und holt ihr Portemonnaie hervor.

»Gut, wenn Sie mir das noch kurz ausfüllen könnten. Name, Adresse und Telefonnummer, nur für den Fall, dass ich noch irgendwelche Fragen habe«, sagt der Typ und reicht ihr einen Block herüber.

»Kann ich vielleicht deine Adresse angeben, Locke?«

»Klar«, sage ich. Dann notiert sie die Daten, bezahlt und wir verabschieden uns. Beim Rausgehen werfe ich noch einen kurzen Blick zur Treppe rüber. Das Zauberwesen ist verschwunden. Habe ich mir das vielleicht alles nur eingebildet?

»Sag mal, Aicha, hab ich grad da drinnen ein Glas fallen lassen?«, frage ich, einfach um sicherzugehen.

»Ja, hast du. War doch nicht schlimm, passiert jedem mal.«

»Ja, ja.«

»Also, am Samstag holst du das Bild ab, versprochen?«

»Klar, hab ich doch gesagt«, sage ich und kann es sowieso kaum erwarten, bis es endlich so weit ist.

»Du bist ein Schatz! Ich lade dich auf ein Eis ein, hast du Lust?«

Klar hab ich Lust! Und so holen wir uns beim Italiener am Eck eine Tüte Eis, hocken uns damit auf eine Bank und blinzeln in die Sonne. Es ist nicht so heiß heute, richtig angenehm, und Aichas Beine sind auch nicht mehr so dick. Wir sitzen Schulter an Schulter ein ganzes Weilchen, genießen das Eis und jeder hängt seinen eigenen Gedanken hinterher. Ich selber, ich muss pausenlos nur an dieses rothaarige Mädchen denken. Ob sie wohl da sein wird am Samstag? Und wenn, dann ist sie wahrscheinlich sowieso wieder in der oberen Etage. Doch was soll ich dann bloß machen? Ich kann ja nicht einfach nach oben gehen. Soll ich nach oben rufen? Henry! Und überhaupt, wieso heißt ein Mädchen, das auch noch total aussieht wie ein Mädchen, Henry?

»Ist dein Eis gut?«, reißt mich Aicha aus meinen Gedanken.

»Saugut!«

»Die kleine Rothaarige hat dir gefallen, oder?«, grinst sie über ihre Tüte hinweg. Sie hat das bemerkt? Das ist mir jetzt irgendwie peinlich.

»Wie kommst du darauf?«

»So halt. Nun sag schon!«

»Keine Ahnung. Ist dein Eis auch gut?«

»Hammermäßig saugut. Wollen wir mal tauschen?«, lacht sie.

»Klar.« Also tauschen wir unsere Tüten und anschließend machen wir uns langsam auf den Heimweg. Gerade als wir unten durch die Bahnhofsunterführung durch sind und die letzten Stufen zur Straße hochsteigen, kommt uns zu meiner grenzenlosen Freude der Meister entgegen. Der Meister samt Edellederjacke. Der hat jetzt gerade noch gefehlt! Besonders, wo ich im Moment alles andere als feindliche Gesinnungen habe. Aicha sieht ihn jetzt auch und geht sicherheitshalber schon mal gleich eine Stufe hinter mich. So steigen wir langsam die Treppen hinauf.

»Ach, sieh mal einer an. Das Arschloch und die Türkenschlampe«, sagt er, da ist er keine zwei Meter mehr von uns entfernt. Irgendwie lispelt er heute ein bisschen.

»Vögelst du jetzt die Alte von deinem Bruder, oder was?«

»Komm schon, lass uns einfach in Ruhe, okay?«, sage ich und versuche dabei möglichst ohne Körperkontakt an ihm vorbeizukommen. Aber er lässt mich einfach nicht. Mache ich einen Schritt nach links, dann springt er auch auf diese Seite, und rechts ist es nicht anders.

»Wen ich in Ruhe lasse und wann, das musst du schon mir überlassen«, knurrt er mich an.

Aicha greift im Rücken nach meinem T-Shirt. Ihre Hände zittern.

»Ich will jetzt mein Schmerzensgeld. Und zwar sofort«, sagt er dann und legt mit zwei Fingern seine Zähne frei. Einer der oberen Schneidezähne ist abgebrochen Das sieht echt total scheiße aus.

»Das hier, das ist passiert, wie mich dein Bruder, der Bimbo, die Treppe hinuntergestoßen hat«, sagt er.

»Sag bloß? Kannst ja 'ne Anzeige machen«, entgegne ich mürrisch und will endlich von hier weg.

»'ne Anzeige? Hier hast du deine verdammte Anzeige, du Arschloch!«, höre ich ihn gerade noch, aber da bin ich auch schon im Fallen. Ich kann gar nicht genau sagen, wie es eigentlich geschieht, aber ich fliege mit einem Mal rückwärts die Treppe hinunter, und dabei begrabe ich Aicha unter mir. Die beschmierte Fliesenwand verschwimmt vor meinen Augen und taucht dann plötzlich wieder auf. Klarer und deutlicher als jemals zuvor. Was ist passiert? Scheiße, ich muss runter von Aicha! Ich wälze mich zur Seite und sehe ihr ins Gesicht. Sie hat die Augen geschlossen. Aicha! Ich hebe kurz den Kopf und suche nach Hilfe. Die ganze Fliesenwand mit all ihren Schmierereien entlang. Aber da ist nichts. Alles verschwimmt. Alles verschwimmt. Und plötzlich ist mir schwarz vor Augen.

Achtzehn

Das Erste, was ich wieder sehen kann, ist das Gesicht einer Frau. Sie ist über mich gebeugt und telefoniert.

»Ganz ruhig, Bub. Der Sanka ist schon unterwegs«, sagt sie. Ich versuche mich aufzusetzen. Oh Gott, keine Chance, die Schmerzen drücken mich sofort wieder zurück.

»Halte still, um Gottes willen. Halte dich bloß still, Bub!«

»Was ... was ist denn passiert?«, frage ich und mit jedem Wort droht mir der Schädel zu platzen.

»Ihr seid hier die Treppe hinuntergestürzt, du und die Kleine. Da war so ein Kerl, der hat euch gestoßen.«

Die Kleine? Scheiße! Aicha!

»Wo ist Aicha?«, frage ich ziemlich panisch.

Die Frau deutet nach unten, und da kann ich sie schon sehen. Aicha befindet sich ein paar Stufen unter mir, hat die Augen geschlossen und ihr Kopf liegt im Blut. Eine zweite Frau ist bei ihr und kümmert sich offenbar gerade um Aicha.

»Verdammt, ist sie tot, oder was?«, schreie ich jetzt.

»Nein, nein, beruhige dich doch bitte, hörst du. Der Sanka müsste jeden Moment hier sein«, sagt die Frau noch einmal und hält dabei ganz fest meine Hand. Augenblicke später höre ich auch schon die Sirenen. Und es ist nicht ein Sanka, der da jetzt ankommt, es ist die reinste Invasion. Ich kann noch nicht einmal abschätzen, wie viele Rettungswägen, Streifenwägen und Notärzte dahergerast kommen. Und kurz darauf eilen auch schon unzählige Beine diese Treppen hinab und uns zu Hilfe.

»Wie heißt du, junger Mann?«, fragt mich ein Kerl im Kittel, hebt dabei mein Lid an und leuchtet mit einer Taschenlampe rein.

»Marvin. Marvin Angermeier. Was ist mit Aicha?«

»Was ist heute für ein Tag?«, fragt er weiter und leuchtet in das andere.

»Keine Ahnung, ist das wichtig? Was ist mit Aicha?«

»Um die kümmern sich die Kollegen gerade. Also, was für ein Tag?«

»Donnerstag?«

»Prima. Ihr könnt ihn mitnehmen«, sagt er und steht auf.

Und einen kleinen Moment später liege ich auch schon auf einer Trage und danach im Sanka.

»Was ist jetzt mit Aicha, verdammt? Was ist denn mit ihr?«, frage ich dann einen Sanitäter, der mir eine Decke überwirft, und der hat drei Augen. Drei Augen sind praktisch. Schön ist es nicht, aber praktisch. Da muss man nur mal an Robin denken. Der hätte um ein Haar ein Auge verloren. Und wenn er drei Augen gehabt hätte, wäre das gar nicht so schlimm gewesen.

Dann frage ich wieder nach Aicha, und zwar so oft, bis der Dreiäugige schließlich Verbindung aufnimmt zu den Kollegen im anderen Wagen.

»Sie ist auf dem Weg in die Klinik, Marvin. Sie ist mittlerweile aufgewacht. Alles wohl halb so schlimm, so wie's ausschaut«, sagt er und misst mir den Puls. »Und jetzt erst mal ganz ruhig, Marvin. Ganz ruhig, hörst du? Und tief durchatmen.«

Plötzlich wird mir schwindelig. Und dann wird mir schlecht. Unglaublich schlecht. Der Dreiäugige schafft es noch nicht einmal mehr, mich zur Seite zu drehen, ich kotze mich voll von oben bis unten.

»Na, toll«, sagt er, nimmt ein paar Papiertücher und entfernt damit das Schlimmste. Mir ist so elend. So verdammt elend. Ich muss an Kevin denken. Was wird er bloß sagen? Was wird er mit mir machen? Er wird total durchdrehen! Ja, da bin ich mir sicher. Ich sollte doch aufpassen auf seine Aicha. Ich habe versagt. Scheiße! Ja, ich hab versagt auf der ganzen Linie. Aber mir ist doch dieser Idiot, dieser Meister überhaupt nicht in den Sinn gekommen. Es ist doch nur darum gegangen, nicht auf Aichas Eltern zu treffen. Und die waren ja heute aus dem Schussfeld. Und jetzt das hier! Was soll ich Kevin nur sagen, wenn er vor mir steht? Was soll ich nur sagen? Ach, wären wir nur im Casino geblieben! Hätten eine Fanta getrunken, Musik gehört und die bunte Wand angestarrt!

Die nächsten Stunden verbringe ich an einer Infusionsnadel in verschiedenen Untersuchungszimmern und werde von oben bis unten durchgecheckt. Das Ergebnis: Ich habe zwei gebrochene Rippen und eine Gehirnerschütterung. Am Ende werde ich in ein Zimmer geschoben, wo Elvira schon wartet. Sie kommt gleich an mein Bett gestürzt und weint dann erst mal. Beugt sich über mich und tropft mir mit ihren ganzen Tränen das Gesicht voll. Und auch sie hat drei Augen. Irre.

»Marvi. Was machst du nur für Sachen, Marvilein«, weint sie.

Jetzt muss ich auch weinen. Scheiße.

»Wie geht es Aicha?«, frag ich dann wieder. Sie lässt von mir ab, schnäuzt sich und zieht sich einen Stuhl heran.

»Wir wissen noch nichts Genaues, Locke. Sie ist unten in der Entbindungsstation. Anscheinend haben die Wehen eingesetzt. Sie versuchen das jetzt irgendwie zu stoppen. Es ist ja viel zu früh. Mein Gott, es ist doch viel zu früh für das Baby.

Kevin ist auch schon dort. Aber sie lassen ihn noch nicht rein zu ihr. Er läuft die ganze Zeit den Gang auf und ab. Wie ein Tiger im Käfig.«

Kevin! Verdammt!

»Und … und wie schwer ist sie selber verletzt?«, kratzt es aus meinem staubtrockenen Hals.

»Das weiß ich leider nicht, Marvi. Ich weiß es einfach nicht«, sagt sie und greift nach einer Schnabeltasse. Dann hebt sie ganz vorsichtig meinen Kopf und gibt mir zu trinken.

Im Bett neben mir liegt ein alter Mann mit einer fetten Halskrause und schläft. Sein gestreifter Bademantel hängt auf einem Haken neben ihm und seine Hausschuhe stehen vorm Bett. Er schnarcht in einer Lautstärke, dass es mir fast den Schädel zerreißt. Elvira fängt an, meine Klamotten zu ordnen, und legt sie dann in den Schrank. Was hab ich denn an? Ich hebe die Bettdecke und schau an mir runter. Es ist ein OP-Hemd. So ein Teil, wo das ganze Heck freiliegt. Und es hat Blümchen drauf.

»Kannst du mir mal meine Boxershorts geben?«, frage ich und Elvira nickt. Dann lüftet sie die Decke und versucht mir die Unterhose anzuziehen. Das letzte Mal, als sie das getan hat, war ich wohl zwei oder drei. Aber das ist mir jetzt völlig egal. Ich hebe den Hintern an und sie zieht mir die Hose hoch.

In diesem Moment kommt Annemarie ganz leise ins Zimmer geschlichen. Sie trägt einen Kittel, ist also wohl mehr dienstlich unterwegs.

»Ach, schön, du bist wach. Wie geht es dir, Marvin?«, fragt sie, als sie an mein Bett herantritt.

»Es ging mir schon mal deutlich besser.«

»Hast du Schmerzen?«, fragt sie und kontrolliert dabei die Infusionsflasche.

Ich schüttle den Kopf, der im selben Moment plötzlich tierisch dröhnt.

»Doch!«, sage ich gleich.

»Du musst dich möglichst ruhig halten, Marvin. Du hast Schmerzmittel bekommen. Die werden in wenigen Minuten wirken. Ich werde dich jetzt erst einmal waschen.«

»Aber das kann ich doch auch machen, Annemarie. Nicht wahr, Locke, das kann ich doch auch?«

»Du solltest besser mal nach Kevin sehen, Elvira. Wir haben gerade Aichas Eltern verständigt. Die werden wohl jeden Augenblick hier eintreffen. Vermutlich ist es besser, wenn er mit denen nicht ganz alleine ist.«

Elvira nickt zaghaft und schaut mich dann an. Zum Glück hat sie jetzt wieder zwei Augen. Wie hätte das denn ausgesehen, wenn sie mit dreien ausgerechnet auf Aichas Eltern trifft. Sie lächelt noch kurz, tätschelt mir die Hand und verlässt gleich darauf das Zimmer.

»Was ist mit Aicha, Annemarie? Wissen Sie vielleicht, wie es ihr geht?«, frage ich jetzt und hoffe inständig auf eine beruhigende Antwort.

»Den Umständen entsprechend, wie man so schön sagt. Sie hat eine Platzwunde am Hinterkopf. Ein paar gebrochene Rippen und 'ne schwere Gehirnerschütterung. Ähnlich wie bei dir, Marvin. Nur eben in einem schlimmeren Ausmaß. Sie ist im Moment nicht bei Bewusstsein. Aber sie ist definitiv nicht in Lebensgefahr, weißt du. Und das ist das Wichtigste. Die größeren Sorgen bereitet uns allerdings wohl das Kind. Man muss sehen, was wird. Aber das kann noch ein Weilchen dauern. Herrje. Gut, ich gehe jetzt erst einmal Wasser holen«, sagt sie und knipst das Licht an. Und jetzt merke ich erst, dass es draußen schon dunkel ist.

Ganz allmählich gehen die Schmerzen vorüber und eine angenehme Schwere macht sich in mir breit. Ich habe direkt das Gefühl, in dieser Matratze zu versinken. Und irgendwie werden jetzt meine Hände ganz heiß. Dann plötzlich sehe ich den Meister in seiner geilen Lederjacke. Er sitzt dort am Fußende auf meinem Bettgestell. Genau so, wie er auf der Rückenlehne dieser Parkbank gesessen hat, als ich auf der Suche nach Buddy war. Seine schmutzigen Schuhe hat er ausgerechnet auf meiner schneeweißen Bettdecke platziert. Und er sitzt einfach da und grinst mich an. Einer seiner oberen Schneidezähne ist abgebrochen. Das schaut irgendwie gut aus. Hat was total Verwegenes und passt ganz hervorragend zu seiner Lederjacke. Wenn ich jemals so eine Lederjacke haben werde, dann will ich auch unbedingt so einen abgebrochenen Schneidezahn haben. Unbedingt. Ich bin voll begeistert und kann gar nicht mehr wegschauen.

»Was glotzt du denn so, Arschloch?«, fragt er mich schließlich. Ich möchte gerne antworten, irgendwas Cooles, aber mein Mund will mir einfach nicht gehorchen. Meine Lippen sind wie zugetackert und meiner Kehle entweicht nur ein leises Krächzen. Meister wirft den Kopf in den Nacken und lacht aus vollem Hals. Dann kommt der Dreiäugige zu uns ins Zimmer. Und er hält irgendwas in der Hand. Ich kann nicht richtig erkennen, was es ist, aber es ist wohl ein Kleidungsstück. Eine Strickjacke oder was in der Art. Jedenfalls fängt er an, Meister das Teil überzuziehen. Und der lässt das einfach mit sich geschehen. So schlüpft erst der eine Arm in den Ärmel der Jacke und danach der andere. Ja, es ist jetzt ganz deutlich, es muss tatsächlich eine Jacke sein. Ganz behutsam macht der Dreiäugige sie schließlich zu. Wickelt die langen Bänder an jeder Seite ein paarmal komplett um den Meister herum. Mit den Armen nach innen. So kann er sich doch überhaupt nicht mehr bewegen. Was soll das bedeuten? Bevor ihn der Dreiäugige am Ende dann wegbringt, beugen sich die beiden noch einmal direkt über mich und grinsen mich an. Und jetzt hat auch der Meister so ein drittes Auge. Das ist der Wahnsinn!

Wahrscheinlich bin ich dann eingenickt. Denn ich bemerke weder das Eintreffen von Robin noch das von Walther. Aber alle beide sind sie plötzlich hier. Robin sitzt im Sessel neben meinem Bett und Walther steht drüben am Fenster und schaut hinaus in die Sonne. Und im allerersten Moment hab ich überhaupt keinen Plan, wo ich eigentlich bin.

»Kannst du mir bitte mal erklären, warum du mit Aicha einfach so durch die Straßen wanderst?«, ist das Erste, was ich von Robin zu hören krieg. Ich blicke durchs Zimmer. Ein Krankenzimmer. Ich muss meine Gedanken sammeln.

»Also bitte, Robin. Was spielt denn das im Moment für eine Rolle? Zuerst einmal sollten wir froh sein, dass alles so glimpflich ausgegangen ist«, sagt Walther und kommt zu mir rüber ans Bett. Wie spät ist es eigentlich? Und was wollen die beiden von mir?

»Glimpflich ausgegangen! Es hätte überhaupt nichts glimpflich ausgehen müssen, wenn er sich nur einfach an die verdammten Regeln gehalten hätte«, knurrt Robin. Was denn für Regeln?

»Es ist nun einmal, wie es ist. Und es wird sicherlich einen Grund dafür gegeben haben, dass die beiden unterwegs waren. Und sicherlich hat Marvin Aicha dazu nicht gezwungen. Sie wird wohl freiwillig dabei gewesen sein. Das aber ist zum momentanen Zeitpunkt überhaupt gar nicht wichtig. Wichtig ist in allererster Linie nur, dass Marvin und Aicha wieder gesund werden. Und, dass wir den oder die finden, die dieses ganze Schlamassel verursacht haben. Und das möglichst schnell. Und jetzt steh bitte mal auf und lass einen alten Mann niedersitzen.« Schlamassel. Moment. Da war doch was. Ich hebe die Bettdecke an und schau an mir runter. Ein OP-Hemd mit Blümchen. Und Boxershorts. Zum Glück!

Robin erhebt sich jetzt mürrisch und lehnt sich dann an die Wand. Walther nimmt Platz und greift nach meiner Hand. Ich schaue ihn an und bin leicht verwirrt. Weswegen hält er denn meine Hand?

»Marvin, hör mal, wir haben da eine Aussage von zwei älteren Damen. Übrigens dieselben, die auch die Rettung verständigt haben. Und die beiden haben den Vorfall wohl ganz genau mitbekommen. Sie haben eine ziemlich exakte Täterbeschreibung abgegeben. Es wird gerade ein Phantombild erstellt. Aber ich glaube mal, ich kann schon zum jetzigen Zeitpunkt ahnen, um wen es sich handelt. Der Täterbeschreibung nach gibt's da kaum einen Zweifelt, weißt du. Und jetzt meine Frage: Kannst du dich selber erinnern an das, was passiert ist, Marvin? Weißt du, wer euch die Treppen hinuntergestoßen hat?«

Rettung. Täterbeschreibung. Phantombild. Treppe.

Moment.

Ich muss nachdenken.

Da sind ein paar Sankas und auch ein Doktor im Kittel. Ich kann mich erinnern. Auch an den Dreiäugigen. An den Fotografen und an das rothaarige Wesen. Und an die zwei Frauen, wenn auch nur ganz dunkel. An Aichas Bilder dagegen erinnere ich mich sehr gut, die mit dem Baby drauf. Ich erinnere mich ans Casino, wie Robin und Kev sich verabschieden dort. Friedl ist nicht mit dabei. Aber der ist ja auch in Heidelberg. Buddy. Elvira. Der Italiener am Eck. Alles ist komplett durcheinander. Was haben wir denn nur gemacht nach dem Fotografieren? Ich weiß es nicht. Ich höre Aichas Lachen, wie sie die ganzen Fotos betrachtet. Und ich hör die Sirenen. Dazwischen irgendwo die zwei Frauen auf dieser Treppe. Wie sie sich über uns beugen und sich um uns kümmern. Warum liegen wir da? Wie Schneeflocken wirbeln mir die Gedanken durchs Gehirn. Mein Kopf tut weh.

»Mensch, Locke, jetzt reiß dich mal zusammen«, sagt Robin und holt mich aus meinen Gedanken zurück. »Wenn du dich jetzt nicht erinnerst, tust du es wahrscheinlich nie mehr. Bei mir selber war das so. Ich hab mich einfach nicht erinnern wollen, verstehst du? Bei dieser Geschichte mit der Eisenstange. Und wie ich es dann schließlich wollte, da ging es nicht mehr.«

»Robin, gib ihm doch etwas Zeit. Er hat eine Gehirnerschütterung und braucht Ruhe«, sagt Walther und blickt beschwichtigend durch das Zimmer.

Ich überlege.

Der Italiener. Genau. Dort beim Italiener an der Ecke, da haben wir uns noch ein Eis gekauft. Das war vielleicht lecker. Damit sind wir auf einer Bank gesessen und haben einfach in die Sonne geschaut. Danach? Danach … ja, danach sind wir die Treppen zur Unterführung runtergegangen. Und auf der anderen Seite wieder hinauf. Wir haben das Eis zu Ende gegessen, geredet und uns über die tollen Bilder gefreut. Die mit Aicha darauf und dem Baby. Und Aicha hat mich dann sogar auch noch nach dem Mädchen gefragt. Nach diesem Mädchen im Fotoladen. Dabei bin ich total rot geworden und sie hat gekichert. Nie im Leben hätte ich geglaubt, dass sie davon etwas gemerkt hat. Hat sie aber. Und sie hat das voll süß gefunden, hat gekichert und mich ein paarmal in die Seite geboxt. Und dann … wie aus dem Boden gewachsen, ist er plötzlich dagestanden. Ja, wirklich, wie aus dem Boden gewachsen war er von einer Sekunde zur anderen auf dieser verdammten Treppe. Und jetzt surrt mir ganz allmählich dieses kurze Wortgefecht durch mein Gehirn.

Hier hast du deine Anzeige, du Arschloch!

»Meister«, sage ich. »Der Meister war es.«

»Bist du dir ganz sicher, Marvin?«, fragt Walther sehr eindringlich.

»Ja.«

»Bingo. Jetzt haben wir dieses blöde Schwein endlich«, sagt Robin und drückt sich von der Wand ab.

Die Tür geht auf und mein Zimmergenosse erscheint samt Halskrause und gestreiftem Bademantel. Er grüßt freundlich und schlurft zu seinem Bett hinüber, streift die Hausschuhe ab und legt sich nieder. Augenblicke später schläft er auch schon ein. Dann beginnt er zu schnarchen. Und mir dröhnt der Schädel.

Neunzehn

Nachdem Walther gegangen ist, schweigen Robin und ich uns eine ganze Weile lang an. Ein bisschen später aber kommt Elvira mit Kevin ins Zimmer. Bei seinem Anblick zucke ich unweigerlich ein wenig zusammen.

»Mann, wie geht es dir, Marv?«, fragt mich Kevin gleich, und er klingt wirklich besorgt.

Ich muss mehrmals schlucken, kann aber letztendlich die Tränen trotzdem nicht zurückhalten.

»Ja, jetzt hier rumflennen. Aber davor mit Aicha seelenruhig durch die Gegend flanieren. Und sie in höchste Gefahr …«, schnaubt Robin verächtlich, wird aber von Kevin gleich unterbrochen.

»Lass ihn zufrieden, Mann, hörst du? Denkst du wirklich, er hätte das alles gemacht, wenn er auch nur ansatzweise mit so etwas gerechnet hätte?«

»Man muss eben verdammt noch mal mit allem rechnen, kapiert. Denk doch bloß mal an die sonderbare Familie von Aicha.«

»Es war aber nicht die sonderbare Familie von Aicha, Robin. Es war einer von deinen sonderbaren Freunden, weißt du. Walther hat es uns gerade im Korridor erzählt.«

»Aber das stimmt doch alles schon lange nicht mehr. Es sind schon lange keine Freunde mehr, Mensch. Eigentlich waren sie es sowieso noch nie.« Robin hat jetzt direkt das Schreien gekriegt und Elvira legt gleich den Zeigefinger auf ihren Mund.

Mein Bettnachbar wacht auf und schaut kurz etwas verwirrt zu uns rüber. Dreht sich aber gleich wieder um.

»Dafür hast du aber reichlich viel Zeit mit ihnen verbracht«, zischt Kevin jetzt schon viel leiser in Robins Richtung.

»Ja, du Klugscheißer, das habe ich! Und hast du dir vielleicht auch schon mal überlegt, warum ich das getan habe? Hä? Hast du schon mal drüber nachgedacht, dass ich einfach auch mal ein paar Freunde haben wollte, wie alle anderen auch? Damals in der ersten oder zweiten Klasse. Und dass es sonst niemanden gegeben hat, der überhaupt mit mir spielen wollte? Dir ist es doch nicht anders gegangen, oder, Bimbo? Kannst du dich daran wirklich nicht mehr erinnern?«

»Robin!«, stößt Elvira hervor.

»Da bin ich aber lieber allein geblieben, weißt du«, sagt Kevin. Ziemlich leise, aber bestimmt. »Bevor ich solche Freunde habe, da bin ich echt lieber alleine.«

Einen kurzen Moment lang starrt Rob seinen großen Bruder mit zusammengekniffenen Augen an und verlässt kopfschüttelnd das Zimmer. Ich möchte jetzt nicht in seiner Haut stecken. Gut, in meiner eigentlich auch nicht, wenn ich ganz ehrlich bin. Aber in der von Robin noch viel weniger. Denn in einer Sache hat Kev natürlich absolut recht. Hätte Robin diese Bagage nicht irgendwann angeschleppt, dann hätten wir die jetzt nicht am Hals. Und dann wäre auch die Geschichte auf der Treppe nicht passiert. Und Aicha und ich würden in aller Seelenruhe im Casino hocken und in die Sonne schauen.

»Du darfst ihm das nicht vorhalten, Kevin«, sagt nun Elvira und streicht dabei meine Bettdecke glatt. »Robin kann nichts für das, was hier passiert ist. Und wahrscheinlich macht er sich selber sowieso die größten Vorwürfe.«

»Sind eigentlich Aichas Eltern gekommen?«, frage ich, allein schon, um das Thema zu wechseln.

Elvira atmet tief durch und beginnt dann zu erzählen. Ja, sagt sie, die Eltern sind gekommen, durften aber genauso wenig zu Aicha ins Zimmer wie zuvor schon Kevin. Aichas Vater hat Elvira und Kevin sogar mit Handschlag begrüßt, wenn auch nicht besonders freundlich. Ihre Mutter aber, die hat die beiden nur kurz von oben bis unten und ziemlich verächtlich angeschaut und sich sofort wieder abgewandt. Anschließend hat sie ihrem Gatten irgendetwas zugezischt. Auf Türkisch, versteht sich. Woraufhin der dann Elvira und Kevin etwas verlegen gebeten hat, dass sie doch bitte gehen mögen. Zuerst wollte Kevin ja nicht. Aber Elvira hat gesagt, Annemarie würde ohnehin sofort Bescheid geben, wenn es bei Aicha irgendeine Veränderung gäbe. Und so sind sie eben los und hier bei mir eingetrudelt.

»Elvira, kannst du mir bitte mal mein T-Shirt aus dem Schrank holen?«, frage ich. Zuerst schaut sie mich ein bisschen irritiert an. Aber ich zupfe nur kurz an meinem aktuellen, heckfreien Outfit, und augenblicklich versteht sie, was ich meine, geht zum Schrank und reicht mir meine Sachen rüber.

»Warte, ich helfe dir, Locke.«

»Nein, lass mal. Es geht schon.«

Aber es geht natürlich nicht. Die Rippen tun schon beim bloßen Versuch, die Bänder des OP-Hemdes zu öffnen, höllisch weh. Also zieht mich Elvira aus und wieder an, und ich halte brav still.

»Wenn ich morgen komme, bringe ich dir ein paar frische Sachen mit«, sagt sie noch und küsst mich auf die Stirn. »Und jetzt mach dir keine Sorgen, Locke. Es ist, wie es ist. Und du musst erst mal gesund werden.«

Das ist gut gesagt. Aber wie macht man das: sich keine Sorgen machen? Die sind einfach da. Die kriegt man nicht weg. Die sind im Kopf und die sind im Herzen. Und sonst auch in jeder verdammten Pore deines Körpers. Ich schlafe kurz ein und wache wieder auf. Der Alte neben mir schnarcht. Oder er stöhnt. Oder bin ich es, der stöhnt? Irgendwann sitzt Meister auf meiner Bettdecke und grinst. Und später sitzt dort Aicha und hält sich den Bauch. Ich quäle mich aus dem Bett und gehe aufs Klo. Danach halte ich mir den Kopf unter den Wasserhahn. Die Kälte des Wassers tut im ersten Moment richtig gut. Es läuft mir langsam über den Nacken und kühlt meine Gedanken irgendwie runter. Gleich darauf aber fängt mein Schädel an zu dröhnen. Von Minute zu Minute wird es schlimmer, bis es kaum noch zu ertragen ist und ich nach der Schwester läuten muss. Sie erscheint auch sofort, ist wunderhübsch und sehr besorgt und drückt mir am Ende zwei kleine weiße Pillen und ein Glas Wasser in die Hand. Gleich darauf falle ich in einen schweren, traumlosen Schlaf.

Am nächsten Morgen ist es Annemarie, die mich mit einem Frühstückstablett in den Händen weckt. Ich hatte noch niemals ein Frühstück im Bett und muss sagen, daran könnte ich mich durchaus gewöhnen. Mein Schädel hat sich etwas beruhigt. Während ich esse, misst sie meine Temperatur und den Blutdruck und erzählt mir von Kevin. Er durfte heute endlich zu Aicha ins Zimmer. Zuvor hatten ihre Eltern sogar noch beim Chefarzt persönlich vorgesprochen und darum gebeten, dass er draußen bleiben müsste. Aber der kluge Herr Doktor hat ihnen gesagt, wenn er der Vater von Aichas Kind ist, dann hat er mindestens das gleiche Recht, hier an ihrer Seite zu sein, wie sie selber. Und damit war die Sache durch. Annemarie sagt, Aicha geht es ein bisschen besser. Zumindest im Vergleich zu gestern. Sie ist ansprechbar und hat auch schon ein bisschen gegessen. Aber sie müsse unbedingt liegen. Der Ultraschall hat wohl ergeben, dass das Kind durch den Sturz keine erkennbaren Schäden abbekommen hat. Doch man kann ja nie wissen, sagt Annemarie. Danach schüttelt sie mein Bett auf und geht.

Nach der Arbeit kommt Elvira vorbei und bringt Marzipankartoffeln und frische Klamotten. Dann zieht sie mich erst einmal aus, wäscht mich ganz vorsichtig und zieht mich genauso vorsichtig wieder an. Und obwohl mir das irgendwie echt peinlich ist, bin ich ihr dankbar. Einfach, weil es mir bei ihr trotzdem tausendmal weniger peinlich ist, als wenn es die schnuckelige Schwester von gestern Abend machen würde. Ich erzähle ihr von dem coolen Arzt, der Kevin zu Aicha gelassen hat, habe aber den Eindruck, sie hört mir dabei gar nicht zu.

»Was sagst du dazu?«, frage ich deswegen. Sie schnappt sich den Waschlappen und das Handtuch und bringt beides ins Bad.

»Ich hab es schon von Annemarie gehört, hab sie draußen im Flur getroffen«, tönt es durch die Badezimmertür.

»Und?«

»Ich hab mich über diesen Arzt gefreut«, sagt sie, als sie zurückkommt. »Scheint ein kluger Mann zu sein.«

Ja, da hat sie wohl recht.

»Wie ist es in deiner Arbeit? Kommst du klar?«, will ich jetzt wissen und locke ihr damit ein breites Lächeln ins Gesicht.

»Oh, ja! Alle sind wirklich sehr freundlich zu mir. Und stell dir vor, Locke, heute war sogar ein Schokoriegel in meinem Fach. Ich hab zwar nicht die geringste Ahnung, von wem, aber gefreut hab ich mich riesig.«

»Das ist doch prima.«

»Ja, das ist es. Weißt du eigentlich schon, wann du nach Hause darfst, Locke?«

»Keine Ahnung, aber ein paar Tage wird's schon noch dauern.«

»Das ist auch gut so. Und auch wenn du zuhause bist, musst du dich erst einmal ruhig halten, hörst du. Mit einer Gehirnerschütterung ist nicht zu spaßen.«

»Ja ja.«

»Fein, Locke. Dann komm ich morgen wieder vorbei. Schlaf dich gesund, mein Junge.«

Mein Bettnachbar liegt drüben und schläft. Komisch, ich habe ihn noch nie wach gesehen. Aber auch er hat seinen Pyjama gewechselt. Wahrscheinlich, während ich selber geschlafen habe. Die Zeit hier vergeht ohnehin wie im Flug. Da ist es Nacht und Augenblicke später schon wieder Tag, doch nur, um Augenblicke später eben wieder Nacht zu sein. Aber vermutlich verpenne ich sowieso den Großteil der Zeit. Jedenfalls bin ich andauernd müde.

Ich döse gerade so in meinem Kissen und beobachte durchs Fenster hindurch einen grandiosen Sonnenuntergang, als Achmed zu mir ins Zimmer geschlichen kommt.

»Mensch, Locke. Wie geht's? Ich war schon zweimal da, aber du hast immer gepennt. Wollte dich natürlich nicht wecken«, sagt er, tritt an mein Bett und steht dann irgendwie ein bisschen verklemmt davor. Etwas ungelenk setze ich mich auf und deute auf den Stuhl an der Wand. Den holt er auch gleich und setzt sich.

»Ich kann eigentlich gar nicht lang bleiben, weißt du. Meine Eltern …«

»Kein Problem, Alter.«

»Nun sag schon, wie geht's dir?«

»Ging schon mal besser.«

»Mist!«

»Was ist mit deinen Eltern?«

Er beugt sich nach vorne und legt seine Stirn in die Hände.

»Meine Eltern? Tja, gute Frage. Die gibt's eigentlich in der Form nicht mehr, verstehst du?«

»Nein.«

Er steht auf und beginnt im Zimmer auf und ab zu laufen.

»Ja, wie sollst du auch? Ich verstehe es ja selbst nicht. Mein Vater ist eigentlich der Arsch in dieser Geschichte. Der macht sich Sorgen. Um Aicha, um das Kind, ja, sogar um Kevin und um dich. Er hat mich schon ein paarmal gefragt, wie es dir geht.«

»Hat er?«

»Ja, Mann! Aber was meinst du, wie meine Mutter drauf ist? Spuckt Gift und Galle und würde am liebsten allen die Augen auskratzen. Sie will diese Schwangerschaft nicht, und vermutlich wäre es ihr am liebsten, wenn Aicha das Kind verliert.«

»Scheiße!«

»Ja, Scheiße. Aber das Schlimmste ist, dass sie ihren ganzen Frust und den Hass und alles, was sonst noch so in ihr grollt, an meinem Vater auslässt. Ich will dir die Einzelheiten jetzt wirklich ersparen, aber es ist kein Spaß für ihn, das kannst du mir glauben.«

Ich weiß jetzt auch nicht mehr, was ich darauf sagen soll. Er wirkt so verzweifelt und allein, und mir wollen beim besten Willen keine passenden Worte für ihn einfallen.

»Scheiße, Mann!«, sagt er schließlich und begibt sich zur Tür. »Halt die Ohren steif, Alter, hörst du! Wir sehen uns.«

»Ja, mach's gut, Achmed«, kratzt es aus meinem Hals.

Ich komm gar nicht erst dazu, lange darüber nachzudenken, da geht die Tür auf und Kevin tritt ein. Er hat Schatten unter den Augen, und ich habe das dringende Gefühl, er würde jetzt eigentlich ganz gern mit mir tauschen. Würde sich einfach ins Bett knallen und ein paar Stunden schlafen.

»Du siehst richtig scheiße aus«, begrüße ich ihn.

»Danke, gleichfalls«, quält er sich ein Grinsen ab und setzt sich zu mir aufs Bett.

»Achmed war gerade hier«, sage ich und erzähl ihm dann von seinem kurzen Besuch.

»Ja, die Stimmung da unten könnte besser gar nicht sein«, bestätigt er Achmeds Worte.

»Wie kommt Aicha damit klar?«

»Meine kleine Aicha? Ha, die ist ein Wahnsinn, Locke. Die sitzt in ihrem Bett wie die Königin von Saba und streichelt unentwegt ihren Bauch. Es ist, als würde das alles an ihr abprallen, weißt du. Sie streichelt ihren Bauch, singt leise Lieder und hält meine Hand. Sie ist so stark, das kannst du dir gar nicht vorstellen.«

»Das ist gut so.«

»Ja, das ist es eigentlich schon. Wobei die Alte umso wütender wird, je entspannter Aicha sich gibt.«

»Pervers.«

»Wem sagst du das. Du, Marv«, sagt er weiter und schaut mir jetzt direkt ins Gesicht. »Sag mal: Was habt ihr denn eigentlich gemacht, als ihr da unterwegs wart, Aicha und du?«

»Hat sie es dir denn nicht selber erzählt?«

»Nein, hat sie nicht. Sonst würde ich dich ja wohl kaum danach fragen. Sie hat nur gesagt, dass es eine Überraschung ist.«

»Dann wirst du es von mir auch nicht erfahren.«

»Ich hoffe nur, dass es wenigstens etwas Wichtiges war.«

»Für Aicha schon.«

»Ja, dann herzlichen Dank für die umfangreiche Auskunft!«

»Gerne!« Ich muss grinsen.

»Mist«, sagt er mit einem Blick auf die Uhr und steht auf. »Ich muss zur Arbeit, bin schon spät dran. Bis morgen, Locke!«

»Du solltest mal sehen, dass du 'ne Mütze voll Schlaf abkriegst«, rufe ich ihm noch hinterher, aber das, glaube ich, hört er schon gar nicht mehr.

Wenn ich mir das mal so überlege, dass ein einziger Mensch das Leben so vieler anderer zur Hölle macht, find ich das wirklich übel. Warum tut das die Alte? Was hat sie davon? Glaubt sie tatsächlich, die Situation würde sich ändern, wenn sie nur lange genug rumkeift? Lächerlich. Doch der Gedanke an Aicha, der gefällt mir richtig gut. Der Gedanke, dass sie völlig entspannt in ihrem Bett sitzt, singt und ihr Bäuchlein streichelt. Während ihre Mutter draußen im Gang zum Rumpelstilzchen mutiert.

Am nächsten Morgen stattet mir Conradow in aller Herrgottsfrühe einen Besuch ab. Ich war gerade eben erst mit dem Frühstück fertig, habe durchs Fenster in den dichten Morgennebel geschaut und dabei das erste Mal in diesem Jahr bemerkt, dass es jetzt schon wieder nach Herbst riecht. Unglaublich. Gerade war es doch noch so heiß. Wir waren

schwimmen. Und auf einmal steht der Herbst vor der Tür.
Doch es ist ja auch schon September. Und während ich diesen Gedanken so nachhänge, klopft es an der Tür und Conradow erscheint in einem langen, grauen Regenmantel bei mir
im Zimmer. Erst gestern Abend hatte er bei Elvira angerufen
und erfahren, »was – Grundgütiger – eigentlich passiert ist«,
sagt er gleich zur Begrüßung. Und deswegen hat er sich heute
schon beim ersten Morgengrauen auf den Weg gemacht, um
nach Aicha zu sehen. Und selbstverständlich auch nach mir.
Zuerst war er freilich bei Aicha und hat sie wohl genau beim
Frühstück angetroffen. Jedenfalls war er heilfroh, dass zumindest ihre Hände komplett in Ordnung sind. Nicht auszudenken, wenn diese begnadeten Fingerchen keinen Pinsel mehr
festhalten könnten!

»Weswegen haben Sie eigentlich bei uns zuhause angerufen?«, frage ich schließlich und hege so einen Verdacht. Vermutlich liege ich auch prompt richtig, denn er wird ein wenig
verlegen.

»Ähm, ja. Also, wie soll ich sagen? Ich habe deine Mutter zu
einem Konzert eingeladen. Orgel. Am Samstagabend in der
Antoniuskirche, was meinst du?«

»Aha. In ein Konzert. Alle Achtung. Meine Mutter war
noch nie in einem Konzert«, sage ich.

»Dann wird es aber allerhöchste Zeit.«

»Wenn Sie meinen.«

»Ja, meinst du das etwa nicht?«

»Keine Ahnung. Doch schon, glaub ich.«

»Also was jetzt?«

»Was fragen Sie mich das eigentlich? Was hab ich damit
zu tun?«

»Na, ich wollte dich einfach nur fragen, ob dir das auch
recht ist.«

Will er jetzt meinen Segen dafür, oder was?

»Und was genau soll mich daran stören?«

»Na, ich weiß es doch auch nicht. Ich meine, grad jetzt, wo du eben hier im Krankenhaus liegst, da passt das vielleicht einfach nicht so richtig.«

»Denken Sie, dass ich schneller verheile, wenn Sie auf dieses Konzert verzichten?«

»Nein, natürlich nicht. Aber genau das hab ich deiner Mutter eben auch gesagt. Aber sie will einfach nicht. Sie hat gesagt, sie kann sich beim besten Willen nicht amüsieren, wenn es ihrem Jungen nicht gut geht.«

»Ja, da kann ich wohl auch nichts machen.«

»Vielleicht könntest du noch mal mit ihr reden, Marvin. Weißt du, dieser Thoma, also dieser Organist, der ist gerade auf großer Tournee und gibt nur dieses einzige Konzert hier. Und er ist so was von begnadet. Wunderbare Technik. Fließende Töne. Erstklassig, wirklich. Das wäre eine Sünde, den zu verpassen. Und wenn wir einmal ehrlich sind, ein bisschen musikalische Bildung könnte Elvira doch auch nicht schaden, oder?«

»Ich rede mit ihr.«

»Wunderbar. Du bist ein Goldstück, Marvin«, trällert er fröhlich und reibt sich die Hände. Dann stellt er sich vor mich und lächelt mich an. Irgendwie wirkt er ziemlich seltsam.

»Ach, ganz vergessen. Wie geht es dir eigentlich?«

»Ging schon mal besser.«

»Wunderbar, wirklich ganz wunderbar!«, sagt er noch ganz beseelt, ist aber auch schon auf dem Weg zur Türe und Sekunden später verschwunden.

Conradow und Elvira. Ich kann es nicht glauben. Wer immer auch Fred und Ginger sein mögen, Einstein und Minnie Maus würde es hier wohl eher treffen.

Den ganzen Tag lang regnet es wie aus Eimern, und wenn ich so aus dem Fenster sehe, muss ich sagen, dass ich wohl nicht wirklich etwas verpasse da draußen. Eigentlich ist es hier im Krankenhaus gar nicht so übel. Es gibt regelmäßige

Mahlzeiten, die sogar schmecken, und man kriegt ständig Besuch. Auch das Personal ist größtenteils super. Gut, der Oberarzt ist vielleicht ein klein bisschen wortkarg, was man aber auch irgendwie verstehen kann. Wenn der bei seiner Visite mit jedem Patienten ein Schwätzchen raushaut, dann ist er wahrscheinlich bis zum Abend noch nicht durch. Am besten aber ist das Frühstück hier. Es gibt Kaffee und zwei Semmeln, Butter, Marmelade, Honig, Wurst und Käse und sogar einen Joghurt. Fast wie in einem Hotel. Und es wird dir sogar bis ans Bett ran geliefert. Astreine Sache. Wie gesagt, daran könnte ich mich durchaus gewöhnen.

Am nächsten Tag darf ich das erste Mal aufstehen. Der Schwindel ist weg und auch der Kopfschmerz, nur die Rippen piksen bei beinahe jeder Bewegung. Nachdem ich ausgiebig geduscht habe, fühle ich mich wie neugeboren und mache mich gleich mal auf den Weg zu Aicha. Es ist erst früh am Vormittag, also gute Aussichten, dass sich die Besucherzahl in Grenzen hält. Ich klopfe kurz an die Zimmertür und trete dann ein.

»Marvi!«, sagt sie gleich ganz leise, und ihre Stimme hat durchaus einen zärtlichen Klang. Auf einem Stuhl neben dem Bett sitzt die alte Hexe, blickt kurz auf und starrt mich dann sofort mit zusammengekniffenen Augen an. Dann wendet sie sich an Aicha und murmelt ihr etwas auf Türkisch zu.

»Du bist unhöflich, Mutter. Sprich bitte deutsch«, sagt Aicha. Doch die Alte denkt erst mal gar nicht daran. Stattdessen schmettert sie jetzt eine wahre Wortsalve durch das Zimmer. Alles auf Türkisch, versteht sich. Aicha ignoriert das komplett.

»Schön, dass du da bist«, sagt Aicha und lächelt.

»Mach, dass du fortkommst«, knurrt mir jetzt die Alte entgegen, und es hört sich echt gruselig an.

»Marvin bleibt hier, Mutter«, sagt Aicha und klopft demonstrativ einladend auf ihre Bettdecke. Einen ganzen Moment lang bin ich ratlos. Ich weiß nicht recht, was ich lieber möchte. Hierbleiben oder doch lieber wieder gehen? Die Alte macht mir irgendwie Angst. Doch Aicha schaut mich nur umso auffordernder an. Ich kann nicht anders, fasse mir ein Herz und komme ganz langsam näher.

»Er ist es doch, der verantwortlich ist für dieses ganze Unglück, oder?«, hetzt die Alte gleich weiter.

»Mein Gott, wie oft denn noch, Mutter? Ich bin für sein Unglück verantwortlich und nicht umgekehrt.«

»Ich glaub, ich komm lieber ein anderes Mal wieder«, sage ich so und wende mich zur Tür.

»Nein, du bleibst hier, Marvin. Wenn jemand geht, dann ist sie es. Ich soll mich nämlich nicht aufregen, weißt du. Und sie … sie regt mich unwahrscheinlich auf.«

Aichas Mutter atmet tief durch, wirft einen bösen Blick auf das Lager ihrer Tochter, hebt ihre Handtasche vom Fußboden auf und verlässt hocherhobenen Hauptes den Raum.

Dann ist erst einmal einen Augenblick lang Ruhe hier. Aicha schaut aus dem Fenster und streichelt dabei ihren Bauch, ich schaue runter aufs PVC. Irgendwie fühle ich mich gar nicht sehr wohl jetzt.

»Komm, Locke, setz dich doch zu mir«, sagt sie dann schließlich und klopft wieder auf ihre Bettdecke. »Schön, dass du da bist. Und jetzt erzähl mir erst mal, wie es dir geht.«

Ich hocke mich auf ihre Bettkante und schau mich mal um. Aicha hängt an einem Gerät, das ziemlich schnelle Geräusche von sich gibt.

»Das sind die Herztöne von Stella«, sagt sie.

»Echt?«

Sie lächelt und nickt.

»Wahnsinn«, sage ich und schaue nun abwechselnd auf das Gerät und ihren Bauch.

»Was ist eigentlich mit dem Baby? Ist alles okay?«, frage ich jetzt nach.

»Wie man es nimmt, Locke. Die Ärzte sagen, dass sie gesund ist. Aber es ist ja beinahe zehn Wochen zu früh, weißt du. Und so, wie es ausschaut, will sie unbedingt schon heraus. Deswegen ist nun jeder einzelne Tag unglaublich wichtig, an dem sie noch da drinnen bleibt.«

»Das alles tut mir wahnsinnig leid, Aicha.«

»Das weiß ich doch, Marvi, das weiß ich. Und mir tut es mindestens genauso leid, das kannst du mir glauben. Ich hab dich da voll mit reingezogen. Du kannst doch wirklich am wenigsten dafür. Aber nie im Leben hätte ich mit diesem Trottel gerechnet. Mit meinem Vater, ja, oder ha, mit meiner Mutter. Aber die waren ja beide außer Gefecht, weil sie auf dem Geburtstag meines Onkels waren. Und wer rechnet denn mit so was? Das war einfach nicht vorauszusehen.«

»Wie geht denn dein Vater eigentlich mit der Situation um? Ich meine, wenn ich mir deine Mutter so anschaue. Ach, scheiße, tut mir leid, geht mich im Grunde auch nichts an …«

»Nein, ist schon gut«, sagt sie und schüttelt den Kopf. »Mein Vater, der macht sich furchtbare Sorgen um mich. Und auch um das Baby. Und er reicht Kevin die Hand. Ich glaube, er will einfach nur, dass es mir gut geht, weißt du. Meiner Mutter dagegen wäre es am liebsten, wenn ich das Baby verliere. Sie würde mich dann in die Türkei bringen und wieder richten lassen, hat sie gesagt. Ha! Ja, wo leben wir denn bitte, Locke?«

Jetzt ist sie richtig laut geworden und ein paar Tränen laufen ihr übers Gesicht.

»Du sollst dich doch nicht aufregen, Aicha. Denk an Stella. Die braucht jetzt erst mal Ruhe da drinnen«, sage ich und greife nach ihrer Hand.

»Du bist so lieb, Marvi«, sagt sie und streichelt mir übers Gesicht.

»Schon okay. Du, Aicha, vielleicht meint es deine Mutter ja auch nur gut mit dir, weißt du. Sie sorgt sich vielleicht genauso um dich wie dein Vater und kann es nur nicht anders zeigen. Warum würde sie denn sonst ständig an deinem Krankenbett sitzen?«

»Weil sie krank ist.«

»Krank? Wie meinst du das, Aicha?«

»Ich bin so müde, Locke. So unglaublich müde.«

»Gut, dann geh ich jetzt besser mal.«

»Kommst du mich wieder besuchen?«

»Was ist denn das für 'ne Frage?«

Sie lächelt mich noch kurz an, dann dreht sie sich ab. Und ich verlasse auf ganz leisen Sohlen das Zimmer. Ein Weilchen schlendere ich noch durch die Gänge und hänge Aichas Worten nach. Was meint sie mit »krank«? Ihre Mutter ist böse und gemein, hat keine Manieren und ist die Unhöflichkeit in Person. Das ist wahr. Aber ist man deswegen gleich krank? Sie kommt aus einer anderen Generation, aus einer anderen Kultur. Daraus ergeben sich unweigerlich auch andere Blickwinkel auf die Sache. Und vermutlich ist es nur ihre ureigene Art, sich um die Tochter zu sorgen.

Zwanzig

Ein paar Tage später ist es dann Walther, der mich vom Krankenhaus abholt, weil Elvira erstens arbeiten muss und zweitens sowieso kein Auto hat. Gerade gehe ich mit meinem Rucksack durch die Pforte, und da kann ich ihn schon sehen, was weiter kein Wunder ist, weil so ein Streifenwagen natürlich unheimlich auffällt. Eigentlich ist es mir ein kleines bisschen peinlich, hier quasi so abgeführt zu werden. Andererseits bin ich echt froh, nicht latschen zu müssen, und im Übrigen sind eh kaum Menschen da. Walther lehnt am Wagen und unterhält sich mit einem Typen. Und irgendwie kommt der mir bekannt vor, ich weiß nur nicht so recht, wo ich ihn verankern soll.

»Na, Marvin, schon wieder auf dem Heimweg? Siehst du, war doch alles halb so schlimm. Bist ja schon wieder auf den Beinen«, sagt der Typ jetzt, und augenblicklich fällt mir ein, woher ich ihn kenne. Es ist mein dreiäugiger Freund aus dem Sanka, doch heute hat er zum Glück nur noch zwei Augen. Im ersten Moment irritiert mich das etwas. Aber ich merke auch gleich, dass es mich eher beruhigt. Offensichtlich geht es tatsächlich wieder aufwärts mit mir.

»Ja, alles prima, danke«, sage ich und setze mich schon mal in den Wagen. Walther verabschiedet sich, steigt ebenfalls ein, und dann fahren wir los. Ich frage ihn gleich, ob es schon irgendwelche Neuigkeiten gibt, was den Meister betrifft.

»Neuigkeiten? Ja, wenn man so will«, sagt er. »Er ist vermutlich auf der Flucht. Seit dem Tag in dieser Unterführung war er jedenfalls nicht mehr zuhause. Und auch bei seinen Freunden hat er sich bisher nicht gemeldet. Zumindest, wenn ihre Aussagen der Wahrheit entsprechen. Aber diesmal kommt er uns nicht aus, Marvin. Dieses Mal nicht.«

»Und was wird da jetzt unternommen?«

»Es läuft eine Fahndung. Und zwar bundesweit. Sein Foto geht durchs ganze Land. Es gibt keinen einzigen Bullen, der diese blöde Visage nicht kennt«, sagt er und grinst. Kurz darauf stehen wir auch schon vor unserer Haustür.

»Soll ich noch mit hochkommen?«, will er jetzt wissen.

»Nein, passt schon. Ach ja, und danke fürs Fahren.«

»Kein Problem. Grüß deine Mutter.«

»Mach ich.«

Dann fährt er ab und ich winke ihm noch hinterher. Kurz bevor er abbiegt, lässt er das Blaulicht noch ein paarmal kreisen. Ich vermute mal, das gilt mir, und das finde ich echt cool. Ich finde es überhaupt ziemlich gut, dass er sich so um uns kümmert und mich sogar während seiner Dienstzeit vom Krankenhaus abholt, selbst wenn es mit einem Streifenwagen ist.

Wie er weg ist, schaue ich erst mal zu Friedls Fenster hinauf. Die Gardinen sind zugezogen und es rührt sich nichts. Wahrscheinlich hockt er noch immer in Heidelberg und züchtet Kaninchen, während hier der Teufel los ist. Verdammte Scheiße. Ich kann ja noch nicht mal rübergehen und fragen, wann er zurückkommt. Und das nur, weil sein Vater so ein Vollidiot ist. Also nehme ich meinen Rucksack und gehe nach oben. Es ist ziemlich langweilig hier ohne Elvira, ohne die Jungs und ohne Buddy. Eine Weile streife ich durch die leeren Räume, die blitzeblank aufgeräumt sind, und schließlich setze ich mich an den PC und töte Soldaten. Doch auch das ist nicht wirklich prickelnd. Früher habe ich das total gern gemacht. Bin stundenlang am Computer gesessen und habe auf imaginäre Feinde geschossen. Aber heute … heute erscheint es mir einfach rotzlangweilig und auch ziemlich blöd.

Deshalb lege ich schon bald die Maus beiseite und schaue stattdessen lieber aus dem Fenster und runter auf die Straße. Aber auch da unten ist nicht wirklich viel los. Die alte Frau Büscher, die früher den Tante-Emma-Laden hatte, schiebt mit einer Gehhilfe über die Straße und ein herbeifahrendes Auto muss bremsen, damit es sie nicht mitsamt dem Rollator überfährt. Und sie nimmt das noch nicht mal zur Kenntnis. Drüben unter einem Mülleimer kämpfen ein paar Tauben gerade um die Überreste eines Hamburgers und flattern dabei ganz aufgeregt mit den Flügeln umeinander. Die meisten Bäume sind noch grün, nur die große Kastanie am Ende der Straße hat ihr Laub schon gefärbt. Sie ist immer die Erste, das bemerke ich seit Jahren. Sonst ist wie gesagt wenig los da drunten. Aber es ist ja auch noch Ferienzeit und die meisten sind wohl gerade im Urlaub. Ich wäre auch gern mal weggefahren. Ans Meer. Oder in die Berge. Eigentlich egal wohin, Hauptsache mal weg von hier. Aber bisher war das nie drin.

Wir waren immer froh und dankbar, wenn wir überhaupt über die Runden kamen, da war an Urlaub erst gar nicht zu denken. Und ehrlich gesagt, ist es mir dann doch nicht egal, wohin. Wenn ich so an Friedl und die Kaninchen denke, dann lieber: Nein, danke! Wahrscheinlich sind heute auch viele beim Baden. Also die, die eben nicht gerade irgendwo in den Ferien sind. Bei diesem Wahnsinnswetter heute bietet sich das ja auch an. Ich schließe das Fenster wieder und mache mich lieber auf den Weg ins Casino. Vermutlich wird wenigstens Robin dort sein. Und wenn nicht, kann ich immerhin noch laute Musik hören und kickern. Ich muss halt ein bisschen vorsichtig sein mit dem Skateboard wegen der Rippen und meinem Gehirn. Aber hier … hier fällt mir die Decke auf den Kopf und früher oder später würde ich echt wahnsinnig werden.

Die Strecke kommt mir heute doppelt so lang vor wie sonst, und auch mit dem Atmen habe ich Probleme, weil ich bei jeder Bewegung die blöden Rippen spüren kann. Aber irgendwann komme ich doch endlich an.

»Sag mal, bist du bescheuert, oder was? Du kannst doch nicht hier mit 'ner Gehirnerschütterung und gebrochenen Rippen mit dem Board rumdonnern«, sagt Robin zuerst mal, als ich vor dem Casino vom Brett steige. Er sitzt draußen in der Wiese, die Sonne im Nacken, und bastelt an irgendetwas herum. Etliche Holzteile liegen vor ihm verstreut und er hält einen Plan in der Hand.

»Ja, ich freue mich auch, dich zu sehen«, sage ich und grinse ihn aufmunternd an.

»Nein, im Ernst, das ist gefährlich«, raunzt er und blickt auf mein Skateboard, als hielte ich ein Maschinengewehr im Arm.

»Was wird das?«, frage ich in Hinblick auf die Basteleien.

»Nichts«, antwortet er mürrisch und faltet dabei den Plan zusammen. Er steht auf, geht rein und kommt mit zwei Dosen Cola zurück. Damit setzen wir uns vors Casino.

»Sag mal, Locke, warum warst du eigentlich mit Aicha unterwegs? Wir waren uns doch alle einig, dass es nicht sicher ist für sie da draußen.«

»Sie wollte ein Geburtstagsgeschenk für Kevin besorgen, das war alles. Und was die Sicherheit angeht, Aicha wusste ganz genau, dass ihre Eltern an diesem Tag bei irgendeinem Onkel eingeladen waren.«

»Ja, Mist, aber es ist eben trotzdem was passiert.«

»Damit konnte keiner rechnen.«

»Wahrscheinlich. Aber warum zum Teufel hat sie denn dieses dämliche Geschenk überhaupt selber besorgen müssen? Sie hätte es doch auch einfach mir sagen können oder dir oder meinetwegen sogar noch Elvira. Das ist doch wirklich kein großes Ding, dass ein anderer das Geschenk organisiert, oder?«

»In diesem speziellen Fall wär das eher nicht möglich gewesen, Robin. Das kannst du mir glauben.«

Wir sagen eine Weile gar nichts und schauen uns nur an.

»Du willst nicht sagen, was es ist, oder?«, fragt er dann schließlich, zieht eine Augenbraue nach oben und grinst.

»Auf gar keinen Fall«, grinse ich zurück.

Dann stehe ich auf, gehe hinein und schaue mich erst einmal um. Es kommt mir vor, als wäre ich Lichtjahre nicht hier gewesen. Dabei waren es doch nur ein paar Tage. Alles ist irgendwie staubig hier. Aber klar, wenn kaum jemand da ist, der sich drum kümmert, ist das auch kein Wunder. Und so von ganz alleine wird es ja wahrscheinlich auch nicht wieder sauber.

»Ziemlich dreckig hier«, sage ich zu Robin.

»Tu dir keinen Zwang an«, gibt er zurück.

»Du wirst lachen, aber das werde ich jetzt tun. Allein schon, damit die Zeit irgendwie rumgeht. Was soll ich auch sonst hier groß machen?«, sage ich, stelle laute Musik an und hole einen Lappen. Der Tango ist noch im Player, und so putze ich im Rhythmus des Taktes, und vermutlich sieht das echt komisch aus. Jedenfalls beobachtet mich Robin eine Weile äußerst amüsiert, dann aber schnappt er sich einen Besen und beginnt tanzenderweise zusammenzufegen. Wir müssen ein Bild für die Götter sein, und ich bin froh, dass uns hier keiner sieht. Die Zeit vergeht wie im Fluge, und wir putzen und wischen und bohnern, bis der ganze Raum beinahe funkelt. Als die ersten Regentropfen fallen, hocken wir beide müde und zufrieden auf dem alten Sofa und trinken eine weitere Cola.

»Scheiße!«, ruft Robin urplötzlich und springt auf. Weil ich nicht die geringste Ahnung habe, was ausgerechnet jetzt scheiße sein soll, stehe ich ebenfalls auf und folge ihm ins Freie. Er kauert am Boden und versucht mit Händen und Füßen, seine Basteleien vor den niederprasselnden Regentropfen zu schützen. Ich eile ihm zu Hilfe, und zu zweit haben wir all seine Heiligtümer in null Komma nichts nach innen verfrachtet. Was er im ganzen Trubel gar nicht mitgekriegt hat, ist, dass sein geheimnisvoller Plan jetzt ausgerechnet in meiner Hosentasche gelandet ist. Und als er losfetzt, um ein Handtuch für seine Haare zu holen, krame ich den Plan hervor und schaue ihn mir an.

»Du bastelst eine Seifenkiste?«, frage ich ihn gleich mal. Er kommt auf mich zu, rubbelt seine Haare und reißt mir sofort meine Beute aus der Hand.

»Das geht dich nichts an!«, knurrt er.

»Jetzt sag schon«, bohre ich weiter. Ich will unbedingt wissen, was es mit dieser Aktion auf sich hat. Rob haut sich aufs Sofa, schnauft einige Male theatralisch durch und schaut mich schließlich an.

»Na, gut. Es ist für Aicha. Für ihren Geburtstag, um genau zu sein.«

»Du bastelst eine Seifenkiste für Aicha?«

»Nein, natürlich nicht, du Clown. Und es ist auch keine Seifenkiste!«

»Sondern?«

»Es ist eine Wiege, verstehst du. Eine Wiege in Form einer Seifenkiste.«

Mann, das ist mir jetzt aber peinlich. Mir ist es peinlich, dass es Robin peinlich ist, um genau zu sein. Da bastelt der doch ganz heimlich eine Wiege für Aichas Baby, und ich führe mich auf wie ein unsensibler Trampel!

»Schöne Idee, Robin«, sage ich ganz ernst und haue ihm dabei auf die Schulter.

»Echt? Findest du?«, fragt er und klingt durchaus erleichtert. Ich nicke.

»Annemarie hatte diese Idee«, sagt er weiter. »Sie will sich um die Matratze kümmern und um das Bettzeug, weißt du. Und ich mache in der Zeit die Wiege.«

»Tolle Idee, wirklich. Aicha wird sich ganz bestimmt freuen.«

Als hätte ich ihn mit meinen Worten beflügelt, widmet sich Robin umgehend wieder seinen Basteleien, und eine Weile beobachte ich ihn dabei. Wie flink und geschickt seine Hände sind. Und wie penibel er den Holzleim platziert. Kein Tröpfchen zu viel oder zu wenig. Man sieht ihm ganz deutlich an, was für eine Freude ihm das hier bereitet.

»Willst du nicht lieber mit nach Hause kommen? Es wird kalt heute Nacht«, sage ich beim Abschied.

»Nee, lass mal, Locke. Ich komm hier gut zurecht«, antwortet er, ohne den Blick zu heben. Und so marschiere ich eben alleine los. Auf dem Heimweg geht mir das alles gar nicht mehr aus dem Kopf. Robin, der Bastler! Wer hätte das jemals geglaubt? Hockt da im Casino und baut für Aicha eine Wiege. Ha! Andererseits beschäftigt es mich schon, dass auch er so mutterseelenallein seine Tage verbringt. Warum hockt er tagein, tagaus und ohne irgendeinen Ansprechpartner im Casino rum? Hüllt sich in seinen Kokon und zeigt wenig Interesse an der Außenwelt. Ich muss ihn das fragen, wenn ich ihn das nächste Mal sehe.

Als ich unten die Haustüre aufschließe, riecht es im ganzen Treppenhaus schon total gut nach Essen, und erst jetzt fällt mir auf, dass ich seit dem Frühstück nichts mehr abgekriegt habe. Es duftet nach Bratkartoffeln und Zwiebeln, und ich wäre gerade fast zu einem Mord fähig, wenn ich da jetzt mitessen dürfte. Umso erstaunter bin ich, als ich unsere Wohnung betrete. Denn genau von dort kommt dieser herrliche Duft. Ein kurzer Blick in die Küche bestätigt, was mir meine Nase schon prophezeit hat: Elvira steht in einer Schürze am Herd und hantiert mit diversen Schüsseln und Pfannen.

»Ah, schön, dass du da bist, Locke«, ruft sie fröhlich über ihre Schulter hinweg. »Kannst du mal den Tisch zurechtmachen?«

Ich bin wieder mal ziemlich platt, das muss ich schon sagen. Und trotzdem mache ich artig den Tisch zurecht. Wann hat Elvira früher jemals selber gekocht? Hat sie überhaupt jemals selber gekocht? Und wenn, dann war es im Grunde doch nicht sie selber. Päckchensuppen und Fischstäbchen, die keine waren. Bis zu meinem elften Lebensjahr habe ich noch nicht mal gewusst, dass Fischstäbchen eigentlich tatsächlich Stäbchen sind. Bei uns war das immer eine pampige Masse Fisch auf einer pampigen Masse Kartoffelbrei. Erst als ich mal bei Friedls Mutter Fischstäbchen kriegte, erst da hab ich begriffen, wieso die überhaupt Stäbchen heißen.

»Bratkartoffeln mit Speck und Gurkensalat. Was sagst du?«, will Elvira jetzt wissen, teilt das Essen aus und wirft mir einen triumphierenden Blick über den Tisch zu.

»Wahnsinn«, sage ich grade noch, dann bin ich sprachlos. Weil das Essen nicht nur gut riecht, sondern ebenso fein schmeckt. Ich schweige und genieße.

»Sag mal, Locke, kannst du morgen Mittag zuhause sein? Da kommt eine neue Öllieferung und ich bin da wahrscheinlich noch nicht von der Arbeit zurück«, sagt Elvira nach einer Weile und füllt meinen Salatteller erneut.

»Klar, kein Problem. Aber möchtest du … ich meine, willst du nicht lieber selber da sein, wenn die Lieferung kommt?«

»Ich wüsste nicht, weswegen.«

»Okay.«

»Er kommt so gegen eins. Ich leg dir das Geld auf den Küchentisch«, sagt sie noch und hört sich dabei völlig unaufgeregt an, ganz anders als sonst. Es scheint ihr völlig egal zu sein, ob der Novak kommt oder nicht. Hauptsache, wir haben es hier warm. Der Novak selbst scheint sie nicht die Bohne zu interessieren. Und das ist auch gut so. Nachdem wir gemeinsam den Abwasch gemacht haben, schnappt sie sich den Telefonhörer, um Kevin anzurufen.

Die Öllieferung kommt tatsächlich Punkt eins. Der Fahrer ist derselbe wie immer und hat auch dieselben dreckigen Nägel wie sonst.

»Ist deine Mutter nicht hier?«, fragt er ohne ein Grußwort. Ich schaue einmal komplett um mich rum.

»Ich kann sie nicht sehen. Sie etwa?«

Sein Auge fängt an zu zucken. Und mit ihm das Muttermal. Es verzieht sich in alle möglichen Formen. Ob das bei mir wohl auch so ist?

»Werd nicht frech, Bürschchen«, sagt er, dreht sich ab und geht dann in seinen grünen Gummistiefeln hinunter in unseren Keller. Ich hocke mich auf die Stufen und blinzele in die Sonne. Unzählige Pfützen sind auf der Straße vom Regen gestern. In denen, wo der Laster steht, vermischt sich das Wasser mit Öl, und es entstehen kleine Wolken in bunten Farben. Wie ein Regenbogen, der auf die Erde geknallt ist. Oben an Friedls Gardinen nichts Neues. Sie hängen genauso wie gestern und vorgestern und die Tage davor. Regungslos und dunkel. Die Gardinen sind geschlossen und die Fenster auch. Da ist noch nicht einmal ein winziger Luftzug, der sie bewegt.

Es dauert fast zwanzig Minuten, bis der Novak mit seinem Öl fertig ist. Danach kraxelt der Novak in sein Fahrerhaus, zündet sich eine Kippe an und kommt mit einem Rechner zurück. Darauf tippt er herum und zieht schließlich einen Quittungsblock aus der Brusttasche seiner dreckigen Latzhose. Im gleichen Moment erscheint Elvira auf der anderen Straßenseite. Sie schaut besonders gut aus heute. Trägt ein Sommerkleid mit Blumen, die neuen Schuhe und hat die Haare wieder hochgesteckt.

»Ah, da komm ich wohl grade richtig«, sagt sie freundlich und nimmt mir das Geld aus der Hand.

Einen kurzen Moment lang schaut der Novak sie an, und da fällt ihm auch schon die Zigarette aus dem Mundwinkel. Mit gespreizten Fingern hebt sie Elvira vom Boden auf und steckt sie wieder dorthin zurück, woher sie gerade gekommen ist. Dabei lächelt sie freundlich. Und ich … ich grinse übers ganze Gesicht. Es dauert ein bisschen, ehe sie die Quittung erhält, anscheinend muss er sich jetzt ausgesprochen konzentrieren. Anschließend drückt sie ihm ein paar Scheine in die Hand.

»Passt schon, Novak. Den Rest kannst du behalten«, sagt sie, wendet sich ab und hakt mich dann unter. So gehen wir gemeinsam die Treppen hinauf.

»Das war echt voll cool, Elvira«, sage ich leise zu ihr.

»Ich weiß«, gibt sie zurück.

Im Badezimmer stelle ich mich dann erst mal vor den Spiegel. Ich verzerre mein Gesicht in alle erdenklichen Fratzen, aber mein Muttermal verändert sich nicht. Es bleibt so, wie es sein soll, und auch genau dort, wo es hingehört. Da bin ich aber jetzt wirklich erleichtert. Und gerade jetzt, wo ich so in den Spiegel schaue, fällt mir das verdammte Foto wieder ein. Mann, ich habe vergessen, dieses Foto abzuholen. Das darf doch nicht wahr sein! Und morgen ist Kevins Geburtstag. Ich muss es unbedingt sofort abholen, danach Geschenkpapier besorgen und alles zu Aicha ins Krankenhaus bringen. Ob sie auch einen Rahmen haben will? Ich habe keine Ahnung. Also mache ich mich direkt auf den Weg zu diesem Fotoladen am Bahnhof. Als ich die Unterführung durchquere, läuft mir ein Schauer über den Rücken. An einigen Stellen am Fußboden gibt es ganz dunkle Flecken. Das wird doch nicht etwa noch immer Aichas Blut sein? Mich fröstelt. Irgendwie habe ich plötzlich das Gefühl, beobachtet zu werden. Ich sehe mich kurz nach allen Seiten um. Doch es ist niemand hier. Zumindest niemand, der mir Sorgen machen müsste. Also gehe ich weiter, und von ganz alleine werden meine Schritte schneller und schneller, gerade so, als wollten meine Füße noch vor mir selber diesen Ort hier verlassen. Oben angekommen geht's aber gleich wieder besser. Und auch meine Atmung wird langsam wieder etwas ruhiger.

Vor der Tür des Fotoladens bleibe ich noch einen Augenblick stehen. Ich muss mich erst ein bisschen beruhigen, kann hier doch nicht so aufgeregt reinplatzen. Was, wenn das Mädchen da ist und ich so hechelnd vor ihr stehe?

»Was ist los, Mann? Traust du dich nicht rein, oder was?« Die Stimme kommt von oben. Ich mache einen Schritt rückwärts und schaue hinauf. Das Zauberwesen sitzt dort oben auf der Fensterbank, isst gerade einen Apfel und sieht zu mir runter. Heute trägt sie einen Pferdeschwanz. Das schaut einfach unglaublich toll aus.

»Doch, klar trau ich mich rein. Wieso soll ich mich auch nicht reintrauen?«, stammele ich jetzt und weiß im selben Moment, wie bescheuert ich klinge.

»Das frag ich mich auch«, sagt sie und grinst breit.

Dann gehe ich rein. Der Fotograf ist da und begrüßt mich freundlich. Das Foto aber, das Foto hat er leider nicht mehr hier. Er sagt, er habe es heute mit der Post rausgeschickt. An die Adresse, die ihm Aicha angegeben hatte. Einfach, weil er morgen in den Urlaub fährt und das Geschäft dann natürlich auch zu ist. Außerdem hat sich keiner von uns mehr bei ihm gemeldet, und da war er sich auch nicht mehr sicher, ob das nicht ohnehin so vereinbart war. Und weil es ja auch schon bezahlt war, hat er es eben einfach losgeschickt. Also ist es jetzt unterwegs und müsste mit Sicherheit morgen in unserem Briefkasten sein. Na, super. Und wenn nicht? Wenn die Post wieder mal etwas Verspätung hat? Dann steht Aicha morgen mit leeren Händen da.

»Können Sie mir vielleicht 'ne Kopie davon machen?«, frage ich.

»Bedaure, mein Junge. Aber du siehst ja selber, dass meine komplette Anlage weg ist. Die muss dringend aktualisiert werden. Und da bietet sich die Urlaubszeit natürlich an.«

Tatsächlich ist alles weg. Der PC mitsamt allem, was dazugehört. Da bleibt nur zu hoffen, dass das Bild morgen tatsächlich in der Post ist.

Wieder zurück auf der Straße schaue ich noch einmal zum Fenster hoch. Doch das Mädchen ist weg und die Fenster sind geschlossen. Schade. Jetzt wäre ich nämlich vorbereitet gewesen. Nicht mehr so überrumpelt wie zuvor. Und dieses Mal hätte ich sicherlich den einen oder anderen brauchbaren Satz über die Lippen gebracht. Ganz sicher sogar.

Anschließend schaue ich noch kurz bei Aicha im Krankenhaus vorbei, um sie über die Situation zu informieren. Heute sind Achmed und der Vater zu Besuch bei ihr, und beide sind richtig freundlich zu mir. Den Drachen haben sie wohl zuhause gelassen.

Aicha freut sich, als ich komme, und sagt, ich soll mich nicht verrückt machen. Das Foto ist sicherlich morgen in der Post. Und wenn nicht, geht davon die Welt auch nicht unter. Und sie hätte Sorgen, die deutlich größer sind. Ja, Mist. Das weiß ich auch selber.

Auf ihrem Nachttisch steht heute ein Glas mit bunten Stiften.

»War Conradow wieder hier?«, frage ich und deute mit dem Kinn auf den Behälter.

Aicha grinst und greift neben das Bett. Von dort zieht sie dann einen riesigen Zeichenblock hervor.

»Ja, das war er. Ach, er ist einfach ein Schatz, Marvin.«

»Das ist er wohl«, sage ich. »Und wie geht's dir heute? Was macht Stella?«

Aicha greift nach ihrem Bauch und lächelt.

»Es ist so weit alles gut, Locke. Der Doktor sagt, dass er sehr zufrieden ist.«

»Dann darfst du bald nach Hause?«

»Nein, keine Chance!«, lacht sie mich an. »Bis zwei Wochen vor dem errechneten Geburtstermin muss ich hierbleiben, weißt du. Die wollen echt kein Risiko eingehen.«

»Verstehe!«

Dann geht die Tür auf und eine Krankenschwester schaut rein. Sie deutet auf ihre Armbanduhr. »Feierabend, Herrschaften! Unsere kleine Mama braucht ihre Ruhe!«

Und so verabschieden wir uns. Schweigend gehen Achmed und sein Vater neben mir den langen Krankenhausflur entlang, ich möchte lieber nicht wissen, welchen Gedanken sie gerade so nachhängen. Ist immer irgendwie peinlich, so ein Schweigen, aber andererseits – egal. Jedenfalls besteht der Alte am Ende darauf, mich nach Hause zu fahren. Und das, obwohl es echt nicht weit ist zu laufen. Zuerst bin ich davon gar nicht begeistert, aber nachdem mich Achmed ganz aufmunternd ansieht, willige ich schließlich ein und steige in den Wagen.

»Vielen Dank fürs Fahren«, sage ich beim Aussteigen.

»Es war mir eine Freude«, sagt der Alte ganz leise. Ich zögere noch einen Moment, dann mache ich die Tür zu. Es war ihm eine Freude.

Einundzwanzig

Heute ist UNO-Abend bei uns zuhause. Elvira hat Käsewürfel geschnitten und Weintrauben gezupft, Weißbrot in dünne Streifen geschnitten und schon am Nachmittag eine Flasche Rotwein geöffnet. Damit er atmen kann, wie sie sagt. Woher sie das weiß, kann ich schon ahnen. Ich spreche sie aber lieber nicht darauf an, weil sie eh schon nervös ist und ich nicht will, dass es ihr irgendwie peinlich ist. Stattdessen grinse ich stillschweigend in mich rein. Gegen halb acht kommen Annemarie und Walther. Sie sind gut gelaunt und Annemarie kneift mich in die Wange. Dann hängt sie ihren Hut samt Feder an den Haken und geht in die Küche zu Elvira. Fragt, ob sie was helfen kann, und trägt dann die Häppchen ins Wohnzimmer rüber. Von Meister weiß Walther noch immer nichts Neues zu berichten, sagt aber, sie arbeiten mit Hochdruck daran. Wie soll ich mir das vorstellen? Donnern jetzt alle Bullen deutschlandweit mit Blaulicht und Sirene durch die Straßen, nur um dieses Arschloch zu finden? Das kann ich mir beim besten Willen nicht vorstellen. Ich denke mal eher, es wird eine Zufallsnummer, wenn sie den überhaupt kriegen. Wahrscheinlich ist er irgendwo untergetaucht. Jedenfalls wissen angeblich weder seine Erzeuger noch die miese Truppe um ihn rum, wo er gerade so abhängt.

Ein paar Minuten später läutet es noch mal an der Tür. Conradow hat einen kleinen Strauß Blumen dabei. Elvira wird rot wie ein kleines Mädchen und geht dann schnell eine Vase holen.

Ich verziehe mich lieber in mein Zimmer, gehe mal ans Fenster und schaue hinaus. Drüben, in Friedls Zimmer, brennt gerade das Licht! Ob er zurück ist? Ich drücke mein Gesicht an die Scheibe, um etwas entdecken zu können. Aber gar keine Chance. Es ist einfach nur hell da drüben, sonst nichts.

Kein Schatten. Kein Vorhang, der wackelt. Einfach nur Licht. Und ein paar Augenblicke später ist auch das wieder aus.

»Wir waren am Wochenende in diesem Orgelkonzert. Drüben in der Antoniuskirche, Elvira und ich. Das war wunderbar. Einfach ganz wunderbar. Wirklich zu schade, dass ihr beide nicht dabei gewesen seid«, höre ich Conradow aus dem Wohnzimmer raus.

»Kirchen deprimieren mich immer ein bisschen«, sagt Walther. »Und außerdem ist es da immer so kalt.«

»Aber diese Akustik dort. Nicht wahr, Elvira, es war großartig.«

»Ja, schon. Orgelmusik, wisst ihr. Und das ganz laut. Und es hat immer so gehallt. Ach, es war wirklich ganz wundervoll«, sagt Elvira versonnen. Ich könnte mich grad wegschmeißen, ehrlich. Elvira und Orgelmusik. Ganz laut. Und ich könnte wetten, bis vor zwei, drei Wochen hätte Elvira noch nicht einmal gewusst, wie sich eine Orgel überhaupt anhört.

»Ich habe das ganze Wochenende über wie tot auf der Couch verbracht und zig DVDs geguckt. Nach der Nachtschicht bin ich immer wie gerädert«, sagt Annemarie jetzt.

»Ich mag gar nicht mehr gern auf der Couch liegen«, erwidert Elvira. »So wie früher. Da konnte ich stundenlang auf der Couch liegen und fernsehen. ›Richter Hold‹ oder so was. Jetzt geht das einfach nicht mehr, ich weiß auch nicht, warum. Vielleicht allein schon deshalb, weil mir Buddy so fehlt.«

»Was meint ihr, sollten wir mal wieder das Tanzbein schwingen?«, fragt Walther.

»Ja, Grundgütiger, das sollten wir!«, kann ich Conradow noch hören.

Dann gehe ich erst mal vom Fenster weg und nach unten vors Haus, um eine zu rauchen. Eigentlich ist mir gar nicht so richtig nach einer Kippe. Vielmehr würde ich zu gerne wissen, ob Friedl zurück ist. Es hat doch jetzt ewig lange kein Licht

238

mehr gebrannt, dort oben in seinem Zimmer. Aber heute hat es gebrannt. Und ich könnte fast wetten, dass er wieder da ist. So setze ich mich auf die Stufen vor unserem Eingang und zünde mir eine Zigarette an. Ich hocke da ziemlich lange vergeblich. Doch irgendwann geht drüben die Haustüre auf und Friedls Mutter saust über die Straße direkt auf mich zu.

»Geh nach oben, Marvin. Sei gescheit, bitte. Wenn mein Mann dich hier sitzen sieht, flippt er gleich wieder aus«, sagt sie und zupft ganz aufgeregt an ihrer Strickjacke rum.

»Ist Friedl zurück?«

Sie schüttelt den gesenkten Kopf.

»Wann wird er denn wiederkommen?«

»Das weiß ich nicht. Er fühlt sich wohl dort, wo er ist. Und das ist auch gut so. Vielleicht bleibt er die ganzen Ferien über, ich weiß es nicht.«

»Fehlt er Ihnen denn nicht?«

»Oh, doch! Und wie er mir fehlt«, schluchzt sie jetzt.

Verdammt!

Was soll ich jetzt machen? Sie steht vor mir und weint in den Ärmel ihrer Jacke, und ich weiß beim besten Willen nicht, was ich tun soll.

»Kann ich dich mal drücken, Marvin?«, fragt sie dann plötzlich ganz leise. Was soll das jetzt werden? Ich habe keinen blassen Schimmer, und trotzdem nicke ich kurz. Dann umarmt sie mich und weint mir auf die Schulter.

»Danke«, sagt sie noch, dreht sich ab und huscht wieder über die Straße.

»Und jetzt geh schon nach oben«, höre ich sie grade noch, als die Tür ins Schloss fällt. Ich schlurfe zurück und gehe die Stufen hinauf.

Vielleicht bleibt er die ganzen Ferien.

Na, wunderbar.

Er fühlt sich wohl dort.

Verdammt, wie ich mich freue.

Das Foto ist natürlich nicht in der Post, aber das war mir schon vorher ziemlich klar. Wenn schon mal was schiefgeht, dann natürlich ordentlich. Nachdem der Postbote aus unserem Treppenhaus wieder verschwunden ist, fahre ich erst mal zu Aicha ins Krankenhaus. Kevin ist bereits dort und ich gratuliere ihm zum Geburtstag. Dann flüstere ich Aicha die schlechte Nachricht ins Ohr. Sie schüttelt kurz traurig den Kopf, aber gleich huscht ihr wieder ein Lächeln übers Gesicht.

»Macht nichts«, sagt sie. »Das macht die Sache nur noch spannender. Muss er halt einfach noch ein bisschen schmoren, mein armer Kevin.«

»Soll das etwa heißen, ich krieg mein Geschenk nicht?«, fragt er gleich ganz entsetzt.

»Sieht ganz danach aus«, antwortet Aicha.

»Aber wieso denn, Mann? Du hast doch gesagt, dass Locke es mitbringt!«

Er ist wirklich wie ein kleines Kind. Ein ganz kleines Kind, würde ich sogar sagen.

»Es hat eben einfach nicht geklappt, musst dich wohl bis morgen gedulden«, sage ich und muss grinsen.

»Das hast du absichtlich gemacht, gib's schon zu«, knurrt Kevin und kneift mir in den Arm.

»Hab ich nicht.«

»Dann sag mir wenigstens, was es ist. Schließlich habe ich heute Geburtstag und nicht morgen.«

»Vergiss es, Schätzchen«, kichert Aicha.

»Zur Feier des Tages hol ich uns erst mal unten 'nen Cappuccino, was meint ihr?«, versuche ich nun das Thema zu wechseln.

»Geniale Idee«, sagt Aicha und lacht mich an. »Für mich ohne Koffein!«

Leicht schmollend hockt sich Kev nun auf ihre Bettkante. Und Stellas Herztöne schwirren durch den Raum.

Als ich kurz darauf mit den Tassen zurück bin, liegt Kevin

bei Aicha im Bett und summt ihr ihr Lied ins Ohr. Beide haben ihre Köpfe aneinandergelegt und die Augen geschlossen. Ganz leise stell ich die Tassen ab und mache mich unbemerkt wieder vom Acker.

Am Abend kommt überraschend Walther zu Besuch. Und er ist nicht alleine. Er hat eine Kiste unter dem Arm, und die rumpelt und gibt seltsame Geräusche von sich. Und ich habe da gleich so einen Verdacht. Wir gehen zusammen hinter ins Wohnzimmer, und dann stellt er ganz behutsam die Schachtel auf den Tisch. Elvira kommt aus der Küche herüber und trocknet sich gerade die Hände ab. Etwas verwirrt blickt sie auf den unruhigen Karton.

»Was ist das?«, will sie jetzt wissen.

»Mach auf, Elvira. Aber sei vorsichtig«, sagt Walther und setzt sich dabei ganz entspannt auf die Couch.

»Ist das für mich? Du hast doch nicht etwa …«, fragt sie und beginnt dann sehr achtsam, die Schachtel zu öffnen. Das Erste, was dieses Wesen tut, nachdem es umständlich aus der Kiste gekraxelt ist, ist: fauchen. Vorsichtshalber mal in alle Richtungen. Eine Weile betrachten wir schweigend das fauchende Fellbündel.

»Weißt du, Elvira«, sagt Walther schließlich, »es war gar nicht so einfach, einen Kater zu finden, der nur drei Beine hat. Ich glaub, ich hab in den letzten Tagen jedes verdammte Tierheim in ganz Bayern angerufen. Und heute Nachmittag, da bin ich nach Würzburg gefahren, um euren neuen Mitbewohner abzuholen. Ist er nicht hübsch? Er ist zweieinhalb Jahre alt und kastriert. Und im Übrigen hat er auch so einen Chip, nur für den Fall, dass er mal türmen sollte.«

»Ach, Walther«, sagt Elvira ganz gerührt und legt ihre Hand auf die seine. »Hat er denn schon einen Namen?«, will sie jetzt noch wissen.

»Ja, er heißt Napoleon.«

»Schön«, sagt Elvira und setzt sich ganz langsam hinunter auf den Boden. Der Kater faucht sie an. Lange und bedrohlich. Doch Elvira sitzt ganz entspannt eine Handbreit daneben und schaut ihn nur regungslos an. Ziemlich lange sogar. Und plötzlich hört er auf zu fauchen. Und noch ein bisschen später beginnt er sich zu putzen. Vielleicht ist das ein gutes Zeichen.

»Freust du dich?«, fragt Walther ganz leise.

Sie nickt, ohne Napoleon aus den Augen zu lassen. Dann klopft ihr Walther noch kurz auf den Rücken und verabschiedet sich. Eine Weile hockt Elvira noch bei Napoleon auf dem Boden. Dann hört er auf, sich zu putzen, schaut suchend durchs Zimmer und springt schließlich rauf auf die Couch. Dort tritt er ein paarmal in die Polster, dreht sich im Kreis und zieht Fäden, doch schließlich legt er sich nieder und schließt die Augen.

»Freust du dich wirklich?«, will ich wissen, weil ich mir nicht ganz sicher bin.

»Warum fragst du?«

»Keine Ahnung, vielleicht weil ich dachte, dass es Buddy ist, der dir fehlt. Und nicht irgendeine Katze.«

»Kater.«

»Auch gut, also?«

»Du kennst mich wirklich sehr gut, Locke. Es ist natürlich Buddy, der mir fehlt. Und der ist auch nicht zu ersetzen. Aber das kann Walther einfach nicht wissen, verstehst du. Er hatte noch nie ein Haustier und er hat keine Kinder. Er kann nicht wissen, dass es keinen Ersatz gibt. Aber er hat es eben gut gemeint. Und andererseits, was soll's? Napoleon hat nur drei Beine, er ist nicht perfekt. Und deshalb passt er ziemlich gut zu uns, findest du nicht?«

»Keine Ahnung. Besonders zugänglich ist er jedenfalls nicht.«

»Das warst du auch nicht, Marvin. Die ersten drei oder vier Wochen nach deiner Geburt hast du immer nur gebrüllt, wenn ich dich auf den Arm genommen habe. Und trotzdem habe ich dich behalten«, grinst sie mich an. Ich grinse zurück, zwicke sie in eines ihrer Speckröllchen und sie lacht. »Na gut, geben wir ihm eine Chance«, sage ich noch und mache mich danach auf den Weg ins Casino.

Als ich dort ankomme, sind Achmed und Rob gerade dabei, Billard zu spielen. Bob Marley tönt aus den Boxen und ich schnappe mir eine Cola und haue mich erst mal rüber aufs alte Sofa.

Ich beobachte die beiden ein wenig und muss mit Erstaunen erkennen, dass sie sich ganz blendend verstehen. Sie reden und lachen, boxen sich auf die Brust und so – halt alles, was man so macht, wenn man sich mag. Wenn ich bedenke, dass sie sich vor ein paar Wochen noch mit größter Anstrengung aus dem Weg gegangen sind, dann ist das beinahe unglaublich. Was so eine Lebensrettung doch ausmacht. Wirklich. Du musst praktisch nur mal so ganz nebenbei jemandem das Leben retten, und schon hast du einen Freund fürs Leben. Oder eben andersrum. Dann musst du dich einfach bloß retten lassen.

Ich fühle mich ziemlich überflüssig hier und wünsche mir mehr noch als sonst, Friedl käme endlich zurück. Käme zurück und wir beide würden wieder zusammen im Casino hocken, so wie wir es eben immer gemacht haben. Schließlich ist es ja eigentlich unser Casino. Und jetzt komme ich mir hier langsam, aber sicher immer mehr wie ein Fremder vor.

Weil mich Robin und Achmed komplett ignorieren, trinke ich aus und haue dann lieber wieder ab. Langweilen kann ich mich auch prima zuhause.

Als ich ins Wohnzimmer komme, liegt der Kater immer noch drüben auf der Couch und Elvira sitzt im Sessel gegenüber und starrt ihn regungslos an. Irgendwie schaut das lustig aus. Wie auf einem dieser uralten Gemälde. Wo meinetwegen ein König auf seinem Thron sitzt und ein Diener kniet zu seinen Füßen und blickt ehrfürchtig zu ihm hoch, oder so. In diesem speziellen Fall ist der Kater der König.

»Und, so wie's aussieht, seid ihr schon richtige Freunde geworden, oder?«, frage ich erst mal.

»So würde ich das nicht nennen«, sagt Elvira.

»Und zwar weil …?«

»Versuch dich doch mal auf die Couch zu setzen. Nein, wirklich, versuch es, Locke.«

Zuerst starre ich ein bisschen verwirrt zwischen Elvira und dem Kater hin und her, doch schließlich zucke ich mit den Schultern und setze ich mich auf die Couch neben den Kater.

Wow! Wow! Wow!

Das Vieh faucht mich an, so was habe ich in meinem ganzen Leben noch nie gesehen. Noch nicht einmal im Tierpark. Ehrlich. Mit einem einzigen Satz bin ich wieder in der Senkrechten.

Elvira kichert.

»Und wie soll das weitergehen? Kriegt die Bestie jetzt die Couch und wir anderen hocken uns drum herum, oder was? Im Ernst, Elvira!«

»Er wird sich schon noch beruhigen, der Napoleon. Die haben ihm sicherlich nicht umsonst diesen Namen gegeben. Aber ich bin sicher, früher oder später wird er sich hier schon einleben, keine Sorge.«

»Na, dann hoffe ich doch auf früher.«

Elvira kennt Napoleon? Also, den echten, den Bonaparte praktisch. Ich bin einigermaßen überrascht. Dann gehe ich Zähne putzen und mache mich auf den Weg in die Federn.

Zweiundzwanzig

Kaum lege ich mich hin, kriege ich eine SMS:

Alter, was geht? Gibt's irgendwie news?

Ich falle gleich aus dem Bett. Friedl! Das gibt's doch jetzt nicht, oder? Wie hat der sein Handy wiederbekommen? Das hat sein Alter doch sicher nicht freiwillig herausgerückt. Ich setze mich auf und beginne sofort in die Tasten zu trommeln:

Mann, Friedl, wo bist du? Wann kommst du wieder? Und wieso hast du plötzlich dein verdammtes Handy wieder?

Schau doch einfach mal aus dem Fenster, kommt die Antwort.

Ich springe aus dem Bett, haue mich am Schrank an und stolpere durch das Zimmer. Drüben hockt Friedl ganz gemütlich auf dem Fensterbrett und grinst zu mir rüber.

Kannst du weg?, fragt mich mein Handy.

Ja, klar, schreib ich retour.

In fünf Minuten unten?

In fünf Minuten unten!

Ich springe in meine Jeans und die Turnschuhe, mache mir einen Gummi in die Haare und gehe in den Flur. Offensichtlich ist Elvira schon ins Bett gegangen. Ganz vorsichtig klopfe ich an ihre Schlafzimmertüre und lausche daran.

»Ja?«, kommt es von drinnen. Ich mache einen kleinen Spalt auf.

»Du, Elvira, Friedl ist wieder da. Ich muss noch kurz zu ihm runter«, sage ich.

»Wie spät ist es denn? Wollt ihr etwa noch ins Casino rausfahren?«

»Keine Ahnung, warum?«

»Ja, weißt du, ich bin morgen Abend mit … na mit Conradow im Kino. So ein alter Schwarzweißfilm, glaub ich. Drüben im Ostparkkino. Nur für den Fall, dass wir uns nicht mehr sehen, damit du halt Bescheid weißt, Locke.«

»Alles klar.«

»Pass auf dich auf, Marvi.«

»Mach ich. Gute Nacht, Elvira.«

»Gute Nacht. Ach ja, und grüß Friedl von mir!«

Dann zische ich die Stufen hinunter. Meine Beine können gar nicht so schnell springen, wie ich möchte. Und meine Rippen tun kein bisschen mehr weh. Noch nie im Leben war dieses Scheiß-Treppenhaus so lang wie heute. Doch dann bin ich endlich unten und reiße die Türe auf. Friedl lehnt bereits drüben an der Hauswand und grinst zu mir rüber. Und irgendwie sieht er ganz anders aus als sonst. Obwohl er natürlich wieder diese bekackte Bundeswehrhose trägt. Dazu aber Flip-Flops. Das kommt zwar ziemlich gut, doch das ist es noch nicht, was ich meine. Irgendetwas ist anders, aber was? Ich gehe über die Straße und er kommt mir entgegen. Mitten auf der Fahrbahn begegnen wir uns und klatschen uns ab. Ganz cool eben. Dann aber fliegen wir uns plötzlich in die Arme. Ganz kurz.

»Verdammt, du bist da! Ich kann es nicht glauben«, sage ich und gehe einmal komplett um ihn rum. Einfach, weil ich es wirklich kaum fassen kann. »Ich hab erst noch mit deiner Mutter geredet, Mann. Die hatte keine Ahnung …«

»Ich weiß«, lacht er. »Sie hat's mir schon erzählt. Aber die hatte auch keine Ahnung, weißt du. Es sollte ja eine Überraschung sein.«

»Die dürfte gelungen sein, nehm ich mal an.«

»Ja, ist sie«, sagt er und wird leicht verlegen. »Sie hat sogar geweint.«

»Sag mal, kannst du weg hier oder sollen wir uns lieber nur auf die Stufen hocken?«, frage ich jetzt mal.

»Ich muss weg hier, Alter, sonst dreh ich durch«, sagt Friedl noch. Dann fetzt er auch schon runter in den Keller, um sein Fahrrad zu holen. Und so hocke ich schon Augenblicke später hinten auf seinem Gepäckträger, und wir fahren dem Paradies entgegen. Raus ins Casino. In unser Casino.

Es ist sternenklar und ziemlich kalt, und ich wünschte, ich hätte noch eine Jacke angezogen. Doch im Grunde spielt das überhaupt keine Rolle. Friedl ist da. Und das ist alles, was zählt. Und wir fahren gemeinsam ins Casino. Ich freue mich gerade wie ein Kind. Und ich glaube, Friedl geht's ganz genauso. Ich kann das spüren. Allein schon, wie er in die Pedale tritt.

»Gut, dass du da bist«, sage ich eigentlich so zu mir selber, einfach in die Nacht hinaus.

»Das kannst du aber laut sagen, Alter«, höre ich noch von vorne, dann sind wir aber auch schon am Ziel.

Achmed und Robin staunen nicht schlecht, als wir dort antanzen. Im Grunde hat wohl keiner mehr so schnell mit Friedls Rückkehr gerechnet. Also klatschen sie sich alle kurz gegenseitig ab, sagen etwa hundert Mal »Hey, Alter!«, und dann hocken wir uns zusammen. Wir machen ein paar Dosen Cola auf und erzählen ihm erst mal alles, was passiert ist, während er weg war – und da ist ja einiges zusammengekommen. Friedl hört aufmerksam zu und schüttelt immer wieder völlig ungläubig den Kopf. Es ist schon weit nach Mitternacht, als wir so ziemlich am Ende sind.

»Da hab ich ja wohl einiges versäumt«, sagt er dann erst mal, steht auf und geht zu Aichas Wand hinüber.

»Ja, oder es ist dir einiges erspart geblieben, je nachdem, wie man es betrachtet«, sagt Achmed und gesellt sich zu ihm. Und so stehen die zwei mit verschränkten Armen vor dem Gemälde und Friedl starrt die Wand an und Achmed starrt Friedl an. Irgendwie lustig, die beiden.

»Und, Mann, bei dir? Wie ist es bei dir so gelaufen?«, will ich jetzt wissen. Denn Kaninchen hin oder her, irgendetwas wird er ja wohl trotzdem erlebt haben, was erzählenswert ist, dort in diesem Heidelberg. Er bleibt noch kurz stehen, dreht sich dann aber um, fährt sich mit der Hand über den Kopf und schaut an die Decke. Und jetzt weiß ich auch sofort, was anders an ihm ist. Seine Haare fliegen. Das ist das erste Mal, dass ich Friedls Haare fliegen sehe. Sonst waren sie immer so dermaßen kurz geschnitten gewesen, dass sie nur kerzengrade nach oben stehen konnten. Aber jetzt bewegen sie sich mit jedem Kopfschwung.

»Deine Haare sind anders«, sage ich zu ihm.

»Alles ist anders, Locke.«

Da bin ich aber jetzt neugierig.

»Okay. Dann leg los«, sage ich noch und Friedl setzt sich wieder und beginnt zu erzählen.

In der folgenden Stunde komme ich aus dem Staunen gar nicht mehr raus. Aus dem Staunen nicht, nicht aus dem Ärgern und auch nicht aus dem Kummer.

Friedl will nämlich ernsthaft nach Heidelberg zurück. Und so wie's ausschaut, für immer. Im Grunde ist er nur kurz gekommen, um seine Sachen zu holen. Und, um Abschied zu nehmen von seiner Familie und seinen Freunden. Es ist einfach so toll da, sagt er. Mit der ganzen Natur dort und den Kaninchen. Er macht einen auf völlig begeistert. Ständig redet er über irgendwelche Kalifornier, Japaner und Blaue Wiener. Das sind alles Karnickel, erzählt er, und die haben's ihm jetzt plötzlich angetan. Und stell dir vor, er war sogar schon auf einer Kaninchenschau, und das war total aufregend dort. Sein Opa ist genial, sagt er. Überhaupt einer der besten Züchter weit und breit, der sogar schon einige Male Deutscher Meister war. Und der steht täglich von morgens bis abends bei seinen Viechern im Stall und hält sie in Schuss, damit er bald wieder Deutscher Meister wird. Und wenn der Alte nicht grade in den Ställen rumhängt, dann geht er zum Fliegenfischen, das macht er nämlich auch ziemlich gerne. Und da war er natürlich auch mit von der Partie, der Friedl. Und das ist erst recht ganz großartig. Aber das Allerbeste ist, nur ein paar Kilometer von seinen Großeltern entfernt, da ist ein Bauernhof. Und dort gibt es Zwillinge genau in unserem Alter, sagt er. Thomas und Andreas heißen die beiden, werden aber nur Thomerl und Anderl genannt. Mich würgt es jetzt direkt. Und mit den beiden versteht er sich voll prima. Überhaupt ist alles so was von toll dort bei seinen Großeltern, das können wir uns überhaupt gar nicht vorstellen, sagt er weiter. Wollen wir auch gar nicht. Als er fertig ist mit seinen Lobpreisungen, ist es erst mal eine ganze Weile lang sehr still im Casino. Niemand sagt was. Doch alle Blicke ruhen plötzlich auf mir, ich merke es genau.

»Was?«, schreie ich deswegen und stehe auf.

»Sag mal, Friedl, kann es vielleicht sein, dass du dir das alles nur schönredest, weil du unbedingt weg willst von deinem Alten?«, fragt Robin dann plötzlich. Friedl kriegt ein feuerrotes Gesicht und springt jetzt ebenfalls auf.

»Mann, ich hätte es wissen müssen, dass ihr das alles nicht versteht. Ihr könnt das auch gar nicht verstehen, weil ihr einfach keine Ahnung davon habt, verdammt«, sagt er noch und geht zur Türe. Ich folge ihm. Hebe kurz die Hand zum Abschied und folge ihm nach draußen zu seinem Fahrrad.

»Du musst nicht mitkommen«, sagt er.

»Ich weiß, aber ich möchte mitkommen.«

So wandern wir Seite an Seite durch die Nacht und schieben das Fahrrad neben uns her.

»Ist es wirklich wahr, dass du weggehst?«, frage ich, weil ich es echt gar nicht glauben kann.

Er nickt.

»Und wann?«

»Nach diesem Wochenende, Locke. Am Montag müssen wir schon die Schulanmeldung machen.«

Jetzt könnte ich weinen. Er will mich hier einfach allein zurücklassen. Was denkt er sich eigentlich dabei? Wir sind doch sogar Sitznachbarn in der Schule. Seit tausend Jahren unge-

fähr. Neben wen soll ich mich denn bitte jetzt hocken? Hat
er da schon mal drüber nachgedacht? Mir laufen vor Wut die
Tränen übers Gesicht.

»Aber warum? Es muss doch irgendeinen Scheißgrund dafür geben!«

»Es ist so, wie es ist. Und weißt du, Locke, es ist ja auch
nicht für immer. Und du kannst mich in den Ferien auch jederzeit besuchen«, sagt er jetzt, und ich merke genau, dass
auch er weint.

»Was heißt nicht für immer? Wann kommst du zurück?«

»In ein paar Jahren. Wenn ich volljährig bin und mir selber eine Wohnung leisten kann, da komm ich zurück, versprochen.«

»Na toll, das sind noch beinah drei Jahre.«

»Zwei Jahre, vier Monate und sechzehn Tage. Jedenfalls bis
zu meinem Geburtstag.«

»Das hast du aber ganz genau ausgerechnet.«

Er nickt.

»Sag mal, Friedl, und jetzt lüg mich nicht an, kann es sein,
dass diese ganze Geschichte doch etwas mit deinem Vater zu
tun hat?«, frage ich, halte ihn am Arm fest und schaue ihm direkt ins Gesicht. Er kann mich nicht ansehen, ich merke das
genau. Umso hartnäckiger schaue ich ihn an. Dann wendet
er sich ab, geht ein paar Schritte, lehnt sein Rad an eine Stra-
ßenlaterne und kramt in seiner Jackentasche. Er hat wieder
diese hektischen roten Flecken im ganzen Gesicht, ich sehe
es genau.

»Nicht nur, Locke. Es hat nicht nur mit meinem Vater zu
tun«, sagt er und hält mir eine Zigarette entgegen. Wir setzen uns auf den Bürgersteig und rauchen. »Auch mit meiner
Mutter hat es etwas zu tun. Weißt du, ich hab von meinen
Großeltern aus jeden Tag mit ihr telefoniert. Und sie hat gesagt, dass er viel ruhiger ist, seitdem ich nicht mehr da bin. Er
schreit nicht mehr so rum und ist auch nicht mehr so aggres-

siv, hat sie gesagt.« Jetzt fängt er wieder zu weinen an. Scheiße. Ich klopfe ihm mal auf die Schulter.

»Weißt du, Locke, ich bin es, der ihn so aggressiv macht. Ich
bin es, verstehst du? Und weißt du auch weswegen?«

Er schaut mir jetzt direkt in die Augen und Tränen laufen
ihm übers Gesicht.

Ich schüttle den Kopf.

»Weil ich gar nicht sein Kind bin, Locke. Ich bin gar nicht
sein Kind, verstehst du!«

»Wie, du bist nicht sein Kind? Wieso bist du jetzt plötzlich
nicht mehr sein Kind, Friedl?«

»Weil ich es eben überhaupt noch nie war, verstehst du? Sie
hat es mir am Telefon gesagt, kannst du dir das vorstellen? Ja,
meine Mutter hat mir vor ein paar Tagen am Telefon gesagt,
dass er gar nicht mein Vater ist. Dass ich ein Ausrutscher war.
Kapierst du? Beim Fremdgehen. Ja, sie ist einfach mal fremd-
gegangen, diese blöde Nutte. Ha! Meine Mutter hat einfach
mal kurz mit einem Kameraden von meinem Vater gevögelt
und dabei bin ich dann entstanden. So einfach ist das! Was
gibt's jetzt da nicht zu verstehen, du Blödmann?«

Ich weiß jetzt eigentlich gar nicht mehr, wo mir der Kopf
steht. Ich kann auch keinen klaren Gedanken mehr fassen.
Mir ist kalt und meine Rippen tun höllisch weh, das ist alles,
was ich jetzt gerade denken kann. Im Gebäudekomplex gegenüber ist die Leuchtreklame kaputt. Die grellblaue Schrift
geht immer wieder aus und dann wieder an. Sie flimmert und
zuckt und macht die Nacht einmal dunkel und dann wieder
hell. Dunkel und hell. Die beiden Birken davor sind einmal
weg und einmal blau. Und meine Rippen tun weh. Ich kann
nicht mehr denken. Verdammt. Erst als die Zigarettenglut
an meinen Fingerkuppen brennt, erst da komme ich wieder
einigermaßen zu mir. Ich kann einen Typen erkennen, der von
der anderen Straßenseite her auf uns zukommt, und er sieht
ziemlich fertig aus.

»Habt ihr mal Feuer?«, fragt er mit einer Kippe im Mund-winkel. Ich hole mein Feuerzeug aus der Hosentasche und drücke es ihm in die Hand.

»Merci«, sagt er und zündet seine Zigarette an, ohne uns dabei aus den Augen zu lassen. Wir geben wohl gerade ein eher seltsames Bild ab, wir beide. Wie wir da so am Bordstein hocken und heulen. Jedenfalls fragt er noch. »Sagt mal, seid ihr bekifft, oder was?«

»Verpiss dich«, sage ich.

»Hey, schon gut, Mann«, sagt er, wirft mir mein Feuerzeug zurück und verschwindet dann wieder im Dunkel und Hell. Und dabei wirkt er, als ginge er im Zeitraffer über die Straße. Ich sehe noch ein bisschen hinter ihm her. Ja, so ein Zeitraffer, das wäre manchmal eine echt geniale Sache.

Friedl weint noch immer.

»Weißt du, Locke, er kann mich einfach nicht mehr sehen, sagt meine Mutter. Ich würde ihn mehr und mehr an meinen leiblichen Vater erinnern, und das kann er halt einfach nicht mehr verkraften, verstehst du. Immer, wenn er mich ansieht, dann sieht er diesen Typen, der einmal sein Kamerad gewesen ist und seine Frau gevögelt hat. Deswegen auch immer diese Schikanen, weißt du. Immer diese elenden Schikanen. Aber, ha! Irgendwie kann ich ihn sogar direkt verstehen. Nein, im Ernst. Was denkst du, was das für ein Gefühl für ihn ist? Je-den Tag aufs Neue mit dem Seitensprung seiner Frau und dem Verrat seines Kameraden konfrontiert zu werden. Wenn ich da drüber nachdenke, dann möchte ich auch nicht in sei-ner Haut stecken, Locke. Nein, echt nicht. Du etwa?«

»Nein, natürlich nicht.«

»Eben«, sagt er und steht auf. »Drum ist es wahrscheinlich schon das Beste, jetzt erst einmal das Feld zu räumen, glaub mir. Und bei meinen Großeltern, da ist es wirklich gar nicht so schlecht. Sie kümmern sich echt gut um mich. Im Übrigen, wenn ich ganz ehrlich bin, wird mir außer dir sowieso niemand fehlen. Weil, meine Mutter, die kann ich im Moment auch nicht richtig ertragen, obwohl sie furchtbar geheult hat. Oder vielleicht sogar deshalb.«

»Ja, das kann ich verstehen«, sage ich und erhebe mich ebenfalls.

Dann umarmen wir uns. Friedl wischt sich noch kurz übers Gesicht und geht dann rüber zum Fahrrad. Ich setze mich hinten auf den Gepäckträger, und im ersten Morgengrauen fahren wir wieder nach Hause.

Dreiundzwanzig

Fast den ganzen nächsten Nachmittag verbringen wir gemeinsam an der Isar, Friedl und ich. Es ist zwar mittlerweile zu kalt, um ins Wasser zu gehen, aber am Strand ist es trotzdem genial. Unterwegs haben wir im Wäldchen noch Holz eingesammelt, und damit machen wir uns unten auf dem Kies ein kleines Feuer. Wir haben Verpflegung dabei, samt Cola und Kippen, sitzen Schulter an Schulter und schauen auf das Wasser hinaus. Die Astspitzen der Trauerweiden treiben mit dem Sog mit, und beinahe wirkt es, als winkten sie den Fluten hinterher. Und irgendwie habe ich das Gefühl, die Strömung ist heute langsamer als sonst. Träger. Doch noch nie zuvor war das Wasser so schwarz. Tief und trüb und dunkel. Fast ein bisschen unheimlich. Ganz kurz muss ich an Robin denken und an Achmed. Doch das Klicken des Feuerzeugs reißt mich aus meinen Gedanken. Friedl reicht mir eine Kippe rüber und die brennt bereits. Und dann sprudeln sie einfach so heraus, unsere Erinnerungen, Gedanken, Bilder, alles, was wir zusammen erlebt haben. Und da ist einiges zusammengekommen in den ganzen Jahren, so viel Lustiges, Schräges, Trauriges. Wir reden und reden und schauen dabei auf die Isar hinaus. Und erst jetzt wird mir so richtig bewusst, was für einen enormen Stellenwert Friedl in meinem Leben überhaupt hat. Er wird eine Lücke hinterlassen, die keiner mehr schließen kann. Ja, die ich auch von niemand anderem geschlossen haben möchte. Erst recht nicht, wo er doch sagt, dass er sowieso wieder zurückkommt. Aber Scheiße, zweieinhalb Jahre, Mann, das ist eine Ewigkeit! Und ob er dann auch tatsächlich zurückkommt, das weiß der Geier. Keine Ahnung, was bis dahin so alles passiert. Nein, ich sollte mich seelisch und moralisch besser nicht darauf verlassen. Lieber mal gleich damit rechnen, dass er für immer fortgeht. Irgendwie hat meine Stimmung plötzlich den Gefrierpunkt erreicht. Ich stehe auf und suche meine Sachen auf dem Kiesbett zusammen.

»Was hast du jetzt vor?«, fragt Friedl und schaut zu mir auf.

»Ich muss weg hier«, sage ich.

»Warum denn so schnell? Es ist doch noch so früh.«

»Keine Ahnung.«

»Mann, warte, ich komm mit.«

»Nein, du bleibst hier, verstanden! Ich will jetzt lieber alleine sein, kapiert. Wird sowieso höchste Zeit, dass ich mich daran gewöhne.«

»Mann, Locke …«

»Lass mich einfach zufrieden, okay?«

Ich schnappe mir mein Skateboard und den Rucksack und mache mich vom Acker. So schnell ich nur kann, gehe ich den Kiesweg zur Straße entlang. Schon Augenblicke später radelt Friedl an mir vorbei und sagt kein einziges Wort. Na also, geht doch!

Unterwegs geht mir das alles noch einmal durch den Kopf. Alles, worüber wir gerade gesprochen haben, Friedl und ich. Und es macht mich fertig, echt. Und da muss es ausgerechnet seine Mutter sein, die mir nur ein paar Schritte vor unserer

Wohnung über den Weg läuft. Sie kommt lächelnd auf mich zu, bleibt dann bei mir stehen und legt ihre Hand auf meine Schulter.

»Na, Locke, ganz alleine?«, sagt sie und lächelt noch immer. »Ich dachte, du bist mit Friedl unterwegs.«

Blöde Schlampe ist das Einzige, was mir jetzt einfallen will. Ich schüttle ihre Hand ab, als wäre sie ein stinkendes Vieh, und lasse sie dann einfach auf dem Bürgersteig stehen.

Ich bin zuhause noch kaum zur Tür drin, da läutet auch schon das Telefon. Elvira ist dran. Sie sagt, sie sei noch kurz bei Aicha im Krankenhaus und werde ein bisschen später nach Hause kommen. Und ich solle doch bitte schön so nett sein und Conradow solange unterhalten. Prima, das hat mir heute gerade noch gefehlt! Ein paar Minuten später ist er auch schon da. Er hat wieder einen kleinen Strauß Blumen dabei und drückt ihn mir in die Hand. Achtlos und gedankenverloren lege ich ihn auf den Küchentisch und wir gehen ins Wohnzimmer rüber.

»Elvira kommt ein bisschen später, sie ist noch im Krankenhaus bei Aicha.«

»Ah, das ist schön, da war ich heute auch schon. Und wir haben ohnehin noch reichlich Zeit. Wir besuchen ja erst die Spätvorstellung«, sagt er und hockt sich in einen Sessel. Napoleon liegt drüben auf der Couch und beobachtet uns argwöhnisch.

»Was zu trinken?«, frage ich, wenn auch nicht übermäßig freundlich.

»Gerne. Ein Glas Wasser bitte, wenn's keine Umstände macht. Sag mal, Marvin, habt ihr etwa ein neues Kätzchen?«, sagt er und steht wieder auf.

»Bestie würde es eher treffen«, sage ich aus der Küche heraus, und schon kann ich das tierische Fauchen hören. Ich muss grinsen.

»Hui, es sieht ganz so aus, als verteidige sie ihr Revier«, sagt Conradow, als ich mit dem Glas zurückkomme.

»Er«, antworte ich. »Er verteidigt sein Revier.«

»Wieder ein Kater, so, so«, sagt er, nimmt einen Schluck Wasser und setzt sich dann wieder hin. »Und wieder ein Dreibeiner.«

»Möchtest du dich nicht ein bisschen zu mir setzen, Marvin?«

»Soll ich jetzt hier den Pausenclown mimen, oder was?«

»Sag mal, ist dir 'ne Laus über die Leber gelaufen, oder was ist los?«

Da hat er mich aber jetzt auf dem falschen Fuß erwischt. Auf dem ganz falschen sogar. Ich atme tief durch, setze mich in den Sessel gegenüber und beuge mich weit zu ihm nach vorne.

»Können Sie mir eigentlich einmal sagen, was Sie von meiner Mutter wollen, Conradow? Was soll das alles mit den Blumen und dem Kino und dem Tanzen und so? Schauen Sie doch bitte mal ganz genau hin. Euch trennen doch Welten. Was soll das werden, wenn's fertig ist? Aschenputtel, oder was?«, knurre ich ihn an und muss mich dabei fast ein bisschen über mich selber wundern.

Schweigsam und nachdenklich schaut mich Conradow an, und irgendwie habe ich den Eindruck, er findet nicht gleich die Worte, die er sucht. Jetzt bin ich aber mal gespannt.

»Weißt du, junger Mann, das geht dich eigentlich gar nichts an. Ich bin erwachsen und deine Mutter ist es auch. Aber ich werde dir trotzdem etwas erzählen, einfach, weil ich dich mag«, sagt er, steht auf und geht zum Fenster rüber. Eigentlich ärgere ich mich gerade über mich selber. Warum habe ich das nur angeschnitten? Er hat ja recht, es geht mich nichts an. Im Übrigen habe ich mein eigenes Leben, und das ist gerade verkorkst genug. Da muss ich mich nicht auch noch in das von anderen einmischen. Conradow zieht die Gardinen zur Seite und schaut hinaus.

»Es ist ziemlich einfach, ich mag deine Mutter. Sehr sogar«, sagt er weiter und es klingt beinahe zärtlich. Das ist mir jetzt peinlich. Ich würde gerne das Zimmer verlassen. »Ja, ob du es glaubst oder nicht, ich verbringe gerne meine Zeit an ihrer Seite. Ich mag ihre Stimme, ich mag ihr Lachen und überhaupt ihr ganzes bezauberndes Wesen. Sie ist so, ja, wie soll ich das nennen? So einfach, vielleicht. Aber nicht im negativen Sinne. Nein, überhaupt nicht, ganz im Gegenteil.«

Was soll bitte schön daran positiv sein, wenn jemand »einfach« genannt wird? Ich weiß sehr wohl, wie einfach Elvira gestrickt ist, und kann daran wenig Positives erkennen.

»Weißt du, Marvin, ich habe in all meinen Berufsjahren so viel mit unglaublich wichtigen und unglaublich klugen Frauen zu tun gehabt. All diese Damen mit ihrem affektierten Gehabe, ihren überheblichen Ansichten, ihrem intellektuellen Geschwätze. Ach, es ist einfach nur nervtötend. Ich komme ja aus einer sehr einfachen Familie. Meine Eltern, die waren beide ganz liebe und warmherzige Menschen, und beide waren sie ganz einfache Fabrikarbeiter. Und mein Studium, das haben sie sich im wahrsten Sinne vom Mund abgespart. Und dafür bin ich ihnen auch ein Leben lang unendlich dankbar, weil ich nun zumindest beruflich das machen kann, was mir Freude bereitet. Wenn aber ein achtundvierzigjähriger Mann in seiner Freizeit die meiste Zeit mit einer Modelleisenbahn spielt, dann ist das doch zumindest fragwürdig, meinst du nicht?«

»Doch, irgendwie schon«, murmle ich so vor mich hin. Ich will das alles gar nicht wissen. Und am wenigsten, dass Conradow Modelleisenbahn spielt. Er ist mein Lieblingslehrer, steht in seinem weißen Kittel vorne am Pult und verkündet Weisheiten aus Kunst und Musik. Ich möchte nicht wissen, dass er Modelleisenbahn spielt. Verdammt!

»Siehst du, mein Junge. Und genau aus diesem Grund verbringe ich meine Zeit so gern mit deiner Mutter. Weil sie mir unglaublich ähnlich ist, einfach und bodenständig. Das mag ich an ihr. Und sie ist bei weitem nicht dumm, Marvin. Das darfst du wirklich nicht denken. Sie ist ungebildet, das stimmt. Aber das kann man ja ändern. Und es macht mir sehr viel Freude, ihr von Musik oder Kunst zu erzählen. Sie ist neugierig wie ein kleines Mädchen. Ja, sie kann sich so herrlich begeistern, und ich kann endlich meine Begeisterung mit jemandem teilen. So kommen wir doch beide auf unsere Kosten und keiner ist mehr allein. Ja, das ist vielleicht das Schönste daran, dass keiner von uns jetzt mehr alleine ist. Kannst du das denn nicht verstehen, Marvin?«

Ich nicke und muss an Friedl denken. Wenn das überhaupt einer verstehen kann, dann bin ich das.

Dann aber kann ich zum Glück auch schon die Haustür hören und Napoleon offensichtlich ebenso. Jedenfalls springt er von der Couch und läuft in den Flur raus. Dort schmiegt er sich an Elviras Beine, was mich ziemlich verwundert. Warum faucht er nicht? Was hat sie mit ihm gemacht?

»Hallo miteinander!«, ruft sie ins Wohnzimmer rüber, während sie Jacke und Tasche an den Haken hängt. Danach geht sie in die Küche und ich folge ihr.

»Was hast du mit Napoleon angestellt, dass er dich so begrüßt?«, will ich jetzt wissen. Sie lacht. Und sie öffnet dabei eine Dose.

»Thunfisch ist das Geheimnis, Locke«, sagt sie, füllt die Katzenschüssel und stellt sie auf den Boden. »Darauf fährt er voll ab.«

Conradow kommt in die Küche und streichelt ihr kurz über die Schulter.

»Hallo Elvira. Schön, Sie zu sehen. Ich freu mich auf den Film heute Abend. Er wird Ihnen sicherlich sehr gut gefallen«, sagt er fast zärtlich.

»Ich freu mich auch sehr. Geben Sie mir bloß zehn Minuten«, antwortet sie und ihre Wangen werden leicht rot.

»Ich hab Ihnen ein paar Blümchen mitgebracht«, sagt er weiter und deutet auf den Strauß am Tisch.

»Herrje. Warum sind die denn nicht in einer Vase? Locke, kannst du mir bitte schnell mal die blaue Vase aus der Vitrine holen? Ach, sind die hübsch. Vielen Dank.« Ich gehe und hole die blöde Vase. Dann verziehe ich mich in mein Zimmer. Im Haus gegenüber steht Friedl am Fenster und schaut zu mir rüber. Ich ziehe die Vorhänge zu, setze mich an meinen PC und töte Soldaten. Sie tragen Hosen mit Tarnmuster drauf. Ich knalle sie alle der Reihe nach ab. Danach geht es mir deutlich besser. Ich werfe mich aufs Bett und starre an die Decke. Conradow und Elvira! Ich fasse es nicht. Und freilich freue ich mich auch ein bisschen für die beiden. Weil es natürlich schon richtig ist, niemand ist gerne alleine, wem sagt er das. Und Elvira war es lange genug. Hat lange genug in die blöde Glotze geguckt und Kindermilchschnitten vertilgt. Und ich gönne ihr das jetzt alles wirklich von Herzen. Und Conradow sowieso. Aber andererseits kann ich den Gedanken nicht wirklich ertragen. Dass sie womöglich noch weiter gehen. Momentan siezen sie sich ja noch. Da gehe ich mal davon aus, dass noch nichts Richtiges passiert ist. Also was Sexuelles, meine ich. Doch was, wenn es echt so weit kommt? Weiß echt nicht, ob ich das packe.

Plötzlich geht meine Zimmertüre einen Spalt weit auf und Kevin schaut zu mir rein.

»Hi, Locke. Was ist mit dir los? Geht's dir nicht gut?«, fragt er, und ich setze mich auf.

»Nein, alles in Ordnung. Was machst du denn hier? Heute keine Nachtschicht?«

»Nee, heute hab ich frei. Gott sei Dank. Ich komm langsam echt auf dem Zahnfleisch daher, das kannst du mir glauben«, sagt er, dreht sich ab und geht ins Wohnzimmer rüber. Er hat eine Pizzaschachtel in der Hand. Damit setzt er sich an den Tisch und öffnet sie genüsslich. Und in null Komma nichts hat sich der ganze Duft im Raum verbreitet. Kevin nimmt sich ein Stück aus der Schachtel und beißt herzhaft hinein. Ich kann genau sehen, wie sehr es ihm schmeckt.

»Wo ist denn Elvira?«, will er wissen.

»Im Kino. Mit Conradow.«

»So, so«, grinst er über seine Pizza hinweg zu mir rüber. »Auch ein Stück?«, fragt er mich dann.

Ich schüttele den Kopf. Nein, das geht echt nicht. Wenn jemand nur noch aus Haut und Knochen besteht und Augenringe bis runter zum Kinn hat, dann isst man ihm nicht auch noch die Pizza weg. Selbst, wenn sie noch so gut duftet. »Das mit Conradow und Elvira, wie findest du das eigentlich?«, möchte ich jetzt von ihm wissen.

»Na, wie schon? Gut natürlich. Wenn sich zwei einsame Seelen finden, dann kann das nur gut sein, oder? Aber warum fragst du?«

»Keine Ahnung. Ist nicht so wichtig.«

Er schiebt sich das letzte Stück in den Mund, trinkt eine ganze Dose Cola auf ex und rülpst erst mal ordentlich. Ich muss lachen.

»Sorry, Alter, aber das musste jetzt einfach raus«, sagt er.

»Kein Problem, wir sind ja unter uns.«

»Also gut, ich werde mich jetzt erst mal aufs Ohr hauen und bis morgen Mittag durchschlafen. Verstanden? Also bitte möglichst leise sein und nicht ins Zimmer kommen, Locke. Ich brauche jetzt echt mal 'ne Mütze voll Schlaf.«

Dann steht er auf und entdeckt den Kater auf der Couch.

»Ja, hallo, was ist das denn?«, will er jetzt noch wissen.

»Das? Das ist Napoleon«, sage ich und gehe mal zu ihm rüber. Und sofort faucht der mich an.

»Ja, das ist ganz offensichtlich«, lacht Kevin und bringt seine Schachtel zum Müll in die Küche. Er ist grade auf dem Weg in sein Zimmer, da bleibt er noch kurz an der Kommode im Flur stehen.

»Ach, ja, fast hätte ich es vergessen. Ich hab die Post mit nach oben gebracht. Hat wohl noch keiner heute gemacht«, sagt er und deutet dabei auf einige Briefe, die dort auf der Kommode liegen.

»Nee, hat Elvira wahrscheinlich vergessen. Sie war heute sowieso total durch den Wind, weil sie ja zuerst so lange bei Aicha im Krankenhaus war und anschließend eben noch diese mordswichtige Verabredung fürs Kino hatte.«

Da fällt mir das Foto wieder ein. Dieses Foto von Aicha und dem Baby. Mensch, das müsste doch heute in der Post sein. Ich schaue gleich einmal nach. Tatsächlich, da ist es! Ich muss es verstecken, bevor Kevin es findet. Aicha will es ihm sicherlich selber geben. Wohin damit? Verdammt! Ich schaue mich kurz um und wirke dabei wohl etwas hektisch.

»Was ist los mit dir, Locke? Hast du grade den Teufel gesehen?«

»Nein, gar nicht. Es ist nichts. Du wolltest doch gerade ins Bett gehen, oder?«, stottere ich so vor mich hin.

»Was ist in dem Umschlag? Komm, zeig schon her. Ist da vielleicht etwas über den Meister drin? Haben sie ihn gefunden? Jetzt sag schon, steht da etwas über dieses Arschloch drin?«, fragt er mich, und bis ich schauen kann, hat er mir auch schon das Kuvert aus der Hand gerissen, öffnet es sofort, und Augenblicke später fingert er auch schon das Foto heraus. Nachdem er es nur ganz kurz angeschaut hat, fängt er an zu taumeln. Und so hake ich ihn unter, bringe ihn vorsichtig in sein Zimmer rüber, und dort lässt er sich aufs Bett fallen. Minutenlang starrt er dann auf dieses Bild. Und ich stehe ziemlich unsicher daneben und weiß gar nicht recht, was ich jetzt tun soll. Irgendwann drehe ich mich ab und gehe raus. Ganz leise mache ich die Zimmertür hinter mir zu.

Am nächsten Abend kriege ich eine SMS von Friedl: Kannst du mal kurz aus dem Fenster sehen? Also gehe ich rüber zum

Fenster, schiebe die Gardinen beiseite und sehe hinaus. Friedl steht unten, schaut zu mir rauf und hebt dann die Hand. Seine Eltern, oder wie immer man die jetzt auch bezeichnen soll, sind gerade dabei, einige Koffer im Wagen zu verstauen. Als endlich alles verstaut ist, geht sein Vater zurück ins Haus und seine Mutter setzt sich ans Steuer. Der Alte hat sich noch nicht einmal verabschiedet von Friedl. Ich hebe jetzt auch meine Hand. Für einen Augenblick bleiben wir beide so stehen. Dann öffnet Friedl die Autotür und steigt ein. Mit einem einzigen Ruck mache ich die Gardinen wieder zu. Der Vorhang fällt, könnte man sagen.

Vierundzwanzig

Als ich am nächsten Tag zum Casino rauskomme, sind Robin und Achmed ganz aufgeregt.

»Stell dir vor, Locke, es waren vorher so ein paar Typen hier mit Anzug und Krawatte. Die kamen hier an mit ihren echt fetten Kisten und haben dann angefangen, tonnenweise Pläne auszurollen. Sind dann stundenlang durch die ganzen Werkshallen gelatscht und schließlich hier genau vor dem Casino stehen geblieben«, sagt Robin, kaum dass ich zur Tür drin bin.

»Und weiter?«, frage ich.

»Wir haben jedes Wort verstehen können, nicht wahr, Achmed? Jedes einzelne Wort.«

Der nickt.

»Also was jetzt? Was wollten die hier?«, frage ich ein bisschen genervt.

»Sie wollen das Casino abreißen«, übernimmt dann Achmed das Kommando, »weil es einfach nicht dazu passt, und weil es eh keiner mehr braucht. Baracke haben sie es genannt, stell dir das vor. Sie haben gesagt, diese Baracke muss natürlich dann weg.«

»Und wozu soll es nicht passen, wenn ich fragen darf?« Ich habe bisher echt kein bisschen Durchblick.

»Na, zu den Lofts halt. Die wollen die Werksgebäude hier alle umbauen, Mensch. Mordsmoderne Lofts sollen das werden, mit so 'nem Park in der Mitte mit Bäumen und Brunnen und solchem Trara. Und dieser Park, der soll eben ausgerechnet genau da hin, wo jetzt unser Casino steht.«

Das sind ja wirklich mal wieder ganz tolle Nachrichten, ehrlich. Ich setze mich erst mal aufs Sofa. Langsam kriege ich den Eindruck, ich drehe am Rad. Wenn die uns jetzt auch noch das Casino wegnehmen, dann habe ich nichts mehr. Dann habe ich überhaupt gar nichts mehr.

»Und wann soll das losgehen mit diesen Lofts?«, frage ich, einfach in der Hoffnung, dass wir bis dahin schon längst alle erwachsen sind.

»Im Frühjahr beginnen die Umbauarbeiten, haben die gesagt. Aber wann die Bagger hier anrollen, um das Casino wegzuschieben, davon war leider nicht die Rede«, sagt Achmed.

»Aber du kannst sicher mal davon ausgehen, dass diese Aktion deutlich früher gestartet wird, weil die ja wahrscheinlich den Platz brauchen werden für das Baumaterial und die Container und all diesen Scheiß«, murmelt Robin und bringt mir eine Dose Cola rüber zum Sofa. Die öffne ich erst mal und nehme einen großen Schluck. Meine Kehle ist vollkommen trocken. Und auf einmal muss ich irgendwie an Friedl denken, dort in Heidelberg mit seinen blöden Kaninchen. Und ich denke an Aicha und die kleine Stella. An diese Scheißunterführung. An Meister mit seiner Edellederjacke und dem kaputten Zahn, was echt scheiße aussieht. Ich denke an Novak, die dreckigen Nägel und sein zuckendes Muttermal. Und ich denke an Elvira und Conradow, dieses seltsame Paar, das ich eigentlich mag und doch wieder nicht. Dann denke ich plötzlich an dieses rothaarige Zauberwesen aus dem Fotogeschäft. Henry.

Und ich weiß, ich muss weg hier.

Ich fahre mit dem Skateboard direkt zum Laden und schaue rauf zu dem Fenster, wo sie neulich gesessen hatte. Es ist geschlossen, so wie auch das Geschäft. Ja, klar, sie sind wohl noch immer im Urlaub. Schade. Echt schade. Ich hätte jetzt dringend etwas gebraucht, das meine Stimmung wenigstens ein kleines bisschen aufbessert. Aber da kann man wohl nichts machen. Ich weiß jetzt eigentlich gar nicht recht, wo ich hinsoll, und so bleibe ich einfach eine Weile stehen und schaue ab und zu wie ein Trottel zu diesem blöden Fenster hinauf.

»Bist du hier angewachsen, oder was?«, höre ich auf einmal hinter mir eine Stimme. Ich drehe mich um, und da kommt sie über die Straße gelaufen. Ihr Vater ist auch mit dabei und beide essen ein Eis.

»Ich dachte, du wärst noch im Urlaub«, stammele ich total hilflos herum.

»Du hast gedacht, ich wär noch im Urlaub? Und deswegen stehst du hier und glotzt zu meinem Fenster hoch? Macht das irgendeinen Sinn?«

»Nein«, stottere ich.

»Sondern?«

»Henry, jetzt stopp mal. Du machst ihn doch total verlegen«, mischt sich ihr Vater jetzt ein. Er zieht einen Schlüssel aus der Jackentasche, geht zur Haustür und verschwindet dann dahinter.

»Also noch mal, wieso starrst du zu meinem Fenster rauf? Und das, obwohl du denkst, dass ich gar nicht da bin.«

»Ich hatte grade keine so tolle Woche, weißt du. Und da wollte ich halt einfach mal was sehen, das … na ja, keine Ahnung …«

»Du wolltest einfach was sehen, das dir gefällt, stimmt's?«, grinst sie mich an.

Ich nicke. Und wahrscheinlich werde ich grade unglaublich rot. Sie sieht heute einfach umwerfend aus, hat einen Pferdeschwanz und trägt eine riesige Sonnenbrille. Echt heiß.

»Und da ist dir mein Fenster eingefallen.«

Ich nicke wieder.

»Wenn es dir so gut gefällt, dieses Fenster, kann ich dir gerne mal ein Foto davon machen.«

»Nee, lass mal. Ich kann ja jederzeit vorbeikommen, wenn's mir wieder danach ist.«

Wir grinsen uns an.

»Wieso eigentlich Henry?«

»Kommt von Henriette.«

»Ja, klar.«

»Findest du Henriette schön?«

»Keine Ahnung.«

»Komm, jetzt sag schon!«

»Nee, eigentlich nicht.«

»Siehst du, ich auch nicht. Drum eben Henry.«

»Verstehe. Und passt eh viel besser.«

»Findest du?«

»Ja.«

»Hast du auch 'nen Namen?«

»Ich bin Marvin. Aber eigentlich nennen mich alle bloß Locke.«

»Kann das irgendwas mit deinen Haaren zu tun haben?«, grinst sie, und wenn sie grinst, dann ist es, als würden all die kleinen Sommersprossen in ihrem Gesicht rumtanzen.

»Möglich«, sage ich und wende meinen Blick ab. Wenn ich sie weiter so anstarre, wird es vermutlich irgendwie peinlich.

»Okay. Sonst noch was?«

»Nee.«

»Dann geh ich mal rein, okay?«

»Okay«, sage ich noch, steige auf mein Board und donnere die Straße hinunter. Ich lege mich wirklich voll ins Zeug, weil ich ihre Blicke in meinem Rücken förmlich spüren kann.

Als ich nach Hause komme, sind Walther und Annemarie wieder einmal zu Besuch. Beide hocken auf dem Fußboden vor der Couch und schauen Napoleon an. Der wiederum beäugt sie ebenfalls, jedoch mit äußerstem Argwohn, hat seinen Kopf zurückgenommen und die Schulter vorgeschoben. Aber fauchen tut er nicht, und das ist ja auch schon was wert.

»Na, hallo, junger Mann«, sagt Walther, steht auf und klopft mir kurz auf den Oberarm.

»Hallo«, sage ich und hole mir erst mal eine Tasse aus dem Schrank. Dann gieße ich mir Kaffee ein.

»Ob der jemals noch zutraulich wird?«, fragt Annemarie, steht jetzt auch auf und kommt rüber zum Tisch.

»Er ist gut so, wie er ist«, sagt Elvira. »Er kommt in den Flur gelaufen und schmiegt sich an meine Beine, wenn ich nach Hause komme. Ich kann ihn auch streicheln. Das mag er. Überall. In der Küche, im Flur und auch auf dem Fußboden im Wohnzimmer. Er will nur seine Couch nicht teilen. Das ist alles. Und zwar mit niemandem. Aber das muss er ja auch nicht. Sind ja genügend andere Sitzmöbel hier, oder?«

Annemarie und Walther tauschen Blicke aus. Blicke mit hochgezogenen Brauen.

»Ich finde das prima«, sage ich. »Wenn mal einer kommt, der uns nicht passt, dann hocken wir ihn einfach auf die Couch. Der kommt sicherlich nicht so bald wieder.«

Elvira lacht.

Dann läutet das Telefon und ich gehe ran. Es ist Conradow und er will mit Elvira sprechen.

»Elvira, es ist Conradow«, sage ich und reiche ihr den Hörer. Sie verschwindet damit im Flur und macht die Tür hinter sich zu.

»Die sind ja jetzt richtig viel zusammen, die beiden«, sagt Annemarie.

»Wenn sie Spaß daran haben«, sagt Walther.

»Gibt's was Neues in Sachen Meister?«, will ich jetzt wissen. Walther schüttelt den Kopf.

»Nichts wirklich Handfestes, Marvin. Leider. Zwei Kollegen aus Frankfurt haben zwar behauptet, ihn gesehen zu haben. In der Nähe vom Bahnhof. Aber sie haben ihn nur im Vorbeifahren gesehen. Und das aus der Ferne. Bis sie den Streifenwagen gewendet hatten, war er natürlich längst weg. Das Gebiet rund um den Bahnhof wird jetzt verstärkt beobachtet. Aber wer weiß, ob er es überhaupt war.«

Elvira kommt zurück. Und sie lächelt.

»Na, irgendwelche erfreulichen Nachrichten heute?«, fragt Annemarie.

»Ja, das kann man wohl sagen«, sagt Elvira. »Wir gehen nämlich heute Abend zum Tanzen. Und ihr beide kommt mit. Was sagt ihr dazu?«

»Wie, zum Tanzen? Und wieso heute?«, fragt Annemarie und schaut leicht verwirrt zu Elvira.

»Conradow, der alte Schweinepriester, der wird doch nicht etwa noch Karten für die Tangonacht bekommen haben?«, lacht Walther.

»Doch, das hat er. Genau genommen vier Stück«, kichert Elvira.

»Aber das ist doch ganz unmöglich. Ich hatte es letzte Woche doch selber versucht. Und da hatte es geheißen, alles wäre schon komplett ausverkauft.«

»Das stimmt ja auch, doch Conradow hat, schlau, wie er ist, einfach im Vorverkauf seine Nummer hinterlassen, für den Fall, dass Karten zurückgegeben werden. Und gerade haben die eben angerufen.«

Dann gibt's eine Riesenfreude um den Kaffeetisch herum, und so ziehe ich mich mal lieber in mein Zimmer zurück. Und irgendwie muss ich wohl auf dem Bett eingeschlafen sein, jedenfalls ist es draußen schon stockfinster, als ich aufwache, und mein Wecker zeigt kurz nach Mitternacht an. Jetzt bin ich natürlich hellwach und außerdem habe ich tierischen Hunger. Also gehe ich erst mal in die Küche und schmiere mir ein paar Brote. Hinterher krame ich eine Kippe aus der Jackentasche und ein Feuerzeug und gehe runter auf die Stufen. Elvira merkt das nämlich immer sofort, wenn's irgendwo in der Wohnung nach Rauch stinkt. Also setze ich mich erst mal gemütlich vors Haus und zünde die Zigarette an. In Friedls Fenster wohnt heute der Vollmond. Genau an der Stelle, wo sonst Friedls Kopf immer war. Und jetzt ist es der Mond, der mich anschaut. Stellvertretend sozusagen. Na, wenigstens etwas. Drüben auf der anderen Straßenseite geht ein Typ mit einem Hund, und wenn ich das richtig sehe, dann trägt er seinen Schlafanzug unter der Jacke. Ja, es ist tatsächlich ein karierter Schlafanzug. Ich muss grinsen. Ein paar Augenblicke später kommen aus der Ferne zwei Menschen näher. Sie schlendern gemächlich daher. Und sie sind untergehakt. Bei genauerer Betrachtung kann ich Conradow und Elvira erkennen. Ich trete meine Kippe aus und verstecke mich erst mal hinter einer der Mülltonnen. Ich hab jetzt null Bock, auf die beiden zu stoßen, einfach weil ich nicht erklären mag, was ich um diese Uhrzeit hier mache. Und vielleicht auch ein bisschen, weil mich die Neugierde packt. Weil ich einfach wissen will, wie sie miteinander umgehen, wenn sie sich alleine glauben. Vor unserer Haustüre bleiben sie stehen, halten sich an beiden Händen und schauen sich in die Augen.

»Wie sieht es aus, kann ich noch einen Augenblick mit hinaufkommen, Elvira?«, fragt er ganz leise.

»Ich weiß nicht recht, es ist schon so spät.«

»Gut, wenn du nicht möchtest.«

»Und ich bin doch eine Putzfrau, Sascha. Und du … du bist Lehrer.«

»Professor.«

»Siehst du.«

»Soll das heißen, ich bin dir nicht gut genug?«

»Also, du!« Sie lacht.

Und er fasst sie an den Oberarmen.

»Denkst du wirklich, es macht einen Unterschied, ob du Räume reinigst oder Kinder unterrichtest? Ist das nicht völlig egal, Elvira?«

»Na ja, eine Traumfigur hab ich auch nicht gerade.«

»Das sehe ich, ich bin ja nicht blind.«

»Eben.«

»Ich liebe üppige Frauen, weißt du. Ich kann auch nichts dafür. Meine Mutter war richtig dick. Auch meine Schwester, die ist es bis heute. Und meine allererste Liebe, mein Gott, war die vielleicht dick!«

Elvira lacht.

Er zieht sie etwas zu sich ran.

»Außerdem, weißt du ... bei mir ist es auch schon Lichtjahre her, dass ich mit einem Mann zusammen war.«

»Ja, und? Ich war noch nie mit einem Mann zusammen.«

»Ach, komm, jetzt sei ernst.«

»Ja, was soll's? Bei mir ist es Lichtjahre her, dass ich mit einer Frau zusammen war. Und das ist jetzt ernst, Elvira.«

Einen kurzen Augenblick zögert sie noch, dann schließt sie die Tür auf und sie steigen gemeinsam die Treppen hinauf und die Haustüre fällt zu. Und weil ich, wie gesagt, jetzt ausgeschlafen bin und fit wie ein Turnschuh, habe ich überhaupt kein Bedürfnis, jetzt nach oben zu gehen. Besonders nicht, wo die Gefahr besteht, dass ich womöglich Ohrenzeuge dieser dubiosen Vereinigung werde. Nein, danke. Da schnappe ich mir lieber das Skateboard aus dem Keller und fahre ins Casino rüber. Unterwegs geht mir so einiges durch den Kopf. Nein, im Grunde ist es nur eines: Elvira. Denn wenn ich die Situation von soeben richtig deute, dann hat meine Mutter jetzt Sex. Das kann ich kaum glauben. Ich finde es überhaupt seltsam, wenn Menschen in diesem Alter noch Sex haben. Aber Elvira? Und dann auch noch mit meinem Lehrer! Friedl hat mir manchmal erzählt, dass er nachts gehört hat, wenn seine Eltern es treiben. Und ich habe das immer richtig lustig gefunden. Friedl nicht, der fand das widerlich. Jetzt kann ich das irgendwie verstehen. Denn je mehr ich an diese Sache mit Elvira und Conradow denke, desto unangenehmer wird sie für mich. Können die beiden nicht einfach tanzen gehen oder UNO spielen?

Fünfundzwanzig

Als ich am nächsten Morgen im Casino aufwache, habe ich einen faden Geschmack im Mund, und ich weiß nicht, ob ich zu viel geraucht oder zu viel an Elviras Aktivitäten gedacht habe. Keine Ahnung, warum ich eigentlich hier übernachtet habe, es ist unbequem und kalt. Vermutlich aber, um am Frühstückstisch nicht auf meinen Lehrer stoßen zu müssen. Ich setze mich auf und drücke mein Kreuz durch. Es kracht. Anschließend schlurfe ich nach hinten und setze Kaffeewasser auf. Die Bude ist stickig und leer. Achmed und Rob, auf die ich gestern Nacht hier noch gestoßen bin, glänzen im Moment durch Abwesenheit. Und so schnappe ich mir erst mal meine Kaffeetasse, setze mich damit rüber ans Fenster und mache es einen kleinen Spalt auf. Es ist ziemlich neblig draußen und kalt und es riecht nach Herbst. Der wilde Wein, der drüben an den Werkshallen hochrankt, hat auch schon eine rote Färbung angenommen. Ob der wohl verschont bleibt von den umfassenden Umbaumaßnahmen? Ich nehme einen Schluck Kaffee und verbrenne mir die Zunge. Und so puste ich ein paarmal kräftig in die dampfende Tasse. Ein paar Augenblicke später kann ich Achmed und Rob in der Ferne erkennen. Seite an Seite schlendern sie übers Gelände und gemeinsam tragen sie einen Korb. Ihre Reaktion gestern Nacht war irgendwie seltsam. Gut, zuerst waren sie überrascht, dass ich mitten in der Nacht noch hier im Casino auftauche, und beide waren auch grade am Einschlafen. Aber trotzdem. Ich hätte mir mehr Anteilnahme erwartet auf meine Geschichte mit Elvira und Conradow. Aber da kam nichts. Achmed hat nur gesagt, das ginge ihn nichts an. Und Rob ... ja, der hat gemeint, jeder solle nach seiner Fasson glücklich werden. Bin ich eigentlich der Einzige, der damit Probleme hat? Habe ich damit überhaupt Probleme? Im Grunde freue ich mich ja für Elvira. Es ist schön, wie sich ihr Leben verändert hat und dass sie jetzt nicht mehr so viel alleine ist. Aber Sex?

Der Korb, den die beiden da anschleppen, ist voll Holz, und das ist ziemlich gut so, weil es mittlerweile echt kalt wird hier drinnen. Nachdem ich mit ihnen ein paar Takte geredet und meine Tasse geleert habe, mach ich mich langsam vom Acker. Elvira müsste längst zur Arbeit gegangen sein. Dann dürfte die Luft zuhause wohl rein sein.

Am späten Nachmittag kommt sie dann heim und ist bestens gelaunt. Sie summt ein Lied, als sie die Türe aufsperrt und den Flur betritt.

»Locke, bist du zuhause?«, ruft sie durch die Wohnung. Ich komme aus meinem Zimmer raus, womit die Frage geklärt wäre. Dann stehe ich im Türrahmen und schaue sie an. Gut sieht sie aus, wie sie da so steht. Doch auch etwas müde.

»Was ist?«, fragt sie und streicht sich leicht verunsichert eine Strähne aus dem Gesicht.

»Nichts«, lüge ich, aber was soll ich auch machen? Ich kann und will sie nicht darauf ansprechen. Nicht auf Conradow und die letzte Nacht.

»Sag mal, Locke, hast du was von Kevin gehört? Ich versuche schon seit gestern, ihn zu erreichen, aber es geht immer nur die Mailbox ran.«

»Nee, keine Ahnung. Hast du es schon mal bei Aicha versucht?«

»Das Gleiche, nur Mailbox.«

Das ist ungewöhnlich für Kevin, dass er sich nicht meldet. Von Robin, da kenn ich das. Der bleibt oft tagelang weg und meldet sich nicht. Und keiner wundert sich groß drüber. Aber Kevin, der ruft jedes Mal an, wenn er es nicht schafft, vorbeizuschauen. Doch die Situation ist ja nun auch ganz anders. Vermutlich hat er jetzt mit lauter Krankenhaus, Kellnern und Regalauffüllen schlicht und ergreifend keine Zeit dazu. Elvira macht sich trotzdem Sorgen und versucht es wieder und wieder auf seinem Handy. Aber es geht immer nur die Mailbox dran.

Als wir bis zum Abend noch immer nichts von ihm hören, beschließen wir doch lieber, ins Krankenhaus zu fahren. Nicht, dass am Ende noch mit Aicha irgendetwas passiert ist, und wir zwei hocken zuhause und wissen gar nichts davon. Das Krankenzimmer ist voll, so was habe ich überhaupt noch nie gesehen. Und alle reden, wenn auch leise, doch wie wild aufeinander ein. So nach und nach kann ich mir aus den Gesprächsfetzen heraus einen Reim auf die ganze Situation hier machen. Aichas Eltern scheinen mit einem Typen vom Jugendamt zu verhandeln. Doch eine Art Seelsorger muss ganz offensichtlich auch noch seinen Senf dazugeben. Und beinahe wirkt es wie auf so einem arabischen Bazar. Achmed lehnt drüben am Fenster und ist ganz blass im Gesicht. Und dort am Bett von Aicha sitzt Kevin und hält ihre Hand. Ich quetsche mich mal durch die Menge und bahne mir einen Weg zu den beiden. Und Elvira bleibt ganz dicht hinter mir.

»Was ist denn bloß los hier, Mensch?«, flüstere ich Kevin zu, ahne jedoch schon, was passiert sein muss. Elvira steht jetzt direkt hinter mir, und ich kann deutlich spüren, dass sie zittert.

»Sie haben das Baby geholt, Locke. Die Herztöne sind immer schwächer geworden. Schwächer und schwächer. Da blieb überhaupt keine andere Wahl«, sagt Kevin, ohne den Blick von Aicha zu wenden. Die liegt völlig blutleer in ihren Laken, und Tränen rollen ihr über die Wangen.

Auch Elvira beginnt zu weinen.

»Scheiße«, murmele ich so vor mich hin.

»Das kannst du laut sagen«, sagt Kevin und sieht mich jetzt an. Er hat dicke schwarze Ringe unter den Augen und seine Lider zucken nervös.

»Und jetzt?«, frage ich.

»Ich habe sie schon sehen dürfen, die kleine Stella. Sie ist winzig, Locke, echt winzig klein. Und so verdammt wunderschön.«

Elvira schluchzt laut auf.

»Aicha. Mein Mädchen«, sagt sie und ganz zaghaft geht sie nach vorne zum Bett.

Aicha wendet den Kopf zu Elvira und dann fassen sich die beiden an den Händen.

»Lebt denn das Baby?«, frage ich ganz leise.

Kevin nickt. »Aber ich glaube, es sieht nicht sehr gut mit ihr aus, weißt du. Die lassen uns ja noch nicht mal zu ihr rein.«

»Scheiße«, sage ich noch mal.

Aichas Mutter kann es noch immer nicht lassen. Jedenfalls hat sie sich aus den Verhandlungen zurückgezogen und widmet sich stattdessen lieber unserer Gesellschaft. Sie faucht Aicha etwas Türkisches zu, woraufhin Aicha die Augen und Lippen zusammenpresst und noch viel mehr weinen muss.

»Hey, Mann. Hier liegt Ihre kranke Tochter im Bett, die womöglich demnächst ihr Baby verliert. Würden Sie bitte dafür sorgen, dass sie wenigstens ihre Ruhe hat«, zische ich Aichas Vater an, und gleich tut es mir leid. Ich weiß gar nicht recht, wie es eigentlich passiert ist, der Text kam völlig selbstständig aus meinem Mund. Doch die Worte haben ihre Wirkung nicht verfehlt. Der Alte nimmt seine Frau an der Hand und verlässt mit ihr das Zimmer. Der Seelsorger folgt den beiden. Alle anderen schauen mich natürlich jetzt an.

»Sorry«, sage ich so in den Raum hinein.

»Danke, Mann«, sagt Kevin, und irgendwie glaube ich fast, dass er ein bisschen stolz auf mich ist. Kurz darauf erscheint Robin im Zimmer. Nachdem er sich bei Achmed für die SMS bedankt hat, geht er gleich zu Aicha ans Bett.

»Aicha, hey, Süße, wirst sehen, es wird alles gut«, sagt er und streichelt ihr über die Wange. Sie lächelt ganz schwach und greift nach seiner Hand. Genau in diesem Moment geht die Tür auf und der Seelsorger kommt ins Zimmer zurück. Aichas Eltern in seinem Rücken.

»Ich finde, wir sollten uns alle miteinander mal an einen Tisch setzen und darüber reden, wie es weitergehen soll. Wir sind doch alle erwachsene Menschen, und diese beiden hier, die haben doch noch ihr ganzes Leben vor sich.«

»Sie werden das Ihre jedenfalls gleich hinter sich haben, wenn Sie hier nicht sofort das Zimmer verlassen. Das gilt im Übrigen auch für alle anderen«, sagt jetzt Annemarie, die urplötzlich im Türrahmen erscheint.

»Was machst du denn hier?«, fragt Elvira verwundert.

»Ich bin immer da, wo man mich braucht«, antwortet Annemarie resolut, und damit hat sie wie so oft einfach recht.

»Und wer sind Sie denn?«, will der Seelsorger daraufhin wissen.

»Ich bin der Chef hier. Ist das klar? Ja, was soll denn das bitte schön werden, wenn es fertig ist? Wir sind doch hier nicht auf dem Oktoberfest, oder? Das ist ein Krankenzimmer, verstanden. Und die Kleine braucht ihre Ruhe. Außerdem muss ich sie jetzt waschen. Also raus hier, alle miteinander«, donnert sie weiter, und irgendwie hat sie ja auch total recht. Vermutlich denken die anderen das Gleiche, jedenfalls macht keiner mehr irgendwelche Anstalten, bleiben zu wollen.

»Hast du denn eigentlich schon was gegessen, Kev?«, fragt Elvira dann draußen und legt die Hand auf seinen Arm.

»Ja, klar, Elvira. Die versorgen mich hier prima«, sagt er.

»Möchtest du vielleicht unten im Café noch etwas trinken?«

Kevin schüttelt den Kopf.

»Ich will jetzt hier nicht weg, Elvira. Es könnte ja jeden Moment so weit sein, dass wir zu unserer Stella dürfen. Das darf ich auf keinen Fall verpassen.«

Robin und Achmed sind ein paar Schritte den Gang entlanggegangen und reden leise miteinander. Sie gehen Schulter an Schulter, und aus den Augenwinkeln heraus kann ich ganz genau sehen, wie wenig das Aichas Eltern gefällt. Und ich frage mich wirklich allmählich, wieso die Kinder eigentlich immer die Leidtragenden für das verkorkste Leben der Eltern sein müssen. Wieso muss ich jetzt Friedl verlieren, nur weil seine Mutter damals ihren verdammten Unterleib nicht im Griff hatte? Warum soll Kevin auf Aicha verzichten, bloß weil ihr Vater eine Energiesparlampe will? Und warum zum Teufel sollen Robin und Achmed keine Freunde sein, nur weil es Achmeds Eltern nicht gefällt? Wenn ich selber mal Kinder habe, werde ich ganz genau darauf achten, solche Fehler nicht zu begehen.

Als Annemarie wieder aus dem Krankenzimmer kommt, stehen wir noch immer alle ziemlich unschlüssig vor der Tür rum. Keiner will jetzt so recht weg von hier.

»Sie sollte jetzt etwas schlafen. Es war alles sehr anstrengend für sie«, sagt Annemarie und schließt leise die Türe. »Aber Ihre Idee von gerade, die war eigentlich gar nicht so schlecht, wissen Sie«, sagt sie dann weiter an den Seelsorger gerichtet. Der atmet erst mal tief durch, wahrscheinlich hatte er eher wieder mit einem Anschiss gerechnet.

»Finden Sie?«, fragt er ganz schüchtern, und alle anderen horchen auf.

»Ja, das finde ich sehr wohl. Ich werde Ihnen jetzt einen Besprechungsraum organisieren. Und da gehen Sie dann hinein. Aichas Eltern, Elvira, Kevin, der Typ vom Jugendamt und Sie selber eben. Und Sie kommen erst wieder heraus, wenn Sie eine vernünftige Lösung gefunden haben, verstanden? Und wenn es die ganze Nacht dauern sollte.«

Keiner hier wagt jetzt ein Widerwort. Alle nicken ganz artig mit dem Kopf, und ich grinse so in mich rein. Dann verabschiede ich mich und geselle mich zu Achmed und Robin. Anschließend holen wir drei uns eine Pizza vom Italiener und fahren raus ins Casino. Der alte Ofen bullert bereits wie verrückt, und es ist wirklich schön warm, als wir ankommen. In weiser Voraussicht hat Robin so viel Holz aufgelegt, wie überhaupt möglich ist. So setzen wir uns um den Tisch herum, öffnen die Schachteln, und schweigsam füllen wir unsere knurrenden Mägen.

»Ziemlich übel, oder?«, sage ich am Ende, falte meine leere Schachtel zusammen und stecke sie in den Ofen. »Die Sache mit dem Baby.«

»Ja, da kannst du mal sehen, wie unwichtig manche Sachen im Leben sind, nicht wahr, Bruderherz?«

»Was meinst du damit?«

»Überleg doch mal selber!«

»Meinst du die Sache mit Elvira und Conradow?«

»Bingo!«

»Aber man wird sich doch wohl noch so seine Gedanken machen dürfen, oder?«

»Klar darfst du das. Das dürfen doch alle. Etwas anderes machen doch Aichas Eltern auch nicht, oder? Genauso wie du über Elvira nachdenkst, so denken die eben über Aicha nach. Nicht mehr und nicht weniger.«

Achmed sagt nichts zu dem Thema. Aber ich kann ganz

deutlich sehen, wie er Robin betrachtet. Und ich merke genau, dass er stolz auf ihn ist. Warum komme ich mir jetzt hier nur wieder so verdammt einsam vor? Und ja, irgendwie auch überflüssig. So schnappe ich mir lieber mein Skateboard und beschließe, nach Hause zu fahren.

»Was ist, wo willst du jetzt hin?«, ruft mir Robin hinterher.

»Ich will heim. Ich will da sein, wenn Elvira zurückkommt, verstehst du?«

»Verdammt, warte, ich komm mit«, sagt er noch, und so verabschieden wir uns von Achmed und machen uns gemeinsam auf den Heimweg.

Dieses Gespräch, es hat tatsächlich die ganze Nacht lang gedauert. Erst gegen Morgen trifft Elvira in unserer Wohnung ein, kurz bevor sie auch schon wieder zur Arbeit gehen muss. Robin und ich haben die ganze Zeit über bei voller Beleuchtung in den Wohnzimmersesseln gedöst, um nur ja gleich zu merken, wenn sie hier ankommt.

»Ich bin todmüde, Kinder« sagt sie und verschwindet dann erst mal unter der Dusche. Robin und ich hocken uns vor die geschlossene Badezimmertür und drängen Elvira, zu erzählen. Denn sicherlich hoffen wir beide auf erfreuliche Neuigkeiten. Während sie duscht, sich schminkt, mit einem Handtuch umwickelt zwischen Bade- und Schlafzimmer hin- und herwetzt und sich schließlich und endlich anzieht, berichtet sie uns, so gut es halt geht, von den Versuchen des Seelsorgers, zu vermitteln. Von der rechtlichen Lage, die der Herr vom Jugendamt ausführlich erklärt. Von Kevins hängenden Schultern. Von ihren eigenen Anstrengungen, Aichas Familie etwas näherzukommen. Vom zaghaften Lächeln des Vaters und den mürrisch verschränkten Armen seiner Gattin. Gegen Morgengrauen war es dann aber Annemarie, welche die Lage etwas entspannte. Sie kam nämlich einfach mit einem Tablett voll Kekse und Kaffee ins Zimmer, stellte es auf den Tisch und hakte dann Aichas Mutter unter. Und nach einer ganz kurzen Protestaktion folgte ihr die in den Flur hinaus. Ein paar Minuten später sind die beiden auch schon wieder zurückgekommen. Und da wollte Aichas Mutter plötzlich unbedingt sofort nach Hause. Und als sie und ihr Gatte endlich den Raum verlassen hatten, wollten alle anderen freilich gleich wissen, was denn da grade passiert sei.

»Ich habe ihr nur kurz das Kind gezeigt. Schließlich hat doch eine Großmutter ein Recht darauf, ihr Enkelchen zu sehen, oder?«, hat Annemarie dann noch gesagt. Und damit war die Sache durch. Die kleine Stella muss es schaffen. Und Elvira ist ganz sicher, dass der kleine Stern eine Kämpferin ist.

Nachdem Elvira schließlich zur Tür raus ist, machen Robin und ich erst mal ein richtiges Frühstück mit allem, was der Kühlschrank so hergibt. Wir haben uns gerade erst hingehockt, da läutet es an der Tür. Robin kriegt immer gleich Zuckungen, wenn's bei uns an der Wohnungstür klingelt, aber irgendwie ist das ja auch kein Wunder. Also mache ich mich auf den Weg, lege erst einmal die Kette vor, und danach öffne ich einen Spalt. Achmed steht draußen und hält eine riesige Tüte im Arm.

»Achmed, was machst du denn hier?«, frage ich.

»Hat Robin dir denn nichts gesagt? Wir haben vorher kurz telefoniert und er wollte, dass ich hier vorbeikomme. Aicha hat doch heute Geburtstag. Und da wollten wir später zusammen mal hin.«

»Komm rein«, sage ich und hole ein weiteres Gedeck für unseren Gast. Er hat jede Menge frisches Obst mitgebracht. Ananas und Kiwis und lauter so exotisches Zeug. Und es schmeckt alles einfach nur genial.

Nach dem Frühstück fahren wir gemeinsam ins Krankenhaus rüber. Aicha sieht heute schon viel besser aus, denn wie es scheint, ist die kleine Stella zurzeit stabil und nicht mehr in Lebensgefahr. Und ich glaube, Aicha freut sich auch ein bisschen über unseren Besuch. Und darüber, dass wir zusammengelegt und grade einen riesigen Blumenstrauß angeschleppt haben. Rob macht sich gleich mal auf den Weg, um eine Vase zu organisieren.

»Wie geht es dir heute, Liebes?«, fragt Achmed und küsst seine Schwester sehr liebevoll auf die Stirn. Kevin und ich sehen uns kurz an, und ich vermute mal, er denkt das Gleiche wie ich selber grade. Diese Vertrautheit zwischen Geschwistern, dieses Innige, das ist irgendwie schön.

»Es geht mir ganz gut, Achmed. Wir durften auch schon für einen kurzen Moment zu Stella«, sagt sie, und Kevin zieht sein Handy aus der Hosentasche. »Sie ist so winzig klein, das könnt ihr euch überhaupt gar nicht vorstellen.« Dann sehen wir uns die Aufnahmen an, die Kevin gemacht hat. Die Kleine ist echt nur eine Handvoll Mensch, und an allen möglichen Körperstellen sind Schläuche, die irgendwas ab- oder zuführen. Eigentlich ist es kein schöner Anblick. Und doch ist etwas in diesem kleinen Gesicht, das einen sehr entschlossenen Ausdruck vermittelt. Ich könnte fast schwören, dass in diesem Bettchen eine echte Kämpferin liegt. Elvira hat ganz sicher recht.

»Ziemlich viele Schläuche, nicht wahr?«, murmelt Achmed, und man hört deutlich, dass er sich sorgt.

»Sie ist fünf Wochen zu früh, was hast du erwartet?«, antwortet Kevin.

»Wie … äh, wie stehen ihre Chancen?«, fragt Achmed kaum hörbar.

»Gar nicht so schlecht, meinen die Ärzte!« Dabei versucht Kev, einen besonders optimistischen Tonfall hinzukriegen.

»Aber ist sie denn nicht süß, unsere Stella?«, will Aicha jetzt wissen.

Wir nicken artig.

»Stella ist ein echt schöner Name«, sagt der stolze Onkel jetzt und kann gar nicht aufhören, sich die Bilder anzusehen.

»Schaut doch mal«, flüstert Aicha und greift dabei an ihren Hals. Unter dem Nachthemd zieht sie eine Kette hervor, daran baumelt ein goldenes Herz und daran wiederum ein goldener Stern. Das sieht wirklich toll aus.

»Lass mal sehen«, sage ich beeindruckt und trete näher.

»Mein Geburtstagsgeschenk von Kevin«, freut sich Aicha.

»Ich dachte mir eben, wenn sie mir schon einen Stern schenkt, dann soll sie auch einen haben«, grinst Kevin so in sich rein.

»Schön«, sage ich. »Echt voll schön.«

Aicha greift nach Kevins Hand, und er summt ihr leise ins Ohr.

Jetzt geht die Tür auf und Robin kommt rein. Er hat einen Eimer dabei, weil's in diesem verdammten Krankenhaus einfach keine anständige Vase für unseren Strauß gibt, wie er sagt. Er lässt Wasser einlaufen und packt die Blumen hinein. Anschließend stellt er alles zusammen auf Aichas Nachttisch. Wir plaudern noch ein bisschen, dann aber lassen wir die beiden lieber wieder alleine.

Als ich am Abend im Bett lieg, kommt folgende SMS: Hi.

Sie ist von Friedl.

Ich schreibe zurück: Hi.

Willst du nicht reden?

Nein.

Okay.

Okay.

Ich lege das Handy beiseite und schau aus dem Fenster. In Friedls Fenster drüben brennt Licht. Ich kann die Umrisse von seiner Mutter erkennen. Sie muss es sein, ihr Mann ist ungefähr doppelt so breit wie sie. Sie steht nur im Zimmer und bewegt sich nicht. Eine ganze Weile verharrt sie noch so. Dann macht sie das Licht wieder aus und verlässt vermutlich das Zimmer.

Sechsundzwanzig

Ein paar Tage später hocke ich mit Robin gerade so schön vorm Casino, wir genießen die milde Herbstsonne, rauchen und diskutieren über Gott und die Welt. Dabei nimmt er mich auch ein bisschen hoch, wegen der Sache mit Elvira und Conradow. Und er behauptet, ich würde reden wie ein eifersüchtiger Ehemann. Davon kann übrigens überhaupt keine Rede sein. Ich wollte schlicht und ergreifend ein paar Sätze mit ihm drüber reden, wie er dazu steht oder so. Aber ich gebe ziemlich schnell auf, weil ich sehe, dass es nichts bringt. Und gerade will ich das Thema wechseln, als eine Riesenlimousine vor die Werkshallen fährt. Sie ist rabenschwarz und hochpoliert, und nur oberhalb der Reifen kann man einige Schmutzspritzer erkennen. Der Wagen rollt in eine Art Parkposition, die Tür wird geöffnet und ein Typ steigt aus. Er trägt einen ziemlich edlen Zwirn, soweit ich das beurteilen kann, und hievt dann einen Aktenkoffer aus dem Heck. Auch die Beifahrertür wird jetzt geöffnet und ein weiterer Mann entweicht dem Wageninneren – und er ist hemdsärmelig.

»Die haben hier grade noch gefehlt«, sagt Robin mehr zu sich selbst und bestätigt damit auch gleich meinen ersten Verdacht. Es sind wohl die Typen von neulich, die mit den Lofts, und ganz offensichtlich haben sie uns auch bereits bemerkt. Jedenfalls macht sich der Hemdsärmel gleich auf den Weg in unsere Richtung.

»Tag, Jungs«, sagt er, als er auf unserer Höhe ist. »Könnt ihr mir bitte mal sagen, was ihr hier macht?«

»Wir sitzen in der Sonne«, sagt Robin und grinst.

»Ja, das sehe ich. Aber ich meine, wieso hier?«

»Weil es hier schön ist«, sagt Robin weiter und steckt sich dabei eine Kippe an.

»Weil es hier schön ist? Was, bitte, ist denn hier schön? Diese gammeligen Hausmauern da drüben etwa? Sagt mal, habt ihr denn kein Zuhause, oder was?«, mischt sich jetzt der Anzug ein.

»Das hier ist unser Zuhause, verstanden?«, knurrt Robin zurück und nimmt einen tiefen Zug.

Die beiden lachen. Aber nur kurz. Weil sie natürlich gleich merken, dass wir uns nicht gerade auf die Schenkel hauen.

»Also jetzt mal im Ernst, Jungs. Hier kann man doch nicht wohnen. Das sind leere Werkshallen, so weit das Auge reicht. Wo bitte wollt ihr denn da wohnen, wenn ich mal fragen darf«, sagt der Hemdsärmel und schaut dabei theatralisch um sich.

Also stehe ich auf und gehe rüber zur Casinotüre. Dort drehe ich mich um und winke sie zu mir her. Sie zögern noch etwas.

»Kommen Sie! Jetzt kommen Sie schon«, rufe ich leicht genervt.

Die beiden wechseln noch kurz einen Blick, schnaufen tief durch, aber dann folgen sie mir doch.

Ich öffne die Tür und gehe hinein. In meinem Rücken die beiden Besucher. Drinnen haue ich mich zuerst mal ziemlich demonstrativ aufs alte Sofa und die Männer starren mich an. Zuerst stehen sie sichtlich irritiert herum, ganz allmählich aber wandern ihre Blicke durch den Raum. Der Hemdsärmel beginnt dann, das Casino zu durchschreiten. Er geht hinter zum Klo, wo der Wasserhahn tropft, rüber zu unserer Kochecke mit den tausend Tütensuppen im Regal. Wandert dann an den Billardtisch und streicht dort lange über das kaputte Tuch, greift nach einer Kugel. Dann nach einer anderen. Er hebt seinen Kopf, hat die Augen leicht zusammengekniffen, und plötzlich wirkt er sehr nachdenklich. Und schließlich landet sein Blick auf der Wand. Auf Aichas Wand. Auf unserer Wand. Dort, wo wir alle drauf sind, mit unseren Gesichtern. Ganz langsam geht er nun dort hinüber und bleibt wie angewurzelt stehen.

»Das ist ja echt der reinste Wahnsinn«, sagt er schließlich, und er klingt durchaus beeindruckt. Sein Kollege, der noch immer an der Eingangstür steht, geht zu ihm.

»Das kann man wohl sagen«, stimmt er ihm zu, während er Aichas Künste bestaunt. »Wie lange geht das schon so? Ich meine, wie lange seid ihr schon hier? Das muss doch schon 'ne ganze Weile sein, denn so was, das passiert ja wohl kaum über Nacht, oder?«

»Kaum«, sagt Robin, der auf einmal im Türrahmen steht, mit einem spöttischen Unterton.

»Mannomann!«, sagt der Hemdsärmel jetzt wieder und lässt sich auf einen der Stühle nieder. »So etwas hätte ich auch gern gehabt, als junger Bursche. Wirklich. Davon träumt doch wohl jeder in eurem Alter.«

»Worauf Sie einen lassen können«, sagt Robin und kommt an den Tisch. »Und jetzt … jetzt kommen Sie da an mit Ihren dämlichen Lofts und machen hier alles kaputt. Großartig. Echt, herzlichen Dank.«

»Woher weißt du davon?«, will der Anzug nun wissen.

»Das spielt doch überhaupt keine Rolle, verdammt«, schreit Robin ihn an. »Es ist unser Zuhause, was dafür draufgeht. Mann, Scheiße!«

Eine Weile sagt jetzt gar keiner mehr was. Es ist unglaublich still, und würde der Wasserhahn hinten nicht tropfen, dann könnte man wohl eine Stecknadel fallen hören.

»Aber ihr wohnt doch nicht hier, oder?«, fängt irgendwann der Anzug wieder an. »Ich meine, nicht so richtig. Ihr habt doch sicherlich auch ein echtes Zuhause, oder?«

»Wir wohnen bei unserer Mutter, das ist ja wohl klar. Aber unser echtes Zuhause, das ist hier«, sage ich.

Leicht betreten starren unsere Gäste jetzt in den Boden.

»Sagt mal«, fängt der Hemdsärmel dann wieder an und steht auf. »Diese Wiege hier, kann man die kaufen?« Dabei wandert er durch das Zimmer hindurch, genau in die Ecke,

283

wo Robins Wiege steht, und zerrt sie hervor. Sie sieht jetzt ganz anders aus, seit ich sie das letzte Mal sah. Und nicht nur, dass sie nun fertig ist, nein, sie ist auch bemalt. Sie ist ganz dunkelblau und hat Tausende gelbe Sterne drauf. Das sieht echt Hammer aus.

»Never«, sagt Robin und geht auf ihn zu. Ziemlich resolut nimmt er ihm das Teil aus der Hand.

»Weißt du, meine Frau ist grad schwanger, und da dachte ich …«

»Vergessen Sie's, okay!«

»Ich würde auch echt was springen lassen.«

»Für kein Geld der Welt, Ende der Durchsage«, sagt Rob noch, und sein Tonfall hat es in sich.

»Schon gut! Schon gut!«

»Und? Wann soll's losgehen? Wann wird hier alles plattgemacht?«, fragt Robin nur wenig später und seine Stimme zittert ein wenig.

Dann kommt erst mal gar nichts von den beiden. Keine Antwort und noch nicht mal ein Schulterzucken.

»Schon bald?«, hake ich nach, und ich glaube, man kann mich kaum hören.

»Übermorgen«, sagt der Hemdsärmel schließlich und räuspert sich.

Robin und ich schauen uns an, unser Entsetzen ist kaum zu verbergen.

Übermorgen!

Das ist doch der Wahnsinn!

»Okay, okay«, sagt der Hemdsärmel und zieht sein Handy aus der Hosentasche. »Ich schau mal, was ich tun kann. Die Umbauarbeiten beginnen ja erst im Frühjahr. Vielleicht kann man das Teil hier noch 'ne Weile stehen lassen. Versprechen kann ich aber nichts«, sagt er und begibt sich nach draußen. Von dort aus hören wir ihn Sekunden später telefonieren.

»Weg muss es aber trotzdem früher oder später«, sagt sein Kollege, und ich glaube fast, er bedauert das selber ein bisschen. »Wenn nicht übermorgen, dann spätestens in ein paar Wochen. Ihr solltet euch am besten bald mal ein neues Zuhause suchen, Jungs«, sagt er noch und folgt seinem Kollegen ins Freie.

Robin und ich bleiben zurück, wir sind beide wie gelähmt. Ich schaue so durchs Zimmer. Übermorgen. Das ist doch irre. Wie soll das gehen? Wo bringen wir all diese Dinge hin? Und wo sollen wir uns dann treffen? Das ist doch unsere einzige Anlaufstelle hier. Die kann man uns doch nicht einfach so wegbaggern.

»Okay, Jungs. Erst mal Entwarnung, verstanden?«, sagt der Hemdsärmel und beugt sich zur Tür rein. »Vier, maximal sechs Wochen. Dann kommt die Abrissbirne, so leid mir das auch für euch tut.«

»Okay«, sagt Robin und kämpft mit den Tränen.

»Danke, hey«, füge ich noch hinzu.

»Tut mir echt leid, Jungs«, sagt der Typ noch, dann schließe ich die Türe. Sofort überkommt mich das Gefühl, hier alles anfassen zu müssen. So wandere ich wie in Trance durch den Raum und greife nach allem, was mir zwischen die Finger kommt. Ich taste nach dem Wasserkocher, dem Öfchen, dem zerschlissenen Sofa, Aichas Farbeimern und Pinseln, jeder einzelnen angeschlagenen Tasse, dem Billardtisch und dem Kickerkasten. Als ich endlich durch bin, schaue ich Robin an. Er hockt noch immer regungslos da und starrt nur vor sich hin.

»Robin?«, frage ich deswegen erst mal ganz vorsichtig.

»Ja, Mann?«, faucht er mich an.

»Alles in Ordnung?«

»Nein, was soll schon in Ordnung sein? Scheiße, ich muss Achmed Bescheid sagen«, sagt er noch, kramt sein Handy hervor und beginnt eine SMS in die Tasten zu trommeln.

Ja, verdammt, ich muss auch Friedl informieren. Immerhin waren wir beide ja diejenigen, die das Casino zu dem gemacht haben, was es jetzt ist. Schon Augenblicke, nachdem ich Friedl die Hiobsbotschaft gesendet habe, kriege ich auch prompt seine Antwort:

Unser Casino? Das ist nicht wahr, oder? Die reißen das nicht ab, bevor ich noch einmal da war! Ist das klar? Sorge dafür!

Dann solltest du dich beeilen. Wir haben noch höchstens sechs Wochen, schreibe ich zurück.

Kurz darauf trifft Achmed hier ein. Und auch er kann die Stimmung nicht wirklich heben. So sitzen wir drei vor ein paar Dosen Cola, kochen uns Tütensuppen, und keiner von uns kriegt so wirklich das Maul auf. Wir kickern ein bisschen und hören Musik, und trotzdem ist alles ganz anders, als es jemals zuvor war.

Es ist schon ziemlich spät, als Achmed plötzlich das Flennen anfängt. Ich bin ziemlich verwirrt darüber, weil ich nie gedacht hätte, dass er so am Casino hängt. Immerhin war er ja der Letzte, der hier dazugestoßen ist.

»Mensch, Achmed«, sage ich und lege die Hand auf seine Schulter. »Es wird schon wieder, wirst sehen. Wir werden etwas anderes finden. Wir müssen nur suchen. Und wir haben ja noch ein paar Wochen Zeit.«

»Aber wo soll ich denn hin, wenn es das hier nicht mehr gibt? Ich habe sonst nichts, das weißt du doch. Wenn ich bei mir daheim auch bloß zur Tür reingehe, dann krieg ich schon Pickel am ganzen Körper. Ich halte das bald echt nicht mehr aus. Und wenn ich das hier jetzt auch noch verliere ...«

»Ist es denn immer noch nicht besser bei euch? Ich habe geglaubt, nach diesem Gespräch von neulich, da wäre jetzt alles roger?«

»Ha! Denkst du wirklich, meine Mutter würde sich ändern, nur weil sie das Kind kurz gesehen hat? Praktisch von einer Sekunde auf die andere? Nein, nein. Sie ist nur raffiniert, das ist alles. Macht nach außen hin gute Miene zum bösen Spiel. Aber in ihren vier Wänden, da kommt ihr wahres Ich wieder durch. Du kannst dir echt nicht vorstellen, was sie über die kleine Stella gesagt hat, nachdem sie ...«

Jetzt bricht er in Tränen aus. Wir lassen ihn erst mal ein bisschen in Ruhe. Dann schnauft er ein paarmal tief durch.

»Was ist mit der kleinen Stella?«, will Robin schließlich wissen.

»Die kleine Stella, sie hat eine richtige Zigeunerfresse, hat meine Mutter zu uns gesagt. Könnt ihr euch das vorstellen, dass man so etwas sagt? Über ein Baby? Über die eigene Enkelin?«

»Großer Gott, Achmed!«, sage ich, weil ich jetzt ehrlich total entsetzt bin.

»Und, was hat dein Alter daraufhin gesagt?«, fragt Robin.

»Er hat vor ihr auf den Boden gespuckt und ist dann ins Geschäft gegangen.«

Ich zünde mir mal eine Zigarette an. Damit gehe ich raus an die frische Luft. Es ist eine sternenklare Nacht heute. Und es ist kalt. Mir ist von innen kalt und auch von außen. Ich geh ein paar Schritte und schau in den Himmel, in die Sterne.

In den letzten Ferientagen will einfach keine rechte Stimmung mehr aufkommen. Wenn wir im Casino sind, müssen wir ständig nur an diesen blöden Countdown denken, und so sind wir nicht mehr oft dort. Stattdessen gehen wir lieber alle zusammen zu Aicha. Sie darf mittlerweile auch wieder aufstehen, und wir wandern manchmal einfach Seite an Seite die Gänge entlang. Oder wir hocken in ihrem Zimmer und reden. Kevin ist deswegen ziemlich dankbar, weil er dann tagsüber mal eine Runde schlafen kann, um für seine Nachtschichten fit zu sein. Und Aicha freut sich sowieso, weil wir ihr damit die Zeit verkürzen. Aichas Vater ist ebenfalls regelmäßig hier und bringt ihr Blumen mit und Obst. Manchmal auch türkische Süßigkeiten, die er dann an alle verteilt. Doch außer Aicha, Achmed und ihm selber kann die keiner leiden. Einfach, weil sie so dermaßen süß sind, dass sie uns zuerst die Zähne verkleben und hinterher die ganze Speiseröhre. Aus reiner Höflichkeit nehmen wir sie aber trotzdem und verziehen dabei dementsprechend unsere Gesichter. Aicha und ihr Vater können sich totlachen darüber.

Auch Elvira kommt oft vorbei, manchmal mit Conradow. So nach und nach gewöhne ich mich an den Anblick der beiden. Und ich freue mich wirklich, dass er so nett zu ihr ist. Und aufmerksam. Elvira fühlt sich offenbar sehr wohl in seiner Nähe – und sie freut sich sehr, wenn sie inzwischen kurz zur kleinen Stella rein darf. Vor kurzem sagte sie, es sei das schönste Kind, das sie jemals gesehen hat. Sogar noch vor ihren eigenen Kindern, obwohl die doch schon die schönsten waren, die sie jemals gesehen hatte.

In ein paar Tagen soll Aicha nun aus dem Krankenhaus entlassen werden. Doch darüber ist sie gar nicht glücklich. Weil sie zum einen dann nicht mehr den ganzen Tag in Stellas Nähe ist und natürlich auf keinen Fall mehr zu ihrer Mutter nach Hause kann. Ins Casino aber will sie noch viel weniger. Es würde sie nur traurig machen, sagt sie – und was nützen ihr die paar Wochen bis zum Abriss schon. Was ihr aber doch wieder ein Lächeln ins Gesicht zaubert, ist, dass es der kleinen Stella jetzt jeden Tag besser geht. Sie wächst und gedeiht und holt ziemlich gut auf, sagen die Ärzte. Und das ist das Wichtigste und durchaus nicht selbstverständlich.

Annemarie und Walther sind nach wie vor häufige Gäste bei uns daheim. Es wird Kaffee getrunken, UNO gespielt oder einfach geplaudert. Und so ist es keine große Überraschung, als es heute am späteren Nachmittag plötzlich läutet und die beiden vor der Tür stehen. Dennoch ist etwas anders als sonst. Ich merke es gleich.

»Wir haben ihn! Wir haben diesen Mistkerl!«, ruft Walther,

kaum dass er im Wohnzimmer Platz genommen hat. Und im ersten Moment schauen Elvira und ich uns fragend an. Dann aber fällt der Groschen. Der Meister! Endlich!

Am Frankfurter Bahnhof haben sie ihn erwischt. Walther sagt, das war vorherzusehen, da ihn die Kollegen dort offenbar kurz zuvor schon mal gesichtet hatten. Inzwischen wurden die Überwachungsvideos exakt überprüft. Und dabei haben sie festgestellt, dass er sich häufig dort rumtrieb. Da war es am Ende nur noch eine Frage der Zeit, dass sie ihn kriegen.

»Und was passiert jetzt mit ihm?«, muss ich erst einmal wissen.

»Gibt's denn keinen Kaffee heute?«, fragt Walther in Richtung Elvira.

»Nicht, bevor ich die ganze Geschichte kenne«, sagt Elvira und macht keinerlei Anstalten, sich vom Stuhl zu erheben. Ich muss grinsen. So etwas hätte sie sich früher niemals getraut. Walther kratzt sich nur kurz am Kinn und fährt dann fort.

»Er wird jetzt erst mal verschubt. Versteht ihr? Also von Frankfurt hierher gebracht. Danach das Übliche. U-Haft bis zur Verhandlung, weil erneute Fluchtgefahr besteht. Er kriegt einen Anwalt und Pipapo. Bis zur Verhandlung. Dann kommt es darauf an.«

»Worauf?«, fragen Elvira und ich wie aus einem Munde.

»Na, auf dich zum Beispiel, Marvin«, erklärt er und beugt sich dabei weit zu mir nach vorne. »Auf dich und deine Aussage, zum Beispiel. Auf Aicha. Und vielleicht sogar auf Robin, falls er seine Erinnerungen doch noch mal zurückkriegt.«

»Wird der Meister dann verknackt?«, frage ich.

»Ja, das wollen wir doch hoffen, nicht wahr?«

»Was kriegt er dann?«

»Schwer zu sagen, Marvin. Dazu müssten wir erst mal wissen, wie die Anklage lautet: schwere Körperverletzung. Gefährliche Körperverletzung. Womöglich versuchter Totschlag. Ich weiß es nicht, Marvin. Wir müssen einfach abwarten.«

»Das Wichtigste ist doch erst einmal, dass sie ihn haben, oder?«, sagt Elvira.

»Genau«, pflichtet Walther ihr bei und ich nicke.

»Und jetzt gibt's Kaffee«, sagt Elvira und geht in die Küche.

Siebenundzwanzig

Da denkt man doch immer, sechs Wochen Ferien, die dauern ja ewig, aber plötzlich ist er da, der erste Schultag. So wie heute. Und wenn man in den letzten Wochen oft schon vor Sonnenaufgang aufgewacht ist, dann ist es an diesem Tag hundertprozentig so, dass du tief und fest schläfst und dich der Bettzipfel einfach nicht loslassen will, wenn dieser verdammte Wecker klingelt. So geht es mir Jahr für Jahr. Dazu kommt noch, dass ich keine brauchbaren Klamotten finde, von irgendwelchen Schulunterlagen ganz zu schweigen.

Ich kann sowieso nicht gerade behaupten, dass ich einer von den Typen bin, die schon mit den Hufen scharren, wenn es endlich wieder losgeht. Nee, echt nicht. Ferien sind mir da schon lieber. Heute aber ist es doppelt schlimm. Einfach, weil Friedl nicht mehr da ist. Er hockt nicht mehr unten vor unserem Haus auf den Stufen und wartet, bis ich endlich herunterkomme. Er kramt nicht nach einer Kippe in seiner Jackentasche. Und er geht auch nicht an meiner Seite zur Schule, um sich anschließend ganz selbstverständlich neben mich zu setzen. Nein, heute bin ich alleine unterwegs. Und ich komme so ziemlich im letzten Moment ins Klassenzimmer rein. Die einzig freie Bank, die es noch gibt, ist ganz hinten in der letzten Reihe, was aber gar nicht so schlecht ist.

»Hey, Locke. Schau mal, ich hab dir 'nen Platz freigehalten«, sagt eine von den Tussis, die mir schon letztes Jahr im Fahrradkeller tierisch auf die Nerven gegangen ist. Sie blinzelt mich vielsagend an und nimmt dann ihren Rucksack vom Stuhl.

»Nee, lass mal«, sage ich und gehe nach hinten.

Ein paar Weiber kichern. Vorne am Fenster spielen einige Karten. Andere machen mit ihren Handys rum. Und wieder andere sortieren tatsächlich ihre Federmäppchen. Es ist schon zehn nach acht, als endlich die Türe aufgeht und unsere Klassenlehrerin hereinkommt. Und sie ist nicht alleine. Sie klatscht kurz in die Hände, und dann ist relativ schnell Ruhe im Klassenzimmer.

»Guten Morgen, meine Lieben, und willkommen im neuen Schuljahr«, sagt sie. »Und damit es auch gleich gut beginnt, hab ich euch eine neue Mitschülerin mitgebracht. Möchtest du dich bitte kurz vorstellen, Henriette?«

Henry nickt. Sie macht einen kleinen Schritt nach vorne, streicht sich eine Haarsträhne aus dem Gesicht und schaut einfach umwerfend aus, wie sie da so steht. Sie trägt Jeans und Turnschuhe und ein pechschwarzes T-Shirt. Dazu die roten Haare bis runter zum Arsch. Ich kann kaum noch atmen.

»Ich bin Henry Schuster und komme eigentlich aus München. Die letzten Jahre hab ich mit meinem Vater aber in Hamburg, Berlin und Florida gelebt. Er ist Fotograf und war dort beruflich unterwegs. Und jetzt sind wir hier. Okay, mehr gibt's eigentlich nicht über mich.«

»Schön. Dann suchst du dir jetzt einen freien Platz, Henriette. Viel Auswahl gibt's leider nicht mehr«, sagt unsere Lehrerin, während sie ihren Blick durchs Klassenzimmer schweifen lässt. Die Tussi von vorhin hat ihren Rucksack wieder auf dem leeren Stuhl neben sich liegen und macht auch keine Anstalten, ihn herunterzunehmen. Doch Henry beachtet das gar nicht.

»Ich hab schon einen gefunden«, sagt sie stattdessen und

kommt schnurgerade auf mich zu. Ich falle gleich tot auf den Boden.

»Hi, Marvin«, sagt sie, und wie selbstverständlich setzt sie sich neben mich. Als hätte sie es jahrelang so gemacht. Ich muss kurz an Friedl denken.

»Hi, Henry«, sage ich etwas nervös und rutsche zur Seite. Alle anderen starren uns an, und ich hoffe inständig, jetzt nicht rot zu werden. Zum Glück aber klatscht unsere Lehrerin jetzt wieder in die Hände.

»Also, Herrschaften, die Vorstellung ist beendet. Die Krägen also wieder schön zu mir nach vorne, denn da spielt die Musik.«

Henry grinst mich kurz an und ich grinse zurück. Wenn Friedl mich jetzt sehen könnte.

In der Pause muss Henry ins Rektorat, weil noch ein paar Formalitäten zu erledigen sind. Nachdem ich ihr kurz erkläre, wo sie mich finden kann, mache ich mich auf den Weg zum Fahrradkeller. Dort stehen zu meiner großen Freude schon ein paar Weiber und rauchen. Also die Sorte Mädchen, die ich nicht mag. Einfach weil sie wahnsinnig oberflächlich sind und Klamotten tragen, die alles zeigen, was man lieber nur erahnen würde. Obwohl sie echt nicht doof sind, eine davon ist sogar Klassenbeste. Vielleicht mag ich sie deshalb schon nicht. Na, jedenfalls stehen sie jetzt eben hier rum, ziehen ein bisschen eine Show ab und machen mich an. Ich hocke mich mal auf einen Sattel und krame eine Kippe hervor.

»Hey, Locke, ich hab jetzt ein Brustwarzen-Piercing«, sagt eine von ihnen und lugt dabei verheißungsvoll unter ihrem Pony hervor.

»Sag bloß«, antworte ich mit wenig Interesse.

»Ich auch. Willst du mal sehen?«, haucht mir eine andere zu.

»Ihr habt euch echt ein Loch in eure Brustwarzen stechen lassen?«, frage ich und kann mir ein Grinsen nicht wirklich verbeißen.

»Ja, wieso?«, will die Erste jetzt wissen, und ich merke, dass sie ein wenig verunsichert ist.

»Wozu?«, frag ich.

»Na, weil's einfach cool ist!«

»Cool, ach so.«

»Also, was ist jetzt? Willst du's nun sehen oder nicht?«, fragt sie weiter, und ich merke, dass es ihr langsam peinlich wird.

»Nee, danke, echt keinen Bock«, sage ich und hole mein Feuerzeug hervor.

Ein paar Augenblicke später kommt Henry dazu. Sie hat eine Karotte in der Hand, und irgendwie sieht das wahnsinnig süß aus, weil sie die gleiche Farbe hat wie ihre Haare. Ihre Jeans ist richtig zerfetzt und passt deshalb einfach perfekt zu der meinen.

»Und?«, frage ich sie erst mal. »Alles erledigt?«

Sie nickt und beißt dabei genüsslich in ihre Möhre.

»Bist du ein Karnickel, oder warum frisst du 'ne Karotte?«, fragt jetzt das erste der Brustwarzen-Piercings.

»Mach dich mal locker und lass sie zufrieden, okay«, sage ich, und nicht grade freundlich.

»Du musst hier nicht den Schutzengel spielen, Marvin. Ich bin in Berlin zur Schule gegangen, und da kennt man solche Leute. Man lernt ziemlich früh, sich selber zu verteidigen«, sagt Henry und lacht.

»Du solltest aber vorsichtig sein«, lache ich zurück. »Die haben nämlich ein Brustwarzen-Piercing!«

»Nicht wahr! Jetzt hab ich aber Angst«, grinst sie mich an. Alle Achtung, das hätte von Friedl kommen können.

Die Tussen kneifen ihre Augen zusammen, nehmen noch einen tiefen Zug, treten dann ihre Kippen aus, als wär's ein ekliger Käfer, und machen sich schließlich vom Acker.

»Upps, da hab ich jetzt wohl deinen Fanclub vertrieben«, sagt Henry und setzt sich auf einen Sattel direkt neben mir.

»Seh ich so aus, als würden die zu mir gehören?«

»Wie siehst du denn aus?«

Ich zucke mit den Schultern.

»Soll das heißen, dass du sonst immer hier alleine rumhockst?«

»Nee, eigentlich nicht. Bis vor den Ferien war immer Friedl mit dabei. Friedl ist mein Freund, weißt du. Schon seit dem Kindergarten. Und wir sind immer zusammen hier gewesen.«

»Was ist mit ihm passiert?«

»Weggezogen. Ja, Friedl ist – weggezogen.« Ich muss echt schlucken.

»Oh, das ist aber schade.«

»Ja, das ist es.«

Eigentlich hab ich überhaupt keine Lust, über Friedl zu reden. Das Problem löst sich aber ganz von selber, weil jetzt die Schulglocke läutet und wir ohnehin zurück ins Klassenzimmer müssen.

Seit der Zeitpunkt von Aichas Entlassung aus dem Krankenhaus bekannt ist, dreht Elvira völlig am Rad. Zunächst einmal hat sie drauf bestanden, dass Aicha zu uns nach Hause kommt. Dabei ist sie so energisch gewesen, dass ihr tatsächlich niemand widersprochen hat. Im Grunde wollte es ja auch keiner. Danach folgte ein weiterer, nicht weniger energischer Entschluss, und zwar der, mit Kevin das Zimmer zu tauschen. Also ist sie in seines gezogen, weil ein Einzelbett für sie völlig ausreicht, wie sie sagt. Und ihr Doppelbett hat sie Kevin und Aicha zur Verfügung gestellt. Stundenlang hat sie geputzt: Fenster, Schränke, den Fußboden, einfach alles. Sie hat sogar das alte Foto von ihrem Nachttisch genommen, wo wir drei Jungs drauf sind. Weihnachten vor hundert Jahren, würde ich mal sagen. Stattdessen hat sie das Bild von Aicha und Stella hingestellt. In einem echt schönen Rahmen. Und dazu eine richtige Orchidee. Anschließend ist sie losmarschiert und hat neue Bettwäsche gekauft. Mit roten Rosen drauf. Zum Totlachen, wirklich. Die hat sie dann gewaschen, gebügelt und die Betten damit bezogen. Und heute ist es endlich so weit. Heute wird Aicha aus dem Krankenhaus entlassen. Die kleine Stella muss leider noch bleiben, was Aicha schon nervt. Nichtsdestotrotz freut sie sich auch, mal wieder etwas anderes zu sehen als türkisgrüne Krankenhauswände. Conradow lässt es sich nicht nehmen und holt sie mit seinem Wagen ab. Und Kevin ist selbstverständlich auch mit dabei – nervös wie ein Kind am ersten Schultag. Elvira dagegen ist ziemlich gelassen. Nachdem sie von der Arbeit heimkommt, geht sie erst einmal einkaufen und beginnt danach gleich, das Essen vorzubereiten. Sie klopft Schnitzel, paniert sie und hobelt im Anschluss zwei Gurken. Zunächst schaue ich ihr dabei nur zu. Das könnte ich stundenlang machen, Elvira bei der Hausarbeit beobachten. Wahrscheinlich, weil ich mir das immer gewünscht habe, damals, als sie mit ›Richter Hold‹ auf der Couch lag und Kindermilchschnitten aß. Nach einer Weile schnappe ich mir aber ein Messer und schäle die Kartoffeln. Sie lächelt mich an. Und plötzlich will sie wissen, wie's denn in der Schule so war. Also erzähle ich ihr ein bisschen was, auch über Henry. Sie grinst ganz verschwörerisch.

»Bring sie doch mal mit, deine kleine Freundin«, sagt sie, während sie das Dressing anrührt.

»Sie ist nicht meine ›kleine Freundin‹«, kann ich gerade noch entgegnen, dann aber können wir die Schlüssel an der Wohnungstür hören und lassen sofort alles stehen und liegen.

»Kommt doch rein, Kinder. Kommt doch ins Wohnzimmer. Wir stehen ja hier wie die Sardinen in der Büchse. Jetzt kommt schon«, sagt Elvira und schiebt dabei erst mal alle ins Wohnzimmer rein. Conradow lässt sich sofort in einen Sessel plumpsen, und Kevin bringt Aichas Reisetasche ins Schlafzimmer.

»Mensch, Aicha, gut, dass du hier bist«, sage ich und umarme sie.

Sie lächelt.

»Wie geht es der Kleinen?«, will Elvira gleich wissen.

»Es geht ihr gut, Elvira. Sie macht riesige Fortschritte. Ich bin so froh darüber«, sagt Aicha und setzt sich auf die Couch. Napoleon liegt auch schon da. Das kann nicht gutgehen. Scheiße.

»Du, Aicha, das ist, glaube ich, keine so gute Idee«, sage ich ganz vorsichtig und befürchte, der Kater wird ihr gleich die Augen auskratzen. Aber nichts. Überhaupt nichts. Noch nicht einmal das leiseste Fauchen. Nur einen kurzen Moment lang sieht er sie eindringlich an, doch dann macht er die Augen wieder zu, ist völlig relaxed und döst weiter. Das kann doch nicht wahr sein!

»Warum ist das keine gute Idee?«, fragt Aicha.

»Das gibt's doch jetzt nicht«, sage ich und begebe mich ebenfalls rüber zur Couch. Aber kaum bin ich in Greifweite, fängt Napoleon das Fauchen an. Das soll verstehen, wer mag. Ich tue es jedenfalls nicht. Elvira lacht.

»Aicha, kommst du mal kurz. Das musst du dir ansehen«, ruft Kevin aus dem Schlafzimmer raus, und schon macht sie sich auf den Weg.

»Ich werde uns mal einen Kaffee kochen, was meinst du?«, sagt Elvira und streichelt dabei kurz über Conradows Arm.

»Mach das, Süße«, sagt er aus seinem Polster und wirft ihr eine Kusshand zu.

Das ist ein seltsames Bild. Die beiden wirken so vertraut, als wäre es schon immer so gewesen. Man kann es ihnen ansehen, sie fühlen sich wohl miteinander. Und so allmählich kann ich mich an den Anblick gewöhnen. Und mal ganz ehrlich, was sie im Schlafzimmer so machen, das bleibt mir zum Glück ja auch wirklich erspart. Aicha kommt jetzt ins Wohnzimmer zurück, und sie hat Tränen in den Augen. Sie nimmt Elvira in den Arm und drückt sie ganz doll.

»Danke, Elvira. Vielen, vielen Dank! Das Zimmer ist einfach nur wunderschön. Ich bin so froh, dass ich hier bei euch sein kann«, sagt sie.

»Schon gut, mein Mädchen«, sagt Elvira und streichelt Aicha über den Kopf.

Später beim Abendessen ist es richtig gemütlich. Es gibt Wiener Schnitzel und einen Gurken-Kartoffelsalat. Wir haben ein paar Kerzen angezündet, Frank Sinatra aufgelegt, und ob man's glaubt oder nicht, es gibt sogar Servietten aus Stoff. Das Essen ist prima, genauso wie die Stimmung. Hinterher gibt's noch ein Tiramisu, das ist zwar nicht selbstgemacht, aber trotzdem unglaublich gut. Und dabei spricht Conradow Aicha und Kevin auf ihre Zukunft an. Er möchte wissen, was sie denn für Pläne haben in Sachen Studium und so.

»Erst mal wird sich nichts ändern, Conradow«, sagt Kevin. »Im Moment ist es einfach nur wichtig, dass wir die kleine Stella so bald wie möglich nach Hause bekommen. Es kann ja noch bis Weihnachten dauern, ehe sie aus dem Krankenhaus raus darf, sagen die Ärzte. Und bis dahin werden wir so viel Zeit bei ihr verbringen, wie überhaupt geht. Und nachts, da werde ich weiter arbeiten, und wenn's bis zum Umfallen ist. Einfach, damit wir ein bisschen was ansparen können. Das ist der Plan.«

»Gut und schön«, sagt Conradow ziemlich nachdenklich. »Aber was ist mir dir, Aicha? Du möchtest doch Kunst studieren, nicht wahr? Darum solltest du dich kümmern. Und das Kind ist doch im Krankenhaus in den allerbesten Händen. Da kannst du doch prima diese Zeit dazu nutzen, um dich um einen Studienplatz zu kümmern, oder?«

»Dafür hab ich im Moment einfach den Kopf nicht frei«, sagt Aicha.

»Papperlapapp, du kannst doch …«

»Ich kann es einfach nicht, okay?«, unterbricht ihn Aicha und legt ihre Hand auf Conradows Arm.

Er nickt.

Dann kriege ich eine SMS. Und sie ist von Friedl.

Hast du 'nen neuen Banknachbarn?

Ja, und tausendmal attraktiver, als du es bist, schreibe ich zurück.

Gratuliere!

Danke!

Was macht das Casino? Steht es noch?

Klar, hab doch versprochen dich zu informieren, wenn es so weit ist.

Sollten wir noch so was wie 'ne Abschiedsparty machen?

Kannst du denn weg von deinen Karnickeln?

Lass das mal meine Sorge sein, okay? Kannst du das organisieren?

Klar. Wann?

Schaffst du das bis zum übernächsten Wochenende?

Kein Problem.

Gut. Dann bin ich am Samstagabend bei euch im Casino. Und da machen wir ein Fass auf, Alter.

Ich werde dort sein.

Ich auch.

Natürlich muss ich die Idee mit dieser Party sofort verkünden, und zu meiner Freude stoße ich damit nicht nur auf breite Zustimmung, nein, die Nachricht macht auch umgehend die Runde. In den nächsten Tagen ist jeder damit beschäftigt, seinen würdigen Beitrag zu leisten. Annemarie beginnt gleich damit, eine To-do-Liste zu erstellen. Achmed und Robin sortieren CDs bis zum Abwinken. Walther ordert Fleisch und Würste, und Elvira kümmert sich um die Einkaufsliste für diverse Salate. Wie gesagt, obwohl es einiges an Arbeit macht, irgendwie scheint jeder echt Spaß an dieser Idee zu finden.

Aichas Vater begleitet sie jetzt immer, wenn sie die Kleine im Krankenhaus besucht. Einmal durfte er sie sogar schon kurz halten. War aber wohl auch ziemlich froh, als er sie wieder abgeben konnte. Jedenfalls hat Aicha uns später erzählt, ihm seien die Schweißperlen auf der Stirn gestanden und er hätte Stella gehalten wie eine ganze Palette voll roher Eier. Das kann ich aber irgendwie total verstehen. Wenn ich mir das winzige Wesen so anschaue, mit all diesen Schläuchen, dann wäre ich auch nicht grade scharf drauf, sie halten zu dürfen.

Meistens begleite ich Henry nach der Schule nach Hause. Zumindest dann, wenn das Wetter schön ist. Dabei reißen wir immer Witze über die doofen Weiber, denen sie von Anfang an ihre Grenzen aufgezeigt hat. Messerscharf und ganz gezielt, ohne dabei auch nur ansatzweise die Haltung zu verlieren. Und ich bin so unglaublich stolz, dass sie ausgerechnet mit mir abhängt. Ich hab ihr auch alles über Friedl erzählt. Unsere ganze lange Geschichte. Sie war echt interessiert und total aufmerksam. Und manches Mal reden wir auch über ihre Mutter, die nun irgendwo in Amerika lebt mit ihrem neuen Mann und ihren neuen Kindern. Immer wenn sie da drüber spricht, wirkt sie ein kleines bisschen traurig. Doch kaum dass wir den Laden betreten und ihr Vater uns begrüßt, meistens mit einem locker-flockigen Scherz auf den Lippen, ist diese Traurigkeit wie weggeblasen. Die zwei sind ein echt starkes Team und unglaublich eng miteinander.

»Sag mal, Locke, wo ist dein Vater eigentlich?«, fragt sie mich heute auf dem Heimweg.

Ich zucke mit den Schultern.

»Siehst du ihn manchmal?«

»Ja, zweimal im Jahr. Wenn er Öl bringt. Er hat dreckige Fingernägel, grüne Gummistiefel und das gleiche Muttermal«, sage ich und deute auf meines.

»Nee, im Ernst? Es gibt noch jemanden mit diesem süßen Muttermal?«, fragt sie und grinst. Ich grinse zurück.

»Wir sind da«, sage ich, weil wir vor ihrer Tür stehen.

»Kommst du noch mit rein?«

»Heute nicht, habe versprochen, mit ins Krankenhaus zu fahren. Ich muss ja schließlich wissen, wie sich meine Nichte so macht.«

»Klar! Bis morgen, Locke«, sagt sie und dreht sich um.

»Ja, bis morgen, Henry.«

Ich habe sie übrigens auch zu unserer Abschiedsparty ins Casino eingeladen Ich finde, sie passt prima dazu. Und außerdem gehört sie doch jetzt auch irgendwie zu meinem Leben. Zu meinem neuen Leben. Sie hat sich total gefreut und fest versprochen zu kommen.

Achtundzwanzig

Als Elvira am nächsten Tag nach Hause kommt, hat sie Walther im Schlepptau. Es gibt Neuigkeiten in Sachen Meister, sagt er gleich zu Beginn, während Elvira in der Küche verschwindet und Kaffee aufsetzt. Und obwohl ich unglaublich neugierig bin, mache ich erst mal den Tisch zurecht und warte artig, bis meine Mutter endlich die Tassen füllt und bei uns am Tisch Platz nimmt.

»Ja, Marvin, wir haben den Meister jetzt ein paarmal verhört, und so wie's ausschaut, ist er auch größtenteils kooperativ«, sagt Walther und schlürft dann an der Tasse.

»Größtenteils?«, frage ich.

»Ja, so hat er zum Beispiel diese Geschichte mit der Unterführung gestanden. Er hat sofort zugegeben, dass er dich dort geschubst hat. Und dabei hat er echt Rotz und Wasser geheult. Er hat gesagt, er wollte das alles gar nicht. Er hätte einfach 'ne Mordswut gehabt und dich deshalb einfach gestoßen. Aber er hat ungefähr tausendmal geschworen, dass es gar nicht so fest war.«

Ich lache laut auf. Nicht fest! Ich habe Aicha unter mir begraben! Mitsamt ihrem Baby. Wir sind die Treppen hinuntergepurzelt wie Geröllhalden bei einem Erdrutsch. Um ein Haar hätte Aicha die kleine Stella verloren. Und dann … dann hätte mich Kevin vermutlich getötet. Denn ich hatte ihm ja versprochen, auf sein Mädchen aufzupassen. Und es war mir nicht geglückt. Und weswegen? Nur wegen diesem gottverdammten Meister! ›Es war gar nicht so fest!‹ Dass ich nicht lache!

»Da ist noch eine andere Geschichte, Marvin« sagt Walther jetzt weiter und räuspert sich ziemlich ausgiebig. Ich merke schon, dass es ihm unangenehm ist, mit mir über diese Angelegenheiten zu sprechen. »Die Sache mit Buddy nämlich. Meister behauptet steif und fest, Buddy wäre schon tot gewesen, als er ihn gefunden hat. Da wär wohl ein Auto drübergefahren oder so. Jedenfalls hat er ihn am Straßenrand entdeckt und ihn danach nur an eure Türe gehängt. Einfach, um euch eins auszuwischen, hat er gesagt.«

Ist der wahnsinnig? Der kann doch nicht in Elviras Anwesenheit die Sache mit Buddy erzählen. Wahrscheinlich hat Walther meine Panik bemerkt. Jedenfalls erzählt er mir, er habe bereits mit Elvira darüber gesprochen.

»Ist schon gut, Locke«, sagt sie und streift mir dabei über die Wange. »Buddy ist tot, und das wird er auch bleiben. Er wird auch nicht mehr lebendig, wenn ihr mir was verheimlicht. Also, was soll's.«

»Na, prima. Aber das lässt sich doch wohl leicht überprüfen«, sage ich, nehme einen Schluck und stelle die Tasse wieder ab. »Wir buddeln Buddy wieder aus und dann könnt ihr das doch wohl feststellen, woran er wirklich gestorben ist.«

»Also, Locke«, flüstert Elvira und verzieht dabei das Gesicht.

»Ja, aber es stimmt doch«, muss ich jetzt einwerfen.

»Und da ist noch was, Marvin«, sagt Walther.

»Noch was? Und zwar? Hat der Meister die Welt vor dem Untergang gerettet?«, frage ich und kann mir einen zynischen Tonfall nicht wirklich verkneifen.

»Die Sache mit Robin und der Eisenstange«, sagt Walther und schaut mich dabei eindringlich an. »Meister schwört Stein und Bein, dass er damit nichts zu tun hat.«

»So, schwört er das? Ja, dann ist es wohl der Heilige Geist gewesen«, sage ich und stehe auf. Ich muss raus hier. Das ist doch unglaublich. Dass ausgerechnet dieses Arschloch hier auch noch durchkommt mit seinen dämlichen Lügen.

Ein paar Tage später ist endlich das Abschiedsfest im Casino, und aus verschiedenen Gründen bin ich echt froh, dass es jetzt so weit ist. Zum einen sehe ich dadurch endlich Friedl wieder. Zum anderen freue ich mich auch total auf Henry. Und nicht zuletzt bin ich sowieso irgendwie erleichtert, wenn das Thema Casino nun langsam, aber sicher zu Ende geht. Abschiede sind immer nur vorher schlimm. Wenn sie einmal da sind, wird es jeden Tag ein kleines bisschen leichter. Ich sehe das bei Friedl.

Robin und Kevin sind die Ersten, die im Casino aufschlagen, und als ich später dazustoße, haben sie längst Tische und Stühle zu einer großen Tafel geformt. Kurz nach mir treffen Walther und Annemarie hier ein und haben gefühlt Tonnen von erstklassiger Metzgerware dabei. Und kaum haben wir das ganze Zeug aus dem Kofferraum gehievt, da stehen auch schon Conradow und Elvira auf der Türschwelle. Nach einem kurzen Begrüßungstrara mutiert Annemarie zum Feldwebel und weist jedem seine Aufgabe zu. Und im Handumdrehen werden jetzt Getränke kalt gestellt, Salate gemischt, CDs sortiert, Luftballons aufgeblasen und kilometerlange Luftschlangen aufgehängt. Wir stellen das angeschlagene Geschirr auf eine geblümte Tischdecke, die Elvira angeschleppt hat, falten Servietten und verteilen Teelichter im ganzen Raum. Irgendwann sind wir aber fertig, und unser altes Casino schaut fast aus, als wäre es ein Festsaal. Eine Weile schweifen alle Blicke durch diesen Raum, und jeder für sich scheint ein bisschen ergriffen. Plötzlich aber steht Achmed dort in der Türe und stoppt die etwas rührselige Stimmung. Er macht einen ziemlich bekümmerten Eindruck.

»Hey, was ist los, Alter?«, fragt Robin gleich mal, geht auf ihn zu und haut ihm aufmunternd auf seine Schulter.

»Meine Mutter ist weg«, stammelt Achmed.

»Wie, deine Mutter ist weg? Wo ist sie denn hin?«, will Kevin jetzt wissen.

»Keine Ahnung, Mann. Vielleicht in die Türkei. Jedenfalls war sie heute Mittag nicht mehr da, als mein Vater vom Geschäft heimgekommen ist. Ich selber habe das gar nicht gemerkt. Robin und ich waren doch den ganzen Vormittag unterwegs, um Besorgungen zu machen für heute Abend, Luftschlangen und so«, sagt er.

Robin nickt.

»Und als ich danach nach Hause gekommen bin, da hat mein Vater grade telefoniert. Mit meinen Großeltern in der Türkei, also den Eltern von meiner Mutter praktisch. Und wie er dann endlich fertig war, da hat er mir eben erzählt, dass meine Mutter weg ist. Und ihr Pass auch. Und ein paar Klamotten und so was.«

»Ja, und weiter? Habt ihr denn irgendeine Ahnung, wo sie hin sein könnte?«, mischt sich Walther jetzt ein.

»Mein Vater denkt, dass sie auf dem Weg zu ihren Eltern ist. Sie hat heute Morgen noch mit ihnen telefoniert. Und dabei muss sie zu ihnen gesagt haben, dass sie das alles hier nicht mehr aushält.« Jetzt weint Achmed. Mann, Scheiße.

»Vielleicht ist es ja erst mal das Beste, Achmed. Vielleicht brauchen sie einfach erst einmal ein bisschen Abstand, deine

Eltern. Weißt du, es war doch alles ziemlich viel in der letzten Zeit«, sagt Elvira und legt den Arm um ihn.

Annemarie reicht ihm ein Tempo.

»Und wie geht es ihm jetzt eigentlich? Also, deinem Vater?«, will Kevin noch wissen.

»Gut. Ihm geht es gut. Ich glaube fast, er ist direkt ein bisschen erleichtert, dass sie weg ist. Aicha ist jetzt bei ihm. Und sie haben sich Tee gekocht.«

»Achmed, du wirst sehen, es wird alles gut werden«, sagt Elvira und hat einen ganz optimistischen Tonfall dabei.

»Hey, Alter, alles wird gut«, sagt Rob schließlich und legt den Arm um ihn.

Die alte Hexe ist weg. Na, es soll Schlimmeres geben. Und ein Blick auf die Uhr verrät mir, dass es höchste Zeit ist, Henry abzuholen.

Als sie mir die Türe aufmacht, könnte ich direkt vor ihr auf die Knie fallen. Sie trägt ein dunkelgrünes Wollkleid, das fast bis runter zum Boden reicht und genau die Farbe ihrer Augen zu haben scheint. Dazu eine ganz helle Jeansjacke und natürlich Turnschuhe, was sonst.

»Gefall ich dir?«, fragt sie und dreht sich einmal im Kreis.

»Geht so«, sage ich und grinse.

»Ich bin dann mal weg«, ruft sie nach drinnen.

Ihr Vater kommt zur Türe. »Sie geht nicht alleine nach Hause, Marvin, ist das klar?«

»Völlig klar.«

»Wie spät wird es werden?«

»Kann wohl schon dauern. Ist ja schließlich 'ne Abschiedsparty«, sage ich.

»Ich hab dir doch davon erzählt, Papa«, sagt Henry leicht genervt.

»Wollen Sie vielleicht mitkommen?«, frage ich mehr so anstandshalber.

»Nein, will er nicht«, antwortet Henry für ihren Vater. Der lacht.

»Ja, ja, ich versteh schon«, grinst er und schaut abwechselnd in unsere Gesichter. »Ihr seid ein schönes Paar, ihr beiden!«

»Papa!«

»Schon gut. Also, dann viel Spaß heute Abend! Und jetzt macht euch vom Acker. Aber nicht vergessen, sie geht nicht alleine, verstanden?«

»Ehrensache«, sage ich noch, doch Henry zieht mich bereits am Ärmel in Richtung Fahrradständer. Danach sperrt sie ihr Schloss auf, hockt sich auf den Sattel und beginnt gleich wie wild in die Pedale zu treten. Erst als sie merkt, dass ich mich mit meinem Board hinten dranhänge, haut sie die Bremse rein und streikt. Ich muss lachen. Und dann fahren wir beide Seite an Seite ins Casino hinaus. Ihr Kleid flattert im Wind. Und auch ihre Haare.

Friedl ist schon da, als wir ankommen, und heute sogar mit der kompletten Bundeswehrkluft. Wir lassen das blöde coole Abgeklatsche gleich mal bleiben und fallen uns lieber direkt in die Arme.

»Mensch, Scheiße, cool, dass du da bist«, sage ich.

»Wenn auch der Anlass nicht der glücklichste ist«, sagt Friedl und schaut dann über meine Schulter hinweg zu Henry.

»Das hier ist Henry. Mein neuer Banknachbar sozusagen«, sage ich ein bisschen verlegen und ziehe sie an der Hand etwas näher.

»Du hockst jetzt neben Pippi Langstrumpf?«, fragt Friedl und grinst.

»Ja, ich freue mich auch, dich kennenzulernen, Rambo«, sagt Henry und grinst zurück.

»Na, wen haben wir denn da?«, mischt sich Elvira jetzt ein.

»Das ist Henry, meine neue Mitschülerin«, erkläre ich gerade noch, doch ehe ich schaue, hat Elvira sie auch schon untergehakt, führt sie durchs Casino und zeigt ihr alles und jeden. Ein paarmal blickt Henry noch hilfesuchend zu mir, aber irgendwann gibt sie auf, lächelt tapfer und lässt sich einfach präsentieren.

»Läuft da was zwischen euch?«, will Friedl jetzt wissen, und ich befürchte, ich werde grad fürchterlich rot. Ich schüttle den Kopf. Und ich blicke zu Henry hinüber, die momentan Robin vorgestellt wird. Hinter ihrem Rücken zeigt er mir seinen Daumen. Und der deutet nach oben. Komisch, aber das macht mich gerade vollkommen stolz. Ich habe noch niemals ein Mädchen angeschleppt. Zum einen, weil ich keines hatte, zum anderen aber auch, weil ich sowieso keines mitgenommen hätte. Nicht zu meiner Familie, die im Grunde eh keine war. Jeder hat doch nur mehr schlecht als recht sein eigenes Ding durchgezogen. Von Familie konnte da doch bislang überhaupt gar keine Rede sein. Jetzt aber ist alles ganz anders. Jetzt sind wir irgendwie zusammengewachsen. Und nicht nur Elvira und wir Jungs. Nein, ich habe den Eindruck, wir alle gehören nun einfach zusammen. Alle, wie wir hier sind. Und da ist es nur umso schöner, dass Henry jetzt auch mit dabei ist.

Irgendwann beschließt Walther, sich um den Grill zu kümmern, und begibt sich nach draußen. Robin und Achmed folgen ihm, und schon bald ziehen die ersten Düfte zu uns herein.

»Willst du mir mit den Kerzen helfen, Henry?«, fragt Elvira und drückt ihr ein Feuerzeug in die Hand.

»Klar«, sagt Henry ganz begeistert und beginnt zusammen mit Elvira überall die Kerzen anzuzünden.

»Sie ist echt niedlich, deine Pippi«, sagt Friedl, der urplötzlich neben mir steht und sich eine Kippe anzündet. Wir gehen ins Freie, lehnen uns an die Hauswand und rauchen eine Zigarette.

»Ja«, sag ich und nehme einen tiefen Zug. »Henry ist klasse.«

»Guter Ersatz für mich?«

»Es gibt keinen Ersatz für dich.«

»Vielleicht ein Platzhalter?«

»Nein, das ist sie auch nicht.«

»Also keine Konkurrenz?«

»Keine Konkurrenz!«

Während wir essen, sitzen wir drei beieinander. Friedl erzählt ein bisschen von Heidelberg, von seinen Kaninchen und den Großeltern. Auch seine neue Schule erwähnt er, und dass es da gar nicht so schlecht ist. Jedenfalls ist es tausendmal besser, als es bei seinen Eltern war. Dann geht plötzlich die Tür auf und Aicha kommt herein. Und sie hat ihren Vater dabei. Für ein paar Augenblicke ist es still.

»Kann es sein, dass Ihre Energiesparlampe durchgebrannt ist?«, fragt plötzlich Kevin, und irgendwie beschleicht mich der Eindruck, es wird gleich noch viel stiller hier. Und für einen winzigen Moment lang ist es auch so.

Doch dann beginnt der Alte zu lachen.

»Ich bin Hakan, Kevin. Sag bitte einfach Hakan zu mir«, sagt er, geht dabei auf Kev zu und reicht ihm tatsächlich die Hand. Die aber will Kevin nicht haben. Stattdessen umarmt er ihn. Und jetzt lachen beide. Elvira holt zwei neue Gedecke und verteilt Essen an die Neuzugänge.

Ein bisschen später fängt Conradow an zu erzählen.

»Ich habe mir mal ein paar Gedanken um eure Zukunft gemacht, Kinder«, sagt er und blickt dabei nacheinander ganz eindringlich in die Gesichter von Kevin und Aicha. Die beiden tauschen flüchtig einen Blick. »Ich weiß nicht, ob ich's schon erwähnt hab, aber ich habe einen großartigen Kollegen in Florenz, wisst ihr. Professor Bonafini.«

»Du bist ein Professor, Conradow? Das ist nicht wahr, oder?«, unterbricht ihn Walther, und dabei macht er ein ganz argwöhnisches Gesicht.

»Ja, ob du es glaubst oder nicht, Walther. Aber ich bin tatsächlich ein Professor.«

»Aber warum arbeitest du dann nicht an'ner Uni?«

»Schlicht und ergreifend, weil ich das so möchte, mein Lieber. Ich habe mich dazu entschieden, weil ich so früh wie nur möglich damit anfangen möchte, die Schüler für Kunst und Musik zu interessieren. Nicht erst dann, wenn sie sich schon längst dafür entschieden haben. Nein, ich will sie dorthin führen. Jeden einzelnen von ihnen finden, der auch nur ein bisschen davon im Blut hat, verstehst du? Das Eisen schmieden, solange es noch heiß ist, könnte man vielleicht sagen.«

»Das leuchtet irgendwie ein«, sagt Walther und nimmt einen Schluck Wein.

»Gut, aber was ist denn nun mit Ihren Plänen für uns, Conradow?«, führt Kevin das Gespräch zum Ursprung zurück. Conradow nickt. Und dann erfahren wir es alle miteinander. Ja, er hat ebendiesen Kollegen Bonafini angerufen und ihm in aller Ausführlichkeit die ganze Geschichte von seiner Lieblingsschülerin erzählt. Von ihrem Talent. Von ihrem Kind. Und von Kevin. Hinterher sind wohl einige Tage lang die Drähte heißgelaufen. Aber jetzt, jetzt wäre alles in trockenen Tüchern, sagt Conradow. Vorausgesetzt, Aicha und Kevin sind damit einverstanden: einverstanden damit, im April nach Florenz zu gehen und dort eine winzige, aber billige Wohnung gleich in Uni-Nähe zu beziehen. Ein Studienplatz für Aicha wäre schon gesichert. Und in der Pizzeria ein paar Straßen weiter, da könnte Kevin erst einmal den Familienunterhalt verdienen. Könnte sich tagsüber, wenn Aicha in der Uni ist, um die kleine Stella kümmern und abends kellnern gehen.

»Was meint ihr?«, will er abschließend wissen, und ich merke genau, dass er erwartungsvoll, aber auch ein bisschen verunsichert klingt. Einige Augenblicke lang könnte man einen Floh husten hören. Aicha und Kevin schauen sich nur an. Dann aber nickt Kevin und lächelt ihr aufmunternd zu. Und in derselben Sekunde kommt Aicha um den Tisch rumgelau-

308

fen und umarmt Conradow mit einer solchen Begeisterung, dass ich beinahe fürchte, er würde uns daran ersticken. Darauf muss freilich angestoßen werden. Und weil Conradow in weiser Voraussicht ein paar Flaschen Sekt besorgt hat, lässt er nun erst mal ganz ordentlich die Korken knallen. Später, um genau zu sein: vier Flaschen später, gibt es dann für keinen ein Halten mehr. Nachdem die Fraktion der Senioren ja schon längst übers zerschrammte Parkett rockt, schließen wir Jüngeren uns an und fetzen uns im Freestyle die Seele aus dem Leib. Henry tanzt wie der Teufel. Oder eher wie ein Engel? Ich kann es wirklich nicht sagen. Jedenfalls schaut es einfach unglaublich cool aus. Auch Friedl beeindruckt das, ich sehe es aus den Augenwinkeln. Und er sieht aus den Augenwinkeln, dass ich es sehe. Wir grinsen uns an. Irgendwann wechselt plötzlich Achmed die CD und beginnt mit seinem Vater, türkische Tänze zu tanzen. Im Handumdrehen sind wir alle dabei, bilden einen Kreis und versuchen etwas ungelenk, den beiden zu folgen. Der Einzige, der außen vor bleibt, ist Conradow. Der steht mit im Rücken verschränkten Armen vor Aichas Wand und schaut sie ganz eindringlich an. So nach und nach gehen jetzt die ersten Kerzen aus. Und von der ganzen Tanzerei kommt uns der Durst langsam hoch. So setzen wir uns wieder um den großen Tisch, trinken einen Schluck und schweigen ein bisschen. Und jeder lässt seinen Blick durch den Raum schweifen. Wir schauen an die Wände, zum Billardtisch oder dem Kickerkasten. Wir sehen aneinander vorbei, einander an und ineinander hinein. Es ist so eine traurig-schöne Stimmung hier. Ein bisschen Abschied und ein bisschen Neubeginn. Und jeder hier empfindet das so. Das liegt ganz deutlich in der Luft.

Neunundzwanzig

Genau in dem Moment, als die Stimmung irgendwie am schönsten ist, als wir so zwischen harmonisch und melancholisch hin- und herschwirren, genau da klingelt plötzlich Aichas Handy. Gerade noch hat sie sich darüber gefreut, dass ihr Vater mit allen hier so großartig klarkommt, dass er endlich wieder mal fröhlich ist und sogar den Arm um sie gelegt hat. Und jetzt kramt sie ganz hektisch in ihrer Handtasche nach dem verdammten Telefon und macht dabei ein ganz besorgtes Gesicht. Was aber auch durchaus verständlich ist, es ist mitten in der Nacht, und da muss man schon eher mit allem rechnen. Alle im Raum haben jetzt aufgehört zu sprechen und blicken auf Aicha und ihre kleinen, zitternden Hände. Nur aus den Boxen kommt noch Musik. Als sie schließlich rangeht, ist ihre Stimme leicht brüchig. Und Sekunden später fällt alle Farbe aus ihrem Gesicht. Ihre Knie beginnen zu zittern und sie tastet verwirrt nach ihrem Stuhl, den Kev ihr rasch heranschiebt. Darauf lässt sie sich nieder. Sekundenlang sagt sie nichts. Sagt nichts und wird nur blasser und blasser. Und wir anderen starren sie an, und jeder für sich befürchtet wahrscheinlich das Schlimmste.

»Ich komme sofort«, sagt sie schließlich, legt auf und schaut in die Runde. Nein, eigentlich schaut sie viel mehr durch uns hindurch.

»Was ist denn passiert, um Gottes willen?«, will Kevin jetzt wissen und legt ihr den Arm auf die Schulter. Und ich gehe erst mal und mache die Musik aus.

»Meine Mutter«, stammelt sie kaum hörbar. »Sie ist bei Stella gewesen.«

»Wie, sie ist bei Stella gewesen? Was soll das heißen?«

»Sie ist eben bei Stella gewesen, und aus. Mehr weiß ich

eigentlich auch nicht. Dann ist wohl eine Schwester dazugekommen und hat sie gefragt, was sie hier eigentlich tut. Nachdem meine Mutter keine Antwort geben wollte, hat die Schwester sie natürlich gebeten, dass sie gehen soll. Doch auch das hat sie nicht getan, stattdessen hat sie versucht, an Stellas Schläuchen rumzuzerren. Am Schluss waren drei Leute nötig, um sie endlich aus der Station rauszubringen.«

»Großer Gott! Und wie geht es Stella?«

»Stella geht es gut. Aber ich muss sofort ins Krankenhaus!«, sagt sie noch, dann bricht sie in Tränen aus und fällt in Kevins Arme.

»Aber das kann doch alles gar nicht wahr sein«, sagt Conradow, und er klingt wirklich besorgt.

»Komm, wir fahren«, sagt Aichas Vater, und sein Gesicht hat plötzlich genau dieselbe Farbe wie das seiner Tochter.

»Sie haben schon etwas getrunken, Hakan«, sagt Walther.

»Sie können mich ja verhaften«, sagt der noch, dreht sich ab und geht mit Aicha zu seinem Wagen. Achmed und Kevin folgen den beiden. Und so fahren die vier los und in die Nacht hinaus. Wir anderen stehen schweigend vor dem Casino und schauen noch immer hinterher, als die kleinen Lichter schon längst nicht mehr zu sehen sind.

»Ich habe mir immer schon gedacht, dass sie ein Fall für die Psychiatrie ist«, sagt Annemarie irgendwann und durchbricht damit die Stille. Schweigend gehen wir wieder hinein. Annemarie und Elvira fangen mit Aufräumen an, und Robin sitzt mir gegenüber auf dem alten Sofa, starrt auf den Boden, und seine Dreadlocks fallen schwer über seine Schultern. Friedl steht drüben vor Aichas Wand und fährt mit seinen Fingern ganz vorsichtig über die Farben.

»Locke, kannst du mich bitte nach Hause bringen?«, kann ich schließlich Henry sehr leise vernehmen. Sie steht plötzlich vor mir, ich habe sie gar nicht kommen hören.

»Klar«, sage ich und stehe auf.

»Kann ich mit?«, fragt Friedl.

»Klar«, sage ich mechanisch.

Nachdem wir Henry in die Arme ihres Vaters entlassen haben, gehen wir in unsere Straße. Wir hocken uns auf die Stufen und rauchen eine Zigarette. Friedl schaut hoch zu seinem dunklen Zimmerfenster und wischt sich dann eine Träne aus dem Gesicht. Trotz der Kälte und der miesen Stimmung können wir uns hier nicht wegbewegen. Hier sitzen wir nun auf den Stufen und rauchen und schweigen.

Erst gegen Morgen werden wir wieder in die Realität zurückgeholt. Es ist Walther, der mit seinem Wagen anrollt, und er hat Elvira nach Hause gebracht. Sie hat ganz verweinte Augen und eilt ohne ein Wort an uns vorbei ins Treppenhaus. Walther und Friedl kommen mit nach oben, und erst jetzt merke ich, wie kalt mir ist. Ich gehe in mein Zimmer und schnappe mir zwei Pullover aus dem Schrank. Einer ist für Friedl und den anderen ziehe ich mir selber über. Elvira ist in der Küche, und mit raschen Bewegungen richtet sie ein paar Brote und kocht eine Kanne Tee.

»Seid ihr im Krankenhaus gewesen?«, frage ich sie und sie nickt.

»Und?«

»Der kleinen Stella geht es gut, und das ist das Wichtigste«, sagt sie und drückt mir ein Tablett in die Hand.

»Und die Alte?«, frage ich auf dem Weg ins Wohnzimmer rüber.

»Die haben sie fortgebracht«, antwortet jetzt Walther und deckt den Tisch ein.

»In die Klapse?«

»Wie immer du das nennen willst«, sagt er. Der Tee tut gut, er wärmt von innen und außen.

»Wie hat denn Aichas Vater reagiert? Ich meine, dass sie seine Frau einfach so wegbringen«, frage ich und beiße in ein

Streichwurstbrot. Elvira und Walther tauschen einen Blick und sie zuckt mit den Schultern.

»Erleichtert?«, fragt Walther und Elvira nickt zaghaft. »Ja, tatsächlich, ich glaube fast, er war ein bisschen erleichtert.«

»Krass«, sag ich.

»Wie auch immer, wir sollten uns jetzt alle mal 'ne Runde aufs Ohr hauen«, sagt Elvira schließlich und beginnt dann auch gleich, den Tisch abzuräumen. »Wenn später Kevin und Aicha kommen, brauchen sie sicherlich unsere volle Unterstützung.«

Und so verabschiedet sich Walther kurz darauf und geht. Anschließend haut sich Friedl in Robins Bett und ich mich in das meine.

»Warum ist das so, Locke?«, fragt Friedl aus seinen Federn heraus.

»Warum ist was so?«

»Na, dass einfach immer irgendwas ist. Ich meine, es ist immer irgendwas Negatives. Kaum denkt man, alles ist gut, die Stimmung passt, alle sind fröhlich, und peng – kommt wieder irgend so ein Scheiß.«

»Keine Ahnung. Vermutlich ist das Leben einfach so.«

»Ja, toll! Und das geht ewig so weiter?«

»Vielleicht schätzt man ja die guten Momente mehr, wenn man auch die schlechten kennt.«

»Deine guten Momente heißen ja jetzt Henry«, sagt er, und ich bilde mir ein, dass sein Ton ein bisschen beleidigt klingt.

»Und deine Thomerl und Anderl. Und jetzt schlaf!«

»Haha! Gute Nacht, Locke.«

»Gute Nacht, Friedl.«

Doch es dauert noch ewig, bis ich endlich einschlafen kann.

In der Woche vor Allerheiligen machen sie schließlich das Casino platt. Robin, Achmed und ich haben es vorher noch leer geräumt. Conradow hat uns seinen Keller zur Verfügung gestellt, und dorthin haben wir dann erst mal all unsere Sachen gebracht. Walther ist mit einem Lieferwagen vorgefahren, und da ist der Billardtisch draufgekommen und der Kicker und alles, was uns irgendwie wichtig war. Ein paar andere Sachen haben wir zurückgelassen, und die werden jetzt einfach mit dem Casino weggeschoben. Ich habe den Karton aus der Wand genommen. Aus Aichas Wand. Den Karton mit dem Clownskopf drauf. Mit meinem Kopf also. Der fehlt jetzt in der Truppe. Weil ich den mit nach Hause genommen habe.

Der Typ von den Lofts ist noch mal vorbeigekommen. Er hat gesagt, er hätte eine alte Fabrikhalle für uns, nur ein paar Straßen weiter. Und die … die würde wahrscheinlich erst in zwei oder drei Jahren abgerissen werden. Wenn wir wollen, können wir die solange haben. Aber das wollten wir nicht. Obwohl wir es echt nett gefunden haben, dass er sich über unseren Verbleib überhaupt Gedanken macht. Aber wenn man mal so was wie das Casino hatte, dann will man nichts anderes mehr. Vielleicht ist es ja auch die Gewissheit, dass wir es sowieso wieder verlieren würden. Wenn auch erst in zwei oder drei Jahren. Vielleicht aber war sie auch so einfach vorbei, unsere gemeinsame Zeit.

Ich bringe jetzt fast jeden Tag Henry nach der Schule nach Hause. Sie tut mir gut. Sie ist keine so alberne Modetussi mit Piercings und hochhackigen Schuhen. Sie ist sogar fast so was wie ein akzeptabler Ersatz für Friedl geworden. Ich mag sie wirklich gerne.

Heute ist wieder UNO-Abend bei Elvira. Walther und Annemarie sind schon da und tragen Snacks ins Wohnzimmer rüber. Kurz darauf kommt auch Conradow, und die Truppe ist vollständig. Napoleon sitzt auf seinem Thron und beäugt alles und jeden ganz genau. Und je nachdem, wie seine Stimmung gerade so ist, faucht er oder er schnurrt sogar mal. Ich mag die UNO-Abende bei uns. Die vielen Menschen in der Wohnung, das Stimmengewirr, das Lachen. Ich kann dazukommen oder wegbleiben, ganz so, wie ich will. Es gibt immer leckere Häppchen, weil sich Elvira dann freilich besondere Mühe gibt. Und Annemarie bringt fast jedes Mal einen feinen Kuchen mit.

»Locke, kannst du mal rüberkommen, das wird dich auch interessieren«, sagt Elvira heute und steckt kurz ihren Kopf zu mir ins Zimmer rein. Ich lege die Maus beiseite und folge ihr neugierig ins Wohnzimmer rüber.

»Setz dich, junger Mann«, sagt Walther und zieht einen Stuhl hervor. Und so setz ich mich nieder und lausche gespannt.

»Es gibt Neuigkeiten, was die Geschichte mit der Eisenstange betrifft«, beginnt Walther, räuspert sich und schaut dabei einmal komplett in die Runde. Und man kann ganz deutlich merken, dass es ihm schwerfällt, weiterzusprechen. Wir alle hängen an seinen Lippen. »Ob ihr das nun glaubt oder nicht, so wie die Sache ausschaut, war es Aichas Mutter, die Robin so zugerichtet hat. Zumindest hat sie es so bei ihrer Vernehmung erzählt. Sie hat gesagt, sie wäre aus dem Bahnhof gekommen, hätte Kevin dort gesehen, wie er eine leere Dose in die Mülltonne geworfen hat, und dann wäre ihr der Hass hochgekommen. Und als sie dann auch noch plötzlich eine Eisenstange entdeckt hat, da wäre sozusagen der Gaul mit ihr durchgegangen. Diese Eisenstange hat sie wohl als Zeichen Gottes gesehen. Die ist doch – also ehrlich, die ist doch völlig von der Rolle!«

»Das versteh ich nicht. Wieso Kevin? Es war doch Robin«, sage ich und bin ein bisschen verwirrt.

»Ja, Locke, darüber bin ich auch erst gestolpert. Aber sie hat die beiden schlicht und ergreifend verwechselt, weißt du. Sie hatte ja Kevin nur ein paarmal gesehen, und das auch nur aus der Ferne. Und sie hatte ja noch nicht einmal eine Ahnung, dass er überhaupt 'nen Bruder hat«, sagt Walther weiter.

»Dazu kommt noch, dass sich Kevin und Robin ja auch wahnsinnig ähneln. Zumindest haben sie das früher getan, als Robin noch nicht diese dämlichen Locken hatte«, fügt Elvira hinzu.

»Dreadlocks«, verbessere ich.

»Von mir aus auch die«, sagt Elvira.

»Wie dem auch sei, jedenfalls ist somit dieser Meister raus aus der Nummer, ob man das nun wahrhaben will oder nicht. Und wenn ich mal ehrlich bin, Marvin, wenn er das mit Robin nicht war, dann hat er wohl mit Buddys Tod wahrscheinlich auch nichts zu tun.«

»Wohl kaum«, muss ich zugeben und gehe mal rüber zu Napoleon.

»Dann ist es wohl tatsächlich so gewesen, wie Meister zu Protokoll gegeben hat. Nämlich, dass er Buddy tot im Straßengraben gefunden hatte, vermutlich von einem Auto überfahren, und er hat ihn euch dann nur noch an die Türklinke gehängt. Pervers, aber leider nicht strafbar.«

Napoleon faucht mich an. Ich streichle ihn trotzdem. Er faucht noch einige Male, doch irgendwann gibt er schließlich auf. Er dreht sich leicht auf die Seite und ich kraule ihm den Bauch. Ganz leise fängt er zu schnurren an.

Dreißig

Aicha ist jetzt eigentlich rund um die Uhr bei ihrer Stella. Sie haben ihr auf der Station ein Bett zur Verfügung gestellt nach diesem Zwischenfall mit der Mutter. Natürlich hatte auch dabei Annemarie ihre Hände im Spiel. Mittlerweile ist die Kleine richtig stabil und durfte deswegen runter von der Frühchen-Station. Stattdessen ist sie in ein ganz normales

Krankenzimmer verlegt worden. Nur an einem einzigen Tag in der Woche schläft Aicha bei uns zuhause. Es ist der Tag, an dem Kevin nicht arbeiten muss. Dann schließen sich die beiden im Schlafzimmer ein und kommen erst zum Frühstück wieder heraus. Und schon mit dem letzten Happen im Mund eilt Aicha ins Krankenhaus zurück. Kevin ist auch dort, sooft es seine Arbeitszeiten erlauben. Im Grunde aber schuftet er in jeder verfügbaren Minute und hat dadurch schon einiges auf die Seite legen können.

Manchmal übernachtet Elvira jetzt bei Conradow. Anfangs war das für mich seltsam, doch langsam habe ich mich wohl irgendwie dran gewöhnt. Ebenso seltsam war es, Robin plötzlich wieder in der Wohnung zu haben. Zuvor war er ja eigentlich nur noch im Casino abgehangen. Jetzt aber ist er zurück und ich mag das. Wenn Elvira bei Conradow ist, sind wir beide ganz alleine zuhause, manchmal gesellt sich auch Achmed dazu. Wir verdrücken dann tonnenweise Marzipankartoffeln, holen uns eine Pizza, hören Musik, wenn auch nicht ganz so laut wie im Casino, und reden dabei über Gott und die Welt.

Aichas Vater schwirrt in seiner Freizeit ständig zwischen den beiden Krankenhäusern hin und her. Entweder ist er bei seiner Enkelin oder eben bei seiner Frau. Die haben sie erst einmal auf Tabletten eingestellt, hat er uns erzählt. Und das ist auch gut so, weil sie ihn dann wenigstens nicht mehr anbrüllt.

An Weihnachten darf die kleine Stella jetzt endlich nach Hause. Robin hat natürlich seine wunderschöne Wiege längst angeschleppt und Aicha hat sich wahnsinnig darüber gefreut. Die steht nun bereits im Wohnzimmer in all ihrer Pracht, und Elvira hat auch schon so eine winzige Decke ergattert und einen knallbunten Überzug dafür. Den hat sie gewaschen und gebügelt, und zwar mit solch einer Sorgfalt, dass nur ja nicht das winzigste Fältchen noch irgendwo ist.

Vorhin habe ich wieder mal ausgiebig mit Friedl telefoniert, und wir haben vereinbart, dass ich ihn am zweiten

Weihnachtsfeiertag besuchen werde. Ihn und seine doofen Karnickel. Seine Großeltern freuen sich schon auf mich, hat er gesagt. Wenn es nicht so kalt ist, und das ist es in Heidelberg selten, dann wird sein Großvater mit uns zum Fliegenfischen gehen. Da bin ich ja echt mal gespannt drauf. Und an Silvester, da ist ein riesiges Fest in einem Dorf nur ein paar Kilometer weiter. Da wollen wir dann hin, der Friedl und ich. Thomerl und Anderl werden auch da sein. Ja, ich kann es kaum noch erwarten, diese beiden in mein Herz zu schließen.

Ein paar Tage später ist endlich die Verhandlung gegen den Meister wegen des Vorfalls bei der Unterführung. Ich habe darauf verzichtet, als Nebenkläger aufzutreten, weil mir der Stress, den ich ohnehin laufend habe, eigentlich schon vollkommen reicht. Aicha sieht das genauso. Als Zeugen werden wir beide aber trotzdem vernommen. Der Meister ist total kleinlaut, beteuert ständig, wie leid ihm das alles tut, und ab und zu laufen ihm sogar ein paar Tränen übers Gesicht. Am Schluss der Verhandlung kriegt er hundertzwanzig Sozialstunden in einem Altenheim. Ja, das wird ihm Spaß machen.

Auf dem Weg aus dem Gerichtssaal läuft er hinter mir her, holt mich schließlich ein und fasst mir von hinten an die Schulter. Ich drehe mich um.

»Entschuldigung, Mann«, sagt er und schaut zuerst mich an und danach Aicha. Die aber wendet sich ab und geht schnurgerade dem Ausgang entgegen. Meister blickt auf den Boden, und ich merke deutlich, wie verlegen er ist.

»Hier, Mann«, sagt er plötzlich und drückt mir seine Lederjacke in den Arm. Dieses endsgeile Teil, für das ich mein Leben geben würde. »Die gefällt dir doch so, oder?«

Ich schüttele den Kopf und gehe.

Am nächsten Tag schneit es wieder mal volle Kanne, wie schon die letzten Wochen. Und wieder mal gibt es eine ausgiebige Schneeballschlacht, als Henry und ich auf dem Heimweg sind. Sie sieht so süß aus mit ihren roten Wangen und den roten Haaren, die unter ihrer bunten Mütze hervorlugen. Manchmal muss ich ihr die Hände wärmen, weil sie eiskalt sind vom Schnee. Dann reibe ich sie so lange und so fest, bis Henry »Autsch!« schreit und mich in die Seite boxt. Wir lachen und gehen Seite an Seite den Gehweg entlang. Aus den Augenwinkeln heraus kann ich sehen, dass sie mich anschaut.

»Was?«, frage ich und bleibe stehen.

»Hast du eigentlich nie das Bedürfnis, mich küssen zu wollen, Marvin?«, fragt sie mich plötzlich.

»Ich sag dir Bescheid, wenn ich dich küssen will«, sage ich und grinse sie an.

»Echt? Sagst du dann: ›Henry, jetzt ist es so weit. Ich möchte dich jetzt küssen.‹?«

»Ja, so was in der Art halt.«

»Du sagst also vorher Bescheid?«

»Sag ich doch.«

»Und warum? Ich meine, warum sagst du mir vorher Bescheid und tust es nicht einfach?«

Und dann tue ich es einfach. Ich nehme sie in die Arme und küsse sie. Es ist gut. Ziemlich gut sogar.

Ganz herzlich bedanken möchte ich mich bei …

… Vanessa Gutenkunst
… dem gesamten wunderbaren dtv-Team
… meiner großartigen Agentur Copywrite
… Daniela Falter
… meiner ganzen Familie

Und vor allem bei meinen ›Hannes‹-Lesern. Eure vielen lieben Briefe und Mails machen mir das Herz ganz warm. Für euch ist dieses Buch!

Alles Liebe!
Rita Falk